# 내 생애 이야기 4

나남
nanam

한국연구재단 학술명저번역총서
서양편 446

# 내 생애 이야기 4

2023년 11월 10일 발행
2023년 11월 10일 1쇄

지은이        조르주 상드
옮긴이        박혜숙
발행자        趙相浩
발행처        (주) 나남
주소          10881 경기도 파주시 회동길 193
전화          (031) 955-4601 (代)
FAX          (031) 955-4555
등록          제 1-71호 (1979. 5. 12)
홈페이지      http://www.nanam.net
전자우편      post@nanam.net

ISBN 978-89-300-4149-2
ISBN 978-89-300-8215-0 (세트)

이 책은 2019년 대한민국 교육부와 한국연구재단이 우리 시대 기초학문의 부흥을 위해
펼치는 학술명저번역사업의 지원을 받은 책입니다(2019S1A5A7068983).

한국연구재단
학술명저번역총서
446

# 내 생애 이야기 4

조르주 상드 지음

박혜숙 옮김

# Histoire de Ma Vie

*by*

George  Sand

# 내 생애 이야기 ④

## 차례

## 내 생애 이야기 ⑦

# 3부

# 어린아이에서 소녀로

## 1810~1819

*Histoire de Ma Vie*

## *1.* 엄마와 할머니 사이: 파리에서

1810년에서 1811년으로 넘어가는 겨울부터 우리는 파리에 가기 시작한 것 같다. 왜냐하면 내가 처음 노앙에 머문 것이 나폴레옹이 빈을 정복하고 마리 루이즈와 결혼한 때였기 때문이다. 나는 가족 모두의 관심을 끌었던 이 두 가지 소식을 들었을 때 내가 있었던 정원의 두 장소도 기억난다. 나는 위르쉴에게 작별을 고했는데 그 가엾은 아이는 너무나 섭섭해했다. 하지만 돌아오면 다시 만나게 될 것이고 또 나는 엄마를 보러 간다는 생각에 들떠 있어서 그 외에 모든 것들에 대해서는 신경도 쓰지 않았다. 나는 처음으로 헤어짐을 경험했고 시간의 개념도 알게 되었다. 나는 나의 유일한 사랑으로부터 떨어져 있는 시간들을 하루하루 매시간 손꼽으며 다시 만날 날을 기다렸다. 나는 짓궂은 개구쟁이라도 이폴리트를 좋아했는데 그도 텅 빈 큰 집에 처음으로 혼자 남아 있게 된 것을 슬퍼했다. 나는 그가 불쌍했고 사람들이 그도 데려가 주었으면 했다. 하지만 그러나저러나 나는 누구와 헤어지든 눈물 한 방울 흘리지 않았고 머릿속에는 온통 엄마 생각뿐이었다. 그래서 나의 교육을 위해 모든 걸 바치고 있던 할머니는 데샤르트르에게 낮은 소리로 말했다(하지만 아이들은 모든 말을 다 듣는다).

"저 애는 내가 생각한 것만큼 그렇게 감수성이 여린 아이가 아니군."

당시 파리에 가려면 족히 3~4일이 걸렸다. 할머니는 우편 마차를 이용했는데 마차 안에서는 주무시지를 못했다. 그래서 큰 사륜마차를 타고 하루에 100킬로미터씩 가는 길은 할머니를 완전히 쓰러지게 할 정도였다. 마차는 정말 집 한 채를 다 옮겨다 놓은 것 같았다. 모든 나이 든 사람들, 특히 할머니처럼 우아한 사람들이 여행하기 위해 얼마나 많은 짐 가방과 자질구레한 물건들과 별의별 종류의 용품들을 가져가는 불편을 감수하는지는 말 안 해도 다들 알 것이다. 마차의 수많은 짐칸이 먹을 것, 간식, 향수, 놀이용 카드, 책, 여행용품, 또 뭔지 알 수도 없는 것들로 가득 채워졌다. 사람들은 아마 우리가 한 달은 가 있을 거라고 생각했을 것이다. 할머니와 하녀는 발 덮개를 뒤집어쓰고 아래에 베개를 베고 누웠다. 나는 반대편 의자에 앉아서 별 불편 없이 갔지만, 그 작은 공간에 있자니 좀이 쑤셨고 또 앞자리를 발로 차지 않으려면 무진 애를 써야 했다. 나는 노앙에 있으면서 아주 활기찬 아이가 되었고 건강 상태도 최고였으니까. 하지만 늘 나를 실망시키는 파리의 공기는 곧 나의 이런 활기를 잃어버리게 하고 괴롭게 했다.

하지만 여행은 지루하지 않았다. 어린 시절에는 흔들리는 마차에서 곧 잠이 들어 버렸지만, 이번 여행에서는 처음으로 잠에 빠지지 않았다. 새로운 풍경들에 눈이 휘둥그레 커졌고 정신은 더 또렷해졌다.

하지만 샤토루에서 오를레앙까지 가는 길처럼 그렇게 우울하고 침울한 길은 없을 것이다. 솔로뉴강 주변의 웅장하지도 아름답지도 않은 밋밋한 지방들을 수도 없이 지나갔다. 이 지방의 원초적 아름다움과 반문명적 우아함에 대한 외젠 쉬의 찬사는 너무나 과장되었다. 그가 자기가 쓴 것처럼 그대로 말하는 것을 들은 적이 있는데 그의 찬사들이 거짓은 아닌 것 같았다. 하지만 여행 중에 보게 된 풍경들이 특별히 아름답지 않았던 것인지, 너무나 평범한 지방의 모습이 내 기질과 맞지 않아서인지 내가 백 번도 넘게 건넜던 솔로뉴강은 밤이나 낮이나 어느 계절에나 죽음처럼 음울했고 상스러웠다. 사람이 만든 것들은 물론이고 자연 그대로의 풀들도 초라해 보였다. 이제 자라기 시작한 소나무 숲들은 너무 어려서 어떤 특징도 없었다. 강은 그저 회색의 땅 위를 소리 내며 가는 물웅덩이 같았다. 대지는 창백했고 히드가 무성한 숲과 시든 나무껍질들과 덤불과 동물들과 특히 주민들 모두가 생기 없기는 마찬가지였다. 사람이나 자연이나 어떤 정신적이고 육체적인 영양실조에 걸려 비위생적으로 점점 시들어가는 거대한 불행의 땅 같았다.

이런 것들에 대해 알 리 없는 시인들이나 화가들은 이 형편없는 풍경들을 그리며 그 적막함을 노래하기도 한다. 내 생각에는 그런 아름다운 시적 적막감에서 우리가 상기해야 할 것은 그곳에서 생육하며 살고 있을지도 모를 사람들의 비참함이다. 우리는 시적인 아름다움을 파괴하게 될지 모르지만 그래도 그곳에 문명이 들어오길 바라야 한다. 하지만 나는 솔로뉴 지방에 대해 그런 생각을 품어 본 적은 없다. 몇백 년 된 나무들이 있고 맑은 물이 흐르고 야생 나무들이 광활한 땅 위에 풍성하게 파도치듯 펼쳐져 있는 크뢰즈에는 기막힌 곳이 많이 있다. 하지만 솔로뉴 지방에는, 적어도 내가 여러 번 내 눈으로 보았던 800킬로미터 정도의 땅에는 그런 곳이 없다. 광활한 지평선과 하늘 말고는 모든 것이 작고 허약했다.

그런데 이 솔로뉴와 다른 미개발 지방 사이에는 분명 뭔가 다른 점이 있다. 비옥한 자연은 늘 겉으로도 드러나게 되기 마련이니까. 크뢰즈의 황무지에는 너무나 아름다운 나무들과 덤불이 있어서 동물들도 잘 자라기 때문에 분명 땅도 비옥해서 비용을 많이 들이지 않고도 풍성한 수확을 얻을 수 있다. 하지만 솔로뉴는 조금 괜찮은 곳이 되기 위해서도 엄청난 비용과 시간이 필요하다. 브렌 지방은 크뢰즈보다 덜 비옥한 땅이지만 솔로뉴보다 훨씬 나은 곳이다. 농부들도 그걸 알고 화가들과 시인들도 그런 것을 쉽게 알아본다. 그러나 자연 풍경을 보고 어떤 감흥을 느낄 때 그들은 단지 겉으로 보이는 색과 아름다움만 볼 뿐이다. 하지만 그게 다가 아니다. 그 땅속에는 풍성한 생명력이 있는 것이다. 그런 생명력은 기생 식물들과 쓸데없이 번창하는 것들로 인해 드러나기 마련이다. 마치 인류의 너그러움이 갈 방향을 잃은 중에라도 우연히 실수로 드러나듯이 말이다. 하지만 치졸한 인간들은 생각 자체도 치졸하듯 솔로뉴에는 고사리나 엉겅퀴조차 병들어 있다.

외젠 쉬에게 반박하려고 이런 설명을 한 것은 아니다. 어쩌면 그는 내가 모르는 다른 솔로뉴를 본 것인지도 모른다.

오를레앙 숲을 지나는 것은 지금은 아무것도 아니지만 내가 어릴 때는 정말 힘들고 위험한 일이었다. 2시간 내내 빽빽한 나무 그늘이 우거진 숲을 지나야 해서 여행객들은 가는 중에 강도를 만날 경우도 대비해야 했다. 그래서 마부에게 밤이 되기 전에 그곳을 지나가도록 독촉했다. 하지만 부지런히 움직였는데도 할머니와의 첫 번째 여행에서 우리는 한밤중에 그곳을 지나게 되었다. 할머니는 겁쟁이가 아니었다. 할머니는 신중하게 모든 걸 대비하고 나서, 설혹 계획과 달리 일이 좀 틀어지더라도 기막히게 자신의 역할을 다 해내셨다. 하녀는 할머니만큼 침착하지 못했지만 내색하지 않고 자기 역할을 잘하고 있었다. 두 사람은 아주 진지하게 그들이 대비해야 할 것들에 대해 조목조목 이야기를 나누었다. 나도 어떤 이유에서인지 모르지만, 강도가 두렵지 않았다. 하지만 할머니가 쥘리 양에게 다음과 같이 말했을 때 나는 갑자기 두려움이 엄습하는 것을 느꼈다.

"요즘은 강도들이 별로 안 나온다지. 또 혁명 전보다 길가 쪽 숲에 가지치기를 많이 한 것 같아. 예전에는 빽빽한 덤불뿐이어서 누가 언제 공격해 오는지도 몰라 대항할 수도 없었지. 나는 다행히 샤토루를 여행하며 강도를 만나 본 적은 없었어. 그런데 뒤팽 씨와 그 하인들은 위험한 곳을 지날 때는 항상 무장했지. 그때는 강도와 살인자들이 많았어. 사람들은 아주 끔찍한 방법으로 우리에게 그 강도들을 보여주었는데, 강도가 잡혀서 사형이 선고되면 그들이 그 짓을 한 곳에 목매달았지. 그래서 양쪽 길을 가면서 너무나 잘 볼 수 있었어. 그래서 너무나 가까이서 바람에 머리가 흔들리는 그 시체들을 보았지. 자주 여행하는 사람은 그들을 다 알았는데 매년 다른 시체들이 걸리는 걸 볼 수 있었어. 그러니까 그런 방법도 별 효과가 없었다는 거야. 어느 겨울 거기에 어떤 키 큰 여자가 검은 긴 머리를 바람에 날리며 한참 걸려 있었던 적이 있었는데 까마귀들이 달려들어 시체를 파먹고 있었지. 정말 끔찍한 광경이어서 성문에 갈 때까지 머리를 떠나지 않았어."

아마도 할머니는 그 끔찍한 이야기를 하는 동안 내가 잔다고 생각하신 것 같다. 나는 침묵 속에 두려워하며 식은땀을 흘리고 있었다. 그때 처음으로 나는 죽음이란 것의 무시무시한 이미지를 보았다. 왜냐하면, 천성적으로 내 안에는 죽음에 관한 생각이 없었고 또 짐작하다시피 그것을 상상할 만한 어떤 형상을 깊이 생각해 본 적도 없기 때문이다. 하지만 목매단 사람들, 그 나무들, 그 까마귀들, 그 검은 머리카락…, 이 모든 것은 내 머릿속에 끔찍한 이미지를 심어 놓았고 그 생각들은 내가 두려움에 이를 덜덜 떨도록 했다. 나는 이 숲에서 강도를 당하거나 살해될 거란 생각은 눈곱만큼도 하지 않았지만 오래된 고목나무 위로 매달린 시체들이 흔들거리는 것이 보였다. 그것도 아주 끔찍한 모양으로. 이런 무서운 생각은 오래도록 사라지지 않았다. 그래서 15~16살 때까지 숲을 지날 때마다 그 모습이 너무나 생생하게 떠올라 고통스러웠다. 말 그대로 실제 감정은 상상으로 느끼는 것에 비하면 아무것도 아니다.

우리는 파리 뇌브 데마튀랭가에 있는 아름다운 아파트에 도착했다. 길 건너는 넓은 정원이 창문을 통해 훤히 내려다보였다. 할머니의 아파트는 혁명 전처럼 꾸며져 있었다. 가구들은 혁명 동안 살아남은 것들인데 여전히 다 멋지고 편안했다. 할머니 방은 하늘색 다마스커스 천으로 장식돼 있었다. 전체가 카펫으로 덮여 있었고 모든 벽난로에는 활활 불이 타오르고 있었다.

나는 그렇게 좋은 곳에서 살아 본 적이 없었다. 그리고 노앙에서보다 쾌적한 환경을 위해 훨씬 더 애를 쓰는 것에 대해서는 놀라움을 금할 수 없었다. 그랑주 바틀리에르가의 나무와 타일이 있는 방에서 자란 나로서는 그런 것들에 아무 관심이 없었다. 나는 그런 안락함 같은 것은 즐길 줄 몰랐다. 아마 할머니는 내가 그런 걸 좋아했더라면 더 기뻐하셨을 것 같다. 나는 엄마가 곁에 있을 때만 웃었고 살아났다. 엄마는 매일 왔고 엄마에 대한 나의 열정도 더 커져만 갔다. 내가 엄

어린 시절 엄마와 구경 가곤 했던 뱅쉬누아.

마를 막 끌어안으려고 하면 할머니가 괴로워하는 모습을 보고 엄마는 나에게도 주의를 시키고 엄마 자신도 표현하지 않으려고 무진 애를 썼다. 우리는 함께 외출할 수 있었다. 엄마로부터 나를 떼어 놓으려는 계획은 그리 좋은 생각은 아니었지만 어쨌든 막을 수는 없었다.

할머니는 절대로 걷지 않으셨다. 쥘리 양 없이는 아무것도 할 수 없었다. 쥘리 양도 모든 게 서툴고 어설프고 시력도 좋지 않아서 하마터면 길에서 나를 잃어버릴 뻔하기도 하고 나를 차에 치이게 할 뻔도 했다. 그래서 매일 엄마와 함께가 아니면 오랜 산책을 할 수도 없었을 것이다. 그리고 엄마와 손을 잡고서라면 비록 내 다리가 짧다고 해도 나는 이 세상 끝까지라도 갈 것 같았다. 엄마 옷을 잡고 엄마가 보라고 하는 것들을 바라보면서 말이다. 엄마가 보라는 것은 모든 것이 아름다웠다. 대로는 즐거운 장소였다. 뱅쉬누아는1 괴상한 조개껍질들과 멍청한 원숭이들이 있는 동화 속 궁전이었다. 대로 위에는 개들이 뛰어다녔고, 장난감 가게와 판화 상인들과 새 장수들은 나를 미치게 했다. 엄마는 내가 관심을 보이는 곳엔 다 멈춰 서서 어린아이처럼 좋아했는데 그렇게 함께 즐거워하니 기쁨은 배가되었다.

할머니는 좋고 싫음이 분명했고 천성적으로 아주 고상했다. 할머니는 내게 안목을 갖게 하려고 내가 보는 모든 놀라운 것들에 대해 정확한 판단을 내려주셨다. 할머니는 늘 "이건 잘못 그렸네. 색의 조화가 너무 강하구나. 구성이 혹은 언어가 혹은 음악이 혹은 화장이 형편없네…." 이런 식으로 얘기하셨다. 나는 한참 지나서야 그 말들을 이해할 수 있었다. 엄마는 덜 까다롭고 더 순진해서 그저 느끼는 대로 솔직히 나와 이야기했다. 모든 예술작품이나 공장 물건들이 엄마를 즐겁게 한 것 같다. 모양이 조금만 우스워도, 색이 조금만 괜찮아도 마냥 좋아했다. 엄마는 새로운 유행을 너무 좋아해 새로운 것이 아니면 엄마에게 아름답게 보이지 않았다. 엄마에게는 모든 게 다 어울렸다. 엄마를 못나 보이게 하거나 덜 우아하게 보이게 하는 것은 없었다. 물론 공포시대의 긴 주름치마만 고집하시던 할머니는 그것을 매우 못마땅하게 여기셨지만.

유행에 민감했던 엄마는 할머니가 나를 노인네처럼 입히는 걸 못마땅하게 여겼다. 나는 할머니가 입으시던, 하지만 여전히 멀쩡한 털외투를 고쳐 만든 외투를 입었으니 늘 색은 칙칙하고 삐쩍 마른 몸에 옷은 엉덩이까지 내려왔다. 허리선이 겨드랑이 바로 아래인 것이 유행

---

1 〔역주〕중국식 장식들을 전시하던 곳이다.

하던 때에 이 모습은 정말 끔찍했다. 하지만 나는 그게 훨씬 편했다. 그때 나의 검은 머리는 어깨 위를 출렁거렸고 젖은 스펀지를 조금만 갖다 대도 금방 구불구불해졌다. 엄마가 얼마나 끈질겼던지 할머니는 엄마가 나의 가엾은 머리를 중국식으로 꾸미는 것을 말릴 수 없었다.

그것은 정말 최악의 머리 모양이었다. 그것은 분명 이마가 없는 사람들을 위해 고안된 것일 것이다. 먼저 머리가 직각으로 세워질 때까지 머리를 반대로 빗어 올린 다음 머리 정수리까지 땋아 머리 위에 작은 공을 얹은 것처럼 만드는 것이다. 그러면 무슨 브리오슈빵이나 여행객들의 호리병 같았다. 모양도 이상한 데다 머리를 거꾸로 빗는 과정은 또 얼마나 고통스러웠는지. 일주일 동안 잠도 못 자며 그 고통을 참아서 억지로 주름을 만들고 나면 그것을 끈으로 꽉 묶었다. 그러면 이마의 피부가 땅겨 올라가고 눈 끝은 중국 부채처럼 들려 올라갔다.

나는 이런 고문에 그저 순종했다. 예쁘건 못생겼건 유행을 따르는 것이건 유행에 반대되는 것이건 외모에는 아무 관심도 없었다. 엄마가 원하는 것이면 뭐든 다 했다. 나는 정말 불굴의 용기로 그 모든 걸 견뎌냈다. 할머니는 그런 나를 끔찍하게 생각하셨고 낙담하셨다. 하지만 그런 사소한 일로 다툴 생각은 없으셨다. 엄마에 대한 나의 지나친 애정을 좀 진정시키게 되니 할머니를 도와주는 일이기도 했다.

처음 겉으로 보기에는 이대로 지내는 것이 쉬워 보였다. 엄마는 매일 나를 데리고 나가 저녁을 먹거나 저녁 시간을 함께 보냈다. 나는 자는 시간을 제외하곤 거의 엄마와 떨어지지 않았다. 하지만 어느 날 할머니가 내 기준에 분명히 잘못된 행동을 하는 것을 보고 나는 엄마를 더 좋아하게 되었다.

스페인으로 떠난 후로 카롤린을 본 적은 없었다. 그런데 할머니는 엄마에게 언니와 나 사이의 관계를 완전히 끊으라고 요구하셨다. 대체 왜 그렇게 순진하게 잘 자란 아이를, 평생 내게 엄격함의 모델이었던 그 아이를 미워한 것일까? 모르겠다. 지금 생각해도 나는 잘 모르겠다. 엄마는 인정하고 받아들이면서 왜 그 딸은 부끄러워하며 내친 것일까? 그것은 정말 어떻게 설명할 수 없는 불의한 편견이 아닐 수 없다. 그것도 본인 스스로 정신적으로나 심정적으로 좋지 않은 영향에서 벗어나 있음에도 불구하고 남들의 편견 속에서 자라나는 것이 어떤 것인지 다 아는 사람이 그런 편견을 갖다니 말이다.

카롤린은 아빠가 엄마를 알기 훨씬 전에 태어났다. 아빠는 그녀를 자기 딸처럼 생각하고 사랑했다. 그녀는 정말 내 어린 시절의 지혜롭고 너그러운 친구였다. 예쁘고 부드러운 성격에 내게 어떤 나쁜 영향도 주지 않았으며 오히려 일상생활에서나 신앙생활에도 너무나 반듯한 아이였다. 내가 그녀와 관계를 맺는 것이 왜 두려운 것인지 이해할 수 없었고 그녀와 내가 자매라고 하는 것인 뭐가 부끄러운 일인지 몰랐다. 단지 그녀의 태생이 귀족이 아니고 평민 출신이라서 그랬을 거라는 추측뿐이다. 나는 카롤린의 아버지가 어떤 계급인지 모르지만 아마도 엄마처럼 보잘것없는 계층이었을 거라고 짐작만 할 뿐이다. 하지만 나도 마찬가지로 소피 들라보르드의 딸이며, 새 장수의 손녀딸이며 클로카르의 증손녀가 아닌가? 어떻게 나는 그런 서민 출신이 아니라고 둘러댈 수 있는가? 또 같은 배에서 나온 아이가 나보다 열등하다는 사실을 어떻게 증명할 수 있겠는가? 단지 폴란드의 왕이나 삭스 원수 같은 사람을 조상으로 두지 않았다는 이유로 말이다.

정말 미친 생각, 아니 말도 안 되게 유치한 소리가 아닌가? 게다가 나이가 들 만큼 들고 아는 것도 많은 사람이 한 아이 앞에서 그런 유치한 짓을 저질렀으니 그 나쁜 인상을 지워 버리고 다시 완전히 제자리로 돌아가기까지 얼마나 많은 시간의 노력이 필요했겠는가?

할머니는 그런 노력을 하셨다. 왜냐하면, 결코 지울 수 없었던 그 기억이 할머니의 보석 같은 사랑으로 결국, 치유되었으니 말이다. 만약 아무런 이유도 없이 할머니가 내게 사랑받기 위해 그토록 힘들게 노력해야만 했다면 필시 나는 짐승 같은 아이였을 것이다. 그래서 나는 처음 할머니가 어떤 잘못을 했는지 말해야 할 것 같다. 그런데 지금 귀족 사회의 고정관념을 알고 보니 할머니의 잘못은 본인 때문이 아니라 할머니가 속한 계급 때문이었던 것 같다. 그래서 그렇게나 고상하고 또 높은 지성의 소유자임에도 불구하고 그런 고정관념에서 벗어나실 수가 없었던 것이다.

그러니까 할머니는 내가 나의 언니와 완전히 남이 되길 바라셨다. 또 4살 때 서로 헤어졌으니 잊기도 어렵지 않았을 것이다. 또 어쩌면 엄마가 자주 이야기하지 않았더라면 나는 이미 언니를 잊고 있었을 것이다. 스페인 여행 전에 아직 사람에 대한 애정 같은 감정을 깊이 느끼기 전이었으니 만약 둘 사이를 갈라놓기 위해 벌어졌던 그 끔찍한 사건이 없었더라면 나는 언니에 대해 더는 생각조차 하지 않았을지도 모른다.

당시 카롤린은 12살쯤 되었을 때였다. 언니는 기숙사에 있었고 매번 엄마를 만나러 올 때마다 자기도 할머니 집에 데려가 나를 만나게 해주든가 나를 엄마 집에 데려오라고 졸랐다고 한다. 엄마는 무슨 이유를 댔는지 모르지만, 그 부탁을 매번 피하면서 할머니가 언니를 거부한다는 그 말도 안 되는 진짜 이유를 말하고 싶지도 않았고 또 말할 수도 없었다. 가엾은 언니는 진짜 아무것도 모른 채 나를 안고 싶은 생각을 참지 못하고 어느 날 엄마가 보봉 할아버지 댁에서 저녁을 먹던 날 엄마 집 문지기를 꼬여 우리 집에 데려다 달라고 해서는 너무나 즐겁게 우리 집에 왔다. 언니는 한 번도 보지 못한 우리 할머니를 좀 무서워하고 있었다. 하지만 할머니도 할아버지 집에서 저녁을 먹을 거라고 생각했든가 아니면 그냥 내가 너무 보고 싶어 용기를 낸 것이었다.

저녁 7~8시경이었다. 나는 심심하게 혼자 거실 카펫 위에서 놀고 있었는데 집 밖에서 무슨 소리가 들리더니 하녀가 살짝 문을 열고 들어와 조용히 나를 불렀다. 할머니는 소파에서 졸고 계셨다. 하지만 깊이 잠든 것은 아니어서 내가 살금살금 문을 열고 나가려는 순간 이유도 모르면서 나를 향해 꾸짖듯 말씀하셨다.

"어디를 그렇게 몰래 나가려는 거지요?"

"모르겠어요, 할머니, 하녀가 불러서요…."

"어서 들어와요. 로즈, 대체 무슨 일이지요? 왜 몰래 아이를 불러내는 거지요?"

너무나 당황한 하녀는 망설이다가 결국, 말해 버리고 말았다.

"마님, 카롤린 아가씨가 오셨어요."

이 곱고 예쁜 이름에 갑자기 할머니는 이성을 잃으셨다. 아마도 엄마가 정면으로 할머니께 도전하는 거라고 생각하셨거나 언니나 하녀가 할머니를 속이려다 들킨 것으로 생각하신 모양이었다. 할머니는

22

아주 차갑고 냉정한 목소리로 말씀하셨는데 아마도 평생 그렇게 말씀하신 건 몇 번 없었을 것이다.

"당장 그 아이를 쫓아내요. 그리고 다시는 여기 오지 말라고 해요! 내 손녀를 봐서는 안 된다는 걸 잘 알겠지요. 그 애는 내 손녀와, 또 나와도 전혀 상관없는 사람이에요. 그리고 로즈, 다시 그 아일 내 집에 들여놓으면 쫓겨날 줄 알아요!"

로즈는 겁에 질려 나갔다. 나는 불안하고 두려웠다. 필시 할머니를 화나게 한 것에 대해 속상하고 후회스러운 마음이었을 것이다. 왜냐하면, 할머니가 그렇게 화를 내고 고통스러워하는 걸 처음 봤기 때문이다. 그런 할머니를 보자 카롤린 생각도 나지 않았다. 카롤린에 대한 기억도 거의 없었으니 말이다. 그런데 문 뒤에서 속삭이는 소리가 들리더니 가슴을 에는, 애간장이 끊어질 듯한 울음소리가 들렸다. 그러자 그 소리는 내 마음속으로 파고들어 내 피를 끓게 했다. 아무런 잘못도 없는 카롤린이 오로지 나를 보고 싶다는 것 때문에 상처로 가슴이 무너지고 자존심이 짓밟혀서 울면서 가고 있는 것이다.

그러자 곧 언니에 대한 기억이 떠올랐다. 나는 그랑주 바틀리에르 가와 샤요에서의 언니가 생각났다. 키 크고, 호리호리하고, 부드럽고 겸손하지만 때론 완강했던, 또 늘 내 변덕을 참아주고 내게 자장가를 불러주고 아름다운 동화를 읽어주던. 나는 눈물을 터뜨리며 문 쪽으로 달려갔다. 하지만 이미 그녀는 떠나고 없었다. 울고 있던 하녀는 나를 품에 안으며 할머니에게 자기가 울었다는 얘기를 하지 말라고 신신당부하였다. 할머니는 나를 불러 무릎 위에 앉히고 달래려 하셨다. 하지만 나는 막무가내였다. 나는 할머니 손길을 뿌리치고 바닥에 몸을 던지며 악을 썼다.

"엄마한테 가고 싶어. 여기 있기 싫어!"

이번에는 쥘리 양이 나를 달래려고 했다. 그녀는 내가 눈길조차 주지 않아 틀림없이 나 때문에 병이 날 것 같은 할머니에 대해 이렇게 말했다.

"할머니는 정말 너를 사랑하고 아끼시고 오로지 너만을 위해 사시는 분인데, 너는 그런 할머니 마음을 아프게 하는구나."

하지만 그 말은 들리지도 않았다. 나는 계속 악을 쓰며 엄마와 언니를 데려오라는 말만 했다. 나는 너무 정상이 아니고 흥분상태여서 사람들은 할머니에게 밤 인사도 시키지 못하고 나를 데려다 재웠다. 나는 밤새도록 자면서도 답답한 마음에 한숨만 내쉬었다.

아마 할머니도 힘든 밤을 보내셨을 것이다. 이후로 나는 할머니가 얼마나 마음이 선하고 부드러운 사람인지 이해할 수 있게 되었다. 다른 사람에게 상처준 것 때문에 얼마나 괴로워하셨을지 지금은 이해가 된다. 하지만 할머니의 권위를 잃지 않기 위해서 그것을 드러내고 표현할 수는 없었다. 그래서 다른 선심 공세로 그 일을 잊게 노력하셨다. 다음 날 아침, 잠이 깨자 침대에는 그 전날 내가 그토록 갖고 싶어 했던 인형이 놓여 있었다. 전날 엄마와 장난감 가게를 구경하다가 본 것인데 저녁때 집에 들어와 할머니에게 엄청 자세하게 설명을 늘어놓았던 그 인형이었다. 그것은 환하게 웃고 있는 흑인 인형이었는데 검은 피부에 눈과 이만 하얗게 빛나고 있었다. 또 오동통한 몸에 은빛 술이 달린 장밋빛 크레이프 천으로 된 옷을 멋지게 입고 있었는데 그 모습은 정말 신기하고 환상적이고 나를 사로잡았었다.

그런데 아침에 할머니가 나를 달래고 위로하기 위해 그 인형을 사오게 한 것이다. 사실 처음에는 마냥 좋아하기만 했다. 나는 그 인형을 품에 안았고 그 미소는 나도 미소 짓게 했다. 나는 꼭 엄마가 막 태어난 아기를 안 듯 그렇게 품에 안았다. 하지만 그 인형을 품에 안고 바라보며 어르는 동안 어제 저녁 일이 불현듯 생각났다. 나는 엄마와 언니와 고약했던 할머니를 생각했다. 그리고 인형을 멀리 던져 버렸다. 하지만 그 가엾은 인형이 계속 웃고 있는 바람에 나는 그녀를 다시 안고 쓰다듬었다. 그리고 마치 엄마가 된 듯 눈물을 펑펑 쏟으며 모녀간의 비통한 사랑에 대한 슬픈 감정에 빠져들었다. 그러자 갑자기 어지럼증이 시작되면서 나는 인형을 떨어뜨리고 미친 듯이 토하기 시작해 하녀들을 경악하게 했다.

이후 며칠 동안 무슨 일이 있었는지는 기억나지 않지만 나는 열이 펄펄 나는 홍역을 앓게 되었다. 어쩌면 진짜 홍역을 심하게 앓았던 것일 수도 있고 충격과 슬픔으로 병이 더 심해졌을 수도 있다. 어쨌든 나는 정말 심각하게 그 병을 앓았다. 그리고 어느 날 밤 오랫동안 나를 괴롭혔던 어떤 환영幻影을 보았다. 내 방에는 램프가 하나 놓여 있었는데 두 하녀가 자는 동안 나는 눈을 뜨고 램프 불을 보고 있었다. 그런데 불빛을 뚫어지게 보고 있자니 갑자기 의식이 또렷해지면서 어떤 형체가 보이기 시작했다. 그것은 심지 위의 큰 버섯 같은 모양이었는데 검은 연기가 천장 위로 흔들리는 그림자처럼 날아가고 있었다. 그런데 갑자기 심지가 사람 모양이 되어 불꽃 가운데서 춤을 추고 있었다. 그러더니 그 사람은 점점 거기서 떨어져 나와 점점 빠르게 돌기 시작하는데 돌 때마다 자꾸 커져서 진짜 사람만큼 커지게 되었다. 그래서 결국, 거인처럼 커진 사람은 쿵쿵 소리를 내며 걷기 시작하고 머리카락은 마치 박쥐처럼 미친 듯이 바닥을 둥글게 쓸고 다녔다.

나는 비명을 질러댔고 사람들이 달려왔다. 하지만 이런 현상은 서너 번이나 계속 반복되었고 어느 때는 낮까지 계속되었다. 그런 현상에 대한 기억은 그때가 유일하다. 이후 또 그런 경험을 했는지는 잘 모르겠고 또 기억나지도 않는다.

## 2. 파리 사람들

열이 떨어져서 더는 침대에 있지 않아도 되었을 때 나는 쥘리 양과 로즈가 나의 병이 왜 더 그렇게 심했는지에 대해 속삭이는 소리를 들었다. 그런데 먼저 이 두 사람이 나의 어린 시절의 행복에 얼마나 지대한 영향을 미쳤는지를 얘기해야 할 것 같다.

로즈는 아버지가 살아 계셨을 때부터 이미 엄마 시중을 들던 사람이었다. 엄마는 그녀가 일하는 것을 마음에 들어 했고 또 그녀의 사람 됨됨이를 좋게 생각했는데 그녀가 파리에서 일없이 있는 것을 보고는 할머니에게 부탁해 그녀가 나를 돌봐주고 산책시키고 놀아주도록 했다. 그렇게 깔끔하고 정직한 여자가 나를 돌봐주었으면 하는 마음에서였을 것이다. 로즈는 아주 심한 빨강머리에 활달하고 대담한 여자였다. 몸은 남자아이 같았고 다리를 이쪽저쪽으로 옮기며 말을 타고 귀신처럼 말을 달려 구덩이를 건너다 어느 때는 머리가 깨진 적도 있었지만 두려워하지도 않았다. 여행할 때 할머니에게 그녀는 아주 중요한 존재였는데 그녀는 정말 잊어버리는 게 하나도 없고 모든 것을 미리 예견했으며 바퀴에 나막신을 넣거나, 떨어지려는 마부를 잡아 올리거나, 고삐 줄을 고치거나 못 하는 일이 없어서 만약 필요한 경우라면 직접 두꺼운 부츠를 신고 기꺼이 마차를 몰기도 했을 것이다. 그녀는 정말 보기에도 건장한 브리 지방의 진정한 짐수레꾼이었다.

그녀는 부지런하고 용감하고 일 처리도 똑바르고 네덜란드 하녀들처럼 깔끔하고 솔직하고 정직하고 마음도 따뜻하고 헌신적이었다. 하지만 그녀로부터 내가 겪을 수밖에 없었던 잔인한 면이 있었는데 그것은 정열적인 그녀 기질과 혈기왕성한 그녀의 삶에 기인한 것이었다. 그녀는 거칠고 사나웠다. 어릴 때는 나를 너무나 사랑해서 잘 보살펴 주었고, 엄마는 그녀를 나의 친구처럼 생각했다. 그녀가 나를 아껴주었던 것은 사실이다. 하지만 조금 지나자 그녀는 폭군 같은 성질로 나를 거칠게 다뤄서 이후 나는 거의 순교자와 같은 어린 시절을 보냈다.

하지만 무척 고집 센 내가 그렇게 당했음에도 이상하게 그녀가 한 일은 다 용서할 수 있었고 한 번도 그녀를 싫어해 본 적이 없다. 어쨌든 그녀는 진실하고 속마음은 너그러우며 특히 엄마를 사랑했기 때문이었다. 그래서 쥘리 양과는 전혀 달랐다. 쥘리 양은 온순하고, 예의 바르고 목소리를 높이는 적도 없었다. 모든 일에서 거의 천사처럼 참을성이 있었지만 솔직하지는 않았다. 그것은 정말 내가 참을 수 없는 거였다. 그녀가 머리가 아주 우수한 여자라는 것은 주저 없이 말할 수 있다. 겨우 글을 읽고 쓸 줄만 아는 상태로 작은 도시 라샤트르를 떠나 노앙에서 지내게 된 그 긴 시간 동안 그녀는 모든 종류의 책을 읽었다. 우선 모든 하녀가 즐겨 읽던 소설들을 읽었다. 그래서 나도 소설을 쓸 때는 그녀 생각을 많이 한다. 그다음은 역사책, 그다음은 철학책 순서로 읽어 나갔다. 그녀는 할머니보다 더 볼테르를 잘 알았다. 나는 그녀 손에 루소의 《사회계약론》이 들려 있는 것을 보았는데, 그녀는 그것에 대해서도 아주 잘 알고 있었다.

냉정하고 계산적이고 신중한 그녀는 모든 종류의 회고록을 탐독했다. 그녀는 루이 14세와 15세와 예카테리나 여제와 마리 테레즈와 그랑 프레데릭 궁정의 음모와 암투에 대해서는 마치 늙은 외교관처럼 모르는 게 없었다. 혹시 누가 프랑스 오랜 귀족들과 유럽 왕가 사이의 친족 관계를 몰라 당황하면 사람들은 그녀에게 물었는데, 그녀는 그런 것들을 손바닥 보듯 훤하게 다 알고 있었다. 그녀가 나중에 늙어서도 그런 기억력들을 다 가지고 있었는지는 모르겠지만 어쨌든 그녀는 철자법도 제대로 몰랐음에도 그런 일에는 전문가 뺨치게 박식했다.

그녀에 대해서는 앞으로도 할 말이 많다. 왜냐하면 그녀 때문에 너무나 힘들었으니까. 할머니와의 관계에서 그녀의 역할은 나를 좋은 쪽으로 길들이기 위한 로즈의 고함 소리들과 거친 손버릇보다 더 나를 불행하게 했다. 하지만 나는 둘 중 누구도 원망하지 않는다. 두 사람은 모두 그들의 방식으로 자신들이 제일 최고라고 생각하는 시스템으로 자신들이 가지고 있던 권리에 따라 나를 신체적으로 또 정신적으로 교육했던 것이니까.

쥘리 양이 엄마를 미워했기 때문에 그녀를 특별히 싫어했던 것은 인정한다. 그녀는 엄마를 미워하는 것이 주인에 대한 헌신이라고 믿었다. 그러나 그렇게 함으로써 그녀는 자기 주인에게 도움이 되기보다는 해를 끼쳤다. 한마디로 우리 집에는 엄마 편으로는 로즈, 위르쉴 그리고 내가 있었고, 할머니 편으로는 데샤르트르와 쥘리 양이 있었다.

그리고 이렇게나 다른 두 사람이 아주 사이좋게 함께 지냈다는 것은 정말 경탄할 만한 일이다. 로즈는 첫 번째 주인을 지키면서도 두 번째 주인에게 엄청난 공경심과 헌신적인 태도를 보였다. 로즈와 쥘리 양은 할머니가 돌아가실 때까지 정말로 성실하게 모셨다. 할머니의 눈을 감겨드린 것도 그들이다. 그래서 나는 그들이 내게 흘리게 한 그 수

많은 눈물과 아픔들을 다 용서할 수 있다. 한 사람의 너무나 사나웠던 보살핌과 또 다른 사람이 할머니에게 모함했던 것 모두를 말이다.

그러니까 그 두 사람은 내 방에서 속삭이고 있었고, 나는 두 사람을 통해 내가 몰랐으면 하는 가정사까지도 너무나 일찍 다 알게 되었다! 그리고 그날도 두 사람은 이렇게 말하고 있었다.

쥘리 양이 말했다. "저 애는 저렇게 엄마를 사랑하는데, 그 엄마는 아이를 하나도 사랑하지 않나 봐요."

그러자 로즈가 답했다. "그녀는 매일 소식을 물으러 오지만 집까지 올라오지 않는 거지요. 카롤린 때문에 마님께서 화나 있으니까요."

"그래도, 마님 모르게 살짝 들어올 수도 있잖아요. 그런데 보몽 씨에게 그랬다는군요. 자기도 홍역에 걸릴까 겁난다고. 자기 건강이 더 걱정인 거죠."

"아니에요. 쥘리, 그건 그렇지 않아요. 카롤린에게 홍역이 옮을까 봐 그런 거죠. 아이 둘 다 홍역을 앓아야 하겠어요? 한 명이면 족하지요."

이 설명은 나를 안심시켰고 엄마가 보고 싶어 안달하는 마음을 좀 진정시켜주었다. 다음 날 엄마가 내 방문 앞까지 와서 내게 큰 소리로 인사했을 때 나는 이렇게 소리쳤다.

"엄마 얼른 가세요. 들어오지 말아요. 카롤린에게 전염시키면 안 돼요."

그러자 엄마는 누군가 함께 있는 사람에게 말했다.

"보세요! 저 애는 내 맘을 알지요. 저 애만큼은! 저 아인 나를 비난하지 않아요. 누가 뭐라 하건 저 아인 나를 사랑해요."

이 일로 나의 두 어머니 사이에는 말을 전하는 사람들이 있고 그들이 둘 사이를 더 악화시킨다는 것을 알게 되었다. 나의 가엾은 마음은 둘의 시기심 때문에 너무나 괴로워했다. 질투와 영원한 싸움의 중심에서 나는 고통의 희생제물처럼 양쪽의 인질이 될 수밖에 없었다.

내가 외출할 수 있게 되자 할머니는 나를 잘 입혀서 마차에 태워 함께 엄마 집으로 갔다. 나는 파리에 돌아온 후 아직 엄마 집에 가 보지 못했다. 엄마는 뒤포가에 살고 있었던 것 같다. 아파트는 작고 어둡고 천장도 낮았고 가구들도 초라했고 살롱의 벽난로에서는 포토푀가 끓고 있었다. 모든 것이 깔끔했지만 부를 과시하거나 낭비가 드러나는 구석은 전혀 없었다. 사람들은 엄마가 아버지의 삶을 망치고 빚을 지게 했다고들 한다. 하지만 내 기억 속에 엄마는 아무리 생각해도 너무나 알뜰했고 스스로에게는 더더욱 구두쇠처럼 산 사람이다.

문을 열어준 것은 카롤린이었다. 코가 약간 들린 그녀는 천사처럼 아름다웠다. 그녀는 나보다 나이가 많으니 당연히 나보다 훨씬 컸고 피부는 더 희고 섬세한 얼굴이었다. 약간은 차갑고 경멸하는 듯한 표정으로 할머니를 무덤덤한 태도로 맞았다. 여기는 자기 집이라는 듯이. 그리고 나를 수천 번 껴안고 쓰다듬으며 이것저것을 묻고는 아주 조용하고 침착한 태도로 할머니에게 "앉으시지요. 뒤팽 부인, 지금 이웃집에 계시는 어머니를 모시고 오라 하지요."라고 말하며 의자를 권했다. 그리고 하녀가 없었으니까 문지기에게 심부름을 시키고는 다시 돌아와 벽난로 옆에 앉아 나를 무릎 위에 앉히고는 이것저것 물어보며 쓰다듬어주었다. 자기에게 그렇게 큰 모욕을 준 할머니에 대해서는 아랑곳하지 않는 모습이었다.

할머니는 분명 언니에게 뭔가 좋은 말을 점잖게 할 준비를 하셨을 것이다. 그래서 언니 마음을 좀 위로하고 안심시키려 했을 것이다. 아마도 언니가 좀 겁에 질려 있거나 아니면 좀 화가 나서 울고불고하거나 안 좋은 소리를 할 거라 생각하셨을 것이다. 그런데 생각했던 것과는 다른 언니의 태도를 보고 할머니는 적이 놀라고 당황하신 것 같았다. 할머니는 계속 줄담배를 피우고 또 피우고 계셨으니 말이다.

잠시 후 엄마가 들어와 나를 꼭 안아주고는 할머니에게 차갑고 화가 난 듯 인사했다. 할머니는 어떤 폭풍을 예감하고 있었던 것 같다. 할머니는 점잖게 낮은 목소리로 말씀하셨다.

"애야, 네가 카롤린을 우리 집에 보냈을 때 아마도 너는 그 아이와 오로르 사이의 관계에 대한 내 생각을 잘못 이해한 것 같다. 나는 결코 내 손녀의 마음을 거스르려는 생각은 없다. 나는 이 애가 너를 보러 너희 집에 오거나 또 너희 집에서 카롤린을 보는 것을 반대하지 않을 것이다. 그러니 며늘아기야, 이 문제에 대해 더는 오해가 없도록 하자꾸나."

이보다 더 현명하고 능란하고 공정하게 이 문제를 해결할 수는 없을 것이다. 할머니는 그동안 이 문제에 대해 이렇게 공정하시지는 않았었다. 원칙적으로는 엄마 집에서조차 내가 카롤린을 보는 걸 반대하셨다. 또 나를 산책 중에 엄마 집으로 데려가는 것도 반대했고 그것을 절대적으로 지키게 하셨다. 그런데 내게 할머니가 생각하는 것보다 더 많은 추억과 애정이 있는 것을 보시고 할머니는 불가능하고 힘든 결정을 하신 것이다. 하지만 그래도 할머니 집에 할머니가 싫어하는 사람을 받아들이지 않을 권리는 주장하셨다.

할머니의 단도직입적이고 딱 부러지는 설명은 모든 불평을 잠재웠고 엄마의 화도 풀렸다.

엄마는 "잘 됐네요, 어머니!"라고 말하고 두 사람은 다른 것에 대해 이야기했다. 엄마는 늘 그렇듯이 머릿속에 폭풍을 안고 갔다가 시어머니의 부드럽고 예의 바른 단호함에 놀라 돛을 접고는 항구로 다시 돌아가는 모습이었다.

잠시 뒤 할머니는 다른 곳들을 방문하기 위해 일어나시면서 엄마에게 돌아올 때까지 나를 맡아 달라고 하셨다. 그것은 하나의 양보였고 세심한 배려였다. 즉, 우리 사이를 갈라놓거나 감시하지 않는다는 표시였다. 마침 피에레가 와서 마차까지 할머니를 에스코트했다. 할머니는 그가 아빠에게 보였던 헌신 때문에 그에 대해 늘 경의를 표하셨다. 할머니는 늘 그를 두 팔 벌려 맞아들이셨고 피에레는 결코 할머니를 욕해서 엄마를 열 받게 하는 그런 사람이 아니었다. 오히려 그 반대로 엄마를 진정시켜서 시어머니와 좋은 관계를 갖게 해주었다. 하지만 그는 할머니를 거의 방문하지 않았는데, 그는 늘 입에 달고 사는 그 '제기랄!'이란 단어를 말하지 못하고 담배도 없이 찡그리지 않고 있는 상태를 단 30분도 견딜 수 없었기 때문이다.

나의 유일한 진짜 집에 다시 돌아와 있다는 것이 얼마나 큰 기쁨이었는지! 엄마는 얼마나 자애롭고 언니는 너무나 사랑스럽고 피에레 아저씨는 얼마나 재미있고 너그러웠는지! 할머니의 그 솜이불 같은 방들(난 그 방들을 이런 말로 조롱했다)에 비해 너무나 초라하고 가난한 이 아파트는 잠시 동안만이라도 꿈속에 그리던 약속의 땅이 되었다.

나는 집 안 구석구석을 살피고 모든 것을 애정 어린 시선으로 바라보았다. 석고로 된 작은 추, 유리 실린더 아래 노랗게 빛이 바랜 종이 꽃병, 카롤린이 기숙사에서 수를 놓은 핀 꽂이, 또 지금은 사용하지 않는 가난한 자들의 필수품이며, 그랑주 바틀리에르에 살던 어린 시절 내가 의자라며 놀던 엄마의 발 보온기까지. 나는 얼마나 이 모든 것들을 사랑했던지! 나는 계속 끊임없이 "이제 여기 우리 집에 온 거야. 저쪽은 할머니 집이고."라고 소리치자, 피에레는 "제기랄! 뒤펭 부인 앞에서는 '우리 집'이라 말하지 말아요…. 아니면 부인은 우리가 저 애를 시장 사람들처럼 말하게 가르쳤다고 하실 테니 말이야!"라고 말했다. 그리고 피에레는 호탕하게 웃었다. 그는 모든 게 다 즐거운 사람이니 말이다. 엄마는 그를 놀리며 나에게 소리쳤다.

"우리 집처럼 신나게 놀려무나!"

카롤린은 손가락으로 비둘기 모양을 만들어주거나 실을 가지고 실 뜨기를 했다. 그녀는 내게 실뜨기로 침대, 배, 시소, 톱 등 여러 가지를 만드는 것을 가르쳐주었다. 할머니 집에 있는 아름다운 인형들이나 아름다운 그림책들은 어린 시절을 상기시키는 이런 놀이에 비하면 아무것도 아니었다. 그때도 아이였지만 나에게는 이미 과거로 흘러가 추억이 된 그립고 다시는 올 수 없는 그런 시절이 있었다.

배가 고프면 과자도 잼도 없고 먹을 것이라곤 단지 예전의 포토푀뿐이었다. 간식은 벽난로에서 바로 식탁으로 옮겨오면 그만이었다. 예전 내가 쓰던 흰 도자기 그릇을 다시 보니 얼마나 기뻤던지! 그렇게 마음 편히 먹은 적은 없었다. 나는 마치 오랜 고행 끝에 드디어 집을 찾아와 작은 집의 모든 것에 너무나 다 기뻐하는 고행자 같았다.

할머니가 나를 찾으러 오셨을 때, 내 마음은 미어지는 것 같았다. 하지만 할머니의 호의를 존중해야 할 것 같아 눈물을 머금은 채 웃으며 할머니를 따라갔다. 엄마도 할머니의 양보를 존중해서 나를 일요일만 데려갔다. 일요일은 카롤린도 집에 오는 날이었다. 그 시기는 카롤린이 여전히 기숙사에 있을 때거나 아니면 악보 필사하는 일을 막 시작했을 때였다. 그녀는 그 일을 결혼 전까지 계속했는데 중노동에 받는 돈은 아주 적었다.

너무나 기다리던 행복한 일요일들은 꿈처럼 지나갔다. 5시가 되면 카롤린은 마레샬 이모 집에 저녁 먹으러 가고 엄마와 나는 할머니와 보몽 할아버지 집에 갔다.

늘 정해진 사람들끼리 일주일에 한 번씩 모여 저녁을 먹는 이 오래된 관습은 참으로 좋은 전통이었다. 혼란스럽고 무질서한 세태 속에서 이제 이런 전통은 거의 사라져 버린 것 같다. 할 일 없이 규칙적으로 사는 사람들이 서로 만나는 방법으로는 더할 수 없이 좋고 편리한 전통이었다. 할아버지 집 주방에는 코르동 블뢰2 출신 요리사가 있었는데 그의 관심사는 오로지 까다로운 미각의 소유자들인 손님뿐이어서 그들의 미각을 만족시키는 데 모든 자존심을 걸었다. 보몽 할아버지 집에서 일하는 부르디외 부인과 보몽 할아버지까지도 이 중요한 임무에 대해 매우 고무적이었다.

정확히 5시가 되면 엄마와 나는 보몽 할아버지 집에 도착했다. 그러면 벌써 벽난로 옆 큰 의자에 할머니가 앉아 계시고 건너편 큰 소파

---

2  〔역주〕프랑스에 있는 세계적 요리학원이다.

의자에는 보몽 할아버지가 앉아 계셨다. 그리고 그 둘 사이에 마를리에르 부인이 발을 장작 받침대 위에 쭉 뻗고 치마를 조금 들어 올려 끝이 뾰족한 신발을 신은 마른 다리를 조금 드러내고 있었다.

마를리에르 부인은 루이 18세 때부터 백작이었던 프로방스 백작의 죽은 아내와 아주 절친한 사이였다. 그녀의 남편인 마를리에르 장군 은 단두대에서 죽었다. 기억할지 모르지만, 아버지 편지에 자주 등장 했던 그 부인이다. 이분은 아주 사람 좋고 유쾌하고 활달하고 수다쟁 이이고 너그러우며 헌신적이고 부산스럽고 어떤 점에서는 좀 냉소적 이기도 한 사람이었다. 그녀는 결코 신앙적으로 독실한 사람이 아니 었다. 무엇보다 공개적으로 사제들을 마음 내키는 대로 경멸했으니 까. 그런데 왕정복고 시기에 신실한 신자가 되었다. 그녀는 98살까지 내 느낌에 거의 성자와 같은 삶을 살았다. 한마디로 그녀는 대단한 여 자였고 나와 알고 지낸 시기에 그녀는 어떤 편견도 없는 모습을 보여 주었다. 그러니까 속 좁고 용서를 모르는 그런 기독교인은 아니었던 것 같다. 사실 인생의 4분의 3을 성스러운 것과는 거리가 먼 삶을 살 았으니 그럴 자격도 없었지만 말이다.

그녀는 나에게 너무 잘해주었다. 더욱이 할머니 친구 중에 유일하 게 우리 엄마에 대해 어떤 편견도 없던 사람이라 나는 누구보다 그녀 를 더욱 신뢰하고 따랐다. 하지만 솔직히 그녀가 마냥 좋기만 한 것은 아니다. 그녀의 튀는 목소리, 남쪽 지방 사투리, 이상하게 한 화장, 키스할 때마다 내 뺨을 아프게 하던 그녀의 뾰족한 턱, 특히 너무나 직설적인 그녀의 농담들 때문에 나는 그녀를 온전히 좋아할 수 없었 고 그녀의 작은 선물들을 마냥 좋아할 수만은 없었다.

부르디외 부인은 쉴 새 없이 부엌과 거실을 오갔다. 그녀는 겨우 40이 넘은 나이였다. 짙은 갈색 머리에 살이 좀 쪘는데 아주 분명한 성격의 소유자였다. 그녀는 닥스 사람이라 마를리에르 부인보다 더 심한 가스코뉴 사투리를 썼다. 그녀는 보몽 할아버지를 '파파'라고 불렀고 엄마도 그녀를 따라 했다. 아이처럼 행동하길 좋아하는 마를리에르 부인도 '파파'라고 불렀는데 그러기에는 보몽 할아버지가 마를리에르 부인보다 더 젊어 보였다.

내가 보몽 할아버지를 아는 동안 그가 살았던, 그러니까 거의 15년간 할아버지가 살았던 아파트는 게네고가에 있었다. 아파트는 루이 14세 시절 지은 집 안에 있었는데, 넓고 좀 황량한 정원 쪽으로 나 있었고 건물 자체는 매우 단조로웠다. 창문들은 모두 길고 높았다. 하지만 외풍을 막고 어떤 틈으로도 찬 공기가 들어오지 않게 하기 위해 쳐 놓은 수많은 커튼과 벽걸이 천들과 병풍들과 벽에 드리운 천들 때문에 집 안은 어둡고 지하처럼 소리가 울렸다. 문명의 진보로 경제적인 난방기구들이 발명되었음에도 프랑스에서, 특히 파리에서는 이렇게 추위를 막았다. 이러한 방식은 제정시대부터 서서히 사라지기 시작해서 요즘 돈을 좀 번 사람들 사이에서는 완전히 사라져 버렸다.

유행 때문에 또 필요에 의해 아니면 의도적으로 우리는 창문이 건물 대부분을 차지하는 집을 짓는다. 그래서 얇은 벽에 아름답지도 않고 허약한 건물을 올리느라 아파트는 더 작아지고 더 추워져서 난방에 더 많은 돈이 든다. 하지만 할아버지의 아파트는 할아버지가 열심히 노력한 결과로 따뜻한 온실 같았다. 아파트 건물은 우리처럼 날씨가 나쁘고 변덕스러운 곳에 지어진 시골집들이 다 그러하듯 아주 견고하고 튼실했다. 예전에는 한 집에서 평생을 살았다. 그곳에서 둥지를 틀고 그곳에서 죽었다.

당시 내가 알던 은퇴한 노부인들은 그들의 침실에서만 지냈다. 그들은 멋지고 넓은 살롱을 가지고 있으면서 1년에 한두 번 손님을 받고 나머지 시간에는 그곳에 들어가지도 않았다. 보몽 할아버지와 할머니는 손님을 초대하지 않았다. 그래서 집세를 2배로 내야 하는 그런 큰 살롱이 필요 없었다. 하지만 그들은 그런 살롱이 없는 집은 제대로 된 집이 아니라고 생각했다.

할머니의 가구들은 루이 16세 시대의 가구들이었다. 하지만 가끔 할머니가 보기에 편하고 예쁘면 새로운 것을 들이는 것에도 별 상관 안 하셨다. 그에 비해 보몽 할아버지는 그런 점에서는 너무나 완벽하셔서 조금이라도 어울리지 않는 것은 절대로 들여놓지 않으셨다. 할아버지 댁의 가구들은 문의 몰딩과 천장 장식을 빼곤 모두 루이 14세 양식이었다. 할아버지가 그 가구들을 유산으로 받은 것인지 직접 구매하신 것인지는 모르겠다. 하지만 벽난로 집게와 풀무부터 침대와 그림 액자까지 완전히 예전 양식 그대로 보존된 가구들 일체는 어떤 애호가들에게는 정말 진귀한 것일 것이다. 할아버지는 거실에 멋진 그림들을 가지고 계셨고 위대하고 호화로운 뷜의3 가구들을 가지고 계셨다. 이제는 아무도 그런 가구들을 쓰지 않았고 또 그런 진품의 아름다운 예술품들 대신 제정시대의 고관 의자나 금박을 입힌 마호가니나 나무를 밤색으로 칠해 헤르쿨라네움식으로4 흉내 낸 흉측한 모조

---

3  〔역주〕 Bulle. 17세기 프랑스의 가구 제조인이다.

품들을 더 선호하니 할아버지의 가구들은 값을 매길 수 없는 것들이었다. 나는 그런 가구들에 대한 예술적 가치나 고급스러운 취향 같은 것과는 거리가 먼 사람이다. 또 엄마는 그런 것들이 너무 구닥다리라 아름답지 않다고 했다. 하지만 아름다운 것은 그런 것을 이해하지 못하는 자에게까지도 좋은 인상을 주기 마련이다.

할아버지 집에 들어갈 때면 나는 무슨 신비한 성소聖所에 들어가는 것 같았다. 또 실제로 거실은 늘 잠겨 있는 신비한 성소와 같은 곳이었기 때문에 나는 부르디외 부인에게 그곳에 들어가게 해 달라고 조르곤 했다. 그러면 할머니 할아버지들이 저녁 식사 후 카드놀이를 하는 동안 그녀는 내게 가구 위에 올라가 촛농을 떨어뜨리지는 말라는 주의와 함께 작은 촛불을 주며 살짝 그 큰 거실로 들어가서 잠깐 놀도록 허락해주었다.

나는 조심해서 촛불을 테이블 위에 올려놓고 그 넓은 거실을 몰래 살펴보기 시작했다. 나의 작은 촛불로 거실은 겨우 천장만 희미하게 보였다. 그래서 라르질리에르가5 그린 큰 초상화들과 플랑드르풍의 아름다운 인테리어들 그리고 벽을 뒤덮고 있는 이탈리아 화가들의 그림들이 희미하게 보였다. 나는 금장식들의 반짝거림과 커튼의 주름들 그리고 이 근사한 방의 침묵과 고독을 즐겼다. 그곳은 아무도 감히 들어와 살 수 없는, 오직 나만이 소유한 곳처럼 생각됐다.

---

4  〔역주〕폼페이와 함께 베수비오 화산 폭발로 사라진 이탈리아 캄파니아 지방의 고대 도시다.
5  〔역주〕Largillière(1656~1746). 프랑스 화가이자 건축가이다.

그런 상상만으로도 내겐 충분했다. 아주 젊었을 때부터 나는 뭔가를 소유한다는 것을 즐거워하지 않았다. 나는 한 번도 궁전이나 마차나 보석이나 예술품들을 갖고 싶어 한 적이 없다. 나는 아름다운 궁전을 이리저리 다니거나 멋지고 빠른 마차가 지나가는 것을 보고 또 예쁜 보석들을 이리저리 돌려보며 예술품이나 장인의 감탄스러운 작품들을 바라보는 것을 좋아한다. 하지만 나는 결코 "이건 내 것이야!"라고 말하고 싶었던 적은 없었다. 그리고 또 왜 그런 말을 하는지도 이해를 못 하겠다. 그래서 내게 귀하고 값진 것을 주는 것은 잘못하는 일이다. 왜냐하면 나는 누군가 그것을 좋아하거나 혹 갖고 싶어 하는 사람이 있으면 금방 줘 버리니까. 내게 중요한 물건들이란, 사랑했지만 지금은 더는 볼 수 없는 사람들에게서 온 것들이다. 그래서 내 방의 오래된 가구들을 팔라는 채권자들의 말을 들으면 나는 난감하다. 왜냐하면 모두가 할머니로부터 받은 것이고, 그래서 그 물건들은 내 삶의 모든 순간을 기억나게 하기 때문이다. 그 외의 것들에 대해서는 관심도 없다. 베랑제의 "보는 것이 소유하는 것이다."라는 말처럼 내 안에는 보헤미안의 피가 흐르는 것 같다.

나는 사치를 싫어하는 것이 아니라 반대로 사랑한다. 하지만 그것으로 내가 무엇을 해야 할지는 모르겠다. 나는 특히 보석을 엄청나게 좋아한다. 금속과 보석을 너무나 교묘하게 결합해서 재미있고 즐거운 모양을 만들어내는 것은 최고로 아름다운 창조라고 생각한다. 나는 장신구들과 옷감들과 화려한 색들도 좋아한다. 그런 것들을 보는 것은 정말 황홀하다. 나는 보석 세공인이나 의상 디자이너가 돼서 나만의 미적 감식안을 가지고 아름다운 것에 생명을 불어넣고 창조하는 기적적인 일을 하고 싶다. 하지만 그런 것들을 나는 사용할 수가 없다. 아름다운 드레스는 답답하고 보석들은 몸에 상처를 줄 뿐이다. 무엇보다 그런 것들로 우아하게 살다 보면 우린 금방 늙고 죽을 것 같다. 그러니 결국, 나는 부자로 살 팔자가 아닌 것 같다. 이렇게 살다 나중에 늙어 거동이 불편하지만 않다면 나는 정말로 베리의 오두막이면 족하다. 깨끗하고6 이탈리아의 시골집처럼 안락하기만 하다면 말이다.

이건 무슨 미덕 때문도 아니고 공화주의자로서의 검소함도 아니다. 오두막이야말로 예술가들에게는 더 아름답고 다채롭고 기품 있는 자기만의 공간이 아닐까? 요즘 이른바 입헌군주시대 양식으로 지은 현대적이고 조잡한 건축물보다 말이다. 이런 것들은 지금까지 있었던 예술의 역사에서 가장 형편없는 형식이 아닌가 싶다. 나는 또 요즘 예술가들이 일반적으로 왜 그렇게 매관매직을 하고 화려하게 살려고 하면서 부를 탐하는지 모르겠다. 만약 이 세상에서 그런 사치스러움 없이 무無의 상태에서 자기 꿈만을 가지고 스스로 창조해낸 삶을 사는 사람이 있다면 그 사람이 진정한 예술가가 아닐까? 왜냐하면, 그는 아무것도 아닌 것을 가지고 시적인 것을 만들어낼 수 있는 재능이 있는 사람이며, 시적인 감각과 안목에 따라 자기만의 집을 지을 수 있는 사람이니 말이다. 그래서 내게 사치스러움이란 무식하고 천박한 이들의 자기 과시로 보인다.

보몽 할아버지의 경우는 그렇지 않았다. 할아버지는 부富에 대한

---

6  실제로 베리의 오두막집들은 모두가 깨끗하다.

선천적인 안목을 타고나신 분이다. 나는 좋은 기회를 만나 좋은 거래로 멋진 가구들을 갖출 능력만 있다면 얼마든지 그렇게 해도 좋다는 생각이다. 할아버지의 경우가 이런 경우라는 생각이 든다. 왜냐하면, 할아버지는 그리 많지 않은 재산을 가지고 있었지만 맺힌 것이 없는 사람이었기 때문이다. 다시 말해 할아버지는 가난했고 어떤 광기나 과시욕을 가지고 있지 않았다는 말이다.

할아버지는 미식가였다. 비록 아주 적게 먹긴 했지만 음식에도 다른 물건들에 대해 그런 것처럼 미세하고 정확한 안목을 지니고 계셨다. 결코, 허풍스럽거나 으스대려는 것이 아니며 때로는 과학적인 것을 자랑스러워하셨다. 할아버지가 음식에 대해 장황한 이론을 늘어놓는 것을 듣는 것은 즐거운 일이었다. 왜냐하면, 할아버지는 마치 정치나 철학에 대한 이야기를 하듯 심각하고 논리적으로, 때로는 화를 감추지 못하고 흥분해서 설명했기 때문이다. 할아버지는 다소 과격한 말을 유쾌하게 말씀하시곤 했다.

"세상에 먹을 것 때문에 재산을 낭비하는 것보다 더 바보 같은 일은 없지. 무슨 불탄 걸레 같은 오믈렛이 아니고 진짜 맛있는 오믈렛을 먹는 데 돈이 더 드는 것도 아니고 말이야. 중요한 건 진짜 오믈렛이 뭔가를 아는 것이지. 만약 그것을 잘 알고 있는 여자가 있다면 나는 내 부엌의 조수들에게 스승님이라 부르라 하겠어. 나는 거들먹거리며 썩은 고기에 희한한 이름을 붙여 내놓은 그런 요리사 선생들보다 그런 여자를 더 채용하고 싶네."

저녁 먹는 내내 대화는 늘 이런 식이었고 늘 먹거리에 대한 이야기뿐이었다. 지금 우리 시대에는 사라져 버린 참사원의 취향에 대해 이해하기 위해 몇 가지 예를 들어보겠다. 아주 적게 잡수시지만 역시나 식도락가이신 할머니는 바닐라 크림과 수플레 오믈렛을 만드는 데 일 가견을 가지고 있었다. 부르디외 부인은 할아버지와 소스에 뮈스카 데를 조금 덜, 혹은 조금 더 넣었다고 싸웠다. 엄마는 그런 그들을 보고 웃었다. 오직 마를리에르 부인만이 식사 중에 말이 없었다. 왜냐하면 그녀는 미친 듯이 먹기만 했기 때문이다.

나는 장시간 동안 음식을 논하고 비평하고 싸우며 엄숙하게 맛을 음미하는 그런 저녁은 정말 죽을 듯이 지루했다. 나는 언제나 빨리 식사를 끝내고 다른 생각을 했다. 식탁에서의 오랜 토론은 항상 나를 아프게 했다. 그래서 나는 중간 중간 허락을 받고 '바베트'라는 복슬복슬한 늙은 개와 놀기 위해 나갔다. 녀석은 평생을 식당 구석에서 낳은 새끼들에게 젖을 먹이며 보냈다.

저녁 시간도 내게는 너무나 길었다. 엄마는 카드를 들고 할머니 할아버지들과 놀아야 했다. 비록 보몽 할아버지가 카드 게임을 아주 잘하고 데샤르트르처럼 화를 내지는 않는다고 해도 엄마는 그것을 그리 달가워하지 않았다. 그리고 마를리에르 부인은 항상 이겼는데 늘 속임수를 쓰기 때문이었다. 그녀는 자기 입으로도 속임수 없는 게임은 지루하다고 말했다. 그래서 그녀는 절대로 돈 내기는 하지 않았다. 7

---

7　그동안 나는 참 애처롭게 보이는 것들을 지적했다. 예를 들면 대부분의 여자들이 게임할 때나 다른 이해관계가 있는 일에서 상대를 속인다는 사실이다. 나는 돈이 많은 여자들이나 경건한 여자들이나 사회적으로 명망 있는 여자건 간에 누구나 다 그런 것을 보았다. 이것은 사실이니 이 말은 꼭 해야겠다. 그것을 나쁜 거라고 말하는 것부터가 투쟁의 시작이다. 이런 무의식적 속임수는 별 이해관계도 없는 게

그동안 부르디외 부인의 하녀는 나를 데리고 놀았다. 그녀는 내게 카드로 성을 쌓게 하기도 하고 도미노 건물을 만들게 하기도 했다. 짓궂은 할아버지는 가끔 와서 그 위로 바람을 불기도 하고 팔꿈치로 우리의 작은 탁자를 치기도 했다. 그러다가는 엄마와 같은 이름인 '빅투아르'란 이름을 가진 부르디외 부인에게 "빅투아르, 이러다가 이 아이가 바보 되겠어요. 뭐 재미있는 것 좀 보여주지. 내 담뱃갑들을 보여주세요!"라고 했다. 그러면 어떤 상자를 열어 12개쯤 되는 너무나 아름다운 담뱃갑을 보게 했다. 그것들은 아름다운 작은 그림들로 장식되어 있었는데 요정이나 여신 아니면 목동의 옷을 입은 아름다운 여자들의 초상이었다. 지금은 왜 할아버지가 그렇게 많은 아름다운 부인의 초상화를 담뱃갑 위에 가지고 있었는지 알 것 같다. 당시 할아버지는 그런 것에는 관심조차 없어서 그것은 그저 한 어린아이를 즐겁게 할 용도였을 뿐이었다. 그러니 신부님들께 초상화들을 많이 주기 바란다! 참 다행스럽게도 지금은 신부님께 초상화를 주는 그런 유행은 사라진 것 같다.

---

임을 하는 젊은 소녀들에게서도 볼 수 있다. 이것은 그저 속이고 싶은 본능일까? 아니면 우연에서 벗어나고자 하는 정신적 의지일까? 어쩌면 이런 것은 그들이 제대로 된 도덕 교육을 받지 못해서가 아닐까? 세상에는 두 가지 종류의 명예가 있다. 첫째는 금전관계에서 남자가 보여야 하는 용기와 성실성이다. 여자의 명예는 오로지 순결함과 정숙함에만 있다. 만약 순결함이나 정숙함 같은 것은 좀 없어도 괜찮다고 한다면 남자들은 분명 어깨를 으쓱하며 그 말에 동의하지 않을 것이다. 하지만 정직한 여자라면, 아니면 정직한 남자라면 더 많은 신의와 존중을 가져야 한다는 말도 그들은 부정할 텐가?

할머니는 나를 마를리에르 부인 집에도 데려가고는 했다. 그녀는 그리 잘살지 못해서 절대로 음식 대접은 하지 않았다. 그녀는 빌도가 6번지의 작은 아파트 3층에 살았다. 내 생각에 집정관 시대부터 1841 년인가 1842년 그녀가 죽을 때까지 거기서 살았던 것 같다. 그 집의 내부는 할아버지 집보다는 못했지만, 그 완전한 통일성만큼은 감탄스러웠다. 완전히 루이 14세 양식이었는데 그때부터 조금도 바뀌지 않은 것 같았다.

마를리에르 부인은 아브란테스 공작 부인인 쥐노 부인과 아주 친한 사이였다. 공작 부인은 너무나 파란만장한 삶을 살다가 흥미로운 자서전을 남기고 매우 불행하게 죽었다. 내 기억이 맞는다면 그녀는 마를리에르 부인을 매우 미화하는 이야기도 한 페이지 남겼다. 둘의 우정을 생각한다면 있을 수 있는 일이다.

어쨌든 프로방스 백작 부인과 쥐노 부인과 우리 할머니의 오랜 친구인 그녀는 결점보다는 덕목이 더 많았다. 그리고 그것으로 그녀의 이상하고 우스꽝스러운 행동들은 다 용서해줄 수 있었다. 할머니의 다른 친구들로는 우선 파르다이앙 부인이 있다. 그녀는 할머니가 누구보다 제일 좋아했던 사람이다. 자그마하고 착한 부인은 너무나 예쁘고 깔끔하고, 주름진 얼굴은 여전히 귀엽고 생기가 있었다. 그녀는 당시 다른 부인네들처럼 배운 것도 많지 않았고 사고하는 것도 평범했다. 내가 언급하는 모든 부인 중에 오직 할머니만이 완벽하게 언어를 구사할 줄 알고 정확한 철자를 쓰셨을 것이다. 마를리에르 부인도 겉모습은 재미있고 호방했지만, 우리 요리사들 정도로밖에 쓰지 못했다. 하지만 잘난 체와는 거리가 먼 파르다이앙 부인은 재치가 있는 사람은 아니지만, 결코 지루한 사람도 아니었다. 그녀는 마음속에 어떤 원칙을 가지고 있어서 모든 것을 양심에 따라 판단하며 세상 사람들 눈치를 보지 않았다. 내 생각에 그녀는 살면서 결코 나쁜 말은 한 적도 없고 또 적의敵意나 미움 같은 감정도 가져 본 적이 없을 것이다. 천성적으로 천사 같고 차분하면서도 예민하고 사랑스럽고 신의를 지키고 모든 사람에게 엄마처럼 따뜻하고 신앙심이 깊지만, 결코 광신도는 아니었다. 또 관대하지만, 무관심에서 나오는 관대함이 아니라 애정과 겸손함에서 나오는 너그러움이었다. 정말 나는 그녀의 단점이 뭔지를 모르겠다. 그녀는 내가 평생 만난 사람 중 도저히 그 심중을 꿰뚫어 볼 수 없었던 두세 명 중 한 명이다.

겉으로 보이는 명석함은 없었지만 그녀는 심중에 아주 깊은 생각을 갖고 있었다는 생각이 든다. 그녀는 늘 나를 "내 가엾은 아이야!"라고 불렀다. 그래서 어느 날 그녀와 단둘이 있을 때 용기를 내서 왜 나를 그렇게 부르냐고 물으면, 그녀는 나를 자기편으로 끌어당겨 안으며 감상에 젖은 목소리로 말했다.

"늘 착하게 살아야 한다. 그게 네가 이 세상에서 행복할 수 있는 길이란다."

무슨 예언 같은 그녀의 말은 조금은 충격적이었다. 그래서 나는 "내가 불행해진다는 말인가요?"라고 물었다. 그녀는 "그래 사람은 모두 슬프게 되어 있단다. 하지만 너는 다른 사람보다 더 슬픈 삶을 살거야. 그때 내가 한 말을 꼭 기억해. 선하게 살아야 한다. 아마도 너는 용서해야 할 일이 많을 테니까."

나는 또 물었다.

"왜 내가 용서해야 하지요?"

"왜냐하면, 너는 용서하는 것에서 유일한 행복을 느낄 테니까!"

어쩌면 그때 그녀 마음속에 말 못 할 슬픔이 있어서 이렇게 슬픔을 일반화한 것일까? 그런 건 아닌 것 같다. 그녀는 행복했고 모든 가족으로부터 끔찍한 사랑을 받았으니까. 하지만 젊은 시절에 가슴 아픈 일로 상처받은 일이 있었고 그녀는 아무에게도 그 말을 하지 않았을 거라는 생각이 든다. 아니면 그녀는 착하고 따뜻한 마음으로 내가 엄마를 사랑하고 있으며, 그 사랑으로 얼마나 고통받게 될 것인가를 알았던 것인지도 모르겠다.

베랑제 부인과 페리에르 부인은 둘 다 자신들이 귀족이란 것에 대해 너무 잘난 척을 했는데 둘 중 누가 더 오만하고 무게를 잡았는지 구별할 수 없을 정도였다. 이 두 사람이야말로 엄마가 늘 농담처럼 '늙은 백작 부인들'이라 비아냥대는 그런 유형의 여자들이었다.

두 사람은 자신들이 예전에 아주 예뻤고 품행도 방정했다고 하는데 그런 말 때문에 그들은 더 거만하게 보였다. 페리에르 부인은 여전히 예전 관습이 몸에 남아 있어서 거리낌 없이 예전 행태를 고수했다. 그녀는 날씨가 어떻든 아침부터 늘 토시 위로 벗은 팔을 드러내고 있었다. 드러난 팔은 너무나 희고 살이 피둥피둥해서, 이미 과거의 유물이 되어 버린 그런 교태嬌態는 보기가 민망할 정도였다. 60살 부인의 그 교태스런 팔은 너무나 탄력이 없어 테이블 위에 놓으면 축 늘어져 정말 보기 괴로울 정도였다. 나는 왜 나이든 부인들이 그렇게 벗어야 하는지 그 이유를 모르겠다. 더욱이 좀 생각이 있는 사람이라면 말이다. 어쩌면 페리에르 부인에게 있어 그것은 절대 버릴 수 없는 예전 방식의 몸치장이었는지도 모르겠다.

베랑제 부인은 앞서 말한 부인과 마찬가지로 예전 궁정이나 새로운 궁정의 어떤 공주와도 친하지 않았다. 8 그녀는 그러기에는 자신이 너무 우월한 지위라고 생각하는 것 같았다. 그녀는 아마 "내가 궁정의 주인인데, 다른 사람들 궁정에 참여해줄 이유가 없지!"라고 말하고 싶었을 것이다. 나는 그녀의 부모가 누구인지 모르겠다. 하지만 그녀의 남편은 고트 시절 이탈리아의 베랑제왕의 자손이라고 늘 떠들어댔다. 그래서 그와 그의 부인은 자신들을 모든 인간 중에 가장 위대한 존재들로 여기며 "모든 세상 사람들을 퇴비 더미처럼 바라보았다."9

그들은 아주 잘살았었다고 하면서 늘 그놈의 혁명 때문에 파산했다고 떠들어댔지만, 당시에도 여전히 잘살고 있었다. 베랑제 부인은 벗은 팔을 드러내지는 않았지만, 이상한 몸치장을 하기는 마찬가지였다. 너무 꽉 끼는 코르셋을 해서 그것을 조이려면 두 명의 하녀가 등 위에 올라타 무릎으로 눌러야 할 정도였다. 예전에 그렇게 예뻤다고들 하지만 쓰고 있는 가발을 보면 도저히 그랬다고는 상상이 가지 않았다. 그녀는 어린아이나 티투스 스타일로 오글오글한 금발의 가발을 머리 전체에 썼다. 늙은 여자가 언뜻 보기에 대머리처럼 보이는 이 짧게 오글거리는 금발의 가발을 쓴 모습은 정말 보기 싫고 우스꽝스러웠다. 더욱이 베랑제 부인은 짙은 갈색 머리에 체구도 아주 컸다.

---

8 　파르다이앙 부인은 오를레앙 공작 부인의 친구였다.
9 　〔역주〕몰리에르의 운문희극 〈타르튀프〉(Le Tartuffe)에 나오는 구절이다.

저녁때 열이 올라 더는 가발을 쓰고 있을 수가 없을 때면 할머니와 카드놀이를 하는 동안 가발을 벗어 놓고는 했는데, 검은 머리 싸개만 쓰고 있는 모습은 늙은 신부님 같았다. 그러다가 누가 찾아오기라도 하면 갑자기 가발을 찾았는데 가발은 땅에 떨어져 있기도 하고 주머니에서 나오기도 하고 아니면 그녀가 앉은 의자 밑에서 나오기도 했다. 오글오글한 짧은 머리채를 하도 이상하게 연결해 놓아서 너무 급할 때는 뒤집어쓰기도 하고 앞뒤를 틀리게 쓰기도 했는데 그 모습이 어찌나 우스꽝스러운지 도저히 예전의 아름다움은 생각할 수도 없을 지경이었다.

트루스부아 부인과 자소드 부인과 또 이름이 기억나지 않는 다른 몇몇 부인들 중 어떤 사람은 턱이 코에 붙은 사람도 있었고, 어떤 사람은 미라 같은 얼굴을 한 사람도 있었다. 그들 중 제일 젊은 사람은 금발의 샤노아네스였는데 꽤 예뻤지만, 난쟁이에 꼽추여서 둥근 등 위로 휘장을 두르고 있었다. 그녀는 결혼하지 않았지만 다들 그녀를 '마담'이라고 불렀다, 16군데의 영지를 가지고 있었기 때문이다. 또 하스펠트인지 하즈펠느인지 하는 남작 부인도 있었는데 그녀는 슈라크의 늙은 하사 같은 모습을 하고 있었다. 또 성이 뒤부아라는 부인도 있었는데 유일하게 이름이 없었던 이 부인에게는 별다르게 우스꽝스러운 특징은 없었다. 또 누군지 모르겠지만 늘 푸르죽죽하고 부풀어 올라 거칠게 갈라진 입술을 한 부인이 하나 있었는데 내게 입을 맞출 때면 얼마나 싫었는지 모른다.

또 '말테트'라는 성을 가진 꽤 젊은 부인도 생각난다. 그녀는 가난하고 늘 불평만 하는 나이든 남자와 결혼했는데 그 이유가 단지 그가 이탈리아의 말라테나라는 성을 가졌기 때문이었다. 그 이름은 그리 좋은 이름은 아니었다. 그 뜻이 '병든 머리' 아니면 '나쁜 머리'를 뜻하기 때문이다. 10 우연인지 모르지만 그 부인은 평생 두통에 시달렸다. 사람들이 그녀를 말테트라고 부를 때 나는 그게 그녀의 두통 때문에 아니면 늘 투덜거리기만 하는 것 때문에 붙인 별명인 줄 알았다. 그래서 어느 날 순진하게도 나는 그녀에게 왜 그렇게 불리느냐고 물었던 적이 있었다. 그녀는 놀라면서 내가 잘 알고 있지 않느냐고 물었다. 나는 대답했다

"아니요, 말드테트나 말아테트나 말테트는 이름이 아니잖아요."

그러자 그녀는 아주 자랑스럽게 말했다.

"아가씨 미안해요. 그건 아주 아름답고 위대한 성이랍니다."

"세상에, 말도 안 돼요. 사람들이 그렇게 부르면 화를 내셔야지요."라고 내가 말하자, 그녀는 "너도 그런 이름을 갖길 바라."라며 더 힘주어 말했다. 나는 "고맙지만 저는 제 이름이 좋아요."라고 고집스럽게 대답했다.

그녀가 제일 젊었기 때문에 그녀를 좋아하지 않는 다른 부인들은 부채에 얼굴을 숨기고 킥킥거렸다. 할머니는 내게 조용히 하라고 했고 말테트 부인은 곧 자리를 떴다. 잘 모르겠지만 나의 무례함에 크게 상처를 입은 것 같았다.

남자 중에 '페르농'이란 신부님은 인자하고 훌륭하고 인간적으로는

---

10 〔역주〕 말라테나는 불어로 Maleteste로 발음이 Mal tête와 같은데 Mal은 병 혹은 나쁘다는 뜻이고 tête는 머리라는 뜻이다.

우리처럼 보통 사람들 같았는데 늘 밝은 회색 옷을 입고 얼굴은 온통 사마귀로 덮여 있었다. 이미 한 번 언급한 적이 있었던 앙드르젤 신부님은 옷 위에 늘 짧은 스펜서 외투를 걸치고 있었다. 빈치라는 기사는 틱 증후군이 있었는데 앞이마와 눈썹이 경련을 일으켜 늘 가발이 흔들리고 움직이다가는 5분마다 한 번씩 코 위로 떨어져 내렸다. 그러면 그는 가발이 접시로 떨어지기 일보 직전에 낚아채 최대한 머리 뒤쪽으로 올려놓았다. 조금이라도 떨어지는 시간을 지체하기 위해서 말이다. 또 다른 두세 명의 노인들이 있었는데 그 이름들도 문득 떠오르게 될 것이다.

그러니 엄마 젖을 먹으며 출생에 대한 편견 같은 건 전혀 몰랐던 한 아이가 그런 음울하고 무겁고 차가운 군상들과 함께해야 했던 그 삶을 한번 짐작해 보시길! 그때 나는 이미 나도 모르게 예술가가 되어서 사람들과 사물들을 관찰하는 일이 나의 특기가 된 것 같다. 나의 소명이 잘하든 못하든 사람들을 묘사하고 사람들의 심리를 그리는 것이라는 걸 깨닫기 훨씬 전부터 나는 슬프게도 그런 운명을 직감했던 것 같다. 더는 나의 몽상으로부터 나를 떼어낼 수 없었던 것도 그때부터였을 것이다. 내 의지와 상관없이 현실 세계는 온 힘으로 나를 짓누르며 나를 망상 속으로 빠뜨렸고 나는 아주 일찍부터 자유롭게 그것을 즐겼던 것 같다. 나는 나도 모르게 그 늙고 추한 얼굴들을 관찰했는데 할머니는 비교적 여전히 아름다운 편이었다. 하지만 젊은 시절 아름다웠다고 자랑하는 사람들을 볼 때는 그 얼굴들이 더 끔찍하게 보였다. 나는 그들의 모습과 태도와 행동거지와 의미 없는 말들과 느릿느

릿한 거동과 불편한 치장들과 가발들과 흉측한 모습들, 되는 대로의
살집들, 시체처럼 삐쩍 마른 몸 … 그 모든 흉한 모습들, 그 모든 늙
고 추한 모습들을 자세히 관찰했다. 나이 든 사람들에게 너그러움과
검소함이 수반되지 않는다면 그런 치장들은 정말 역겨울 뿐이다.

나도 아름다운 건 좋아한다. 이런 관점에서 보자면 할머니의 차분
하면서도 생기 있고 부정할 수 없는 아름다움은 결코 보기 싫지 않았
다. 하지만 반대로 대부분의 다른 부인들은 정말 나를 비탄에 빠뜨렸
다. 그들이 하는 이야기들은 지루하기 그지없어서 정말 나는 아무것
도 보지도 않고 듣지도 않았으면 싶었다. 하지만 나의 탐색 습관은 늘
그들을 바라보게 하고 듣게 하면서 아무것도 놓치지 않았고 아무것도
잊지도 않았다. 이런 타고난 기질은 아무것도 아닌 것들을 주의 깊게
살피면서 내 삶을 더욱 지루하게 했다.

낮 동안은 엄마와 즐겁게 이리저리 뛰어다니며 전날 밤의 지루함을
잊었다. 나는 엄마에게 내 식으로 내가 조용히 또 슬프게 바라보았던
코미디 같던 장면들을 설명했다. 그러면 엄마는 웃음을 터뜨렸다. 나
도 엄마처럼 그들을 경멸하고 또 그 늙은 백작 부인들을 혐오하는 것
을 좋아하신 것 같다.

하지만 그중에는 분명 좋은 사람이 몇몇 있기도 했을 것이다. 왜냐
하면 엄마는 몇몇 사람들과는 친했으니까. 하지만 늘 나를 좋아해 주
었던 파르다이앙 부인 외에 나는 진정한 인간성을 잘 알 수 있는 나이
가 아니어서 단지 무게 잡는 노인네들의 우스꽝스럽고 볼품없는 모습
만이 기억날 뿐이다.

말테트 부인에게는 '아조르'라 불리는 끔찍한 애완견 한 마리가 있

었는데 요즘 그 이름은 문지기들의 개 이름으로 흔한 이름이지만 그때는 드문 이름이어서 아주 특이해 보였다. 당시 그 개에게 그 이름은 좀 우스꽝스러웠다. 왜냐하면 그 늙은 푸들은 너무 더러웠기 때문이다. 그런데 그게 잘 씻기지 않거나 빗질을 해주지 않아서가 아니라 너무 먹성이 좋아서였다. 그 주인은 어디든 그 개를 데리고 다녔는데 혼자 두면 너무 슬퍼한다는 게 그 이유였다.

반면에 마를리에르 부인은 동물을 엄청나게 싫어했다. 그래서 그녀는 길게 누워서 뾰족한 신발 끝으로 그녀가 '말테트의 아조르'라 부르는 개에게 계속 발길질을 했다. 동물을 좋아하는 나도 그게 그렇게 잔인한 행동으로는 보이지 않았다. 하지만 이것은 두 부인 사이를 원수로 만들었다. 둘은 서로에 대해 욕하기 바빴고 다른 사람들은 그들을 부추기며 즐겼다. 성격이 날카로운 말테트 부인은 차갑고 상처 주는 말들을 내뱉었고 성격은 좋지만, 말을 조심성 없게 하는 마를리에르 부인은 화는 조금도 내지 않았지만 잔인한 농담으로 그녀를 폭발하게 했다.

말테트 부인의 이름 말고 또 나를 놀라게 한 것은 이른바 세상 사람들이 신부복을 입은 사람들에게 붙이는 '신부님'이란 호칭이다. 그들은 신부복은 입었지만, 전혀 종교적이지도 않았고 품행이 거룩하지도 않았다. 공연을 보러 가고 성 금요일에도 닭고기를 먹는 이 특별한 독신 남자들의 삶은 뭐라 정의해야 할지 모를 정도로 특별했다. 꼭 가바르니의 그림에 나오는 "무서운 아이들"처럼 나는 그들에게 난처한 질문을 했는데 어느 날 앙드르젤 신부님께 이렇게 물었던 기억이 난다.

"그러니까 신부가 아니신 것 같은데 그러면 대체 부인은 어디에 있는 거죠? 만약 신부님이시면 도대체 미사는 어디서 드리시는 건가요?"

사람들은 그 질문이 매우 영적이면서 고약한 질문이라고 생각했다. 내 생각에도 그랬지만 나는 나도 모르게 그런 질문을 많이 했다. 그 후에도 나는 사는 동안 그런 식의 질문을 한두 번 더 한 것 같다. 나는 재미로 아니면 좀 둔해서인지 심각하고 잔인한 질문이나 비판을 잘했다.

내 기억들을 순서대로 정확히 나열할 수 없어서 내가 말한 많은 사람들과 자세한 기억들이 모두 처음 할머니와 파리를 방문했을 때였는지는 정확히 모르겠다. 하지만 어쨌든 할머니 주변의 그런 분위기와 습성들은 변하지 않았다. 그래서 늘 파리에 가면 늘 같은 사람들과 같은 상황의 연속이었다. 그러니 더는 그들에 대해 언급하지 않겠다.

이제부터 나는 아버지 편지에서 여러 번 언급되었던 빌뇌브 가족에 대해 이야기하려고 한다. 나의 할아버지인 뒤팽 드프랑쾨이유가 두 번 결혼해서 첫 번째 결혼에서 딸이 하나 있었다는 이야기는 이미 했었다. 그러니까 그녀는 나의 아버지의 누나가 되지만 나이는 훨씬 많았다. 그녀는 재력가인 발레 드빌뇌브 씨와 결혼해서 르네와 오귀스트라는 아들 둘을 낳았고 이들은 아버지의 조카뻘이었다. 비록 둘의 나이가 거의 비슷했지만 말이다.

그러니까 나는 그들의 사촌이었다. 그리고 그들의 아이들은 브르타뉴 지방식으로 하자면 내 조카들인 셈이다. 비록 나이는 내가 제일 어렸지만 말이다. 이런 나이 차이는 친척들 사이에서 촌수를 따질 때 종종 일어나는 일인데 그런 촌수를 알지 못하는 사람들에게는 이상하게 보였을 것이다. 요즘은 몇 년의 나이 차이는 크게 생각하지 않지만 내가 어릴 때는 다 큰 청년이나 큰 처녀가 나를 '고모'라고 부르면 사람들은 모두 놀리는 줄 알았다. 우리 아버지를 '아저씨'라고 부르던 사촌들이 장난으로 나를 그들의 '왕고모'라 부르니 그쪽 모든 가족은 늙으나 젊으나 모두 거기에 내 이름을 붙여 나를 "우리 오로르 고모"라고 불렀다.

이 가족들은 30여 년 동안을 그라몽가의 한 집에서 살았다. 앞으로 보게 되겠지만 그들은 아주 숫자도 많고 다복해서 꼭 무슨 족장사회를 이루고 사는 것 같았다. 제일 아래층에는 기베르 부인의 엄마인 쿠르셀 부인이 살았다. 2층에는 르네 드빌뇌브 부인의 엄마인 기베르 부인이 살았고, 3층에는 르네 드빌뇌브 부부가 아이들과 살았다. 내가 이야기하는 그때로부터 10년 뒤에는 그 딸이 라로슈에몽 씨와 결혼해서 4층에서 살았고, 라로슈에몽 부인의 아이들이 하녀들과 5층에 살 때도 연로한 쿠르셀 부인은 여전히 건강하게 살아계셨다. 그러니 말 그대로 1층부터 5대가 한 지붕 아래 사는 거였다. 그러니 속담에서 말하듯 쿠르셀 부인은 기베르 부인에게 직접 "딸애야, 네 딸에게 네 딸의 딸이 운다고 좀 말하렴!"이라고 말할 수 있었다는 말이다.

이 집 여자들은 모두 일찍 결혼했고 모두가 아름답고 얌전했다. 빌뇌브 부인이 할머니라는 것, 또 기베르 부인이 증조할머니라는 것은 상상하기 힘들었다. 고조할머니도 너무나 꼿꼿하고 날씬하고 깨끗하고 활동적이셨다. 그녀는 딸의 증손녀를 보기 위해 4층까지 가볍게 올라가시곤 했다. 얼마나 건강하고 자상하고 온화하고 우아하신지 정말 존경과 사랑을 보내지 않을 수 없는 분이다. 그녀는 어떤 이상한 단점도 없고 웃기는 면모도 없고 허풍도 없으셨다. 그녀는 병을 앓지도 않고 그저 나이가 들어 노환으로 돌아가셨다. 돌아가실 때까지도 그녀는 정상적인 활동을 하셨다.

기베르 부인에 대해서는 별로 할 말이 없다. 그녀는 기베르 장군의 미망인이었으며 재능과 능력이 뛰어난 여자였는데, 나는 그녀에 대해 아는 게 거의 없다. 그녀는 가족들과는 좀 거리를 두고 살았는데 그 이유는 모르겠다. 사람들은 그녀가 바레르라는 사람과 비밀리에 결혼했다는 말도 한다. 그녀는 분명 생각이 많고 사연도 많은 여자였을 것 같다. 어쨌든 그녀에 대한 이야기들은 모두 베일에 가려 있다. 나는 그녀에 대해서는 별로 관심이 없어서 물어보고 싶은 생각도 없었다.

르네 드빌뇌브 부부에 대해서는 조금 후에 이야기하도록 하겠다. 왜냐하면 그들은 우리 집과 아주 직접 연관되어 있기 때문이다.

르네와 형제지간인 오귀스트는 파리의 세무관원으로 앙주가의 예쁜 호텔에서 3명의 아이와 함께 살았다. 그중 천사처럼 아름답고 부드러우며 착한 펠리시는 엄마처럼 폐결핵을 앓다가 이탈리아에서 일찍 죽었다. 당시 그녀는 발보 백작(말년에 피에몬테 사건 때 온건한 진보를 주장하는 글과 행동으로 물의를 일으켰던 바로 그 인물)과 결혼해서 이탈리아에 살고 있었다. 또 10대 때 죽은 루이라는 아이가 있었고 레옹스라는 아이는 루이 필리프 때 앵드르와 루아레의 시장을 지냈다.

레옹스는 아주 잘생기고 재기발랄하고 재미있는 사람이었다. 그 아이의 엄마가 열어준 아이들만의 무도회가 있었다. 나는 거기서 처음이자 마지막으로 착하고 매력적인 로르 드세귀르를 보았다. 아버지는 그녀를 얼마나 존중하고 사랑했는지 모른다. 그녀는 소파 위에 꽃으로 장식된 분홍 드레스를 입고 나를 소파 위에 앉히고는 아버지를 닮은 내 모습을 슬프게 바라보았다. 그녀는 창백했고 열로 온몸이 뜨거웠는데 그 자식들은 그다음 날 그녀가 죽게 된다는 걸 아무도 알지 못했다.

레옹스는 주일主日처럼 차려입은 소녀들을 비웃었다. 당시 옷차림은 참 이상스러웠는데, 그런 것들이 전해 내려온 것 같지는 않다. 난 지금껏 그때 펠리시가 입었던 붉은 양모로 얼기설기 짠, 진짜 어망 같은 그물 드레스를 어디서도 본 적이 없다. 그 옷은 정말 환상적이었다. 그것을 흰색 실크 드레스 위에 입었는데 아래 단은 그물코마다 양털로 된 술이 달려 있었다. 이탈리아에서 온 그 옷은 모두가 좋아했다.

그때 나를 제일 놀라게 한 사람은 레옹스가 자꾸 놀렸던 한 소녀였는데, 이름도 기억나지 않는다. 그 아이는 나처럼 7~8살밖에 안 됐지만 꼭 사교계 여자처럼 여성스러웠다. 그 아이를 화나게 하려고 레옹스가 못생겼다고 하자 그 아이는 너무 화가 나서 울음을 터뜨렸다. 그리고 내 곁으로 와서는 "아니지? 나 정말 예쁘지? 엄마가 내가 무도회장에서 제일 예쁘고 옷도 제일 잘 입었다고 했어."라고 말했다. 주변에 있던 아이들은 레옹스를 따라 그 아이에게 아니라고 네가 제일 못생겼다고 했다. 그녀는 너무 화가 나서 산호 목걸이를 잡아당기는 바람에 하마터면 목이 졸릴 뻔했는데 다행히 그전에 목걸이가 끊어지고 말았다.

나는 어린아이가 그렇게 절망한다는 것, 그 순진한 탄식에 너무 놀랐다. 그것은 정말 특이한 일이었다. 우리 부모님도 내게 내가 제일 멋진 아이라고 백 번도 더 말했지만 그렇다고 해서 그렇게 교만해지지는 않았다. 나는 내가 착해서 그런 칭찬을 듣는다고 생각했다. 왜냐하면 내가 나쁘게 굴면 사람들은 내가 끔찍하다고 했으니까. 그래서 아이들에게 예쁘다는 것은 온전히 심리적인 칭찬으로 생각되었다. 어쩌면 나는 천성적으로 자기도취 같은 그런 기질이 없는 것인지도 모른다.

분명한 것은 할머니가 당신 수준만큼 내게 여성스러움을 갖추도록 너무 노력하시는 바람에 나는 어쩌면 가질 수도 있었던 그런 여성스러움을 오히려 거부하게 되었다는 것이다. 할머니는 내 성품이 고상하고 복장도 단정하고 행실도 우아하길 바라셨다. 하지만 나는 그때까지 아프거나 비정상적인 아이가 아니라면 의당 그렇듯 자유분방한 매력을 가지고 있었다. 그런데 사람들은 내가 그런 우아함을 갖추기에는 이미 너무 커 버렸다고 생각하기 시작했다. 왜냐하면, 그런 것은 아주 자연스럽게 우러나는 것이니까.

할머니 머릿속에는 어떤 학습된 우아함이란 것이 있었다. 즉 걷는 방식, 앉는 방식, 인사하는 방식, 장갑을 집는 방식, 포크를 드는 방식, 물건을 보여주는 방식 등이다. 그래서 어린아이에게 습관적으로 제2의 본성이 되도록 아주 일찍부터 가르쳐야 할 완벽한 몸짓들이 있었다. 엄마는 그런 것들을 너무 우습게 생각했는데, 나는 엄마 생각이 맞았다고 생각한다. 우아함이란 타고나는 것이라 만약 원래부터 가지고 있지 않다면 억지로 지어내는 것은 더욱더 어색할 뿐이다. 이렇게 지어내는 행동을 하는 남녀들이 내게는 제일 끔찍한 사람들이다. 만들어낸 우아한 자태는 극장에서나 필요한 것이다(좀 더 부연해 설명하자면 예술 속에서는 진실인 것처럼 보이지만 현실적으로 그런 것은 없다).

이런 규약들은 예전의 우아한 세상에서 살았던 남자와 여자에게는 매우 중요한 조항들이었을 것이다. 그래서 배우들은 오늘날 우리에게 그런 것들을 보이기 위해 열심히 연구하며 그렇게 애를 쓰는 것이다. 지금도 여전히 그런 우아한 옛사람들을 몇몇 알고 있는데 늙은 남자와 여자가 서로를 아무리 추켜세운다 해도 내 눈에는 그들이 너무나 웃기고 거북스럽게만 보인다. 차라리 나는 쟁기질하는 사람이나 나무꾼이나 머리에 바구니를 얹고 빨래하러 가는 여자나 친구들과 땅에 뒹구는 아이들이 백배는 더 좋다. 아름다운 몸을 가진 동물들이야말로 우아함의 모델이라고 할 수 있다. 누가 말에게 백조와 같은 우아하고 도도한 자태와 부드럽고 날렵한 움직임을 가르칠 수 있는가? 누가 새에게 그 뭐라 표현할 수 없는 부드러움을 가르칠 수 있는가? 누가 어린 새끼 양에게 그들이 흉내 낼 수 없는 동작과 뛰어오르기를 가르칠 수 있는가? 우아하게 담배를 잡고 우아하게 수놓은 옷과 제비 꼬리가 길게 늘어진 드레스를 입고 우아하게 검과 부채를 들라고 가르치는 늙은 꼰대들이라니!

스페인의 아름다운 부인들은 부채를 정말 믿을 수 없을 정도로 우아하게 다룰 줄 안다. 그들에게 그것은 정말로 하나의 예술이고 그것은 그들의 천성이다. 스페인의 농부들은 우리 오페라의 댄서들보다 더 볼레로를 잘 춘다. 그들이 보이는 기품 있는 태도는 오로지 그들이 선천적으로 타고난 신체적 아름다움에서 기인하는 것일 뿐이다.

대혁명 이전에 말하던 그 기품, 그러니까 그 거짓된 기품은 내 젊은 시절을 고통스럽게 만들었다. 사람들은 나의 모든 것을 교정시켰다. 무슨 행동을 하건 꼭 지적당했다. 그래서 결국 나는 참지 못하고 이렇게 소리 질렀다.

"차라리 소나 당나귀면 좋겠어요. 그러면 꼭 무슨 똑똑한 개에게 뒷다리로 걸으라고 하고 앞발을 내놓으라고 하듯 내게 가르치는 대신 내가 그냥 걷고 풀을 뜯게 내버려 두겠지요."

그래도 불행이란 것이 다 나쁜 것은 아닌 것이, 그런 것에 대한 혐오가 매번 내 생각과 감정을 자연스럽게 유지하게 한 원인이 된 것 같다. 뭐든 가짜인 것, 허풍스러운 것, 젠체하는 것은 나를 역겹게 했다. 그래서 아무리 교묘하게 감추고 있다고 해도 나는 그것들을 금세 알아보았다. 나는 뭐든 진실하고 순수한 것에서만 아름답고 선한 것을 볼 수 있었고 지금 나이가 들어가면서도 사람의 성품이나 정신의 산물이나 사회생활에서도 이 기준이 맞았다는 것을 느끼게 된다.

게다가 이런 가짜 기품이야말로 겉보기에 아름답고 매력적일지 몰라도 신체적 미숙함과 우둔함의 증표라는 생각이 든다. 모든 아름다운 귀부인들과 멋진 신사분들은 카펫 위에서는 너무나 잘 걸으며 인사를 나누지만, 하나님이 만드신 땅 위에서는 세 발자국만 걸어도 곧 피곤해하며 걷지 못한다. 그들은 문조차 제대로 여닫을 줄 모른다. 그들은 벽난로에 넣을 나무조차 들어 올릴 힘이 없다. 의자를 앞으로 당기려고 해도 하인들의 도움이 필요하다. 그들은 혼자서는 들어오고 나가지도 못한다. 하인들이 팔과 손과 다리를 부축해주지 않아도 그들이 그런 우아優雅를 떨 수 있을까? 나는 손과 발이 그들보다 작지만, 점심 전 오전에 들판을 8~9킬로미터나 걷던 엄마가 생각난다. 엄마는 큰 돌이나 손수레를 마치 바늘이나 연필처럼 움직이곤 했다.

나는 오래된 사향麝香 같은 분위기 속에서 하품하며 매일 보던 그 늙은 공작 부인보다는 차라리 접시 닦는 여자가 되길 원한다!

오, 오늘날의 작가들이여, 요즘 우리 시대가 너무 저속하고 그 모든 우아함이 다 누더기처럼 돼 버렸다고 탄식하면서 트리아농의 요정들로 가득한 몽롱한 작품을 지금 이 부르주아들이 만든 의회 민주 왕국 시대에 쓰고 계신데, 나는 행복해야 할 어린 시절을 그들이 좋다고 하는 그 과거 유물의 잔해 속에서 보내지 않은 것을 정말 축하한다. 당신은 그저 그림 속에서 본 아름다운 과거의 유골 단지 속을 들여다보며 현재와 미래를 부정하는, 그리고 나보다 덜 지루한 세월을 보낸 배은망덕한 자일 뿐이다!

## 3. 노앙에서 행복한 한때

나는 그 생활이 너무나 지루했다. 하지만 아직 불행할 정도는 아니었다. 나는 너무나 사랑받아서 내 인생에서 그런 것은 문제가 아니었다. 그래서 수많은 괴로움에도 불구하고 나는 이 삶에 대해 불평하지 않는다. 아마도 가장 큰 고통은 사랑을 경험하지 못하는 삶일 것이다. 나의 불행은 오히려 그 애정이 너무 지나쳐서 상처 입고 찢긴 것 같다. 그 사랑은 어느 때는 통찰력이 없고 어느 때는 섬세하지 못하고 어느 때는 공정하지 못하고 어느 때는 절제를 모르는 그런 사랑이었다. 내 친구 중 아주 똑똑했던 어떤 사람은 항상 내게 너무나 놀라운 충고를 했는데 그의 논리는 이랬다.

"사람들은 본능적으로 타고난 것을 고치고 발전시키기 위해 정신적 법칙이나 규칙을 만들곤 하지. 하지만 우리의 감정을 고치기 위해서는 아무것도 하지 않아. 우리는 우리의 욕구를 조절하고 열정을 누르기 위해 종교와 철학이란 걸 가지고 있지. 또 우리는 영적 의무라는 것을 아주 기본적인 것으로 배웠지. 하지만 영혼이란 엄청난 힘으로 우리의 감정에 너무나 특별하고 너무나 많은 종류의 미묘한 차이를 줄 수 있지. 감정이란 너무 지나치면 오히려 퇴행하고, 너무 모자라면 병이 되지. 만약 감정적인 것에 대해 친구와 상의하거나 책에서 해답을 찾으려 하면 너는 서로 다른 모순된 답들을 듣게 될 거야. 그러니까 감정에는 정해진 규칙이 없다는 거지. 비록 모든 답들이 아주 논리적이라고 해도 말이야. 모든 사람은 자기 기준으로, 충고를 받으려

온 사람들을 판단하기 마련이니까. 그런 충고는 아무 소용없는 것이고 어떤 괴로움도 치유할 수 없고 어떤 잘못도 고치게 할 수 없지.

예를 들어, 나는 사랑에 규칙이란 것이 어디 있는지 모르겠어. 그렇지만 사랑은 수많은 형태로 우리 삶 전체를 지배하고 있지. 부모와 자식 간의 사랑, 형제애, 부부애, 부성애, 모성애, 우정, 이웃 간의 사랑, 자선, 인류애 … 어디에나 사랑이 있지. 그것은 우리 삶 그 자체이기도 해. 그런데 그 사랑은 모든 법칙과 모든 길잡이와 모든 충고와 모든 예와 모든 금언을 벗어나지. 사랑은 오직 자기만의 법칙을 따르며 폭군이 되기도 하고 질투, 의심, 고집, 강박, 변심, 변덕, 관능, 폭력, 정숙함 혹은 금욕주의, 숭고한 헌신이나 폭력적인 이기주의가 되기도 하지. 그것은 가장 선한 것이 되기도 하고 가장 악한 것이 되기도 해. 사랑에 사로잡힌 사람들이 가지고 있는 영혼의 본성에 따라서 말이야. 지나친 사랑을 바로잡을 교리 같은 건 없지. 왜냐하면, 사랑은 그 속성 자체가 지나친 것이니까. 그것은 더 숭고하고 더 성스러울수록 더 지나친 사랑이 되기 쉽지. 종종 엄마들은 자식을 너무 사랑해서 그들을 불행하게 만들고, 자식을 신실하게 만들려다 오히려 무신론자로 만들고, 신중한 아이가 되게 하려다 오히려 무모한 사람이 되게 하고, 예의 바르고 감사할 줄 아는 사람으로 키우려다 오히려 배은망덕한 인간으로 만들지. 그리고 부부 사이의 질투란! 그것의 한계는 대체 어디까지이고 어디까지가 지나친 방어일까? 어떤 사람들은 질투가 없으면 사랑이 아니라고 하고 어떤 이는 의심과 불신이 없어야 진정한 사랑이라고 하지. 이 관계에서 대체 우리가 지켜야 할 양심의 규칙은 어디에 있는 거지? 어떤 규칙에 따라 우리는 치유되어야 하고, 사라진 열정을 다시 살려야 하고, 너무 지나친 열정은 억압해야 하는 걸까? 그 규칙을 인간은 아직 발견해내지 못했어. 그래서 우린 여전히 눈먼 사람처럼 산다고 말하는 거야. 시인들이 사랑의 가리개로 눈을 가리고 있다 해도 철학자들은 그들에게서 그것을 벗겨낼 수 없지."

친구가 이렇게 말할 때 그는 정확히 나의 상처를 건드렸다. 왜냐하면 평생 나는 다른 사람들의 열정의 장난감, 그러니까 그들의 희생물이었기 때문이다. 어린 시절만 해도 엄마와 할머니는 내 사랑을 받으려고 내 심장을 갈가리 찢어 놓았다. 나의 하녀도 내 마음을 짓누르고 나를 괴롭혔는데 그것은 오로지 나를 너무 사랑하고 나를 너무 완벽한 사람으로 보았기 때문이었다.


봄이 시작되면 우리는 다시 시골로 돌아갈 짐을 쌌는데 그것은 내게 너무나 절박한 일이었다. 너무 지루해서, 아니면 결코 적응할 수 없는 파리의 공기가 나를 힘들게 하고 눈에 띄게 야위게 했기 때문이다. 엄마와 헤어지는 것은 생각도 하지 않았다. 당시 포기나 복종 같은 것은 생각지도 않았는데 만약 그래야 했다면 나는 죽었을 것이다. 그래서 할머니는 엄마에게 노앙으로 함께 가자고 했다. 내가 얼마나 이것 때문에 노심초사했던지 다른 사람들까지 모두 나 때문에 불안해했다. 그래서 결국, 할머니는 쥘리 양과 가고, 엄마는 나를 데리고 로즈와 함께 가기로 했다. 경제적 여유가 없어 큰 사륜마차는 팔았고 2인용 마차를 샀다.

이전에 나는 마레샬 이모부나 그의 아내인 뤼시 이모나 그의 딸인 클로틸드에 대해 말하지 않았던 것 같은데 그 당시 그들에 대한 특별한 기억은 없다. 그들을 자주 보기는 했는데 어디 살았는지는 모르겠다. 엄마는 나를 이모 집에 데려갔고 가끔은 할머니도 모시고 가긴 했다. 할머니도 가끔 그들을 초대했지만, 할머니가 가는 일은 아주 드물었다. 너무나 솔직하고 외향적인 이모의 성격을 할머니는 그리 좋아하지 않으셨다. 하지만 이모가 우리 아버지에게 보여준 사랑과 두 부부의 멋진 성품에는 감사하지 않을 수 없었다.

나는 2, 3일 동안 엄마와 카롤린과 함께 오붓한 시간을 보낼 수 있는 기쁨을 만끽했다. 그리고 가엾은 언니는 울면서 기숙사로 돌아갔는데 사람들은 언니를 위로하기 위해 얼마 동안 클로틸드와 함께 있게 했다. 그리고 우리는 떠났다.

노앙에 도착하기 전에 늘 겪는 사건이 있었는데 이 이야기를 통해 지난 40여 년간 프랑스 시골의 도로나 풍경이 얼마나 변했는지 알 수 있을 것이다.

샤토루와 노앙 사이에서는 솔로뉴강의 지류가 다시 시작하고 그것은 누아르계곡 입구까지 계속됐다. 그것은 솔로뉴강보다 훨씬 보기 좋고 풍성했다. 특히 요즘은 모든 강변이 다 개발되어 있다. 게다가 지형도 아주 다채로워서 거대한 덤불 뒤로는 비옥하고 드넓은 푸른 초원이 펼쳐져 있었고 그 한가운데 작은 오지가 하나 있었다. 이 땅의 주민들은 이 땅을 살 수 있는 곳으로 만들기 위해 싸웠고 비록 이곳의 야채나 목축이 다른 곳보다 좀 빈약할지 몰라도 주변의 불모의 땅과는 달리 굶어 죽는 일은 없었다. 지금은 농가와 오두막이 드문드문 있지만, 이 시절에는 집이 한 채도 없었는데 사람들은 그곳을 라브랑드라고 불렀다. 그리고 그 땅의 끝, 샤토루 방향 쪽에는 아르당트라고 불리는 작은 촌락이 하나 있었다. 어쩌면 로마 시대부터 그곳에 대장간이 있어서 그런 이름을 붙인 걸까? 그래서 대장간을 위해 주변을 둘러싼 숲을 점점 불태운 걸까? 이 지방의 두 이름이[11] 그걸 말해주는 것 같다. 어쨌든 이전에 엄청난 산불이 숲과 촌락을 다 태워 버린 적도 있었다.

아무튼 내가 여행할 때도 여전히 라브랑드라는 곳이 있었는데 그곳의 늪은 도저히 건널 수 없었고 땅은 완전히 황폐한 곳이어서 가로지를 수 있는 길도 하나 없었다. 아니 오히려 수백 개의 길이 있다고 할 수 있는 것이, 모든 짐마차나 합승 마차들이 비가 오는 계절에는 더욱 안전하고 쉬운 길을 찾기 위해 백방으로 길을 찾았다. 그래도 그중 길 같은 것이 하나 있긴 했지만 너무 엉망이어서 따라가기가 쉽지 않아 중간에 길을 잃기 십상이었는데 결국 우리가 그 일을 당하게 되었다.

당시 샤토루에 도착하면 모든 역마차가 끊겨서 우리는 뒤부아두앵 씨 집에서 점심을 먹었다. 그는 할아버지의 친한 친구로 뒤팽 할아버지가 지방세금 징수를 위해 고용한 사람이었는데 우리와 여전히 친하게 지내고 있었다. 그는 사랑스럽고 행복한 할아버지였는데 조금 냉정하긴 했지만 건장하고 유쾌한 사람이었다. 그는 아프지도 않고 아주 장수했다. 82살이던 어느 여름 그는 샤토루에서 노앙까지 36킬로

---

11 〔역주〕 라브랑드(la Brande)는 '잘 타는 나무', 아르당트(Ardente)는 '불타는'이 라는 뜻을 가지고 있다.

미터를 이동해 우리를 보러 왔다. 마치 프랑스를 순례하는 젊은 직공처럼 옷 보따리를 끝에 묶은 지팡이를 어깨에 둘러메고서.

그는 구덩이들을 건너뛰고 춤추고 삽질하면서 혼자 정원 일을 했는데 정원의 꽃들과 과실들은 너무나 멋졌다. 그는 우리를 따뜻하게 맞아주고 오랫동안 음식을 대접하고 우리에게 근처를 돌아보게 했다. 제비꽃부터 살구나무까지 하나도 놓치지 않고 보여주는 바람에 우리가 빌린 합승 마차에 오를 때는 날이 저물고 있었다. 비쩍 마른 형편없는 말을 끄는 마차의 마부는 12∼13살 되는 어린 소년이었다.

내 생각에 그 아이는 라브랑드 지역을 한 번도 건넌 적이 없었던 것 같다. 밤에 웅덩이와 거대한 고사리 숲으로 가득한 이 힘든 미로迷路를 지날 때 그가 어찌할 바를 모르고 그저 말이 가는 대로 내버려 두는 바람에 우리는 5시간 동안 되는대로 그 속을 헤매었기 때문이다.

라브랑드에 집이 한 채도 없다고 한 것은 잘못 말한 것이고 실은 한 채가 있었는데 그 집만 찾으면 누아르 계곡으로 가는 방향을 요행히 발견할 수 있었다. 사람들은 그 집을 정원사의 집이라고 불렀는데 한때 그 집이 마니에의 옛 정원사 집이었기 때문이다. 마니에는 4킬로미터 정도 떨어진 곳에 있는 아주 로맨틱한 성으로 라브랑드와 누아르 계곡 근처지만 노앙과는 반대 방향에 있었다.

밤이 깊어 우리는 그 정원사의 집을 찾으려 애를 썼지만 찾을 수가 없었다. 엄마는 우리가 생아우스트 숲 근처로 가지 않을까 하는 두려움에 떨고 있었다. 왜냐하면 엄마 생각에 분명히 강도들이 아주 작은 땅이라도 그 숲속에 자리 잡고 있을 거란 생각 때문이었다.

하지만 위험한 것은 그게 아니었다. 우리 지방엔 강도도 없을 뿐 아니라 라브랑드를 지나는 여행객들도 너무 적어 그들로 부자가 될 수도 없었다. 진짜 위험한 것은 구덩이에 처박히게 되는 일이었다. 다행히 우리가 자정쯤 만난 것은 마른 구덩이였다. 그곳은 아주 깊었는데 마차가 어찌나 모래 속 깊이 파묻혔는지 말도 마차를 꺼낼 수 없었다. 결국, 모든 것을 포기하고 젊은 마부는 말을 풀고 그 위에 올라타고는 우리에게 잘 지내라고 소리치며 말을 타고 가 버렸다. 엄마가 야단치고 로즈가 협박해도 아랑곳하지 않고 그는 어두운 밤 속으로 사라져 버렸다.

그래서 우리는 이제 별이 빛나는 밤에 황야 가운데 홀로 내버려졌다. 엄마는 경악하고 로즈는 계속 놈을 향해 욕을 해댔다. 나는 엄마가 걱정하고 두려워하는 걸 보고는 울고만 있었다. 엄마가 그러면 내 마음은 한없이 괴로웠으니까.

또 내가 무서운 건 어두운 밤도 도둑들도 주위에 아무도 없는 것도 아니었다. 나는 아직도 그 땅에 무수히 많이 사는 개구리 소리에 겁에 질려 있었다. 그놈들은 봄이나 여름밤이면 그 황량한 땅이 떠나가게 울어대서 사람들이 서로 말하는 소리도 알아듣지 못하고 서로 찾지도 못하게 만들었다. 그래서 사람들은 헤매다가 서로 만나지도 못하곤 했다. 이 어마어마한 소리가 내 신경줄을 자극했고 나를 뭐라 설명할 수 없는 공포 속으로 빠뜨렸다. 로즈가 아무리 그게 개구리들 소리라고 해도 나는 믿지 않았다. 나는 악령이나 숲의 요정이나 작은 괴물들이 우리가 그들의 왕국을 침범해서 내는 소리라고 생각했다.

마침내 로즈가 주변 물웅덩이와 풀들 속으로 돌을 던져 끝없이 계속되던 그 끔찍한 노랫소리를 그치게 하고는 엄마와 대화를 나누며 엄마를 안심시켰다. 나는 마차 바닥에 누워 곧 잠이 들었다. 엄마는 더는 뭘 해보려는 생각 없이 로즈와 수다를 떨고 있었다. 그런데 새벽 2시쯤 무슨 소리에 잠이 깼는데 지평선 쪽에서 둥근 빛이 올라오고 있었다. 로즈는 그것이 달이 뜨는 거라고 했지만 엄마는 별똥별이라고 하면서 우리 쪽으로 빠르게 오고 있다고 했다.

그리고 잠시 뒤 우리는 그것이 정말 우리 쪽으로 가까이 오는 등불인 것을 알았다. 불빛은 이리저리 왔다 갔다 하면서 우리를 찾는 것 같았다. 마침내 말소리와 말들 소리가 들렸다. 엄마는 그들이 도둑인 것 같으니 빨리 풀숲에 들어가 놈들이 마차의 물건을 훔칠 때까지 기다리자고 했다. 하지만 로즈는 반대로 우리를 구하러 오는 사람들이라고 하면서 우리를 찾게 하려고 그들 앞으로 나섰다.

정말 그들은 라브랑드의 착한 정원사 일행이었다. 그는 이런 구조에 익숙한 듯 아들들과 함께 말들을 이끌며 커다란 기름종이를 두른 등을 단 막대기를 들고 있었다. 이것은 멀리서도 라브랑드의 조난자들이 알아볼 수 있게 하기 위한 것이었다. 젊은 마부는 우리가 생각했던 것처럼 그렇게 이기적이고 멍청한 사람이 아니었다. 그는 요행히 구조할 집을 찾아 사람들과 함께 우리를 도우러 온 것이다. 사람들은 한 번에 마차를 땅 위로 올리고 힘센 말 두 마리를 묶었다. 아마도 그들은 라브랑드 땅에 처음으로 쟁기의 날을 박은 개척자들일 것 같았다.

그들은 우리를 자기들 집으로 데리고 갔는데 그곳에서 기다리던 부인네들은 시골 음식들과 따뜻한 불과 잠자리를 마련해 주었다. 그렇게 시끄러운데도 깨지 않는 아이들이 코를 골고 자는 집에서 먹고 자는 것은 정말 축제와 같았다. 하얗고 두꺼운 시트들, 노란 서지 천으로 된 가리개, 닭 소리, 마른 장작들 타는 소리, 특히 농부들의 친절에 우리는 반해 버렸다. 그래서 원기를 회복한 말과 마부와 함께 우리가 마차를 타고 노앙을 향해 출발한 것은 해가 중천에 떴을 때였다.

하지만 그들의 구조는 우리에게 큰 힘이 되었다. 이후에도 웅덩이를 피하려고 이리저리 도느라 누아르 계곡 입구까지(8킬로미터 정도 되는데) 3시간이 넘게 걸렸기 때문이다. 그래서 노앙에 도착했을 때는 정오가 넘어서였다. 샤토루에서 출발한 게 그 전날 해 질 무렵이었는데 말이다. 지금은 길이 너무 좋아 말을 타고 달리면 2시간이면 되는 길이다.

1811년 노앙에서 보낸 이때는 내 생각에 나의 인생 중 정말 행복했던 몇 안 되는 시간 중 하나인 것 같다. 큰 집도 아니고 큰 정원도 없었지만 그랑주 바틀리에르가에서 행복했던 것처럼 그렇게 마냥 행복했다. 마드리드는 어린 나에게 감동적이었지만 너무 힘든 전쟁터였고 그 이후에는 스페인 여행의 후유증으로 힘들게 치러야 했던 병치레들 그리고 아버지의 죽음으로 우리 가정은 갑작스러운 절망의 나락으로 떨어졌고, 그다음 두 엄마 사이의 싸움은 내 인생의 불행과 고통에 대한 전주곡이었다.

하지만 1811년의 봄과 여름에는 어떤 먹구름도 없었던 것은 그때와 관련해서 아무런 추억도 생각나지 않는다는 것으로 알 수 있다. 기억하는 것은 위르쇨이 나와 함께 놀았고 엄마는 전보다 두통에 덜 시달렸다는 것이고, 또 엄마와 할머니 사이에 어떤 알력이 있기는 했겠지만, 겉으로 드러나지 않아서 내가 그런 일이 있었던 것을 잊어버릴 정도였다는 것이다. 아마 그때가 두 분이 가장 잘 지냈던 때가 아닌가 싶다. 왜냐하면 엄마는 결코 자기감정을 숨기는 사람이 아니었기 때문이다. 그것은 엄마의 힘을 벗어나는 일이었다. 그래서 엄마는 흥분하면 아이들이 있어도 자제하지를 못했다.

집안 분위기는 전보다 조금은 밝아졌다. 시간은 너무나 큰 고통을 아주 잠재우지는 못했지만, 가끔 잠에 빠지게는 했다. 거의 매일 나는 엄마나 할머니 중 한 명이 남들 모르게 우는 걸 봤다. 그런데 그들의 눈물은 그들이 이제는, 항상, 매 순간 누군가를 그리워하고 있는 건 아니라는 걸 말해주었다. 고통은 그것이 너무 클 때는 특별히 슬퍼하며 우는 순간도 없는 법이다. 그 자체가 영원한 슬픔의 순간이니 말이다.

마를리에르 부인이 우리 집에 한두 달 머물러 왔었다. 그녀는 데샤르트르를 '아빠님'이라고 부르며 아침부터 밤까지 그를 놀리며 즐거워했다. 그녀는 분명 우리 엄마보다 재치가 있지는 않았지만, 농담 중에 짜증은 없었고 우리 엄마를 싫어하지 않았지만 데샤르트르와도 친하게 지냈다. 그녀는 우리 엄마를 항상 변호해줬다. 이 맘씨 좋고 유쾌한 할머니는 지내기에 나쁘지는 않았지만, 그 시끄러운 수다와 부산스러움과 집 안을 울리는 웃음소리 그리고 마음에도 없는 소리를 계속해대며 생각과 다른 말을 하는 것은 참기 힘들었다. 그녀가 하는 수다들은 톡톡 튀기도 하고 때로는 신랄하기도 했지만, 그녀 자신은 너무나도 무지한 사람이었다. 그녀는 épithalame란[12] 단어 대신 épitre à l'âme라고[13] 말했고 Méphistophélès라는[14] 말 대신

Mistouflé라고[15] 말했다. 하지만 사람들이 놀려도 그녀는 화를 내는 법이 없었다. 그녀는 자기 실수에 대해서도 깔깔대며 웃었고 다른 사람들의 실수에도 마찬가지였다.

작은 정원들과 동굴들 그리고 잔디 의자와 폭포들은 봄과 여름 내내 자태를 뽐냈다. 아무도 모르지만 내 남동생의 관이 있는 곳을 표시해주는 배나무 아래 땅도 더 기름져진 것 같았다. 그 옆에는 물이 가득 담긴 큰 통이 하나 놓여 있어서 물을 줄 때 쓸 수 있었다. 어느 날 나는 그 통 속에 머리부터 떨어진 적이 있었는데 만약 위르쥘이 와서 구해주지 않았더라면 익사했을 것이다.

우리는 엄마의 정원 안에 다들 각자의 작은 정원을 가지고 있었다. 엄마의 정원 그 자체도 아주 작아서 우리는 그것만으로도 만족해야 했을 것이다. 하지만 우리 안에는 본능적으로 나만의 것을 소유하려는 욕구가 있는 모양이다. 그래서 아이에게는 자기가 직접 경작하고 사랑할 수 있는 땅으로 4제곱피트 정도의 땅이 필요했다. 그리고 욕심이 많으면 땅도 더 필요했다. 그래서 나는 아무리 코뮈니스트라고 해도[16] 개인 재산은 인정해야 한다고 생각한다. 똑똑한 천재가 나타

---

12  〔역주〕결혼 축시.

13  〔역주〕영혼을 위한 편지.

14  〔역주〕음험한 사람.

15  〔역주〕심술쟁이.

16  〔역주〕코뮈니즘(communisme)은 공산주의를 뜻하지만, 상드 시대 그러니까 19세기 초중반 아직 레닌, 스탈린의 러시아 혁명이 일어나기 전에는 지금의 러시아나 북한의 공산주의와는 매우 다른 뉘앙스를 가지고 있다. 따라서 본문에서는 코뮈니즘을 공산주의와 구별하기 위해 원어를 그대로 사용하였다.

나 혹은 시대의 필요에 따라 그것을 뭐라 정의 내리며 금지하건 허락하건 간에 사람이 경작하는 땅 그 자체는 의복만큼이나 개인적인 것이다. 그의 방이나 그의 집, 또 그의 정원이나 그의 밭은 그 집의 의복과 같다.

그런데 놀라운 것은 인간 안에 이런 소유 욕구, 이런 본능적인 욕구를 가만히 살펴보면 그것은 더 많이 소유하려는 욕구를 제어하는 것 같다는 사실이다. 소유가 적으면 적을수록 사람은 거기에 더 애착을 갖게 되고 가진 것을 더 잘 보살피게 되면서 더욱더 소중하게 여긴다. 베네치아의 귀족은 베리의 농부가 자기 오두막에 대해 갖는 것 같은 애착을 느끼지 못할 것이다. 수천 제곱 킬로미터의 땅을 가지고 있는 자본가는 다락방에서 한 그루의 정향나무를 기르는 장인보다 더 큰 즐거움을 느끼지 못할 것이다. 내 친구 중 변호사 한 명은 어느 날 웃으면서 땅 자랑을 하는 한 고객에게 이렇게 말했다.

"땅이요? 당신만 땅이 있는 줄 아시나요! 저도 있답니다. 제 창가 화분에 있지요. 그 땅이 아마 당신 땅보다 더 큰 즐거움을 주고 덜 고민하게 할걸요."

이후 이 친구는 유산으로 땅과 숲과 농가를 받게 되고 그 결과로 큰 고민을 하게 됐다.


코뮈니즘 사상, 너무나 옳아서 더 위대한 이 사상에 대해 말하자면 먼저 우리는 자유나 노동에 있어 집단을 위한 것과 완전한 개인으로 존재하는 데 필요한 것 두 가지로 그 의미를 구분할 필요가 있다. 완전한 평등을 기본개념으로 했던 완벽한 코뮈니즘이 결국 저속해지고 지나쳐서 하나의 공상 아니면 하나의 불의가 되어 버린 이유가 여기에 있다.

하지만 나는 지난 37년간 이 문제에 대해서 생각해본 적이 없다! 37년간 말이다! 그동안 인간의 사고에는 얼마나 많은 변화가 있었던가! 또 개인보다 집단에 상대적으로 얼마나 크고 빠른 변화들이 있었던가! 37년 전에 정말 코뮈니스트가 존재했는지도 잘 모르겠다. 인류와 역사를 같이하는 이 사상은 특별한 이름을 갖고 있지 않았다. 또 오늘날 우리가 사용하는 이름을 붙이는 것도 맞는 것 같지 않다. 왜냐하면, 그 명칭이 그것이 가진 모든 사상을 완벽하게 담아내지 못하기 때문이다. 당시 사람들은 이런 문제에 대해 논의조차 하지 않았다. 이것은 개인의 권리에 대한 가장 멋진 그리고 가장 최후의 문제였다.

나폴레옹은 당시 최고의 영광과 권력의 자리에 앉아 온 세계에 최고의 영향력을 미치고 있었다. 그리고 이제 천재의 불꽃은 곧 사그라들 때였다. 그는 마지막으로 타오르는 불꽃을 피우며 빛나는 명철함으로 자신에게 도취된 온 프랑스를 발아래 두었다. 위대한 승리들은 화려하고 영예롭지만, 가짜 평화를 가져다주었다. 왜냐하면, 유럽 전체에서 화산이 으르렁대며 터지기 일보 직전이었기 때문이다. 그래서 황제의 평화협정은 단지 옛 왕국들에게 군인과 대포를 모을 시간을 벌어준 것에 불과했다. 그의 위대함은 그 안에 숨겨진 악을 감춰주었다. 그것은 바로 밑바닥에서 최고의 자리에까지 기어오른 자의 귀족적 허영인데 그 허영심 때문에 그는 결국 실수를 저지르게 된 것이다. 그리고 자신이 마치 프랑스 그 자체가 되어 버린 것 같았던 그의 천재적이고 인간적인 아름다움은 점점 더 프랑스의 안위를 저해하는 것이 되어 버렸다. 정말 그는 대단한 인간이었다. 인간의 단점 중 제일 형편없고 치사스러운 허풍조차도 그의 변함없는 신념과 타고난 고결함을 변질시키지 않았기 때문이다. 사소한 것에는 위선자였지만 위대한 일에는 순수했다. 작은 일에는 오만하고 망할 놈의 예의를 너무나 강조하고 재산을 불릴 수 있는 길이라면 주저 없이 달려갔던 그는 정작 자신의 장점과 자신의 진정한 위대함에 대해서는 알지 못했다. 그는 자신의 진짜 천재성에 대해서는 한없이 겸손했다.

군인으로 또 정치가로 그의 몰락을 가속시켰던 실수는 다른 사람의 능력과 충성심을 너무 믿었기 때문이었다. 사람들은 말하길 그가 인간을 경멸하지 않은 이유는 오로지 자기 자신만을 높이 평가하기 위해서라고 한다. 이런 말은 자기보다 잘난 사람을 질투하고 자기가 늘 2인자인 것을 억울해하는 궁정 사람들이 하는 말이다. 그는 일생을 배신자들에게 바쳤다. 평생 그는 조약을 믿었고 자기에게 은혜 입은 자들의 감사를 믿었고 그가 세운 인물들의 애국심을 믿었다. 평생 그는 사람들의 노리갯감이었고 그들로부터 배신당했다.

마리 루이즈와의 결혼은 잘못된 행동이었고 불행의 시작이었다. 이혼에 대해 너무나 관대한 사람들 또 황제를 가장 사랑하는 사람들조차 이렇게 중얼대던 것을 나는 잘 기억한다.

"이건 자기 잇속을 위한 결혼이야. 그렇게 사랑하고 사랑받던 여자를 버릴 순 없지."

정치적 이유로 서로 울면서 헤어졌다고 해도 도덕적으로 그런 걸 정당화할 수 있는 법은 없다. 하지만 황제를 비난하면서도 민중은 그를 여전히 사랑했다. 그리고 큰 인물들은 그를 배신하기 시작했지만, 그때처럼 그에게 온갖 아부의 찬사를 늘어놓은 때도 없었다. 황실은 축제의 도가니였다. 황태자가 탄생한 것이다. 억세게 운 좋은 군인에게 있어 아들에게 황태자 칭호를 주는 것만큼 그의 오만함을 추켜세워줄 수 있는 것은 없었기 때문이다. 그것은 졸부들과 군인들과 노동자들과 농부들을 도취시켰다. 부자건 가난하건 성이건 오두막이건 모든 집이 이 황태자의 초상화를 걸고 거짓으로건 진심에서건 경의를 표했다. 하지만 대중들은 진심이었다. 황제는 호위병도 없이 군중 속을 혼자 걸어 다녔다. 파리 수비군은 1,200명이었다.

그런데 한편에서 러시아는 무장하고 있었고 베르나도트는 거대하고 비밀스러운 배반을 준비하고 있었다. 조금이라도 지각 있는 사람이라면 곧 다가올 폭풍을 감지할 수 있었다. 대륙봉쇄로 인한 물가 상승은 서민들을 두렵고, 당황하게 했다. 설탕은 1리브르에 6프랑이나 했고 온 나라는 겉으로는 화려해 보여도 막상 매일 살아갈 생필품이 부족했다. 자급자족하기에 우리가 만들어내는 물건들은 턱없이 모자랐다. 물자 부족으로 고통받던 사람들은 처음에는 영국을 욕하다 지치면 국가의 원수를 욕했지만 미워서 그랬다기보다는 슬픈 마음으로 그랬다.

할머니는 황제에 대해 전혀 열광하지 않았다. 아버지도, 아버지가 쓴 편지에서 본 것처럼 마찬가지로 황제에 대해 열성적인 사람은 아니었다. 하지만 말년에 몇 년간은 황제에게 애정이 있었던 것 같다. 아버지는 자주 할머니에게 이렇게 말하곤 했다.

"내가 나폴레옹 황제를 비난한 것은 그가 나를 바로 높은 자리로 진급시켜주지 않아서가 아니에요. 그는 늘 머릿속에 생각할 것이 많았고 또 나보다 더 적합하고, 더 능력 있고, 더 적극적인 사람들도 많았으니까요. 내가 그를 비난한 것은 그가 아첨꾼들을 너무 좋아해서인데 그건 그런 큰 인물에게는 어울리지 않는 행동이지요. 하지만 어쨌든 대혁명에 대해 또 그 자신에 대해 그가 한 실수들에도 불구하고 나는 그를 좋아해요. 뭐라 설명할 순 없지만, 그에게는 재능 말고 다른 뭔가가 있어요. 그의 눈빛을 볼 때 마음을 뭉클하게 하는 뭔가를 느끼지요. 그는 전혀 나를 두렵게 하지 않았어요. 그래서 나는 어쩌면 그가 보기보다 더 좋은 사람일지도 모른단 생각을 하게 되지요."

아버지가 마음속에 가진 나폴레옹에 대한 이런 느낌에 할머니는 동조하지 않았지만 아마도 아버지의 이런 생각은 마음속에 있던 충성심과 애국심에 더해 나폴레옹을 배반하지 못하게 했을 것이며 그 결과 이후 부르봉 왕정에 들어가는 것도 방해했을 것이다. 아버지의 성격을 보면 그건 분명하다. 프랑스 전쟁 후 다시 왕당파로 돌아선 할머니도 늘 한숨을 쉬며 이렇게 말하곤 했다.

"아! 불쌍한 모리스가 살아 있었다면 아마 지금 울어야 했을 거야! 아마 그 아이는 워털루전쟁이나 파리의 어떤 벽 아래서 죽었거나 아니면 코사크 군대가 들어오는 걸 보고 자기 머리를 총으로 날려 버렸겠지."

그러면 엄마도 그 말에 동조하곤 했다.

할머니는 나폴레옹을 좋아하지 않을 뿐 아니라 그를 두려워했다. 할머니 눈에 그는 끝없는 야망의 소유자였고 인간 백정이었으며 천성적인 폭군이었다. 사실이건 아니건 반대의견이나, 비판이나 비방 혹은 폭로기사 같은 것은 신문에 나오지도 못했다. 언론은 봉쇄되었을 뿐 아니라 비열하기까지 했다. 언론은 강제적으로 입을 다무는 것에 그치지 않고 앞다퉈 권력에 아부하는 부끄러운 짓을 했다. 논쟁이 사라지자 몇몇 사람들의 대화와 관심은 편파적으로 몰리고 이상한 쑥덕공론들이 난무했다. 나폴레옹에 대한 공식적 찬사는 그에 대해 20개 언론사가 나쁜 기사를 낸 것보다 그에게 더 나쁜 영향을 미쳤다. 사람들은 열렬하게 과장된 찬사와 과열된 정치 선전과 관리들의 비열함과 아첨꾼들의 알 수 없는 거만함에 지쳤다. 사람들은 마음속으로 은밀하게 우상을 비웃으며 복수하기 시작했다. 그리고 나폴레옹이 장악하지 못한 살롱들은 궁정에서의 대화들을 전하는 본거지가 되어 소소한 비방거리와 비밀스럽고 치사한 이야기들을 퍼 날랐다. 이런 것들은 이후 왕정복고 시기에 언론을 먹여 살렸다. 대체 산다는 게 뭔지! 그런 말들은 패배하고 모욕당한 황제가 죽은 후에도 그 시체에 끈질기게 따라다니며 그를 불러내서 차라리 가만히 죽어 있는 것만 못하게 만들었다.

만약 할머니도 이런저런 사람들, 특히 여자들이 가져오는 진짜 뉴스나 가짜 뉴스에 할머니의 정확한 판단과 느낌에 따라 편을 드셨다면, 아마 할머니의 침실도(이렇게 말하는 이유는 할머니가 살롱을 열지 않고 아주 내밀한 모임만 가지셨기 때문이다) 그런 본거지 중 하나였을 것이다. 이 모임은 남자보다는 여자들의 모임이었는데 남녀 사이에도 생각은 별반 다르지 않았고 남자들도 나이든 할머니들처럼 말을 옮겼다. 사람들은 매일 탈레랑 씨가 황제를 욕하는 소리나 궁정 안의 흑막에 대한 쑥덕공론들을 전했다. 때로는 황제가 황후를 때렸다고 하기도 하고 때로는 황제가 신부님의 수염을 잡아 뽑았다고도 했다. 또 황제가 두려워한다고도 했지만, 항상 거드럭거린다고 비난했다. 이제는 스탑스나 사할라 같은 용감하고 광신적인 게르만의 후손들이 아니면 그를 암살하려는 사람도 없는 판에 사람들은 그렇게 말로 복수했다. 어느 날은 그가 이제 미쳐서 캉바세레스 씨의 얼굴에 침을 뱉었다고도 했다. 또 엄마 배에서 겸자鉗子로 끄집어낸 그의 아들은 세상에 나오자마자 죽었고, 지금 로마의 왕이 사실은 파리의 빵집 아들이라고도 했다. 아니면 겸자가 머리를 다치게 해서 그가 거의 천치라고 말하며 사람들은 어색하게 손을 비볐는데, 그 모습은 마치 프랑스 왕국이 그렇게 억세게 운 좋은 군인 쪽 혈통을 이어가면서 합법적인 바보들의 혈통을 이어가지 않은 것에 대해 천벌을 받을 거라고 말하는 듯했다.

그런데 정말 이상한 것은 황제에 대해 그렇게 험담을 쏟아내면서도 망명한 부르봉 왕가에 대해서는 어떤 회한도, 어떤 그리움도 어떤 소망도 없었다는 거였다. 나는 정말 이상한 심정으로 그 말들을 들었다. 나는 어디선가 알 수 없는 곳에서 왕관을 물려받았을 그 이름에 대해 말하는 것을 한 번도 들어본 적이 없다. 그리고 1814년 처음으로 내 귀에 그 이름이 들렸을 때 그것은 평생 처음 들어보는 이름이었다.

그 소문은 노앙까지 오지는 않았지만 할머니가 귀족 친구들로부터 받은 편지에는 있었다. 할머니가 그것을 큰 소리로 엄마에게 읽어주면 엄마는 어깨를 으쓱하며 들었다. 또 황제를 무슨 흉측한 짐승처럼 아니면 정말 무슨 학교 사환처럼 여기던 데샤르트르는 그 말을 무슨 복음처럼 받아들였다.

엄마는 민중들처럼 황제를 찬양하고 숭배했다. 그리고 나도 엄마처럼 민중들 편이었다. 분명히 잊지 말고 기억해야 할 것은 순수하게 황제 편에 선 사람들은 모두가 개인적이거나 물질적인 이해관계로 망하지도 흥하지도 않았던 사람들이란 거다. 예외가 있기도 하겠지만 그가 최고의 자리에 올려주었던 사람들은 모두 그를 배신했다. 그에게 아무것도 요구하지 않았던 자들만이 그를 프랑스의 위대함이라고 여겼다.

이 해인지 아니면 다음 해인지 이폴리트가 처음 영성체를 받았다. 우리 본당은 없어져서 노앙의 예배들은 모두 생샤르티에서 행해졌다. 그날 오빠는 새 옷을 입었다. 짧은 바지에 흰 타이츠 그리고 당구대의 초록 천으로 된 상의를 입었다. 그는 너무 어려서 이런 복장에 어쩔 줄을 몰랐다. 며칠 동안 그가 얌전했던 것은 혹시나 첫 번째 영성체를 못 하게 되어 이 옷을 걸치지 못할까 봐 걱정되어서였다.

생샤르티에의 늙은 사제는 아주 좋은 사람이었지만 종교적 이상 같은 것과는 거리가 먼 사람이었다. 이름 앞에 'de'가 붙기는 했지만[17] 나는 그가 원래 농부라고 생각했다. 아니면 농부들과 사는 바람에 그들처럼 말하고 생활했기 때문에 설교도 그들이 한 마디도 빼놓지 않고 다 알아들을 수 있게 한다고 생각했다. 그래서 설교가 조금이라도 복음적이었다면 참 좋았을 테지만 그는 오로지 신도들의 집안 대소사만 관리했다.

---

17 〔역주〕 이름 앞에 de가 붙으면 귀족을 뜻한다.

"사랑하는 신도 여러분! 제가 추기경으로부터 종교 행렬에 대한 교서를 받았는데 참 편한 생각이지요! 그분이야 성모 마리아님을 옮길 사륜마차가 있고 기꺼이 참여해줄 많은 사람이 있지만 나는 이제 늙고 여러분들을 줄 세우는 것도 쉬운 일이 아니에요. 여러분들 대부분이 무슨 말인지 알아듣지도 못하니까요. 여러분들은 서로 밀치고 걸으며 성당을 부산하게 들락날락할 것이고 내가 아무리 화를 내고 협박해도 내 말은 듣지도 않을 거예요. 마치 외양간 송아지들처럼 말이에요. 성당의 본당에 있는 건 나 혼자뿐일 테고 나 혼자 애들을 혼내고 개들을 쫓아내며 모든 제식을 다 치러야 하지요. 이제 여러분들이나 저의 구원에 아무 소용도 없는 그런 행진은 지긋지긋해요. 만약 추기경님도 나쁜 날씨에 엉망인 길에서 우리처럼 2시간 동안 비를 맞으며 진창 속에 있어 보면 제식 같은 건 좋아하지 않으실 테지요. 오, 세상에 나는 그런 귀찮은 건 딱 질색이에요. 그러니 제 말에 동조하신다면 각자 집에 계세요…. 아, 네 어떤 분이 나를 욕하고 어떤 여신도님은 내 말에 동조하지 않으시는군요. 그럼 내 생각과 다른 분들은 나가서 걸으세요. 마음대로 산책하시면 돼요. 하지만 나는 들판으로는 나가지 않을 거예요. 나는 그냥 성당 주변을 한 바퀴 돌겠어요. 그걸로 충분하지요. 이제 됐지요. 자 이제 미사를 끝냅시다. 너무 길었네요."

나는 내 귀로 200번이 넘는 설교를 들었지만 그중 이것이 특이하게 부드러운 설교였다. 그리고 이 설교는 우리 본당의 본보기가 되는 설교가 되었는데 특히 마지막 부분은 모든 설교와 훈계에서 마지막 '아멘'처럼 들렸다.

생샤르티에에는 아주 살집이 어마어마한 늙은 여자가 하나 있었는데 예전에 남편은 시장 아니면 부시장이었다고 한다. 그녀는 혁명 전에 아주 폭풍 같은 삶을 살았다고 하는데 수련 수녀였던 그녀는 수녀원의 담을 넘어 프랑스 근위병인지 스위스 군인인지를 따라갔다고 한다. 그런데 어떤 기구한 사연으로 그녀가 말년을 우리 교구의 성당관리인 의자에 앉아 보내게 되었는지는 모르겠다. 그녀는 그곳에서 성당이 아니라 마치 군대처럼 일을 처리했다. 미사는 매번 그녀가 일부러 해대는 하품과 신부님을 향한 욕설로 중단되곤 했다. 그녀가 "무슨 놈의 미사가 이래. 저놈의 신부는 끝낼 줄을 모르네!"라고 소리치면 신부님은 성도들에게 축도祝禱하러 돌아가며 낮은 목소리로 "악마에게나 가 버려!"라고 말했다.

미사 중에 주고받은 그들의 대화가 어찌나 지독했던지 나는 이렇게밖에는 완곡하게 표현할 수 없다. 그런 말들을 주고받아도 미사에 참여한 시골 사람들은 계속 엄숙하게 예배를 드렸다. 또 그때가 내가 처음 미사에 참여했을 때였는데 이후 종교 제식이 뭔지를 이해하는 데는 한참 시간이 걸렸다. 처음 내가 미사를 보고 왔을 때 할머니는 뭘 봤냐고 물으셨다. 나는 "신부님이 큰 테이블 앞에 서서 식사를 하시다가 가끔 우릴 돌아보고 바보 같은 말을 하셨어요."라고 대답했다.

이폴리트가 첫 번째 영성체를 하던 날 미사 후 신부님은 그에게 식사 초대를 하셨다. 이 뚱뚱한 손자 녀석이 교리를 잘 몰랐기 때문에 할머니는 첫 번째 영성체를, 할머니 표현에 의하면 얼렁뚱땅 받게 하려고 신부님께 되도록 너그러운 마음으로 조금만 물어봐 달라고 사정하셨다. 그래서 신부님은 진짜 너그럽게 봐주시며 이폴리트에게 작은 선물을 가져오라고 했는데 그것은 뮈스카 백포도주 12병이었다. 사람들은 식탁에 둘러앉아 첫 번째 병을 땄다. 사람 좋은 신부님은 말하길 "세상에 백포도주가 그냥 들어가네. 안 익은 포도주처럼 머리를 아프게 하지도 않고 말이야. 너무 부드럽고 달콤하네. 아무리 마셔도 괜찮겠어. 다들 마셔요. 이폴리트야! 너도 와서 앉으렴. 마네트, 성물 관리인도 불러요. 이제 첫 번째 병을 다 마시면 두 번째 병을 땁시다."

가정부와 성물 관리인도 자리 잡고 앉아 정말 포도주를 맛있게 마셨다. 이폴리트는 주는 대로 다 받아먹었다. 두 번째 병을 마실 때 사람들은 포도주가 좀 따뜻하다고 생각했지만 좀 마셔본 후에는 물을 섞지 않기로 했다. 이제 바구니의 세 번째, 네 번째 병을 비웠는데 신부님은 그것을 세 번째, 네 번째 교리서로 넘어간다고 하셨다. 그리고 정신없이 영성체를 치르곤 신부님, 성당 하녀, 성물 관리인은 처음에는 웃다가, 심각하다가, 나중에는 말이 없어져서 어떻게 헤어졌는지도 모르게 각자 돌아갔다. 이폴리트도 들판을 지나서 혼자 돌아왔다. 왜냐하면, 미사에 왔던 교구 사람들도 모두 집으로 돌아갔기 때문이다. 길을 가면서 이폴리트는 머리가 너무 아팠고 들판이 빙글빙글 춤을 추는 것 같았다. 그는 나무 아래 누워서 잠이 들어 버렸다. 잠시 후 정신이 좀 들자 그는 집으로 돌아와서는 날이 저물 때까지 아주 무게를 잡고 점잖게 모든 걸 우리에게 얘기해주었다.

신부님의 하녀는 작고 깨끗하고 활발하고 헌신적이지만 아주 까다롭고 심술궂은 여자였다. 이 마지막 결점은 때로는 모든 면에서 다소 지나치게 열심인 그녀의 성품을 위해서는 어쩔 수 없이 참아내야 하는 불가피한 성질이었다. 그녀는 대혁명 동안 주인의 목숨과 재산을 구했다. 그녀는 주인을 숨겨주고 아무리 박해를 받아도 말하지 않고 냉정함을 지켰다. 이런 일은 우리 누아르 계곡에서는 좀처럼 없는 일이었다. 여기서는 성직자나 귀족들이 결코 협박당하거나 어떤 식으로든 험하게 다뤄진 일이 없었다. 이때부터 마네트는 자기 주인 위에 군림했고 주인은 그녀 앞에서 꼼짝도 하지 못했다. 둘은 아주 늙어서 거의 동시에 죽었다. 그들은 자주 싸웠고 둘의 삶이 그리 이상적이지는 않았지만 모든 걸 다 미화시키는 시간은 그 둘의 애정을 아주 감동적인 것으로 만들어주었다. 마네트는 항상 자신이 주인님을 완전히 보살피고 돌보길 원했다. 하지만 더는 힘이 없을 때 병든 주인의 약수발까지 해야 하자 그녀 또한 병이 나 버렸다. 그래서 신부님은 늙은 마네트가 좀 쉬고 몸을 추스를 수 있도록 다른 하녀를 채용했는데 마네트는 다시 원기를 회복하자마자 집에 이상한 여자가 있는 걸 보고는 머리끝까지 화가 나서 그녀를 내쫓지 않고는 살 수가 없었다.

그러다가 그녀는 또 기력이 다하면서, 일은 많고 도와주는 사람도 없다고 불평을 늘어놓기 시작했다. 그러면 신부님은 곧 다른 하녀를 썼지만, 일주일이 멀다 하고 다시 보내기 일쑤였다. 이렇게 하녀의 잔소리를 견디다 못한 신부님은 내게도 하소연을 하곤 했는데 그때 내 나이 서른 무렵이었다. 신부님은 "세상에, 저 여자 때문에 내가 못 살겠구나. 하지만 어쩌겠니! 같이 산 세월이 57년에다가 내 목숨까지 구해줬지. 그녀는 나를 꼭 아들처럼 생각하는구나. 이제 나중 죽은 사람이 먼저 가는 사람 눈을 감겨줘야겠지. 그녀는 쉴 새 없이 잔소리 해대며 내가 배은망덕한 사람인 양 욕을 해대는구나. 아무리 그렇지 않다고 말해도 그녀는 귀가 먹어 교회 종소리도 듣질 못하니!"라고 내게 하소연하곤 했다. 하지만 이 말을 할 때 신부님은 자신도 대포소리도 못 들을 만큼 귀가 먹었다는 걸 잘 알고 있었다.

신부님은 교구 신도들로부터 그리 사랑받지는 못했다. 그것은 신부님 탓이라기보다는 그들의 탓이 컸다. 왜냐하면 사람들은 시골에서 사제들과 농부들 사이가 그지없이 좋다고들 말하지만, 대혁명 이후로 서로를 관대하게 용서하는 그런 관계는 눈을 씻고 찾아봐도 찾기 힘들었다. 농부들은 신부님이 완벽한 크리스천이길 바랐고 신부님은 그들이 교리 공부에 열중하지 않는 것을 용서치 않았다. 그런데 그런 강압적 교육은 농부들을 무지와 공포 속에 몰아넣기 위한 교회의 책략이기도 했다.

어쨌든 우리의 신부님은 괜찮은 분이었다. 솔직하고 또 교회 계급 같은 것에 연연하지도 않는 성격이었다. 정치에도 관심이 없어서 어떤 사람에게 영향을 주려고도 하지 않고 또 어떤 사람들을 욕하려고 하지도 않았다. 신부님은 천성적으로 용기 있고 대범한 사람이었다. 신부님은 만약 성직자가 아니면 군인이 됐을 거라고 하시며 군인들이 들려주는 격렬한 전쟁 이야기도 좋아했다. 아무튼 신부님은 이쪽저쪽과도 다 잘 지내면서 용병傭兵처럼 욕도 하고 성당 기사騎士들처럼 잘 마셨다. 왕정복고 때 신부님은 이렇게 말하곤 했다.

"나는 가짜가 아니야. 정부가 우릴 보호한다고 해서 태도를 바꾸는 그런 위선자는 아니라고. 나는 전과 똑같아. 신도들에게 더 허리 숙여 인사하라고도 하지 않고 술집이나 춤추는 곳에 가지 말란 말도 하지 않아. 마치 어제까지 해도 괜찮던 일이 오늘은 안 되는 것처럼 말이야. 나는 머리가 나빠서 새로운 법 같은 건 몰라. 누가 시비를 걸면 기꺼이 응해주지. 나는 헌병이나 왕의 검찰관을 부른다고 협박하기보다 내 주먹을 내밀겠어. 이 늙은이가 믿는 건 오래된 돌판의 십계명이야. 신성모독적인 저들의 법으로 종교를 갖게 할 수 있다고는 생각지 않지. 나는 아무도 방해할 생각도 또 방해받을 생각도 없어. 나는 포도주에 물을 타는 것도 싫고 또 사람들에게 물을 타서 먹으라고도 하지 않을 거야.

만약 대주교가 이게 마음에 안 들면 말하라고 해. 내가 직접 응대해주지! 내 나이의 늙은이를 신학교 신입생처럼 걷게 해서는 안 된다는 걸 보여주지. 그래서 만약 내 자리에서 나를 쫓아내면 나는 다른 교구에 가지 않고 그냥 은퇴해서 내 집으로 가겠어. 내게는 8천에서 1만 프랑 정도의 배당금이 있으니까. 이 정도면 여생을 보내기 충분하지. 그리고 나는 세상의 모든 대주교를 비웃어주겠어."

실제로 대주교님이 생샤르티에에 견진성사堅振聖事를 하러 와서 신부님 댁에서 다른 보좌신부님들과 점심을 먹을 때 대주교님이 "신부님 이제 82세시네요. 대단한 나이시지요!"라며 신부님을 놀리자 자기가 대답하고 싶은 말만 대답하던 신부님은 "그렇지요. 대주교님, 대주교님이 되시긴 했지만 내 나이가 되긴 힘들 거예요!"라고 시큰둥하게 대답했다. 그러니까 대주교님이 속으로 하고 싶었던 진짜 얘기는 "이제 당신은 너무 늙어 허튼소리만 하니 이제 젊은 사람에게 자리를 양보할 때지요."라는 말이었고, 신부님의 대답은 "당신이 나를 내쫓기 전에는 절대 안 나간다. 그리고 감히 내 흰머리를 모욕했으니 어디 한번 두고 보자."라는 뜻이었다.

그날 점심 후 대주교 일행은 우리 집에서 저녁을 먹을 예정이었는데 디저트를 먹을 즈음 신부님은 자기 딴에는 안 들리게 말한다고 생각했지만 사실 모두에게 다 들리는 큰 소리로 옆에 있던 우리 오빠에게 다음과 같이 소리 질렀다.

"이제 저 귀하신 분들 좀 데려가 나 좀 편하게 해주렴. 돈도 얼마나 많이 들었는지 집안 형편도 엉망이고 이제 나도 지쳤다. 내 자고새랑 닭들도 다 먹어치우며 나는 또 얼마나 조롱하는지."

사방이 조용한 가운데 신부님의 큰 소리에 이폴리트는 너무 당황스러워했는데 대주교님과 보좌신부님이 크게 웃는 걸 보고는 자기도 같이 웃음을 터뜨렸다. 그리고 모두 신부님과 마네트를 만족시키며 자리를 떴다. 두 사람은 속마음을 숨긴다고 하면서 손님들 코앞에서 큰소리로 자기들 마음을 다 말하고 있었다.

돌아가실 무렵 신부님은 어떤 노욕老慾으로 명을 재촉하셨다. 바로 많은 노인네처럼 돈이 있으면서도 구두쇠로 살면서 미친 듯이 돈을 숨겨 놓는 거였다. 신부님은 돈을 다락에 숨겨 놓으셨다. 그런데 사람들 말로는 너무 착했던 어떤 이웃이 유혹을 못 이기고 어느 날 저녁 지붕 위로 올라가 창문을 통해 그곳으로 들어가서 신부님의 돈을 훔쳤다. 돈을 다 도둑맞은 것을 알고 신부님은 슬픔과 분노로 거의 미치기 일보 직전이 되어 몸져누웠다. 그래서 경찰관이 사건을 조사하고 신부님 말을 들으러 왔을 때는 거의 헛소리를 할 정도였다.

그런데 이 늙은 신부님을 더 괴롭고, 분노하게 만든 것은 도둑이 누군지 대강 알고 있다는 거였다. 그런데 진술을 하다 마지막으로 그 이름을 말해야 하는 순간에 신부님은 자신이 사랑했던 그 남자에게 연민의 마음이 일었고 또 돈을 보고 참지 못했던 그 욕망이 불쌍하다는 생각이 들었다. 그래서 신부님은 경관에게 말하기를 "가서 다른 일 보세요. 도둑을 맞은 건 사실이지만 누구를 의심하는지는 오직 하나님께만 말할 수 있지요. 죄인을 벌하는 건 제 일이 아니에요."라고 해서 경관은 재차 그가 말해주길 간청했다고 한다. 그러자 그는 등을 돌리며 "난 할 말이 없어요. 내가 잘못 안 건지도 모르고요. 이제 나머지는 당신들 몫이니 당신들이 알아서 하세요. 나와는 상관없는 일이니까요."라고 말했다고 한다.

그다음 날 밤 돈은 다락방으로 다시 돌아왔고 절망에 빠져 있던 마네트는 숨겨 놓았던 그 자리에 있는 돈을 발견하였다. 신부님의 자비로움에 감동하여 회개한 도둑이 바로 갖다 놓은 거였다. 경찰관들과 교구 조사를 멈추게 하려고 신부님은 자기가 돈을 잃어버리는 꿈을 꿔서 하인이 돈을 다른 곳에 더 잘 감춰 놓았는데 이제는 나이가 들어 다음 날 그 장소를 기억해내지 못한 거였다고 둘러댔다고 한다. 사람들은 신부님 이야기를 여러 버전으로 되풀이해 이야기하곤 했다. 이이야기에 대해서도 여러 버전이 돌아다닌다. 하지만 방금 한 이야기는 신부님이 자신의 명예뿐 아니라 도둑의 명예를 위해 직접 내게 들려주신 이야기다. 왜냐하면, 크리스천으로서 그는 자신의 인내보다 그 도둑의 회개를 하나님이 보시기에 더 훌륭한 것으로 생각해서였다. 이런 아름다운 감정은 인간이 만든 정의의 잣대로 모든 것을 판단하는 사람들은 도저히 알 수 없는 감정이다.

늙은 신부님은 나를 너무 좋아하셨다. 내가 35살쯤이 되었을 때도 그는 내게 여전히 "오로르는 내가 항상 사랑하는 아이야."라고 말하셨다. 또 그 어린아이가 괴로운 것이 분명 남편 때문이라고 생각한 신부님은 내 남편에게 "세상에나, 마음대로 생각하세요. 하지만 저는 당신의 아내를 무척 아낀답니다."라고 편지 쓰곤 했다.

정말 신부님은 아버지처럼 나를 아끼셨다. 20년 동안 저녁 예배 후 신부님은 우리 집에 와서 저녁을 드셨는데 때로는 내가 신부님을 산책 겸 모시러 갈 때도 있었다. 하루는 걷다가 다리를 다쳐 집에 어떻게 돌아가야 할지 몰랐다. 당시 생샤르티에 길은 마차도 다닐 수가 없어 나는 신부님의 말 뒤에 타고 갈 수밖에 없었다. 하지만 신부님이 너무 늙으셨기 때문에 내가 신부님을 뒤에 태우고 가는데, 말이 움직이자 신부님은 이내 잠이 들어 버렸다. 나는 들판을 바라보며 공상에 빠져 있었다. 그때 말은 점점 걸음을 늦추더니 풀을 뜯어 먹으려고 멈춰 섰고 신부님은 크게 코를 골고 있었다. 하지만 잠을 자면서도 습관처럼 말에서 떨어지지는 않으셨다. 그래서 나는 박차를 가했고 가는 길을 알고 있던 말은 우리를 제대로 집까지 데려다주었다. 비록 고삐는 목 위에 있었지만 말이다.

저녁을 배불리 먹은 후에 신부님은 난롯가에서 잠이 들곤 하셨는데 코 고는 소리에 창문들이 흔들거리곤 했다. 그런 다음 잠시 후에는 깨어나셔서 클라브생이나 스피네토를 연주해 달라고 하셨다. 피아노라는 단어를 쓰지 않으셨는데 그 표현은 너무 신식 표현이었다. 점점 나이가 들어가시면서 신부님은 저음 악기는 듣지 않으셨다. 그래도 조금 날카로운 음정이 고막을 그나마 자극해주었기 때문이다. 그리고 어느 날 신부님은 내게 "이제는 아무것도 안 들어. 이제 다 늙은 거지!"라고 말씀하셨다. 가엾은 양반! 그렇게 듣지 못하는 상태로 꽤 오래 사셨다. 그래도 신부님은 여전히 밤 10시에 말에 오르기도 하고 또 혼자 말을 타고 한겨울에 목사관으로 돌아가기도 하셨다. 돌아가시기 몇 시간 전 내가 소식을 알아 오라고 보낸 하인에게 신부님은 "오로르에게 이제 아무것도 보내지 말라고 하게. 이제 나는 아무것도 필요 없어. 또 내가 그녀와 그 아이들을 사랑한다고 전해줘."라고 말하셨다.

한 사람에 대한 애정이 얼마나 큰지는 죽는 순간 그를 생각하는지가 증명해주는 것 같다. 또 그런 말에는 그 사람의 믿음과 걱정을 말해주는 예언적인 뭔가가 있는 것도 같다. 수녀원장님이 돌아가실 때도 똑같이 사랑했던 60여 명의 학생 중에 유독 내 생각만 했는데 평소에는 절대로 나만 특별하게 생각해주신 적이 없었다. 원장님은 돌아가시기 전 몇 번이나 "가엾은 뒤팽 양, 할머니를 잃어버리면 어쩌지!"라고 말씀하셨다. 그녀는 그때 아파서 죽어가는 사람이 자기가 아니라 우리 할머니라는 꿈을 꾸고 있었다. 그런데 그 말은 나를 너무나 불안하게 했고 당장 어떤 불행한 일이 일어날 것 같은 미신적 예감에 떨게 했다.

데샤르트르의 교육을 받기 시작한 것은 7살 무렵이었다. 나는 불평하지 않고 오래 그 교육을 견뎠다. 왜냐하면, 데샤르트르가 이폴리트에게는 엄격하고 무서웠지만 처음 몇 년 동안 내게는 아주 온유하고 부드럽게 대했기 때문이다. 그래서 나는 많은 발전을 이룰 수 있었다. 왜냐하면, 선생님은 평온한 마음을 유지하고 있을 때는 생각이 명료하고 간결했기 때문이다. 하지만 흥분하기 시작하면 정신을 잃고 가르치는 것도 횡설수설하다가 화가 나면 말을 더듬기 시작해서 무슨 말을 하는지 알아들을 수가 없었다. 그는 가엾은 이폴리트를 너무 거칠고 무섭게 다루었지만 이폴리트는 다 잘 받아넘겼고 기억력도 아주 좋았다. 그는 오랜 시간 공부만 하면 집중력을 잃고 마는 천성을 가진 아이에게는 몸을 움직이는 활동이 필요하다는 생각은 하지 못했다. 나는 우리 오빠를 좋아했지만, 솔직히 오빠는 정말 못 말리는 아이였다. 그는 늘 뭐든 부수거나 못 쓰게 만들거나 모든 사람을 못살게 굴 궁리만 했다.

어느 날 그는 지옥의 신들에게 제사를 지낸다며 깜부기불을 길에 던지다가 집에 불을 내기도 하고 또 어느 날은 장작불을 폭파한다고 장작에 화약 가루를 던져 국 냄비를 부엌 한가운데 날려버리기도 했다. 그러면서 이것을 화산 폭발 이론 연구라고 불렀다.

또 개들의 꼬리에 냄비를 묶어 그들이 정원을 이리저리 달리며 난리 치고 짖는 걸 즐기기도 했다. 또 때로는 고양이들에게 나막신을 신기기도 했는데, 바로 그들 발에 호두 껍데기를 붙여 놓았다는 말이다. 그리고는 그들을 얼음 위나 마루 위에 올려놓았다. 그러면 그들은 미끄러지면서 수백 번 넘어지고 또 넘어지며 괴상한 소리를 질렀다.

또 한 번은 자기가 그리스의 대제사장인 칼샤라고 하면서 부엌 식탁에 이피게네이아를 제물로 바친다며 칼을 들고 이리저리 설치며 다니는 바람에 다른 사람이나 자신을 다치게 하기도 했다.

나는 그보다 덜 다혈질이긴 했지만, 가끔 그의 장난을 거들기도 했다. 어느 날은 뒤뜰에서 돼지를 잡는 걸 보고 이폴리트는 정원 오이를 가지고 흉내를 내려고 했다. 그는 오이 끝을 목이라고 하며 거기에 나무 꼬챙이를 꽂았다. 그리고 발로 이 불쌍한 식물을 짓눌러 즙이 나오게 하면 위르월은 순대를 만들기 위해 낡은 꽃병에 즙을 받았고 나는 옆에 돼지, 그러니까 오이를 태울 가짜 불을 피웠다. 정육점 주인이 하는 것처럼 말이다. 우리는 그 놀이가 너무 재미있어서 처음에는 제일 큰 것부터 안 자란 것까지 하나씩 하나씩 다 따면서 정원사가 그리도 아끼는 밭 전체를 금세 다 망쳐 버렸다. 이 처참한 광경을 보고 정원사가 어땠을지는 상상에 맡기겠다. 시체들 사이에 있는 이폴리트는 마치 정신없이 그리스 군대를 죽이는 아이아스 같았다. 정원사가 고자질해서 우리는 야단을 맞았지만, 오이는 다시 살아올 수 없어서 그해에는 오이를 먹지 못했다.

또 다른 짓궂은 장난은 우리 동네 아이들이 개 속이기라고 부르는 놀이였다. 그것은 구멍을 파고 그 안에 물에 반죽한 흙을 넣어놓는 거였다. 그리고 구덩이를 작은 나뭇가지로 덮고 그 위에 얇은 석판과 흙과 마른 잎들을 덮었다. 길 위나 정원 한가운데 이런 함정을 만들어놓고 우리는 덤불 속에 숨어 지나가는 사람들이 진창에 빠져 망할 놈의 아이들이 만든 이 놀이에 욕을 해대며 울부짖는 걸 지켜보았다. 구멍이 깊지 않아도 다리를 부러뜨릴 수 있었지만, 우리가 만드는 것은 위가 넓어서 그렇게 위험하지는 않았다. 재미있는 것은 정원사가 자기가 만들어 놓은 곳 중 제일 아름다운 곳이 자기 발아래서 무너져 내리는 걸 보고 경악하는 모습이었다. 그는 그것을 다시 만드느라 한 시간도 넘게 또 고생해야 했다.

날씨 좋던 어느 날 데샤르트르 선생님이 거기 빠졌는데 그는 항상 아름다운 하얀 스타킹을 신고 짧은 바지를 입고 예쁜 중국 남경산 각반을 차고 있었다. 그는 항상 자기 발과 다리를 자랑스러워했기 때문이다. 그는 늘 아주 깨끗했고 특히 양말을 아주 소중히 생각했다. 게다가 거만한 선생들처럼(선생이 아니라도 이런 모습은 잘난 체하는 현학자들의 특징인데) 무릎에 힘을 잔뜩 주고 팔자걸음으로 걸었다. 우리가 더 잘 보기 위해 그의 뒤를 바짝 따라갔을 때, 갑자기 흙이 무너지면서 그는 우리가 그의 양말을 물들게 하려고 기막히게 준비한 노란 진창 속으로 다리가 반쯤 빠져 버렸다. 이폴리트가 그를 놀라게 하면 그는 위르쉴과 내게 욕을 퍼부어댔다. 하지만 우리는 하나도 무섭지 않았는데 그가 다리를 꺼낼 즈음에는 우린 멀리 도망쳐 있었기 때문이다.

데샤르트르 선생님이 우리 불쌍한 오빠를 너무나 잔인하게 때리고 가엾은 소녀들에게 엄청 욕을 하는 바람에 이폴리트와 위르쉴과 나는 의기투합해서 더 많은 걸 고안해냈다. 그래서 우리는 변화를 주기 위해 무슨 연극을 꾸며 한동안 성공을 거두기도 했는데 시작하는 건 항상 이폴리트였다. 그는 데샤르트르 선생님이 듣도록 바로 옆에서 접시를 하나 깨거나 혹은 개가 짖도록 하면서 "이 바보들아! 너희들은 맨날 사고만 치는구나! 정말 혼나고 싶어? 이 아가씨들아!"라고 소리쳤다. 그리고 도망치면 데샤르트르는 창밖으로 코를 내밀고 여자애들이 없는 걸 보고 깜짝 놀라곤 했다.

어느 날 농장 일을 제일 중요하게 생각하는 데샤르트르 선생님이 장에 가축을 팔러 가면서 이폴리트에게 어른들 방에서 공부하라고 했는데 갑자기 그는 진짜 어른 놀이를 시작했다. 그는 발꿈치까지 내려오는 큰 사냥 옷을 입고 풀무 모양의 모자를 쓰고 현학자들처럼 뒷짐을 지고 팔자걸음으로 방안을 이리저리 걸어 다녔다. 그러다가 그는 선생님 말을 흉내 내며 칠판 옆으로 가서 분필을 들고 선생님처럼 화를 내고 말을 더듬으며 못 말리게 멍청한 학생을 가르치기 시작했다. 그러다 선생님이랑 너무 똑같은 자기 모습에 신이 나서는 창문으로 달려가 나무를 자르는 정원사에게 욕을 했다. 이폴리트는 정원사를 나무토막이라고 모욕하고 위협했다. 진짜 데샤르트르 선생님이 말하듯이 말이다. 너무 똑같이 흉내 내서인지 아니면 거리가 멀어서인지 너무 순진하고 착한 정원사는 그걸 진짜로 믿고 뭐라 우물쭈물 대답하려고 하고 있었다. 그런데 진짜 데샤르트르 선생님이 몇 걸음 밖에서 나타나자 얼마나 놀랐던지. 그는 자기를 흉내 내는 녀석의 동작 하나 말소리 하나 놓치지 않고 다 듣고 있었던 것이다! 데샤르트르는 그냥 웃고 넘길 수도 있었겠지만 자기 흉내 내는 것을 도저히 견딜 수가 없었는데 이폴리트는 불행히도 나무 뒤에 숨어 있는 그를 볼 수가 없었다. 장에서 생각보다 일찍 돌아온 데샤르트르는 소리 없이 방으로 올라가 살짝 문을 열고 들어갔는데 이때 흉내쟁이는 있지도 않은 이폴리트를 향해 "공부 안 할 거야! 글씨가 개발새발이네! 이 짐승 같은 놈!"이라고 욕을 하고 있었다.

이제 두 개의 장면이 벌어지는데 가짜 데샤르트르가 가짜 이폴리트를 따귀 때리는 동안, 진짜 데샤르트르는 진짜 이폴리트의 뺨을 후려갈겼다.


나는 데샤르트르에게서는 문법을 배우고 할머니에게서는 음악을 배웠다. 엄마는 읽고 쓰는 걸 가르쳤다. 성자전聖者傳을 읽게 했지만, 종교에 대한 것은 아무도 말해주지 않았다. 아주 오래전의 기적 같은 이야기들을 믿건 안 믿건 종교에 대해서, 나는 잘 몰랐지만, 그저 자유롭게 내버려 두었다. 하지만 엄마는 늘 항상 잊지 않고 기도하면서 나도 곁에서 무릎을 꿇고 기도하게 했다. 기도는 아주 긴 기도였는데 내가 기도를 끝내고 잠자리에 든 다음에도 엄마는 여전히 손에 머리를 파묻고 무릎을 꿇고 기도에 깊이 빠져 있었다. 하지만 엄마는 고해성사告解聖事도 성聖금요일 금식도 하지 않았다. 하지만 주일마다 미사는 빠지지 않았다. 그리고 미사를 어쩔 수 없이 빠질 때는 기도를 두 배로 했다. 할머니가 왜 그런 식으로 제대로 지키지 않느냐고 묻자 엄마는 이렇게 말씀하셨다.

"저는 제 나름의 신앙이 있어요. 말씀 중에 어떤 건 받아들이고 어떤 건 그냥 넘어가죠. 저는 겉으로 신앙심이 깊은 척하는 신부들을 견딜 수가 없어요. 저는 제대로 제 생각을 이해하지도 못하는 그런 사람들에게 절대로 고해하러 가지 않을 거예요. 저는 이게 잘못이라고 생각하지 않아요. 고치지도 않을 것이고 그럴 수도 없어요. 하지만 저는 진심으로 하나님을 사랑하고 또 하나님 같은 좋은 분이 죽은 후 우릴 벌할 거라고 생각하지 않아요. 이생에서 이미 우리는 우리의 어리석음으로 충분히 벌 받았지요. 그래도 나는 죽음이 두려워요. 그것은 이생의 삶을 사랑하기 때문이지 내가 신뢰하는 하나님 앞에 나가는 것이 두렵기 때문이 아니에요. 나는 결단코 고의로 하나님 뜻을 거역한 적은 없었어요."

"그럼 그렇게 오래 뭘 기도하는 거지?"

"하나님께 사랑한다고 말하지요. 하나님과 함께 있으면 내 고통이 위로받고 저는 죽어서 남편을 다시 만나게 해 달라고 빌어요."

"그럼 미사에 가서는 뭘 하는 거니? 한 마디도 듣지 않으면서."

"저는 성당에서 기도하는 게 좋아요. 물론 하나님은 어디나 계시지만 성당 안에서 제일 잘 볼 수 있지요. 그리고 다 함께 하는 기도가 제일 좋은 것 같아요. 저는 그게 너무 좋아요. 미사가 좀 길긴 하지만 중간에 온 마음으로 기도하게 되는 순간이 있고 그때가 제겐 큰 위안이지요."

할머니는 계속 물으셨다.

"그런데 신도들은 왜 피하는 거니?"

"그들은 정말 참을 수 없는 위선자들이기 때문이죠. 만약 하나님이 자기 피조물을 미워하실 수 있다면 하나님은 그들을 가장 미워하실 거예요."

"그렇다면 너는 너의 종교를 욕하고 있는 거구나. 가장 신실한 사람들보고 가장 나쁘고 경멸받을 사람이라고 하니 말이다. 그러니까 그 종교는 나쁘니 그것을 안 믿는 사람일수록 더 좋은 사람이겠네. 네 말대로 하자면 그런 거 아니냐?"

"너무 조목조목 따지시네요. 저는 제 감정을 논리적으로 설명할 줄은 몰라요. 그저 제 마음에 떠오르는 대로 말하는 거죠. 그저 마음이 가는 대로 저는 묻지도 따지지도 않고 따라갈 뿐이에요."

이런 대화를 통해, 그리고 내게 논리적인 종교 교육을 하지 않은 것을 봤을 때, 할머니는 가톨릭 신자가 아니었음을 알 수 있다. 할머니가 엄마처럼 싫어한 것은 이른바 독실하다는 신자들뿐 아니라 가톨릭의 종교 행위 그 자체였다. 할머니는 가톨릭 종교에 대해서는 일말의 동정심도 없이 아주 차갑게 거부하셨다. 그렇다고 할머니를 무신론자라고 할 수도 없었다. 할머니는 18세기 철학자들은 별로 언급하지 않은 일종의 자연 신앙을 믿으셨다. 할머니는 자신을 데이스트라고 칭하며 모든 형태의 종교와 도그마들을 경멸했다. 할머니는 예수 그리스도를 숭배했고 기독교 복음을 최고의 철학으로 인정했지만 그러한 진리들이 우스운 것들에 둘러싸인 것을 참지 못하셨다.

나중에 할머니의 견해 중 내가 어떤 것을 받아들이고 잃어버렸는지, 또 어떤 것을 인정하고 어떤 것을 거부했는지 말하겠다. 하지만 지금 나라는 사람이 어떤 과정을 거쳐 자라왔는지를 살펴볼 때 어릴 적 나는 할머니의 비판적이고 다소 이성적인 신앙보다는 엄마의 순진하고 단순한 신앙에 무의식적으로 더 끌렸던 것 같다.

엄마의 감상적 신앙의 기저에는 의심할 바 없이 어떤 시적 감상이 있었다. 그리고 내게 필요한 건 바로 그런 시적 감상주의였다. 18세기의 실증주의적 태도에 대항하기 위해 논리적으로 심오하게 만들어지고 정돈된 그런 신앙이 아니라 마치 어린아이가 아무것도 모르고 그게 뭔지도 모르면서 받아먹는 그런 신앙 말이다. 한마디로 나는 엄마 같은 서민들이나 농부들처럼 선한 신이나 가끔은 악마 앞에 머리를 조아리며 자연의 모든 신비한 힘 앞에 복을 비는 그런 시적 감상주의가 필요했다.

나는 신비한 것을 광적으로 좋아했고 나의 상상력은 할머니가 그것에 대해 아무리 이성적으로 설명해주어도 아랑곳하지 않았다. 유대인들의 고문서든 이방인들의 고서든지 간에 나는 그 책들 속의 신비한 이야기에 열광했다. 뭘 믿느냐는 중요하지 않았다. 때때로 할머니는 아주 이성적으로 잠깐씩 내가 제정신을 차리게 했지만 그래도 나는 할머니 말을 믿지 않았다. 그리고 나는 마음속으로 아무것도 부정하지 않으면서 할머니가 내게 안긴 작은 슬픔에 복수했다. 그 이야기들은 마치 나의 동화 속 이야기들처럼 아주 가끔만 내게 반쯤 거짓으로 느껴졌다.

개인에 따른 종교적 감정들은 각자의 취향에 따른 거였다. 나는 할머니처럼 나쁜 신자들 때문에 기독교인들 전체를 비난하지 않았다. 광신적인 믿음이란 것도 사실 일종의 정신 작용이라고 할 수 있다. 술 취하는 것이 육체적 작용이듯이 말이다. 누구나 많이 마시면 취하기 마련인데 그걸 포도주 탓이라고 할 수는 없다. 어떤 사람들은 그것을 잘 견뎌서 약간 정신이 어지러울 뿐이지만 어떤 사람들은 조금만 마셔도 바보가 되거나 사나워진다. 하지만 어쨌든 포도주는 우리 안에 있는 것을, 좋은 것이든 나쁜 것이든 드러나게 해준다. 그래서 아무리 좋은 술이라고 해도 정신력이 약한 사람이나 성질이 급한 사람들에게는 좋지 않은 법이다. 어떤 종교에 대한 것이건 종교적 흥분 상태 또한 훌륭하거나 추악하거나 혹은 비참한 영혼의 상태라고 할 수 있다. 술이 익어가는 그릇이 단단하냐 약하냐에 따라 상태는 달라진다. 우리 영혼의 이런 과장된 흥분상태가 우리에게 성인이나 박해자나 순교자 혹은 사형집행인이 되게 한다. 그래서 가톨릭교회에서 화형이나 고문을 만들어낸 것은 기독교 종교의 잘못이 아니다.

보통 믿음 깊은 성도라는 사람들에게서 가장 놀라운 것은 그들 각자가 가지고 있는 어떤 인간적 결점이 아니라 그들의 행동과 생각에 일관성이 없다는 것이다. 그들은 말은 번지르르하게 잘하지만, 행동은 우리 엄마처럼 한다. 그들은 그들이 받아들인 이론대로 행동하지 않는다. 우리 엄마는 자신처럼 믿는 게 진짜라고 자만하지는 않았지만 당당하게 자기 생각을 밝혔으므로 자신이 말한 대로 살 권리가 있지만 그들에게는 그런 권리도 없다.

내가 신앙에 깊이 빠져 있었을 때 나는 그 어느 것도 무시하지 않았다. 나는 오른발로 걸어야 하나 왼발로 걸어야 하는가 하는 것조차도 소심하게 양심에 물어보며 행동했다. 지금도 만약 신도라면 나는 다른 사람들을 용서치 못하는 그런 정력의 소유자는 못될 것이다. 왜냐하면, 성격은 결코 변할 수 없으니까. 그래도 나 자신에게는 매우 엄격하겠지만 나이가 드니 모든 것이 긍정적으로 변해서 나 자신에게도 그럴만한 것을 찾지 못할 것이다. 그런데 나는 사교계 여자들이 무도회에 가고 공연을 보러 갈 때는 어깨를 드러내고 예쁘게 꾸밀 생각만 하면서 다른 한편으로 모든 세례를 받고 어떤 예배도 빠뜨리지 않는 걸 이해할 수가 없다. 그들은 그러면서 자신들이 매우 일관적이라고 생각한다. 지금 내가 말하는 것은 위선자들이 아니다. 위선자들은 신자라고 할 수도 없다. 내가 말하는 사람들은 아주 순진한 여자들이다. 때때로 그들에게 어떻게 그런 신앙을 갖고 그런 죄를 지을 수 있느냐고 물으면 그들은 내게 각자 나름대로 대답을 하는데 그것은 내 말문을 막히게 한다.

나는 또 모든 종교적 규율이 완벽하다고 믿는 남자들도 이해할 수 없다. 그들은 종교적 율법에 대해 열을 내며 떠들어대지만, 결코 그대로 행동하지는 않는다. 만약 내가 이 행동이 저 행동보다 좋다고 판단하면 나는 망설임 없이 이 행동을 할 것 같은데 말이다. 아니, 그렇게 하지 않으면 나는 나를 용서치 못할 것 같다. 내가 정말 똑똑하고 진실하다고 믿는 사람들이 보이는 이런 언행 불일치를 결코 나는 이해할 수 없다. 만약 나의 기억을 시간 순서대로 떠올릴 수 있다면 그 기억들을 기술하는 중에 언제 처음으로 그런 일들이 일어났으며 또 어떻게 내가 믿음을 가졌다가 잃어버리게 되었는지 그 순간들을 떠올리며 내가 신앙을 갖게 되고 또 그것을 의심하게 됐던 상황들을 분석해볼 수 있을 것이다.

7살인가 8살에 나는 글을 알게 되었다. 그런데 그것은 너무 일렀던 것 같다. 왜냐하면, 그다음 나는 바로 다른 것들을 배워야 했으니까. 사람들은 내게 문법 공부를 더 시키지 않았다. 사람들은 쓰는 것만 열심히 시키면서 글씨체를 고치게 했지만 내가 점점 더 나 자신을 자유롭게 표현하게 됨에 따라 점점 더 잘못되어 가는 문장들은 고쳐주지 않았다. 수녀원에서는 수업을 따라가기에 내 불어 실력이 충분하다고 생각했는데 실제로 내 나이 또래 아이들에게 주어지는 시험쯤은 아주 잘 보았다. 하지만 조금 지나 나 자신만의 문장을 쓸 때 나는 가끔 아주 당황스러울 때가 있었다. 내가 수녀원에서 나온 뒤 어떻게 스스로 불어를 다시 배우게 되었는지는 나중에 이야기하겠다. 또, 12년 후 대중들을 위한 글을 쓰게 됐을 때 나 자신이 아무것도 모른다는 생각이 들어 다시 불어 공부를 시작했지만, 그때는 너무 늦어 아무 도움도 되지 못했는데 이런 이야기도 나중에 또 말할 기회가 있을 것이다.

이런 이유로 나는 글을 쓰면서도 문장을 배워야 했고 문장을 잘 쓰지 못할까 하는 두려움도 갖고 있었다. 나의 정신은 항상 완벽해지기 위한 교정을 필요로 했다. 오늘날은 특히나 더 그렇다. 그래서 만약 내가 죄를 짓는다면 그것은 내가 게으르거나 그저 데면데면해서가 아니라 정말 그것을 몰라서이다.

　데샤르트르 선생님이 자신의 고정관념에 따라 라틴어로 내 불어 실력을 향상시키겠다고 생각한 것이 불행의 시작이었다. 나는 뭐든 시키는 대로 다 하는 아이라 그 힘든 걸 묵묵히 다 받아들였다. 그런데 아이에게 불어와 라틴어와 그리스어를 가르치는 데는 너무나 오랜 시간이 걸렸다. 방법이 틀렸을 수도 있고 그 언어들이 배우기 어려웠을 수도 있고, 아니면 무슨 언어든 언어를 배운다는 것은 아이에게 길고 황량한 과정일 수도 있다. 실제로 특별한 경우가 아니면 대부분은 라틴어도 불어도 잘 모르고 중학교를 졸업한다. 그리스어는 더 말할 것도 없다. 라틴어를 안 배우려고 도망 다니는 통에 어느 때보다 잘 배울 수 있는 나이에 나는 불어 공부 시간도 놓쳐 버렸다.

　다행히 나는 라틴어를 일찍 그만두었다. 그래서 나는 불어를 잘하지는 못했지만 그래도 동시대의 대부분 남자애들보다는 잘했다. 문학을 말하는 것은 아니다. 중학교에서도 문학적 형식이나 표현들은 가르치지 않았던 것 같다. 내가 말하는 대부분 남자란 언어에 대해서는 등한시하며 자신들의 완벽한 고전적인 학습에만 열을 내는 사람들을 말한다. 그들은 편지 3쪽을 쓰는데도 틀린 단어와 철자가 수두룩하다. 아마도 교육을 조금 받은 20~30대의 여자들이라면 그들보다 불어를 더 잘 쓸 것이다. 그것은 그들이 죽은 언어를 배우느라 8~10년을 허비하지 않았기 때문이라고 생각한다.

　이렇게 길게 이야기하는 이유는 남자아이들을 교육하는 방식이 너무나 한심스러워서이다. 이런 생각을 하는 사람은 나 혼자만이 아니다. 나는 모든 남자가 중학교에서 시간을 낭비했고 공부에 대한 재미를 잃어버렸다고 말하는 것을 들었다. 거기서 뭔가 배웠다는 사람들은 아주 특수한 아이들의 경우이다. 보통 일반적인 아이들이 특별히 똑똑한 아이들을 위한 교육 시스템 때문에 희생되지 않을 그런 교육 방침을 구축할 수는 없을까?

## *4.* 할머니의 파리 아파트

우리는 데샤르트르 선생님 방에서 공부했다. 방은 한눈에 봐도 아주 정결했다. 하지만 늘 라벤더 비누 냄새가 났는데 그 냄새는 결국, 내게 구역질이 나게 했다. 내 수업 시간은 그리 길지 않았다. 하지만 나의 가엾은 오빠의 수업은 오후 내내 계속됐다. 왜냐하면, 할 것도 많았고 더욱이 선생님 앞에서 숙제까지 해야 했기 때문이다. 정말로 오빠는 지켜보는 사람이 없으면 책을 펼쳐보지도 않았다. 오빠는 들판으로 도망가서 온종일 찾을 수 없었다.

하나님은 아마도 데샤르트르 선생님을 벌주기 위해 이 원기 왕성한 아이를 세상에 태어나게 했을 것이다. 하지만 천성적으로 폭군 기질을 타고난 선생님은 학생이 공부하지 않고 도망가는 그 굴욕을 그냥 견디는 것이 아니라 죽도록 혼냈다. 쇠로 만들어진 아이가 아니라면 그런 끔찍한 벌을 받고 살아남을 수 없을 정도였다.

오빠를 고통스럽게 만든 것은 라틴어가 아니었다. 오빠는 라틴어를 배우지 않았다. 그것은 수학이었다. 오빠는 그 방면에 적성이 있어 보였고 실제로 잘하기도 했다. 오빠는 공부 그 자체를 싫어한 것은 아니었다. 단지 공부보다는 나가서 즐겁게 노는 게 더 좋았을 뿐이다. 오빠에게는 절대적으로 그런 활동이 필요했다.

데샤르트르 선생님은 오빠에게 음악도 가르쳤다. 이폴리트는 좋든 싫든 선생님이 좋아하는 플래절렛 악기를 배워야만 했다. 오빠가 회양목으로 된 플래절렛을 연주할 때 상아와 흑단으로 된 플래절렛을 손에 든 선생님은 오빠가 매번 틀릴 때마다 그것으로 오빠의 손가락을 세게 내려쳤다. 피셔의 어떤 미뉴에트를 연주하다가는 오빠의 손에 거의 못이 박힐 뻔하기도 했다. 여기에는 데샤르트르의 이상한 성질도 한몫했다. 그는 아무리 화가 나도 자기가 좋아하는 사람 앞에서는 늘 잘 참았다. 선생님은 우리 아빠가 어릴 때는 결코 그렇게 무서운 적이 없었고 내게도 평생토록 단 한 번도 화를 낸 적이 없었다. 그러니까 이폴리트에게는 일종의 미움이 있었다. 그가 성질도 나쁘고 또 자기를 놀리곤 했기 때문이다.

그런데도 데샤르트르는 우리 아버지 때문에 이폴리트에게 늘 관심이 있었다. 아무도 그를 가르치라고 강요하지 않았지만 그를 가르치는 일에 지나치게 집착했는데 그것은 어떤 복수심에서 그런 것도 아니었다. 왜냐하면, 아이를 무섭게 혼내고 나면 금방 후회하곤 했기 때문이다. 그는 그것을 자신의 의무라고 생각했다. 하지만 가끔은 미워서 그랬던 것도 사실이다.

책상에 팔을 괴고 아무도 보는 사람이 없으면 파리와 장난하는 이폴리트 옆에 내가 공부하러 갈 때는 항상 위르쉴도 있었다. 데샤르트르는 늘 당돌하게 머리를 곧게 쳐들고 씩씩하게 대꾸하는 이 어린 소녀를 좋아했다. 성질 센 남자들처럼 데샤르트르도 대놓고 자기에게 맞서는 사람을 좋아했다. 그래서 자신을 전혀 무서워하지 않는 사람들 앞에서는 갑자기 사람 좋은 사람처럼 얌전해졌다. 이폴리트의 잘못, 그의 불행은 바로 그가 선생님 앞에서 대놓고 나쁘고 잔인하다고 대들지 못한 것이었다. 한 번이라도 할머니에게 이른다거나 집을 나간다고 협박했다면 아마도 데샤르트르는 제정신을 찾았을 것이다.

하지만 아이는 선생님을 무서워했고 증오했고 오로지 복수할 생각만 했다.

사실 오빠는 정말 기발한 생각들을 많이 했고 사람들의 행동을 흉내 내며 우스꽝스럽게 만드는 데는 정말 악마 같은 자질이 있었다. 가끔 수업 중에 선생님이 집 안이나 농장으로 불려 나갈 때가 있는데 그럴 때마다 오빠는 선생님을 놀릴 궁리를 했다. 이폴리트는 흑단으로 된 플래절렛을 들고 정말 선생님과 똑같이 흉내를 냈다. 사실 데샤르트르 선생님이 플래절렛을 연주하는 것처럼 웃기는 일도 없었다. 이 촌스러운 악기가 늘 찡그린 얼굴을 한 근엄하신 분 손에 들려 있는 자체가 우스꽝스러웠다. 게다가 선생님은 악기를 연주할 때 손가락을 일부러 아주 우아하게 구부리고 큰 몸을 흔들흔들하면서 윗입술을 일부러 더 뾰족하게 오므리고 연주했는데 그 모습은 세상에서 제일 웃기는 모습이었다. 특히 피셔의 미뉴에트를 연주할 때의 모습은 더 가관이었다.

이폴리트는 데샤르트르 선생님이 인상을 쓰며 악보 앞에 있을 때는 끝까지 연주하지 못했지만, 속으로는 이 곡을 완전히 다 외우고 있었다. 계속 흉내를 내다 보니 결국은 자기도 모르는 사이에 그 부분을 다 익히게 된 것이다. 내 생각에 이것보다 더 좋은 음악 교육은 없는 것 같다.

위르쉴은 수업을 할 동안은 얌전했지만 쉬는 시간에는 엄청 소란스러웠다. 그녀는 여기저기를 기어오르고 책들을 한 장씩 다 뜯어내고 실내화와 작은 비누들을 다 흐트러뜨리고 선생님의 차림새와 습관과 이상한 행동에 대해 이폴리트가 놀리는 소리를 들을 때는 땅을 구르며 웃었다. 선생님은 서재의 선반 위에 정원에서 실험하는 온갖 종류의 씨앗 주머니를 올려놓고 있었다. 선생님은 동물 사료나 말 사료로 쓸 수 있는 새로운 품종이나 혹은 새로운 콩 품종을 개발하려는 꿈을 갖고 있었다. 그래서 농축산위원회 경쟁자들의 명예에 먹칠하고 싶어 했다. 우리는 선생님 손으로 직접 분류해 놓은 것들을 아주 조심스럽게 뒤섞어 놓기도 했다. 우리는 대청을 유자와 바꿔 놓기도 하고 메밀과 조를 뒤바꿔 놓기도 했다. 그래서 나중에 싹이 나면 순무를 심은 곳에서 개자리속이 나오기도 했다. 그래도 선생님은 연구 기록들을 열심히 한 장 한 장 모아갔다. 그것은 농축산의원회의 동료들인 카데드보 씨나 루지에 들라베르주리 씨에게 보이기 위해서였다. 선생님은 그들을 위원회 용어로는 어울리지 않는 노새나 송아지라고 부르며 농축업 학계에서 라이벌인 그들과 맞섰다.

우리는 그 소논문들도 뒤섞어 놓았고 어떤 단어들 옆에는 일부러 틀린 철자를 붙여 놓기도 했다. 한번은 우리가 그렇게 잘 고친 논문을 출판사에 보냈는데 데샤르트르는 나중에 교정쇄를 받아보고는 식자실장의 실수라며 어마어마하게 화를 냈다.

선생님의 책 중에는 우리의 호기심을 건드리는 책이 있었는데 무엇보다 가장 흥미를 끈 것은 《큰 알베르와 작은 알베르》라는 책과 이상한 말들로 가득한 아주 오래된 시골 경제 생활에 대한 책들이었다. 그중 제목이 기억나지 않지만, 선생님이 제일 아끼는 고서적이 제일 꼭대기에 올려져 있었다. 그 책이 정확히 무슨 내용인지 어디에 쓰는 책인지 몰랐지만 살펴볼 수는 없었다. 왜냐하면, 그 책을 꺼냈다가 다시 제자리로 돌려놓으려면 많은 시간이 걸리는데 선생님이 있는 동안에는 불가능했기 때문이다. 내가 기억하기에 거기에는 모든 사람이나 동물들의 병을 고치는 치료법이 있었고 모든 약과 식재료나 술이나 독약들의 사용법 등이 있었다.

  또 신비한 주술呪術에 대한 것도 있었는데, 우리가 제일 관심 있었던 것은 바로 그 부분이었다. 이폴리트는 데샤르트르 선생님이 한 번 악마를 부를 수 있는 주술이 있다고 한 말을 들었다고 했다. 문제는 모든 것이 뒤죽박죽으로 있는 책 더미들 속에서 그것을 찾아내는 것이었다. 우리는 20번도 더 넘게 시도해 보았는데 막상 그 주술을 찾은 것 같았을 때 선생님이 계단을 올라오는 무거운 발걸음 소리가 들렸다. 아마도 그에게 그것을 보여 달라고 하는 편이 더 쉬웠을 것이다. 어쩌면 기분이 좋을 때는 사탄을 부르는 방법을 우리에게 가르쳐 줄 수도 있을 것 같았다. 하지만 우리가 직접 그 비밀을 찾아내서 우리가 직접 실험해 보는 것이 더 짜릿할 거라 생각했다.

  결국, 어느 날 데샤르트르 선생님이 사냥하러 가셨을 때 이폴리트가 우리를 찾아왔다. 그는 마법서들 중에서 그 주술서를 정말 찾아냈거나 아니면 찾아냈다고 생각하는 것 같았다. 우리는 주문을 외워야 했고 땅에 그림도 그려야 했는데 이것 말고 또 어떤 걸 했어야 했는지는 모르겠다. 이폴리트가 우릴 놀린 것인지 아니면 정말 책에 있는 걸 믿어서인지 그가 책을 들고 우리에게 지시하는 대로 우린 땅에 그린 선을 따라 왔다 갔다 했다. 네모, 마름모, 별 혹은 12개 별자리 모양의 선들과 많은 숫자 그리고 잘 기억나지 않지만 많은 신비한 모양으로 가득한 땅은 마치 피타고라스의 책상 같았다.

어쨌든, 그때 그 감정만큼은 여전히 생생하게 기억난다. 실험이 성공하면 처음으로 나타나는 현상이 어떤 숫자나 모양 위로 푸른 불꽃이 타오르는 것이라고 해서 우리는 그것을 얼마나 간절히 기다렸는지 모른다. 사실 우리는 그런 걸 믿고 있지는 않았다. 이폴리트는 이미 철이 다 들었고 나로 말할 것 같으면 엄마나 할머니(이런 점에서는 생각이 같으셨는데)로 인해 악마의 존재 같은 것은 어린애들을 위해 만들어낸 헛소리들이라는 걸 알고 있었다. 하지만 겉으로 웃으면서도 속으로 두려워하고 있던 위르쉴은 방을 나가 버려 다시 데려올 수도 없었다.

그래서 오빠와 나 둘이서만 옆에서 웃어주는 동료도 없이 용감하게 실험하게 되었다. 믿건 말건 온갖 상상력을 다 동원하면서 우리는 어떤 기적이건 일어나길 은근히 기다렸다. 불꽃이 보이기만 하면 우린 실험을 계속 밀고 나가 가운데 숫자들 아래에 있는 판자들을 루시퍼 악마의 두 개의 뿔이 뚫고 나오게 할 참이었다. 이폴리트는 말했다.

"끝까지 계속하지 못하는 사람은 어떤 숫자들을 빨리 지우면서 악마의 머리가 나오자마자 바로 땅속으로 들어가게 할 수 있어. 그런데 절대로 그 눈이 밖으로 나오게 해서는 안 돼. 왜냐하면, 악마가 우릴 바라보게 되면 다시 돌려보낼 수 없으니까. 나는 거기까지 갈 수 있을지는 모르지만 적어도 뿔의 끝은 보고 싶어."

"그런데 만약 악마를 보고 말을 해야 한다면 무슨 말을 하지?" 하고 내가 묻자, "뭐라긴! 데샤르트르 선생님과 그의 플래절렛과 오래된 책들을 다 가져가라고 할 거야!"라고 대답했다.

이렇게 말하며 우린 그것을 장난처럼 생각했지만 그렇다고 흥분하지 않은 것은 아니었다. 아이들이란 주술 장난을 하면서 흥분하지 않을 수 없는 존재들이다. 그러니 예전 사람들은 뭐든 잘 믿는 어린아이 같은 존재들이었던 것 같다.

우리는 할 수 있는 한 모든 실험을 다 했다. 하지만 악마는커녕 작은 불꽃 하나 나타나지 않았다. 그래도 우리는 타일 바닥에 귀를 댔고, 이폴리트는 탁탁 튀는 불꽃 소리를 들은 것 같다는 시늉도 했다. 나를 놀린 거였는데 그러면 나도 바보처럼 당하고만 있는 대신 뭔가 소리를 들은 것 같다고 마주 놀렸다. 놀이일 뿐이었지만 정말 이 놀이는 우릴 흥분시켰다. 우리가 주고받는 농담은 서로를 안심시켰는데 만약 함께 하지 않았다면 우리가 지옥을 가지고 노는 이런 놀이를 할 수 있었을지는 모르겠다. 이후로 이폴리트가 다시 그 장난을 했을 것 같지는 않다.

어쨌든 우리는 그렇게 애를 썼는데도 아무 소득도 없이 끝난 것에 대해 적이 실망했다. 하지만 우리가 그 주술을 성공시키기 위해 책에 적힌 것의 반도 노력해 보지 않은 것을 알고는 조금 안심했다. 우리는 그것들을 해 보기로 약속했다. 그리고 이후 며칠 동안 우리는 이런저런 풀들과 헝겊들을 모았다. 하지만 그 외에도 우리가 이해할 수 없는 많은 처방과 우리가 전혀 알 수 없는 씨앗들도 있어서 일은 잘 진척되지 못했다.

데샤르트르 선생님의 플래절렛은 라샤트르의 어떤 미친 사람을 생각나게 한다. 그는 가끔 우리 선생님에게 연주해 달라고 하곤 했다. 그러면 선생님은 절대 거절하지 않았다. 왜냐하면, 그 사람이 연주를 아주 주의 깊게 들어주었기 때문이다. 어쩌면 선생님의 연주에 감동한 유일한 청중이었을지도 모른다. 이 미친 사람의 이름은 드메 씨였다. 그는 아직 젊고 옷도 잘 입고 얼굴도 꽤 잘생긴 사람이었지만 단지 당시에는 흔하지 않은 검은 수염으로 사람들을 무섭게 했다. 당시에는 군인들 말고는 대부분이 수염을 다 밀고 있었다. 그는 온화하고 예의 바른 사람이었다. 단지 너무나 우울하고 편집광적인 것이 그의 병이었다. 절대로 웃는 적이 없었고 늘 절망적인 고뇌 속에서 끝없이 권태로워할 뿐이었다.

그는 아무 때나 혼자 나타났는데 멀리서 짖어대던 사나운 개들이 가까이 오면 냄새를 킁킁 맡다가는 마치 겁내지 않아도 될 사람이란 것을 아는 듯이 슬그머니 물러나 버리는 것이 정말 놀라웠다. 그는 개들에게 전혀 신경 쓰지 않으면서 우리 집이나 정원으로 들어왔는데 미치기 전부터도 그는 우리와는 전혀 알지 못하는 사이였다. 그는 아무나 처음 보는 사람 앞에 멈춰 서서는 몇 마디 말을 건네고는 아무 말 없이 오래 옆에 앉아 있었다. 때로는 할머니 방에 미리 말도 없이, 노크도 하지 않고 들어가서는 안부를 묻고 또 할머니 인사에 자기도 잘 지낸다고 답하고는 권하지도 않았는데 의자에 자리 잡고 앉아 할머니가 편지를 쓰거나 나를 가르치시는 동안 가만히 옆에 앉아 있었다. 만약 음악 수업 중이면 그는 일어나 클라브생 뒤로 가서 수업 끝까지 움직이지 않고 있었다.

그가 있는 게 성가셔서 누군가 그에게 "드메 씨 뭘 원하세요?"라고 물으면 "별건 아니고 다정함을 찾아요."라고 답했다.

"그렇게 찾아다녔는데도 아직 못 찾았어요?"라고 물으면 "못 찾았어요. 그래서 다 찾아보고 있어요. 어디 있는지 모르겠어요."라고 답했다.

"정원은 찾아보셨나요?"

"아니 아직이요."

이렇게 말하고는 그는 갑자기 생각난 듯 정원으로 가서 구석구석을 뒤지고 다니다가는 우리 옆 풀밭에 앉아 우리가 노는 것을 심각하게 바라보다가 데샤르트르 선생님 방이나 엄마 방이나 아무도 없는 방에 들어가기도 했다. 아니면 아무에게도 말을 걸지 않고 온 집 안을 돌아다니거나 혹은 누군가 물어보면 다정함을 찾으러 다닌다고 답하며 돌아다녔다.

때로 하인들이 그가 귀찮아서 "그거 여기 없어요. 라샤르트로 가봐요. 거기 가면 분명 찾을 수 있을 테니."라고 말하면, 사람들이 자기를 어린애 취급한다고 생각하는지 한숨을 쉬며 가 버리기도 하고, 때로는 사람들이 말하는 것을 믿는 것처럼 서둘러 시내로 가곤 했다.

그가 실연을 당해 그렇게 됐다는 이야기를 들은 적이 있는데 그의 집안에 또 다른 정신병자가 있는 걸 보면 그는 그 일이 아니라도 다른 일로도 그렇게 됐을 거란 생각이 든다. 어쨌든 나는 그 사람을 생각하면 불쌍하다고 느낀다. 몇 시간 동안 우리가 노는 걸 보면서 우리에게 아무 말도 하지 않고 우리에게 관심도 없는 것 같았지만 우리들은 그냥 그가 불쌍해서 그를 좋아했던 것 같다. 그는 우리가 누군지 구별도 하지 못했다. 그는 이폴리트를 모리스 씨라고 했고, 위르쒈에게 뒤팽양이라 했고, 내게 위르쒈이라고 했다. 우리는 그의 불행에 대해 어떤 경외심을 가지고 결코 그를 놀리거나 피하지도 않았다. 그는 어떤 질문에도 대답하지 않았고 사람들이 자기를 거부하고 피하지 않으면 그것으로 만족하는 것 같았다.

내 생각에 누군가 다정하게 함께 놀아주고 친구가 되어준다면 그는 치료될 수 있을 것 같았다. 하지만 아무도 그를 정신적으로나 지적으로 돌봐주지 않은 것 같았다. 왜냐하면, 늘 혼자 오고 혼자 돌아갔기 때문이다. 그는 결국, 자살로 생을 마감하고 말았다. 사람들은 그가 우물 속에 빠진 걸 발견했는데 자살이 아니라면 그놈의 '다정함'을 찾다가 빠진 것인지도 모른다. 그가 그렇게 고통스럽게 찾던, 그 보이지도 않는 다정함을 찾다가 말이다.

엄마는 가을이 시작될 무렵 우리를 떠났다. 카롤린 언니를 혼자 내버려 둘 수 없었다. 그래서 두 딸 사이에서 번갈아 생활해야 했다. 엄마는 내가 따라가려고 할까 봐 많은 설명을 해야 했고 나는 슬픔으로 어쩔 줄 몰라 했다. 하지만 우리도 10월 말에는 파리로 가야 했다. 그러니까 기껏해야 두 달 동안의 이별이었다. 그래서 작년에 나를 사로잡았던 두려움, 엄마와 완전히 헤어지는 건 아닐까 하는 두려움은 사라졌다. 그때부터는 내가 엄마와 어떻게든 만나서 함께 지낼 것을 알았기 때문이다. 엄마는 카롤린에게도 엄마가 필요하다는 것을 누누이 설명했다. 또 우리가 곧 파리에서 만나게 될 것이고 엄마도 내년에는 노앙에 올 거라고 약속했고 나는 엄마 말을 받아들였다.

두 달은 별문제 없이 흘러갔다. 나는 할머니의 권위적인 태도에도 적응되었고 또 이제는 스스로 말을 잘 들을 만큼 철도 들었다. 예의 바른 차림새에 대한 강요도 어느 정도 풀어주셨다.

시골에 있을 때는 나의 자유로운 차림에 대해 할머니는 그리 크게 문제 삼지 않았지만, 파리에 가서 사교계의 인형 같은 여자아이들과 비교할 때 나의 솔직한 말투와 시골 아이 같은 모습은 정말 할머니를 경악하게 만들었다. 그러면 다시 박해가 시작됐지만 그런 것들은 내게 아무 도움도 되지 못했다.

우리는 약속대로 날씨가 추워지자 노앙을 떠났다. 또 시골에서 자란 이폴리트를 좀 세련되게 하려고 그를 파리의 기숙사에 넣기로 결정되어 있었다. 데샤르트르 선생님이 그를 데려가기로 했고 선생님은 학생을 얌전하게 바꿔줄 수 있는 학교를 선택해서 입학시키기로 했다. 그래서 이폴리트에게 옷가지를 마련해주었고 샤토루까지 데샤르트르 선생님과 마차를 타고 가야 했기 때문에 우리는 라브랑드를 함께 가로지르기로 했다. 우리는 생장과 두 마리 늙은 말이 끄는 마차를 타고 둘은 농가에서 기르던 암말을 탔다. 그런데 떠나기 며칠 전 사람들은 말을 타기 위해 이폴리트에게 부츠가 필요하다는 생각을 했다. 왜냐하면, 짧은 바지와 첫 번째 영성체 때 신었던 하얀 스타킹은 철이 지났기 때문이다.

부츠라니! 그것은 정말 이 뚱뚱한 소년의 오랜 꿈이요, 야망이요, 이상이요, 갈망이었다. 그는 데샤르트르 선생님이 가지고 있던 오래된 줄기와 아마도 마차를 고치기 위해 한쪽에 던져 놓았던 가죽으로 자기 스스로 그것을 만들려고 했다. 그는 4일 밤을 잠도 안 자고 자르고 꿰매고 가죽을 말의 여물통에 집어넣어 부드럽게 했다. 그리고 결국, 에스키모 부츠 비슷한 것을 만들었지만 첫날 신자마자 금방 망가져 버렸다. 하지만 구두 수선공이 쇠로 만들어진 굽과 박차를 달 수 있는 벨트가 달린 진짜 부츠를 가져온 순간 그의 꿈이 눈앞에서 실현되었다.

나는 세상에서 그렇게 기뻐하는 사람을 본 적이 없었다. 파리에 간다는 것, 일생 처음으로 고향을 떠난다는 것, 말을 탄다는 것 그리고 데샤르트르 선생님과 곧 헤어지게 된다는 생각도 부츠를 갖게 됐다는 행복에 비하면 아무것도 아니었다. 그 자신도 이후로 그가 맛본 기쁨 중에 어릴 적 이 기억을 제일 기뻤던 추억으로 기억하고 있을 정도이다. 그래서 오빠는 종종 "나의 첫사랑? 아주 잘 기억하고 있지! 나의 첫사랑은 부츠 두 짝이었어. 난 정말 행복하고 자랑스러웠지!"라고 말하곤 했다.

그것은 당시 유행하던 기병대 부츠였다. 남자들은 약간 붙은 바지 위에 그것을 신었다. 아직도 눈앞에 선한데 오빠는 그것을 내게 계속 보여주며 하도 자랑해서 나는 밤에 잘 때도 꿈속에서 볼 정도였다. 그는 그것을 떠나기 전날부터 신고는 파리에 가서야 벗었다. 그는 잘 때도 부츠를 신고 잤는데, 그 탓에 제대로 잠들 수가 없었다. 부츠가 침대 시트를 찢을지도 몰랐고 또 아니면 침대 시트 때문에 부츠의 광택이 흐려질지도 몰랐기 때문이다. 그래서 자정에 일어나 내 방으로 와서 벽난로의 불빛에 그것을 비춰보기도 했다. 내 옆방에서 자던 하녀는 그를 내보내려고 했지만 그럴 수도 없었다. 그는 나를 깨워서는 자기 부츠를 보여주고 불 앞에 앉아서 잘 생각도 하지 않았다. 잠시라도 그 행복을 잃고 싶지 않아서 말이다. 하지만 몰려오는 졸음에는 그 광기도 어쩔 수 없어서 다음 날 하녀가 떠나기 위해 나를 깨우러 왔을 때 우리는 이폴리트가 벽난로 앞 타일 위에서 자고 있는 걸 발견했다.

우리는 라브랑드에 해가 뜰 때쯤 도착하기 위해서 날도 새기 전에 출발했다. 그래야 날이 저물기 전에 그곳을 빠져나올 수 있었기 때문이다. 15~20킬로미터의 거리를 통과하는 데 온종일이 걸렸다! 생장이 이별주를 한잔 마시기라도 하는 날에는 길을 헤매기 일쑤였다. 말이 길을 알아서 잘 가게 되면 그는 자리에서 잠이 들어 늪에 빠지기도 했는데 그럴 때는 정말 낭패가 아닐 수 없었다!

하지만 다행히 이번에는 우리를 호위해주는 사람이 있었다. 길을 잘 아는 데샤르트르 선생님은 앞에서 천천히 말을 타고 가고 이폴리트는 말 등 위에 올라타서 말을 흥분시켜 생장이 숨 가쁘게 달리게 했다.


1811년에서 1812년 사이의 겨울 동안 파리에서 나는 엄마를 자주 보지 못했다. 사람들은 내가 점점 더 엄마 없이 보내는 것에 길들길 원했던 것 같다. 사실 엄마도, 돌봐줄 엄마가 없었던 카롤린을 잘 돌봐야 한다는 생각도 있었고, 또 사람들도 내게 그런 생각을 품고 있으니 그들을 돕고 싶은 생각도 있었던 것 같다. 당시 나는 내 나이에 맞는 즐거운 일들을 많이 즐겼다.

많은 친구를 사귀었고 아주 친하게 지냈다. 하지만 결혼 후에는 각자 멀어졌는데 이제부터 이들에 대해 이야기해 보려고 한다.

폴린은 아주 매력적인 여자가 되었지만, 당시에는 금발에 마르고 창백한 소녀였다. 그녀는 아주 활기차고 아주 유쾌한 아이였다. 아름답고 풍성한 곱슬머리에 기막힌 푸른 눈 그리고 균형 잡힌 얼굴에 나와는 거의 동갑내기였다. 그 아이의 엄마도 교양 있는 여자여서 아이 또한 그렇게 가식적이지 않았다. 하지만 그 아이는 나보다 더 교양 있는 모습을 하고 있었다. 더 가볍게 걷고 장갑이나 손수건을 잃어버리는 것도 나보다 덜했다. 그래서 할머니는 내게 늘 그 아이처럼 하라고 했는데 만약 내가 자존심이 좀 강한 아이였다면 아마도 그 아이를 싫어했을 것이다. 하지만 평생 나는 우연히 알게 된 사람들에게 나도 어쩔 수 없는 애정을 가졌던 것 같다.

그래서 나는 폴린을 은근히 좋아했고 그녀도 내게 스스럼없이 대했는데 그게 그녀의 천성이었다. 그녀는 착하고 진솔하고 사랑스럽지만 차갑기도 했다. 그녀가 변했는지는 모르겠지만 그럴 것 같지는 않다.

우리는 함께 교육을 받았다. 파리에서 할머니는 나를 보살필 시간이 거의 없어서 퐁카레 부인이 내가 폴린과 함께 교육받도록 했고 폴린도 내 수업에 함께하도록 했다. 쓰기 선생님과, 무용 선생님과 음악 선생님이 일주일에 3번씩 우리 집에 와서 우리 둘을 가르쳤다. 다른 날에는 퐁카레 부인이 나를 찾아와서 우리를 다시 복습시키고 자기 피아노를 치게 했다. 그녀는 탁월한 음악가였으며 아주 열정적이고 훌륭한 가수였다. 그녀의 멋진 목소리와 노앙의 클라브생보다 덜 날카롭고 더 잘 울리는 멋진 반주들은 음악에 대한 나의 열정을 더하게 했다. 음악 수업 다음에 그녀는 우리에게 지리와 약간의 역사를 가르쳤다. 그녀는 고티에 신부의 방법을 사용했는데 당시는 그런 교육이 유행이었고 내 생각에도 그것은 아주 탁월한 방식이었다. 빙고 게임처럼 공과 동전을 가지고 즐기면서 배우는 방식이었다. 그녀는 내게 아주 부드러웠고 많은 격려도 했다. 하지만 폴린이 너무 산만해서인지 아니면 엄마들이 아이들 실력을 빨리 늘게 해 달라고 재촉해서인지 폴린에게는 무섭게 했다. 나폴레옹 방식으로 귀를 꼬집기까지 했다. 그러면 폴린은 울면서 소리치곤 했다.

하지만 어쨌든 수업을 잘 끝낸 후에 퐁카레 부인은 우리를 산책시키고 폴린의 엄마 집에 데려다주었다. 그 집은 1층에 정원이 있는 집이었는데 페름 데마튀랭 거리나 빅투아르 거리쯤에 있었다. 거기서 우린 아주 신나게 놀았다. 왜냐하면, 그곳에는 우리보다 나이 많은 아이들이 있었기 때문이다. 그 애들은 자기들보다 어린 우리를 숨바꼭질이나 잡기 놀이에 끼워주곤 했다. 그들은 내 생각에 파르제 부인의 둘째 딸인 브로스 부인의 아이들이었는데, 폴린과는 사촌지간이었다. 남자아이 하나는 이름만 기억나는데 에르네스트였다. 한 여자아이는 우리보다 아주 키가 크고 아주 쾌활하고 생기발랄하고 머리도 똑똑했다. 그녀의 이름은 콘스탄스였고 앙글레즈 수녀원에 있었는데 이후 나와 폴린도 그곳에 들어가게 된다. 또 페르낭 드프뤼늘레라는 남자아이도 있었는데 코가 아주 컸지만, 인물은 좋았다. 그는 우리 중 제일 나이가 많았다. 그래서 더 친절하고 참을성이 많았으며 여자아이들처럼 변덕스럽거나 토라지거나 하지 않았다. 어느 때 우린 모두 함께 저녁을 먹곤 했는데 저녁을 먹고 나서 부엌에서 마음껏 난장판을 치며 놀았다. 때로는 하인들과 엄마들까지 와서 우리와 같이 놀곤 했다. 마치 시골 생활을 파리로 옮겨온 것 같았는데 나는 그런 것이 너무 좋았다.

때때로 사랑하는 클로틸드를 보기도 했다. 그녀와는 폴린하고 싸웠던 것보다 훨씬 더 많이 싸웠는데 그녀는 나보다 더 감정이 격했고 내 잘못을 결코 그냥 지나치는 적이 없었기 때문이다. 내가 화를 내면 자기도 더 화를 내며 내가 하는 건 뭐든 따라 했다. 하지만 이후로 우린 위르쉴과 나의 관계처럼 더 친하고 다정한 사이가 되었다. 어쩌면 더 친해졌다고 할 수 있는데 우리는 같은 요람에서 자고 같은 젖을 먹고 우리의 두 엄마는 먼저 우는 아이에게 먼저 젖을 먹이며 우릴 키웠기 때문이다. 이후로도 우린 많은 시간을 함께 보냈기 때문에 우리 둘 사이에는 그저 친척 이상으로 끈끈한 뭔가가 있었다. 우린 어릴 적부터 서로를 쌍둥이라고 생각하며 자랐다.

이폴리트는 기숙사의 종일반이 아니어서 쉬는 시간에는 집에 들렀다. 또 공휴일에는 무용 수업과 쓰기 수업을 우리와 함께 받았다. 그때 잊을 수 없는 선생님들 이야기를 좀 하겠다.

무용 선생님인 고골 씨는 오페라단의 댄서였다. 그는 자기의 포세트를18 연주하며 우리의 발을 비틀어 양쪽 밖으로 벌리게 하곤 했다. 가끔 데샤르트르 선생님은 수업 중에 들어와서 곰이나 앵무새처럼 걷고 춤추는 우리를 야단치며 무용 선생님을 치켜세우기도 했다. 하지만 오빠와 나는 데샤르트르 선생님의 젠체하는 걸음걸이를 싫어했다. 또 방에 들어설 때 마치 제피르가19 앙트르샤를20 하는 듯 들어서는 고골 선생님의 모습이 너무 우스꽝스럽다고 생각한 오빠와 나는 선생님이 나가기만 하면 발을 다시 안쪽으로 돌려놓았다. 마치 발레의 첫 번째 동작을 위해 발을 비틀어 놓았던 것처럼 우리는 다시 반대 방향으로 발을 비틀어 놓은 것이다. 우리끼리 그 동작은 '제 6동작'이라고 불렀다. 발레의 기본 동작은 5개뿐이지만 말이다.

---

18 〔역주〕 17~18세기 무용교사가 사용하는 작은 바이올린을 말한다.
19 〔역주〕 그리스 신화에 나오는 북풍의 신을 말한다.
20 〔역주〕 발레에서 뛰어오르는 동작이다.

이폴리트는 정말 춤에는 재주가 없고 몸도 말할 수 없이 무거웠다. 고골 씨는 지금껏 그렇게 마차를 끄는 말처럼 무거운 아이를 팔로 들어본 적은 없다고 말했다. 발동작은 온 집 안을 흔들리게 했고 튀어오르기는 벽을 망가지게 했다. 얼굴을 들고 목을 내밀지 말라고 하면 그는 손으로 턱을 쥐고 춤을 췄다. 그러면 고골 선생님은 웃음을 터뜨리고 데샤르트르 선생님은 정말 불같이 화를 냈는데 학생 입장에서는 정말 진심으로 열의를 다한 행동이었다.

뤼뱅이라는 쓰기 선생님은 아주 젠체하는 사람이었는데 그의 교육방식은 정말 필체가 좋은 사람도 망치는 방식이었다. 그는 팔과 몸의 자세를 바로잡으려고 했다. 마치 쓰기 교육을 무용의 안무처럼 생각하면서 말이다. 하지만 이 모든 것이 할머니가 우리에게 교육하기를 원하는 오로지 한 가지를 위한 교육이었는데 그것은 바로 우아함이었다. 그래서 뤼뱅 씨는 얼굴을 똑바로 세우고 팔꿈치를 펴고 세 손가락을 펜 위에 올려놓고 펼친 새끼손가락을 종이 위에 손의 무게를 받치듯 올려놓게 하기 위한 별별 기구들을 다 만들었다. 이렇게 규칙적인 움직임과 근육을 경직시키는 것이 자연스럽고 부드러운 움직임의 소유자들인 어린 학생들에게는 너무나 힘든 일이었기에 그는 다음과 같은 기구들을 발명했다.

① 머리를 위해서는 고래수염으로 된 받침 살, ② 몸과 어깨를 위해서는 머리의 관에 연결된 압박대 같은 모양의 띠, ③ 팔꿈치를 위해서는 책상에 고정된 나무 막대, ④ 오른쪽 새끼손가락을 위해서는 작은 황동 링에 더 작은 황동 링을 붙여 그 안에 펜을 넣고 쓰게 했다. ⑤ 손과 새끼손가락을 위해서는 홈이 파이고 작은 바퀴가 달린 회양

목으로 된 받침대가 있었다.

이렇게 서체를 위한 온갖 방식에다가 뤼뱅 씨는 자와 종이와 펜 그리고 연필 등 온갖 것들까지 가져왔다. 이런 것들은 선생님이 가져온 것이란 것 외에는 아무 가치도 없었다. 아마도 서체 수업으로 받는 적은 돈 때문에 이런 것으로 경제적 보상을 하는 것 같았다.

처음에 우린 이런 방식을 우습게 여겼지만 5분도 안 돼서 그 방식이 얼마나 큰 고통을 줄 수 있는지 깨닫게 되었다. 손가락은 굳어지고 팔도 뻣뻣해지기 시작하고 머리띠는 두통을 일으켰다. 하지만 우리의 불평에도 선생님은 아랑곳하지 않았고, 결국 우리는 아무것도 읽지도 못하는 상태가 되어서야 뤼뱅 선생님에게서 벗어날 수 있었다.

피아노 선생님은 빌리에라는 젊은 여자였다. 항상 검은 옷을 입고 똑똑하고, 인내심 강하고, 품행도 아주 독특했다.

그 외에도 나만 가르치는 여자 미술 선생님이 있었는데 이름은 그뢰즈였다. 자신이 유명한 화가의 딸이라고 했는데, 맞는 말 같았다. 좋은 사람이었고 재주도 좋았지만 가르치는 건 별로 없었다. 정말 형편없는 방식으로 가르쳤기 때문이다. 선 긋기를 배우기 전에 먼저 선 자국을 만들게 했고 얼굴 전체를 그리기 전에 보기 흉한 큰 눈에 속눈썹을 하나하나 붙인 것을 그리게 했다.

한마디로 모든 교육이 다 돈 낭비였다. 진정한 예술을 가르치기에는 정말 겉핥기였다. 단 하나 얻은 것은 우리가 뭔가에 몰두하는 습관을 들이도록 한 것뿐이었다. 그것보다는 우리의 자질을 살펴보고 우리에게 적합한 쪽을 선택하는 편이 더 나았을 것 같다. 한 여자아이에게 모든 예술을 조금씩 다 가르친다는 것은 아무것도 가르치지 않은 것보다는 분명 좋았을 것이다. 또 다른 이점은 공감 능력을 기른다는 거였다. 여기에 대해서 온종일 노랫소리나 피아노 소리를 듣고 있어야 했을 불쌍한 이웃들은 분명 공감하지 않았을 것이다. 하지만 내 생각에 우리 각자는 어떤 한 가지에 적성을 가지고 있는데 어린 시절 모든 것에 익숙하게 되면 그 이후로는 그것이 무엇인지 발견하기 어려운 것 같다. 그런 경우에는 그 아이가 가장 잘하는 것을 선택해서 발전시키도록 해야 한다.

아무런 적성도 없는 여자아이들에게는 이해되지도 않는 교육을 해서 그들을 더욱 둔하게 만들어서는 안 된다. 때로 그런 교육은 본성적으로 너무나도 순수하고 착한 수녀들을 바보로 만들 수도 있다.

하지만 모든 일에는 좋은 면이 있듯이 지금 내가 비판하는 교육 방식은 모든 능력을 동시에 개발함으로써 영혼을 온전케 해준다. 다시 말해 인간의 감정과 지성 모든 방면을 말이다. 음악가라고 해서 미술의 즐거움을 전혀 모른다는 것은 너무나 불행한 일이며 그 반대도 마찬가지이다. 완벽한 시인에게는 모든 종류의 예술 감정이 필요하고 한 가지라도 부족하게 되면 그는 완전하다고 할 수 없다. 중세까지 또 르네상스까지도 계속되었던 고대 철학은 체조부터 시작해서 음악과 언어까지 정신적이고 육체적인 성장을 다 아우르는 것이었다. 그것은 논리의 총체였고 철학은 이 건물의 정점이었다. 예술의 나무에는 여러 가지가 붙어 있어서 리라의 여러 가지 다른 연주법을 배우는 것은 궁극적으로 신들을 찬양하기 위한 것이고, 시인들의 신성한 노래를 널리 퍼지게 하기 위한 것이었다. 그것은 오늘날 우리가 소나타나 로망스를 배워서 하려는 것과는 전혀 다른 것이다. 오늘날 너무나 완벽해진 우리의 예술들은 그 본질에서는 완전히 세속적이다. 우리는 세상과 소통하는 예술이란 미명하에 과거 예술의 그 숭고한 사용법을 잃어버린 것이다.

어떤 교육이었건 간에 나는 할머니가 일찍부터 내게 예술의 여러 측면을 파악하게 한 것을 감사하게 생각한다. 그런 교육들이 나를 다른 사람들과 '공감'하게 하지는 못했지만 어쨌든 그것은 내게 순수하고 변하지 않는 기쁨의 원천이 되었다. 아직 순수하고 삶이 즐거웠던 때에 새겨진 그런 기쁨들은 고통도 거부감도 주지 않았다.

하지만 고골 씨의 우스꽝스러운 무용 수업과 뤼뱅 씨가 했던 괴상한 서체 수업은 예외다. 앙드르젤 신부님이 할머니를 보러 올 때 가끔 우리가 수업하는 방에 들어올 때가 있는데 그때 뤼뱅 선생님께 신부님은 "안녕하세요, '벨-레트르'21 선생님!"이라고 소리 질렀는데 뤼뱅 선생님은 그게 놀리는 말인 걸 아는지 모르는지 그 말을 듣고 아주 무게를 잡으셨다.

그러면 신부님은 뒤이어 "아! 세상에나 뤼뱅 선생님 방식대로 목에 족쇄를 채우고 강압복을 입고 쇠 반지를 끼고 정말 글씨를 잘 쓸 수 있다면 소설가들 대신 얼마나 많은 사람이 글씨체를 가지고 잘난 체를 했을까요?"


우리는 티루 8번가에 아주 아름다운 아파트를 가지고 있었다. 이 집은 중2층이라고 하기엔 좀 더 높이 지어진 집이었는데 파리 아파트

---

21 〔역주〕 belle-lettre는 아름다운 글씨라는 뜻

치고는 제법 컸다.

마뛰랭가의 집처럼 아름다운 살롱이 있었지만 아무도 들어가지는 않았다. 식당은 거리를 향해 있었고 나의 피아노가 두 개의 창문 사이에 놓여 있었다. 하지만 마차들 오가는 소리와 오늘날보다 훨씬 다채롭고 시끄러웠던 파리 사람들 외침 소리, 또 바르바리 오르간 소리와 오가는 사람들 소리가 너무 시끄러워서 즐기기는커녕 단지 의무적으로 연주할 뿐이었다. 할머니 방이었던 침실은 중정을 향해 있었는데 그곳의 끝은 정원으로 이어졌다. 그곳에는 제정시대풍의 큰 별채가 하나 있었는데 그곳에는 예전 부대에 물건들을 보급하던 사람이 살았던 것 같다. 그는 우리가 자기 정원으로 들어와 놀도록 했는데 사실 정원이라고 해 봤자 풀이 조금 나 있고 모래가 있는 곳이었다. 하지만 우리는 그곳에 길을 만들며 놀았다.

우리 집 위에는 페리에 부인이 살았다. 카지미르 페리에의 시누이로 아주 예쁘고 맵시 있는 여자였다. 3층에는 메종 장군이 살았다. 그는 갑자기 부자가 된 군인으로 상당한 재산가였다. 하지만 1814년 가장 먼저 황제를 배반한 군인 중 하나였다. 그의 무기들과 명령서들과 짐들로 가득 찬 수레들이(아마도 그는 그때 스페인을 향해 떠나거나 아니면 그곳에서 돌아온 것 같다) 정원에 가득했고 집 안도 아주 소란스럽고 떠들썩했다. 하지만 가장 놀라운 것은 그의 엄마였다. 시골 할머니였는데 복장도, 말투도, 시골사람 같은 인색함도 그대로였다. 너무 추워서 덜덜 떨면서 정원에서 땔감을 톱질해 팔거나 석탄을 팔았다. 그녀는 때로 문지기가 너무 큰 땔감을 고르기라도 하면 손에서 나무를 뺏으며 딴 세상 말로 싸움을 벌이곤 했다. 그런 것이 그녀의 장점이자 단점이 될 수도 있겠지만 그런 모습을 보면서 오랫동안 나는 저런 치졸한 인색함 없이는 가난한 농부에서 부자가 될 수는 없는 걸까 생각했던 것 같다. 그런 가난한 노인이 이웃이라는 것은 참으로 피곤하고 힘들고 끝없는 싸움의 연속이었다.

우리는 티루가의 이 아파트를 1816년까지 가지고 있었다. 1832년인가 1833년에 나는 집을 구하러 다니다가 문 위에 집을 판다는 광고를 보고 혹시 할머니가 살던 곳이 비어 있는 걸까 하는 생각에 그곳으로 들어가 봤다. 하지만 팔려고 내놓은 곳은 별채였다. 가격은 1,800프랑쯤 했는데 당시 내 수입으로는 너무 비싼 곳이었다. 어쨌든 나는 정원이 여전히 그대로인지 보고 싶은 마음에, 또 내가 정원에서 정신없이 놀고 있으면 할머니가 나를 부르던 십자 창문이라도 볼 욕심으로 별채를 보러 들어갔다. 그리고 문지기를 통해서 주인은 여전히 그대로이며 여전히 살아 있고 그가 내가 탐내는 중2층 집에 살고 있다는 것을 알 수 있었다.

나는 그 아파트를 다시 한 번 보고 싶다는 생각이 들었다. 그래서 정원의 별채를 사겠다고 주인인 뷔케 씨에게 알리게 했다. 그는 나를 알아보지 못했고 나도 그를 알아볼 수 없었다. 나는 그가 젊고 활달하던 때 이후로 본 적이 없으니 말이다. 그는 더는 방에서 나올 수 없을 정도로 노인이 되어 있었다. 그리고 의사의 처방대로 운동을 위해 할머니가 쓰던 그 방, 자신의 침대 옆에 당구대를 설치해 놓았다. 그리고 내 방이 다른 아파트 쪽으로 배치된 것 말고는 위치가 변한 것은 없었다. 장식도 여전히 제정시대풍이고 바닥이나 문들, 대리석들 또 응접실의 벽지까지도 우리가 살던 때 그대로였다. 하지만 모든 것이 더럽고 시커멓고 담배 냄새에 찌들어 있고, 할머니의 향기는 어디에도 찾아볼 수 없었다. 특히나 나는 집과 마당과 정원이 너무 작은 것이 놀라웠다. 예전에 그곳은 너무나 넓은 곳으로 내 기억에 남아 있다. 나는 나의 추억으로 가득 찬 그곳이 너무 더럽고 너무 쓸쓸하고 너무 어두운 것에 가슴이 먹먹해졌다.

나는 아직도 어린 시절 추억이 서린 가구 중 몇 개를 가지고 있다. 또 폴린과 나를 즐겁게 해주었던 큰 양탄자도 가지고 있다. 그것은 루이 15세풍으로 그 안에 장식들은 다 어떤 명칭과 의미들을 지니고 있었다. 둥근 원은 섬이고 바닥은 건너야 할 바다였다. 붉게 타오르는 장미 같은 것은 지옥이고 어떤 화환들은 천국을 의미했다. 또 바나나 모양의 큰 가장자리는 에르시니아 숲이었다. 우리는 작은 발로 깡충대며 이 오래된 양탄자 위에서 얼마나 아슬아슬하고 즐겁고 환상적인 여행을 떠났었는지! 아이들의 삶은 신비한 거울이어서 그 속에서 모든 사물은 그들이 머릿속으로 꿈꾸는 이상한 것들로 변한다. 하지만 어느 날 주술이 끝나는 날이 오거나 거울이 깨져 버리면 그 파편들은 결코 다시 모을 수가 없다.

이런 것들이 17, 18살 때까지 파리에서 내 삶을 채웠던 사람들과 사물들의 파편들이다. 할머니와 할머니의 남녀 친구들은 하나씩 하나씩 돌아가시고 나의 인간관계도 변화되어 갔다. 나는 잊혀 갔으며 나 또한 한동안 함께했던 사람 중 많은 사람을 잊었다. 그리고 나는 내 인생의 새로운 국면으로 들어섰다. 지금은 다 잊힌 것들에 너무 오래 머물렀던 것을 용서해주길 바란다.

나는 때때로 아버지의 조카 중 특히 큰 조카인 르네의 가족들을 많이 만났었다. 그는 그라몽가의 작고 예쁜 호텔에서 살았다. 그의 아이들에 대해 아직 말하지 않은 것은 너무 복잡한 가계도로 독자들이 혼란스러울 것 같아서였는데 특히 그의 아들 셉팀에 대해서는 전혀 할 말이 없다. 잘 모르기도 하지만 그리 좋은 인상을 주지도 않았다. 할머니의 꿈은 내가 그나 혹은 그의 사촌인 오귀스트의 아들 레옹스와 결혼하는 거였다. 하지만 나는 그들처럼 부자가 아니었고 또 그들이나 그들의 부모들도 그런 것은 생각조차 하지 않았다. 하지만 하녀들의 수군거림으로 나는 일찍부터 그런 할머니의 바람을 알게 되었고 그런 결혼에 대한 생각은 아이를 괴롭히는 너무나 어리석은 생각이었다. 나는 결혼을 생각해야 하는 나이 훨씬 전부터 그것에 대해 고민해야 했고 그것은 내게 정신적인 불안감을 주었다.

레옹스는 어린아이들이 그저 친구를 좋아하듯 좋아했었다. 그는 유쾌하고 생기발랄하고 친절했다. 셉팀은 차갑고 우울한 아이였다. 아니면 할머니가 레옹스의 아버지보다는 그의 아버지와 더 친해서 그와 더 인연이 될까 봐 더 그렇게 느껴졌는지도 모르겠다. 하지만 둘 중 누구와 연결되든 나는 그들과 연결되는 것이 너무나 두려웠다. 왜냐하면, 아버지가 돌아가신 후부터 그들은 엄마를 전혀 보지 않았고, 또 엄마를 무시하는 말을 너무나 많이 했기 때문이다.

그래서 나는 결혼하게 되면 엄마와 언니와 또 사랑하는 클로틸드와도 헤어져야 한다고 생각했다. 또 당시에 나는 할머니께 순종적이어서 할머니 생각에 거역한다는 것은 생각도 하지 못할 때였다. 그래서 나는 다른 건 다 좋았어도 빌뇌브 사람들과 늘 불편하게 지냈다. 그래서 그 집에서 아이들과 웃으며 놀 때도 마음속으로는 늘 눈물을 흘렸다. 그것은 괜한 공상이고 만들어낸 고통이었다! 엄마와 헤어지게 할 사람은 아무도 없었다. 또 나보다 더 행복했던 그 아이들은 자기들 생각과 다르게 억지로 나와 미래를 얽히고 싶은 생각은 전혀 없었다.

지금은 라로슈에몽 부인이 된 셉팀의 여자 형제인 엠마 드빌뇌브는 너무나 우아하고 매력적이고 부드럽고 상냥한 사람이었다. 나는 어릴 적부터 그녀를 너무나도 좋아했다. 그녀와 함께 있으면 편안했고 만약 그녀가 나의 고민을 짐작이라도 했다면 나는 그녀가 조금만 언급해도 내 속마음을 다 열어 보였을 것이다. 하지만 그녀 무릎에 앉아 깔깔대고 그녀 주위를 깡충거리며 돌아다니는 날 보고 내 안에 그런 우울함이 있다는 것, 또 사람들이 엄마의 적처럼 얘기하는 아버지 친척들과 어울리는 걸 스스로 자책하고 있다는 것은 생각지도 못했을 것이다.

엠마와 셉팀의 엄마이자 르네 드빌뇌브의 부인은 황제의 궁전에서 가장 아름다운 여자였다. 당시 그녀는 오르탕스 왕비의 시녀이기도 했다. 때때로 저녁때 긴 드레스를 입고 머리에 오래된 관을 쓴 모습을 보면 나는 눈이 휘둥그레지곤 했다. 하지만 나는 그녀를 무서워했는데 왜 그랬는지는 모르겠다.

르네는 루이왕의 궁전관이었다. 그는 내가 아는 사람 중 가장 부드러운 사람 중 하나였다. 나는 내 주변의 모든 것이 무너져 내리기 전까지 그를 나의 아버지처럼 사랑했다. 또 그의 말년에 나를 따뜻이 맞아주었을 때는 나도 진심으로 달려갔다. 우리는 서로에 대해 화를 내지는 않았다.

이폴리트는 데샤르트르가 집어넣은 기숙사에 오래 있지 못했다. 그곳에서도 그는 자기처럼 말썽꾸러기며 문제아인 아이들을 만나 온 갖 못된 짓을 배우는 바람에 할머니는 파리에서 출발하기 전에 노앙 에서보다 더 공부를 하지 않는 그를 데려왔다.

이 시기는 러시아 전투 준비로 한창일 때였다. 우리는 가는 곳마다 부대로 떠나는 장교들이나 가족에게 작별인사를 하러 온 군인들을 만 났다. 모두 러시아 깊숙이까지 들어갈 거라고는 생각하지 않았다. 하 지만 이기는 것에 너무나 익숙해진 사람들은 국경 근처나 처음 몇 번 전투에서 러시아군이 지면 바로 평화협정을 맺어 영광스러운 자리에 설 수 있을 거라고 생각했다. 날씨에 대한 생각은 염두에도 없었다. 그래서 어떤 할머니가 기병대원이었던 자기 조카에게 온갖 종류의 모 피를 주려고 했을 때 그 조카가 쓸데없는 짓이라며 웃음을 지었던 기 억이 난다. 수가 놓인 멋진 군복을 입은 젊고 자신만만한 군인은 큰 칼을 쳐들며 이것이 전쟁터에서 날 따뜻하게 해줄 거라고 소리쳤다.

할머니는 그가 가는 곳이 늘 눈 덮인 곳이라고 했지만, 그때는 너 무나 따뜻한 4월이었고 정원에는 꽃이 만발했고 날씨는 너무나 따뜻 했다. 젊은이들이나 특히 프랑스 사람들은 결코 12월이 그들 앞에 오 지 않을 거라고 생각하는 듯했다. 이 자신만만했던 병사는 아마도 후 퇴 중에 그 모피를 생각하며 여러 번 후회했을 것이다. 아니면 전혀 후회하지 않았을 수도 있고 그건 신만이 알겠지만 어쨌든 신중한 사 람들은 모두 이 엄청난 작전이 큰 불행을 가져올 거라고 예견했다. 또 나폴레옹은 무모한 정복자가 될 것이라고 하면서 그들은 엄청난 재난을 맞이할 거라고 생각했다. 나는 그런 것은 전혀 믿지 않았고 사람들 사이에서도 그런 두려움을 보지 못했다. 정치적으로 혹은 질투심으로 위대한 황실과 반대편에 서 있는 사람에게서조차 말이다. 자식들을 떠나보내는 엄마들은 황제의 지칠 줄 모르는 행동에 불평했다. 하지만 그런 것은 어쩔 수 없는 개인적 슬픔으로 치부할 뿐이었다. 엄마들은 정복이니 야망 같은 것을 저주하는 말을 했지만, 결코 승리에 대해 의심하지는 않았다. 그 시기에는 모두가 그랬다.

나폴레옹이 질 수도 있다는 생각은 그를 배신하는 자의 머릿속에서만 존재했다. 그것만이 그들이 그를 이길 수 있는 유일한 방법이었다. 정직하고 선견지명이 있는 사람들조차 그를 욕하면서도 승리를 확신했다. 한번은 할머니 친구 중 한 명이 "러시아를 정복하고 나면 뭘 하지?"라고 하는 말을 들었다. 어떤 사람들은 나폴레옹이 아시아 정복을 꿈꾼다는 말도 했다. 그리고 러시아 정복은 중국을 향한 첫걸음일 뿐이라고 했다.

"그는 세상을 정복하려고 하는 거야! 그는 어떤 나라의 법도 따르지 않지. 그가 어디서 멈추게 될까? 언제면 그가 만족하게 될까? 이기기만 하니 멈추는 걸 용납할 수 없겠지!"라고 사람들은 소리쳤다.

그리고 아무도 그가 취해 있는 그 영광 때문에 프랑스가 아주 비싼 대가를 치르게 될 거라는 말은 하지 않았다.


우리는 1812년 봄에 노앙으로 돌아왔다. 엄마도 여름 며칠 동안 와서 우리와 함께 지냈다. 겨우내 부모님 집에서 보낸 위르쥘을 다시 만나 우리는 너무 반가워했다. 위르쥘은 나를 좋아할 뿐 아니라 노앙에 오는 것을 너무나 좋아했다. 그녀는 나보다 더 안락함을 좋아했고 나보다 더 자유를 즐겼다. 여기 오면 그녀의 친척인 쥘리 아줌마가 가르치는 바느질 시간과 산수 시간을 제외하고는 누구의 간섭도 받지 않았기 때문이다. 그렇다고 그녀가 요령을 피우는 아이는 아니고 아주 부지런한 아이였다. 엄마는 그녀에게 읽기와 쓰기를 가르쳤다. 그리고 내가 데샤르트르 선생님이나 할머니로부터 다른 공부를 배울 때 나가서 놀 생각을 하는 게 아니라 우리 엄마 옆에서 모든 잔심부름을 도왔다. 그녀는 엄마를 너무나 좋아했다. 그녀는 정말 바지런해서 엄마는 겨울 동안 그녀를 데리고 갈 수 없는 것을 무척 아쉬워했다.

그놈의 저주스러운 겨울은 가엾은 위르쉴에게는 정말 절망의 계절이었다. 나와는 전혀 다르게 그녀는 자기 집으로 돌아가는 걸 유배당하는 것처럼 여겼다. 집이 가난해서가 아니다. 그녀의 아버지는 모자를 만들어 파는 상인이어서 돈도 꽤 잘 벌었다. 특히 장이 설 때는 수레 한가득 모자를 싣고 가 농부들에게 팔았다. 그의 부인도 장사를 돕기 위해 시장에서 동분서주했다. 하지만 그들에게는 너무 아이들이 많아 항상 힘들어했던 건 사실이다.

위르쉴은 매년 겪어야 하는 이런 변화를 견디기 힘들어했다. 그래서 사람들은 점점 부자처럼 사는 것이 아이의 머리를 돌게 했다고 생각하기 시작했고 처음부터 부자처럼 흰 빵을 먹게 한 것이 잘못이란 후회를 하고 그녀에게 일을 배우게 하려고 했다. 하지만 나는 그런 말에 귀를 막았고 할머니도 머뭇거리셨다. 할머니는 언젠가는 위르쉴을 집안의 집사로 삼을 생각이라고 하시며 그녀를 데리고 있고 싶어 하셨다. 그녀가 이곳에서 평생 행복하게 일할 수 있게 말이다. 하지만 그때까지는 아직 너무 많은 시간이 남았고 그동안 무슨 일이 벌어질지 몰랐을 뿐만 아니라 위르쉴은 결코 하녀가 될 아이 또한 아니었다. 그녀는 너무나 자신만만하고 솔직하고 고집이 세서 돈 때문에 누군가에게 굽실댈 위인이 아니었다. 그녀에게는 집안 하녀 일보다는 뭔가 제대로 된 직업이 필요했다. 그래서 그녀가 앞으로 사랑할 수 있고 또 사랑받을 수 있는 그런 가정에서 안정된 자리에 있어야 했다. 만약 어떤 사고로 우리 집에서 나가게 된다면 아무런 직업도 없이 안락한 삶에 길든 그녀는 어떻게 될 것인가 생각한다면 말이다.

현명한 쥘리 양은 그녀가 너무나 불행해질 것을 생각하고는 그녀가 더는 우리의 안락한 삶에 길들지 않도록 해줄 것을 간청했다. 만약 우리 집이 없어지면 그녀가 너무나 괴로워할 테니 말이다. 결국, 할머니는 두 손을 드셨고 우리가 다시 파리로 떠나게 되면 그때 집을 나가기로 했다. 하지만 그때까지 그녀에게나 나에게나 말하지 않기로 했는데 그때까지만이라도 행복하게 지내길 바라서였다.

사실 그것은 내 행복의 마지막이었다. 위르쉴과 멀어지는 것과 함께 나는 엄마와의 만남도 소원해지게 되었고 또 하녀들의 세계 속에서 어떤 멍에를 지며 살게 되었다.

1812년의 여름은 아직 행복한 시간이었다. 매주 일요일 위르쉴의 세 자매가 와서 나와 같이 놀아주었다. 제일 큰 언니는 시골 풍습대로 성이 아닌 이름으로 불렸는데 예쁘고 천사 같아서 내가 무척 좋아했다. 그녀는 우리에게 론도를 불러주고 코브 놀이나 돌차기, 에발린 놀이나 트렌 발랭 놀이나 눈 가리기 놀이처럼[22] 베리 지역의 오래된 전통 놀이를 가르쳐주었다. 어떤 놀이는 별별 아이들 놀이를 다 설명하는 소설 《가르강튀아》에도 나오지 않았다.

우리는 모두 그 놀이에 열광했다. 집이나 정원이나 작은 숲들이 우리의 노는 소리와 웃는 소리로 가득했다. 하지만 온종일 놀다 보면 나중에는 진력이 났고 만약 이틀 동안 그렇게 놀기만 했다면 나는 견딜 수 없었을 것이다. 이미 공부하는 것이 습관이 된 나는 놀면서도 뭐라 설명할 수 없는 권태로움을 느낄 수밖에 없었다. 결코 나 자신에게 음악이나 역사 수업이 그립다고 말하지는 않았지만 나도 모르게 나는 그런 수업들을 그리워하고 있었다. 나의 뇌는 아이들 놀이에 빠져 아무런 목적도 없이 노는 것에 진력을 내고 있었다. 그래서 일요일 저녁이 되면 위르쉴의 자매들이 다음 일요일에는 오지 않기를 바라기도 했지만, 다음 일요일이 되면 아침부터 놀 생각에 들떠 있었고 아침나절 내내 그 생각만 했다.

그해에 우린 보몽 할아버지의 방문을 받게 되었다. 그리고 할머니의 생신 축하 깜짝 파티가 준비되었다. 코미디 연극을 하기에는 우리

---

22  눈 가리기 놀이는 일종의 숨바꼭질 놀이이다. 코브 놀이와 에발린 놀이는 대리석으로 된 큰 구슬과 양의 발목뼈를 가지고 노는 놀이이다. 트렌 발랭은 파리에서는 프티 파케라고 하는 놀이이다. 돌차기는 많은 지방에서 하는 놀이인데 에스망가르가 이미 《가르강튀아》에 주석으로 설명했던 놀이이기도 하다. 베리 지역의 어떤 고고학자는 에발린이란 단어의 어원에 대한 책을 쓰기도 했다. 하지만 코브라는 단어에 대해서는 감히 해볼 엄두를 내지 못했는데 아마도 그것은 너무나 까다롭고 고된 작업이기 때문이었던 것 같다.

는 이미 그렇게 순진하지도 않았고 또 그렇게 하고 싶지도 않았다. 그래서 할아버지는 '담배 파이프'라는 곡조에 시를 읊는 것으로 만족했다. 나는 꽃다발을 바치며 그 노래를 불러야만 했다. 위르쉴은 반쯤은 진지하고 반쯤은 코미디 같은 긴 찬사의 말을 재잘거릴 참이었다. 이폴리트는 실수 없이 플래절렛으로 피셔의 미뉴에트를 연주해야 했는데, 데샤르트르 선생님의 흑단 플래절렛을 불 수 있는 영예도 있었다.

방문객들이 찾아오면 나는 어린 친구들을 많이 만났고 그들과는 평생 친구가 되었다. 아버지의 초기 편지에 등장하는 플뢰리 대위는 아들 하나와 딸 하나가 있었다. 딸은 아주 매력적이고 멋진 여자였는데 내가 결혼하고 바로 얼마 후 죽었다. 그의 남자 형제인 알퐁스는 나와 형제처럼 지냈다. 뒤베르네 부부도 아버지의 친구이며 1797년 그 즐거웠던 연극 연습 시절의 동료였는데 그의 아들과 나는 태어날 때부터 쭉 관계를 지속했고 비록 그가 나보다 어리지만 나는 그를 "어르신 친구"라고 부른다.

또 우리와 가장 가까운 이웃은 르네상스 시대의 아름다운 성에 살고 있었는데 그 성은 예전에 디안 드푸아티에가 소유했던 성이었다. 이웃이었던 이 파페 씨는 자기 부인과 아이들을 데리고 우리 집에 자주 놀러 왔다. 그의 아들 귀스타브는 처음 우리가 만났을 때는 아직 치마를 입고 있었다. 지금은 모두 한 가정의 아버지가 된 그들이 아직 치마와 작은 아기 털모자를 쓰고 있을 때부터 나는 그들을 만났고 그때 나는 그들에게 정원의 체리 나무에서 체리를 따줄 정도로 튼튼한 팔로 그들을 안아주었는데 그때 그들은 온종일 내게 어리광을 부리곤 했다(왜냐하면, 어릴 적부터 나는 어린아이들을 엄마처럼 사랑했기 때문이다). 그랬던 애들이 이제는 나보다 더 점잖은 척한다. 위로 제일 나이 많은 두 사람은 벌써 대머리가 됐고 나도 이제 머리가 하얗다. 이제는 그들을 어린애로 취급할 수 없고 그들도 그들이 했던 수많은 짓궂은 장난들을 기억하지 못할 것이다. 40년의 우정은 모든 걸 다 용서할 수 있다. 찢어진 드레스와 부서진 장난감들, 그 많은 투정과 억지들…. 이제 나는 다 용서할 수 있다. 더한 것이라도 말이다! 사실 그런 것들은 내 탓이기도 해서 오빠와 위르쉴과 나는 그들의 짓궂은 장난에 웃지 않을 수 없었다. 우리 스스로 그런 장난들이 너무 재미있다는 것을 깨닫게 된 것도 그리 오래전 일이 아니다.

이렇게 노는 데 정신이 팔려 있는 동안 가을에 러시아로부터 소식이 들려왔다. 소식들은 너무나 암울하고 우리 눈앞에 끔찍하고 무서운 장면들을 상상케 했다. 우리는 모여서 신문의 내용을 읽어주는 소리를 들었고 모스크바를 스스로 불태웠다는 소식은 대단히 애국적인 행위로 느껴져 내게 충격을 주었다. 하지만 지금 생각하니 꼭 그렇게 생각해야 했는지는 모르겠다. 러시아가 전쟁하는 방식은 분명 비인간적이고 자유국가에서는 찾아볼 수 없을 만큼 야만적인 행위이다. 논밭을 다 파헤쳐 황폐하게 하고 집을 불태우고 주변에 먹을 것이 하나도 없게 해서 침략군이 배고픔과 추위에 떨게 하는 것은 분명 민중들 스스로 자진해서 하는 것이라면 영웅적인 행위라고 할 수 있다.

하지만 감히 루이 14세처럼 "짐이 곧 국가다."라고 말하는 러시아의 차르는 러시아의 노예와 같은 민중들은 안중에도 없었다. 그는 그들의 보금자리를 뺏고 그들의 땅을 황폐하게 하고 그들을 적 앞에서 마치 비참한 짐승 떼처럼 쫓아냈다. 그들에게 묻지도 않고 그들에게 안식처도 제공해주지 않고 말이다. 이 불쌍한 민중들은 승리한 적들에 의해 파괴되고 절망한 것보다 더 많이 자신의 군대에 의해 파괴되었다. 자비도 없고 비인간적이며 인간에 대한 어떤 존중도 없는 야만적인 명령에 따르는 자기 나라의 군인들에 의해서 말이다.

모스크바를 불태우기 전 로스토프친 장교가 잘살고 권세 있는 가정들에 의견을 구했는지는 모르지만, 그 큰 도시의 민중들도 마찬가지로 집과 재산을 희생해야만 했는데 그들이 과연 만장일치로 동의했을지는 의문이다. 만약 그들에게 의견을 묻고 만약 그들의 주장을 들어주고 만약 그들에게 그런 권리를 줬다면 말이다. 러시아의 전쟁은 폭풍을 만나 배의 무게를 가볍게 하려고 화물을 버리는 것과 같았다. 차르는 선장이고 가라앉는 짐들은 바로 민중이다. 그리고 그렇게 해서 구한 배는 바로 지배자의 정치권력이다. 힘으로 아무 이유 없이 인간의 생명과 재산을 우습게 여기는 것은 절대군주제에서나 있을 수 있는 일이다.

나폴레옹은 러시아 전쟁의 참혹한 순간에 개인의 자유와 독립성과 프랑스의 위엄을 다시 상징하기 시작했는데, 우리 군이 연합군과 전투 중인 이 와중에 그런 생각을 부정케 하는 것은 치명적인 실수였다. 배신을 준비하는 사람들은 알면서도 일부러 대중들을 향해 거짓말을 하고 이제 막 태어나기 시작한 자유주의의 아버지들은 적극적으로 그런 생각들을 지지했다. 하지만 역사는 이 사건을 계기로 자기 본분을 다하기 시작했다. 이제 우리의 자유주의를 대표해줄 첫 번째 주자가 러시아의 알렉산드르가 될 마당에 황제가 우리의 정치적 자유를 침해하느냐 마느냐 하는 것에 대해 생각할 때가 아니었다.

　프랑스의 앞날에 대한 이런 암울한 토론을 들은 것은 8살 때였다. 그때까지 나는 우리나라가 무적無敵인 줄 알았다. 그리고 황제는 신神인 줄 알았다. 당시 사람들은 오만한 승리의 젖을 먹고 있었다. 귀족들의 망상은 점점 커지고 모든 계층으로 번져 갔다. 프랑스인으로 태어났다는 것은 하나의 특권이었다. 독수리가 국가 전체의 상징이었다.

## 8. 나폴레옹의 몰락

아이들은 자기들 나름으로 일반적인 사건과 대중의 불행을 느끼기 마련이다. 주변에서는 온통 러시아 전투 이야기뿐이었다. 우리에게 그것은 마치 알렉산드로스가 인도로 원정하러 가는 것처럼 엄청나고 신화 같은 사건이었다.

제일 충격적이었던 것은, 내 기억이 맞는다면, 15일 동안 황제와 부대에 대한 소식이 끊겼다는 것이다. 온 세상을 자신의 이름으로 뒤덮고, 온 유럽에 존재감을 떨친 나폴레옹과 함께 30만 명의 대부대가 마치 눈사태에 사라진 여행객처럼 사라져 버린 것이다. 시체조차도 찾지 못했는데 그것은 정말 이해할 수 없는 사건이었다. 그때 나는 열에 들떠서 이상한 공상 속을 헤매고 있었다. 그것은 이후에도 오랫동안 내게 남아 있던 공상이었다. 귀에 들리는 이야기들은 내 머릿속을 그런 공상으로 가득 채웠다.

나는 잠깐 날개를 달고 날아올라 먼 지평선 끝으로 날아가 눈 덮인 러시아의 거대한 눈 평원과 끝없는 초원을 발견하는 공상에 빠져들었다. 나는 계속 공중을 날다가 결국, 헤매고 있는 우리의 불행한 군대를 발견했다. 그리고 나는 그들을 프랑스 쪽으로 인도하며 길을 보여 주었다. 왜냐하면, 나는 그들이 자신들이 어디에 있는지도 모르면서 계속 아시아 쪽으로 가면서 점점 더 서쪽이 아닌 사막 속에 빠져 버릴까 걱정하는 것이 가장 괴로웠기 때문이다. 그러다 다시 정신이 들면 나는 너무나 피곤했고 오랜 비행으로 완전히 녹초가 되어 있었고 흰 눈으로 눈은 멀어 있었다. 나는 추위와 배고픔에 지쳐 있었지만, 프랑스 부대와 황제를 구했다는 기쁨에 도취되어 있었다.

결국, 12월 25일 우리는 나폴레옹이 파리에 있다는 것을 알게 되었다. 하지만 그의 부대들은 여전히 그 끔찍한 최악의 후퇴를 두 달 동안 이어가고 있었다. 사람들은 이후로도 오랫동안 그 불행하고 고통스러운 후퇴에 대해 공식적으로 알 길이 없었다. 황제가 파리에 있으니 사람들은 모두가 안전하게 모든 것이 제자리를 찾은 것으로 생각했다. 부대 게시판과 신문들도 진실을 말하지 않고 있었다. 단지 몇몇 편지들이나 그 재난으로부터 살아난 사람들의 이야기들로 무슨 일이 벌어졌는지를 알 수 있었다.

할머니가 아는 가정 중에 16살에 이 끔찍한 전투에 참전한 젊은 장교가 있는 집이 있었다. 그는 이 고난의 행군 중에, 이 믿을 수 없는 퇴각 중에 키가 머리 하나는 더 자랐다. 그의 엄마는 소식을 듣지 못하자 울고만 있었다. 어느 날 기골이 장대하고 이상한 옷을 입은 강도 같은 인간이 집 안으로 들어와 그녀 앞에 무릎을 꿇고 그녀를 껴안았다. 그녀는 두려움에 비명을 질렀지만, 그것은 곧 기쁨으로 변했다. 키가 6피트로 커 버린 아들이었다.[23] 그는 길고 검은 수염에 바지 위에 여자 치마와 길에서 얼어 죽은 종군從軍 상인의 옷을 입고 있었다.

그런데 이 젊은 사람은 얼마 후에 우리 아버지와 같은 운명을 맞게 된다. 전쟁의 그 끔찍한 위험에서 살아 나와서는 산책 중에 길에서 죽

---

[23] 전쟁 중에 거의 30센티미터는 자랐다.

었다. 그의 말이 마차에 부딪히는 바람에 함께 죽은 것이다. 황제는 이 소식을 듣고 불쑥 이렇게 말했다고 한다.

"어미들은 내가 자기들 자식을 모두 전쟁에서 죽였다고들 하지만 나 때문이 아니라도 이렇게 죽는 자식도 있잖아. 뒤팽 씨처럼 말이야! 그 사람이 그놈의 나쁜 말 때문에 죽은 것도 내 탓인가?"

드*** 씨와 우리 아버지를 비교한 것을 보면 황제의 기억력이 대단한 것을 알 수 있다. 하지만 어떻게 엄마들의 증오심에 대해 이런 식으로 말할 수 있을까? 그건 정말 이해할 수가 없다. 나는 이 드*** 씨의 사건이 언제 일어났는지 정확하게 기억할 수 없지만 분명 그것은 프랑스 귀족들이 황제를 버린 때였을 것이다. 그래서 황제는 자기 운명에 대해 절망적인 생각을 하고 있을 때였을 것이다.

1812~1813년 겨울에 파리에 갔었는지는 기억을 못 하겠다. 이 기간의 기억은 내 머릿속에 하나도 남아 있지 않다. 1813년 여름에 엄마가 노앙에 왔는지도 모르겠는데 아마도 왔던 것 같다. 만약 오지 않았다면 분명 내가 무지 슬퍼했을 것이고 기억이 날 테니 말이다.

정치에 관해 내 머릿속은 평온했다. 황제는 다시 파리를 떠났고 전쟁은 4월에 다시 시작했다. 이런 전쟁 상황이 차라리 더 정상처럼 보였다. 오히려 나폴레옹이 노골적으로 아무 행동도 취하지 않을 때가 더 불안했다. 사람들은 모스크바에서 돌아온 후부터 그가 충격받고 낙심했다고 생각했다. 단 한 사람의 낙심을 사람들은 모든 민중의 불행으로 인정하고 예견했다. 5월부터 뤼첸과 드레스덴과 바우첸의 승리가 다시 정신을 차리게 했다. 사람들이 말하는 휴전은 당연히 승리로 귀결되었다. 나는 더는 날개를 달고 날아올라 우리 부대를 구하는 공상은 하지 않았다. 나는 다시 놀이와 산책과 공부를 시작했다.

여름 동안에 포로들이 우리 동네를 지나간 적이 있었다. 처음 본 사람은 길가에 앉아 있던 장교였는데 그는 우리 정원 끝에 붙어 있는 작은 정자 입구에 앉아 있었다. 그는 섬세한 옷감으로 된 옷과 아주 아름다운 셔츠와 형편없는 신발을 신고 있었다. 가슴에는 어떤 여자의 초상화가 검은 리본에 달려 있었다. 그는 아주 슬픈 듯이 그 초상화를 바라보았는데 오빠와 나는 그 모습을 아주 신기한 듯이 바라봤다. 하지만 감히 말을 걸 수는 없었다.

병사가 데리러 오면 우리를 보지도 않고 다시 일어나서 갔다. 한 시간쯤 뒤에는 한 무리의 포로집단이 지나갔는데 그들은 샤토루 쪽으로 가고 있었다. 그들을 인솔하는 사람은 아무도 없었고 그들을 감시하는 사람도 없었다. 단지 농부들만이 그들을 쳐다볼 뿐이었다.

다음 날 정자에서 오빠와 놀고 있을 때 그 불쌍한 포로 중 한 명이 우리 앞으로 지나갔다. 날은 숨 막히게 더웠다. 그는 잠시 멈춰서더니 정자의 계단 위에 앉았다. 그곳은 그늘지고 시원했다. 그는 듬직하고 금발 머리를 한 순진한 독일 농부의 모습을 하고 있었다. 우린 용기를 내서 말을 걸어 보았다. 하지만 그는 "나는 못 알아들어요."라고만 말했다. 그게 불어로 그가 할 수 있는 유일한 말이었다. 나는 몸짓으로 목마르냐고 물었다. 그는 웅덩이 물을 가리키며 우리에게 묻는 시늉을 했고 우리는 그 물은 마실 수 없으니 잠시 기다리라고 몸짓으로 말했다. 우리는 달려가 그에게 포도주 한 병과 큰 빵을 갖다 주었고 그것을 본 그는 기뻐서 어쩔 줄 몰라 고맙다고 말하며 허겁지겁

먹기 시작했다. 식사를 다 끝냈을 때 그는 몇 번이나 우리에게 손을 내밀었는데 돈을 달라는 것 같았지만 우리에게는 돈이 없었다. 할머니에게 돈을 달라고 가려는 순간 그는 내 생각을 알아보고는 자신이 원하는 것은 단지 악수를 하자는 것이란 뜻을 전했다. 그의 눈은 눈물로 가득했고 한참 생각하더니 "아이들, 너무 좋아!"라고 말했다.

우리는 뭉클한 마음으로 할머니께 달려가 이 이야기를 했다. 할머니도 우셨다. 크로아티아에서 같은 일을 겪었던 아들이 생각나신 것 같았다. 그리고 새로운 포로들이 길에 나타나면 할머니는 정자에 포도주와 빵을 갖다 놓게 했다. 우리의 임무는 저녁때까지 먹을 것이 떨어지지 않도록 채우는 것이어서 우리는 온종일 왔다 갔다 했다. 불쌍한 포로들은 아주 예의 바르고 온순했는데 아무것도 아닌 빵 한 조각과 포도주 한 잔에도 말할 수 없는 고마움을 표했다. 특히 그들은 아이 둘이 그런 일을 하는 것에 감동한 것 같았다.

우리에게 보답하기 위해 그들은 합창을 해주기도 했고 티롤리엔을 불러주기도 했는데 그 노래들은 나를 사로잡기도 했다. 나는 그런 합창을 들어본 적이 없었다. 이상한 가사들과 각자 자기 파트를 부르는 목소리들 그리고 자기들 나라 국가의 후렴을 부르는 정통 성악 창법은 우리에게 너무나 신선했다. 그리고 그것은 나에게만 그런 것은 아니었다. 우리 땅을 지나가는 모든 포로에게는 우리 베리 지방식의 온정과 친절이 베풀어졌다. 하지만 그들을 따뜻하게 맞이한 것은 동정심에 의한 것이라기보다는 그들의 노래와 왈츠 춤 때문이었다. 그들은 가는 곳마다 그 집 가족들과 친구가 되었다. 결혼한 사람도 있다.

내 생각에 그해에 나는 처음으로 노앙에서 위르쉴 없이 지냈던 것 같다. 아마도 겨울 동안에는 파리에 있었을 것이고 이별은 이미 예정되었던 것 같다. 내가 그렇게 놀라거나 울거나 한 기억이 없으니 말이다. 아마도 그해나 아니면 다음 해에 위르쉴은 일요일마다 나를 보러 왔던 것 같다. 얼마나 둘이 친했던지 토요일마다 나는 그녀에게 다음 날 오라는 편지와 선물을 보냈다. 선물이란 것도 별것이 아니라 구슬로 만든 거나 종이를 오린 것이나 수를 놓은 조각 같은 거였다. 위르쉴은 모든 것에 감탄했고 그것들을 성스러운 우정의 증표로 여겼다.

제일 마음 아프고 충격받은 것은 그녀가 갑자기 내게 반말을 하지 않게 된 것이었다. 나는 그녀가 더는 나를 사랑하지 않는다고 생각했다. 그렇게 그녀가 거리를 두려고 하자 나는 그녀가 짓궂게 나를 놀리거나 뭔지 모르지만 괜한 고집을 부리는 줄 알았다. 그것은 정말 모욕처럼 느껴졌다. 그리고 결국, 그녀는 나를 위로하기 위해 그녀의 이모인 쥘리가 나와 그렇게 격의 없이 친하게 지내지 말라고 했다는 것을 고백할 수밖에 없었다. 나는 이유를 알고 싶어 할머니에게 달려갔으나 할머니도 그 의견에 동의하면서 나중에 다 알게 될 거라고 하셨다. 고백하지만 나는 지금도 그것을 이해할 수가 없다.

나는 위르쉴에게 단둘이 있을 때는 반말을 하자고 졸라댔다. 하지만 그렇게 하면 습관이 되지 않아 이모 앞에서 내게 존댓말 대신 반말이 불쑥 나와 야단을 맞게 되어 나는 할 수 없이 반말로 표현했던 서로의 다정스러움을 포기하기로 했다. 하지만 그것은 오랫동안 나를 슬프게 했다. 그래서 나는 그녀와 동등해지고 싶어 나도 존댓말을 쓰려고 애를 썼다. 그러자 그녀는 그것을 너무 슬프게 생각했다. 그녀는 "아가씨는 저한테 반말해도 되니까 제게서 그 기쁨을 빼앗지 마세요. 그러시면 슬픔이 더 배가되네요. "라고 말했다. 우리 둘은 영악하게도 어릴 적 했던 단어들을 가지고 농담을 주고받기도 했다. 나는 "네가 늘 내가 좋아했으면 하던 그 부자라는 말, 내가 결코 좋아할 수 없던 그 망할 놈의 부자라는 말이 뭔지 모르지만 그건 네가 사랑받지 못하게 할 뿐이야. "라고 하면, 위르쉴은 "저만은 그렇지 않아요. 아가씨는 언제까지나 제가 세상에서 가장 좋아하는 사람일 거예요. 부자든 가난하든 제게는 아무 상관없어요. "라고 했다.

이 멋진 소녀는 정말로 그 약속을 지켰다. 그녀는 재단 일을 배웠는데 그 방면으로 재능이 있었다. 그녀는 사람들이 걱정하듯 게으르거나 사치하지 않았고 너무나 부지런한, 내가 아는 사람 중에 가장 지혜로운 여자였다.


그해 여름 엄마가 나와 함께 보냈고 또 내게 아주 슬픈 일이 있었다는 것이 분명하게 생각난다. 그때까지 엄마가 노앙에 오면 나는 엄마 방에서 같이 자곤 했다. 그런데 이제 그런 달콤한 시간이 금지된 것이다. 할머니는 내가 이제 소파에서 자기에는 너무 컸고 또 간이침대도 너무 작아졌다는 것이다. 하지만 아빠가 태어난 곳이고 또 엄마가 노앙에 와서 사용하는 커다란 노란 침대(지금도 내가 쓰고 있는) 는 너비가 6피트나 돼서 거기서 엄마와 자는 날은 정말 내게는 축제의 날이었다. 나는 아기 새처럼 엄마 품에서 잤다. 그곳에서는 잠도 더 잘 자고 꿈도 더 좋은 꿈을 꾸는 것 같았다.

할머니의 금지에도 불구하고 처음 2, 3일 동안은 자지 않고 밤 11

시까지 엄마가 혹시 방으로 올까 기다려도 봤지만, 결국 나는 소리 없이 일어나 맨발로 살금살금 내 방을 빠져 나가 엄마 옆에 가서 누웠는데 엄마도 나를 매몰차게 돌려보내지 못했다. 아니 엄마도 어깨에 내머리를 올리고 자는 것을 행복해했다. 하지만 할머니가 의심하기 시작했는지 아니면 할머니에게 수족처럼 충실했던 쥘리 양이 일러바쳐서인지 어느 날 할머니는 2층으로 올라와 내가 방을 막 빠져나오려는 순간 마주치게 되었다. 내가 나가는 걸 그냥 뒀다고 로즈가 야단을 맞는 소리에 엄마도 복도로 나왔다. 그리고 아주 껄끄러운 말들이 오고 갔다. 할머니는 9살이나 된 아이가 엄마 옆에서 자는 것이 정상도 아니며 순결한 행동도 아니라고 하셨다.

할머니는 너무 화가 나서 자신이 무슨 말을 하는지도 모르고 아무 말이나 내뱉은 것 같은데 거꾸로 세상에 그보다 더 정상적이고 순결한 행동이 어디에 있는가 말이다. 나로 말할 것 같으면 당시 너무나 순결해서 순결이라는 단어 자체의 의미가 뭔지도 몰랐다. 나는 순결하지 않은 것이 뭔지조차 몰랐으니까. 그때 엄마가 말하는 소리가 들려왔다.

"그렇게 생각하시다니 순결하지 못한 건 어머니세요! 아무것도 모르는 아이에게 그런 말을 하는 것이 아이의 순수함을 잃어버리게 할 테니까요. 제 딸을 그런 식으로 키우려 하신다면 제게 맡기시는 게 더 낫겠어요. 어머니 생각보다 저의 손길이 더 정직하니까요."

나는 밤새도록 울었다. 엄마와 나는 정신적으로나 육체적으로 마치 다이아몬드 체인으로 묶여 있는 것 같았다. 그래서 할머니가 억지로 끊으려고 하면 그것은 더욱더 내 가슴을 조여와 숨 막히게 했다.

다음 며칠 동안 할머니와 엄마 사이에는 냉랭하고 슬픈 기운만이 감돌았다. 나를 엄마로부터 떼어 놓으려고 하면 할수록 내가 자신을 더 싫어하게 된다는 것을 안 할머니는 나와 화해하기 위해 엄마와 화해할 수밖에 없었다. 할머니가 나를 팔에 안고 무릎에 앉히고 쓰다듬어주려고 하면 나는 생전 처음으로 억지로 몸을 빼며 이렇게 말했다.

"이건 순결한 행동이 아니잖아요. 나는 싫어요!"

그러자 할머니는 아무 말도 못 하고 나를 내려놓고 일어나서는 평소와 다르게 급한 몸짓으로 방을 나가셨다.

나는 좀 이상한 생각이 들었는데 조금 더 생각하니 불안한 마음도 들었다. 그리고 어렵지 않게 정원에 계신 할머니를 찾았다. 할머니는 묘지 벽을 따라 길게 난 길로 해서 아버지 무덤 앞에 멈춰 섰다. 전에 말했는지 모르지만 아버지는 묘지 벽 아래 마련된 작은 지하실에 모셔져 있었는데, 머리는 정원 쪽으로 다리는 반대편 땅 쪽을 향해 있었다. 두 개의 사이프러스 나무와 큰 장미 나무 그리고 월계수 나무들이 묘지 주변에 있었고 지금 할머니도 그곳에 묻혀 계신다.

할머니는 그 묘지 앞에서 걸음을 멈추셨다. 평소에는 용기가 없어 가지 못했던 그곳에 말이다. 그리고 할머니는 흐느껴 우셨다. 결국, 나는 항복하고 할머니께 달려가 할머니의 가녀린 무릎을 가슴에 안았다. 그리고 할머니가 늘 해주시던 말을 했다.

"할머니, 제가 할머니를 위로해드릴게요!"

할머니는 눈물을 펑펑 흘리시며 수도 없이 내게 입맞춤을 하셨다. 그리고 바로 엄마에게 달려가 아무 말 없이 서로 포옹했다. 그리고 당분간은 평화가 유지되었다.

내 역할은 매번 싸울 때마다 이렇게 두 사람을 화해시켜 아버지 묘지 앞에서 둘이 포옹하게 하는 거였다. 후에는 내가 그런 것들을 감히 이해하게 되는 날도 있었지만, 그때 나는 두 사람 모두에게 공평하기에는 너무나 어린아이였다. 두 사람 사이의 불화에서 누가 더 잘못하고 누가 옳은지를 냉철하게 판단하기 위해서는 너무나 큰 냉정함과 오만함이 필요했던 것 같다. 그 모든 것을 제대로 보고 같은 애정을 가지고 두 사람을 그리워하기까지는 30여 년의 세월이 흘러야 했다. 내 기억 속에 비어 있는 부분들이 있으니 분명하게 말할 수는 없지만, 이 일들은 1813년 여름 전까지의 기억인 것 같다. 하지만 날짜가 좀 틀리면 어떤가. 중요한 것은 이후로는 그런 일이 없었다는 것이다.

우리는 그해 겨울 파리에 잠깐 머물렀다. 1814년 1월부터 할머니는 혹시라도 적이 침공할까 두려워 노앙으로 돌아가 피신했다. 그곳은 프랑스의 제일 중심부여서 정치적인 사건으로부터 영향을 받지 않을 수 있는 곳이었다.

우리는 12월이 시작될 때쯤 파리에서 출발했던 것 같다. 그리고 다른 해처럼 서너 달 집을 비울 준비를 하며 할머니는 황제가 퇴위한다든가 파리에 외국 군대가 들어오는 일 따위는 전혀 생각지도 못하셨다. 그는 라이프치히 퇴각이후 11월 7일부터 파리에 돌아와 있었는데 운명은 그를 저버린 것 같았다. 그는 배신당했고 모든 사람이 그를 속였다. 우리가 파리에 도착했을 때 탈레랑 씨의 말이 살롱들을 떠돌고 있었다. 그에 의하면 "이제 몰락이 시작되고 있다"는 거였다. 하루에도 10번씩 듣는 이 말, 그러니까 할머니를 방문하는 모든 사람의 입에서 전해지는 이 말은 처음에는 별것 아닌 것처럼 들렸지만 그다음에는 슬프고 또 끔찍한 소리로 들렸다.

나는 탈레랑 씨가 누군지 물었고 그가 황제 덕에 큰돈을 번 사람이란 걸 알았다. 그래서 나는 그의 말이 어떤 섭섭함인지 농담인지 물었더니 사람들은 그 말이 조롱이며 협박이라고 하면서 황제는 야망에 가득 찬 괴물이라 그런 말을 당연히 들어야 한다고 했다. 나는 "그렇다면 탈레랑 씨는 왜 그가 주는 걸 다 받은 거지요?" 하고 물었다.

더욱더 놀라운 일은, 매일 그런 배은망덕한 행위들을 칭송하는 소리를 듣는 거였다. 늙은 귀족 부인들의 정치적 발언은 내 머리를 아프게 했다. 그래서 공부도 놀이도 다 힘들고 슬프기만 했다.

그해 폴린은 파리에 오지 않았다. 그녀는 엄마와 부르고뉴에 있었다. 그녀의 엄마는 아주 지혜로운 여자였지만 분노에 찬 반응을 보이며 마치 메시아를 기다리듯 동맹군을 기다렸다. 1월부터 사람들은 라인강을 넘은 코사크 군대에 대해 이야기하기 시작했고 두려움에 사람들은 잠시 증오심을 잊었다. 우리는 샤토루 근방에 있는 할머니 친구분 중 한 명을 방문했는데 아마도 뒤부아 부인 집이었던 것 같다. 그곳에는 여러 사람과 그녀의 손자들이나 조카들 같은 젊은이들이 여럿 있었다. 그들 중에 13~14쯤 된 한 소년의 말이 충격적이었는데 그들의 대화는 이랬다. 먼저 그 소년은 물었다.

"어떻게 러시아랑 프로이센이랑 코사크군이 프랑스에 들어와 파리로 갈 수 있어요? 그렇게 하게 내버려 두나요?"

"그렇단다. 생각이 있는 사람들은 다 내버려 둘 거야. 폭군에겐 안

된 일이지만 외국군이 와서 야망에 눈이 먼 폭군을 벌하고 우릴 해방시켜줄 거야."라고 다른 젊은이들이 대답했다.

"하지만 외국 군대들인데요! 그러니까 적이잖아요. 만약 우리가 황제가 싫으면 우리가 내보내면 되지 그걸 적들에게 맡긴다는 건 수치스러운 일이지요. 그들과는 싸워야 해요!" 하고 용감한 아이는 대답했다.

사람들은 그 아이를 비웃었다. 다른 큰 청년들이나 누이들은 그 아이에게 칼을 들고 코사크 적군을 만나러 가라고도 했다. 그 아이의 훌륭한 결기를 모두가 비웃고 아무도 그 가치를 알지 못했지만, 나만은 알 것만 같았다. 어린애였던 나는 모르는 사람 앞에서 한 마디도 못하고 있었지만 비겁한 프랑스에 대한 너무나 분명하고 단호한 말에 크게 감동하여 가슴을 두근대고 있었다. 소년은 계속 말했다.

"그래요. 마음대로 비웃어요. 아무 말이나 다 하세요. 하지만 적들이 오면 나는 칼을 들고 내 키보다 배가 더 큰 적들이라고 해도 맞서 싸우겠어요. 두고 보세요. 나처럼 하지 않는 사람들은 모두 비겁자들이에요."

사람들은 그 아이에게 입을 다물라고 했고 어디론가 데려가 버렸다. 하지만 그 아이에게 적어도 한 명의 추종자가 생겼다. 이후 다시 본 적도 없고 그 이름도 몰랐던 오직 그 소년 하나가 내 마음속 신념들을 정립시켜 준 것이다. 이전에 "연합군 만세!"라고 외쳤던 사람들은 모두가 비겁자였다. 나는 더는 황제 편에서 그를 염려하지는 않았다. 왜냐하면, 수많은 멍청한 사람들만 황제를 욕하는 것이 아니라 가끔은 우리 할머니나 보몽 할아버지나 앙드르젤 신부님이나 혹은 우리 엄마처럼 똑똑한 사람들도 황제를 구속하는 것이 당연하다면서 황제의 오만함에 대해 욕하는 것을 들었기 때문이다. 하지만 '프랑스!'이 단어는 내가 태어난 때에는 너무나 위대한 단어라서 내게 너무나 깊은 인상을 남겼는데 만약 내가 왕정복고 시기에 태어났더라면 그렇게 감동적이지는 않았을 것이다. 바보가 아니라면 어린아이 때부터 나라의 명예가 뭔지는 느끼게 되기 마련이다.

그래서 나는 너무 슬프고, 감동해서 돌아왔다. 러시아 전쟁터에 대한 나의 몽상이 다시 시작되었다. 나는 그 꿈속에 푹 빠져들어 내 귀를 어지럽게 하던 그 소년의 웅변 소리도 들리지 않았다. 그것은 전쟁과 살인에 대한 공상이었다. 나는 다시 날개를 달고 어느 오페라에서24 본 그 심판자 천사가 구름 사이에서 나타날 때 들었던 것 같은 번쩍거리는 칼을 들고 있었다. 나는 전투 부대 속으로 침투해서 그들을 쳐부수고 그들을 라인강에 처넣었다. 그런 공상은 나를 좀 위로해 주었다.

그렇게 폭군이 몰락할 거라고 좋아들 하면서도 사람들은 이 코사크 군인들을 두려워했다. 그래서 많은 부자가 도망갔다. 베랑제 부인이야말로 제일 두려워하는 사람이었다. 할머니는 노앙에 함께 가자고 제안했고 부인은 받아들였다. 나는 정말 그 부인이 죽이고 싶도록 미웠다. 왜냐하면, 그렇게 되면 할머니가 우리 엄마를 데려가지 않을 것이기 때문이었다. 할머니는 너무나 기질적으로 정반대인 두 사람을 곁에 두고 싶어 하지 않았으니까. 나는 엄마보다 남을 더 챙기는

---

24 〔원주〕〈아벨의 죽음〉이라는 오페라였던 것 같다.

것에 화가 났다. 정말 파리가 위험하다면 여기서 제일 먼저 구할 사람은 바로 엄마였으니까. 나는 엄마와 함께 남아서 정말 그래야만 한다면 기꺼이 죽을 각오를 하며 할머니께 반항할 궁리를 했다.

내 생각을 말하자 엄마는 나를 진정시키며 이렇게 말했다.

"할머니가 엄마한테 가자고 해도 나는 안 갈 거야. 나는 카롤린 곁에 남아 있어야지. 위험하면 할수록 더 그래야 해. 또 나도 그러고 싶고. 하지만 진정해라. 그렇게 위험하지는 않을 거야. 결코, 황제나 우리 군대가 적들이 파리로 들어오게 하지는 않을 거야. 그건 모두 '늙은 백작 부인'들의 희망사항일 뿐이지. 황제는 국경에서 코사크 부대를 쳐부술 것이고 우리에게까지 오는 놈은 한 명도 없을 거야. 그들이 모두 사라지면 늙은 베랑제 부인은 파리로 돌아와 코사크군을 위해 울겠지. 그러면 노앙에 널 보러 갈게."

확신에 찬 엄마의 말이 나의 괴로움을 사라지게 했다. 우리는 1월 12일인가 13일 출발했다. 황제는 아직 파리를 떠나지 않고 있었다. 그가 있는 한 결코 다른 왕을 볼 일은 없을 거라고들 생각했다. 혹시 그의 발에 입을 맞추기 위해 오는 왕이 아니라면 말이다.


우리는 할머니가 사들인 커다란 여행용 사륜마차에 탔고 베랑제 부인은 하녀와 작은 강아지를 데리고 4마리 말이 끄는 커다란 베를린 마차를 타고 우릴 쫓아왔다. 우리의 엄청난 짐들도 그녀의 짐들에 비하면 아무것도 아니었다. 여행은 아주 힘들었다. 날씨마저 끔찍했다. 길에는 군인들과 화물 운송차들과 이런저런 군대 보급품들이 가득했다. 훈련부대들과 군인들과 자원병들이 서로 엇갈리며 시끌벅적했다. 모두 "황제 만세! 프랑스 만세!"를 외치며 마주쳐 갔다. 그런 군인들 무리를 만나면 우리 마차는 앞으로 갈 수가 없었는데 그럴 때마다 베랑제 부인은 두려움에 떨었다. 자원병들이 자주 외치는 "국가만세!"는 1793년도를[25] 생각나게 했기 때문이었다. 그녀는 모두가 흉악범 같은 그들이 아주 무례하게 자신을 쳐다본다고 생각했다. 할머니는 속으로 그런 그녀를 좀 비웃었지만 겉으로는 전혀 아무 내색도 하지 않았다. 할머니는 늘 그녀 눈치를 살폈다.

솔로뉴에서 우리는 멀리서 온 것 같은 군인들을 만났다. 그들은 누더기를 입고 굶주린 모습이었다. 독일에서 떨어져 나온 병사들 아니면 국경에서 밀려난 병사들이라고 우리에게 말했던 것 같은데 기억은 나지 않는다. 그들은 우리에게 구걸은 하지 않았다. 하지만 우리가 솔로뉴의 늪지 쪽으로 가면 뭔가 애원하는 듯한 모습으로 우리 마차 곁에 바싹 붙었다. 할머니는 "저들이 뭘 하는 거지?" 하고 물으셨다. 그 불쌍한 군인들은 굶주림에 죽어 가고 있었지만, 자존심이 있어 말을 못 하고 있었던 것이었다. 우리는 마차에 빵이 하나 있어 나는 그것을 제일 가까이에 있는 사람에게 건네주었다. 그러자 그는 기괴한 소리를 지르며 손이 아니라 이빨로 빵에 달려들었다. 너무나 사납게 달려들어서 그가 베어 물기 전에 겨우 손가락을 뺄 수 있었다. 그의 동료들도 마치 동물처럼 빵을 뜯어 먹는 그를 둘러쌌다. 그들은 서로 싸우지도 않고 나눠 먹을 생각도 하지 않은 채 빵을 가운데 두고 서서 뜯어 먹기만 했다. 그들의 눈에는 눈물이 그렁그렁했는데 정말 기가

---

25 〔역주〕 1793년도, 1789년 대혁명 이후 로베스피에르의 공포정치 시대이다.

막힌 장면이었다. 내 눈에서도 흐르는 눈물을 참을 수가 없었다.

어떻게 프랑스 땅 한복판에서, 가난한 마을이긴 하지만 전쟁의 참화를 입지 않았고 이번 해에 농사도 흉작도 아닌 그런 곳에서 우리의 가엾은 군인들이 이렇게 대로에서 굶어 죽어 갈 수가 있다는 말인가? 이게 바로 내가 본 모습이며 더는 어떻게 설명할 길이 없다. 우리는 식량 상자를 다 열어 그들에게 우리 두 마차에 있는 모든 것을 다 주었다. 그들의 말에 의하면 명령이 잘못 돼서 며칠 전부터 본부와 연락이 되지 않았다고 한 것 같은데 자세한 것은 기억나지 않는다.

역에 말이 없는 때가 많아서 우리는 가끔 더러운 곳에서 잠을 자야할 때가 있었다. 그런 여관 중 한 곳은 주인이 저녁 식사 후 우리에게 왔다. 그는 프랑스를 적에게 내어준 나폴레옹을 욕하면서 의병義兵이라도 일으켜 적들을 다 몰아내고 황제도 내쫓은 다음 공화국을 세워야 한다고 했다. 하지만 그는 덧붙이기를 '진짜로 좋은' '분열되지 않고 영원한' 그런 공화국을 세워야 한다고 했다. 이 말은 베랑제 부인의 마음에 들지 않았다. 그녀는 그를 자코뱅으로 취급했다. 그리고 그 덕분에 계산할 때 톡톡히 그 값을 치러야 했다.


드디어 우리는 노앙에 도착했는데 3일 만에 아주 큰 걱정거리가 생겼고 내 머릿속도 온통 그 생각뿐이었다.

평생 아파본 적이 없으신 할머니가 심하게 앓으셨다. 할머니 몸은 참 특별해서 이 병도 아주 특별한 증상을 보였다. 먼저 보인 증상은 거의 이틀 동안 깨어나지 않고 깊이 주무시는 거였다. 그다음 모든 급한 증상들이 다 사라진 후에는 몸 전체에 커다란 욕창褥瘡 증상이 나타났다. 소금 찜질에 의한 가벼운 찰과상 때문이었다. 그런데 그 상처는 너무나 고통스럽고 오래갔다. 두 달 동안 할머니는 침대에 계셔야 했고 회복도 오래 걸렸다.

데샤르트르와 로즈와 쥘리 양은 가엾은 할머니를 성심껏 돌봤다. 나는 이전 어느 때보다 할머니에 대한 사랑을 느꼈다. 할머니의 고통과 또 몇 번이나 돌아가실 뻔했던 일들이 할머니를 더 소중하게 생각하게 해서 할머니가 아프신 시간은 정말 나를 정말 슬프게 했다.

베랑제 부인은 우리와 6주쯤 있다가 할머니가 위험한 순간에서 벗어날 즈음 떠났던 것 같다. 속으로는 슬퍼하고 걱정했는지 모르지만, 겉으로는 전혀 그렇지 않았다. 그녀가 정이 있는 사람인지 의심스러울 정도였다. 너무나도 정을 그리워하는 할머니가 왜 그렇게 거만하고 오만한 여자에게 각별한 애정을 가졌는지 이해할 수 없었다. 나는 그 부인에게서 어떤 지혜로움이나 훌륭한 성품을 발견한 적이 없다.

그녀는 너무나 활동적이어서 한곳에 가만히 있지를 못했다. 그녀는 정원이나 공원을 조성하는 데 아주 능력이 있다고 스스로 생각했다. 그녀는 우리 정원이 제대로 정돈되지 못했다고 생각하고는 영국식으로 바꾸려 앞장서기도 했다. 그것은 정말 괴상한 발상이었다. 왜냐하면 변변하게 바라볼 경치도 없는 그런 땅, 또 나무들도 아주 느리게 자라는 그런 땅에서 제일 좋은 것은 그곳에 이미 있는 것들을 잘 보존하며 미래를 위해 나무를 심고 황량한 주변을 다 드러내는 숲속의 빈터들을 다 보이지 않게 하는 것이다.

또 집 바로 앞에 길이라도 나 있으면 되도록 벽이나 소사나무들로 정원을 감추어야 자기 집 같은 느낌이 들 수 있다. 하지만 베랑제 부인은 우리의 소사나무들을 끔찍하게 생각했으며 내게는 아름답고 재미있게만 보인 꽃들과 채소가 심어진 네모난 화단들도 싫어했다. 그녀는 그것들을 무슨 수도원의 정원처럼 생각했다. 그때 중병에서 조금 회복되어 겨우 말하고 들을 수 있게 된 할머니는 친구가 작은 숲에 도끼를 대고 오솔길에 곡괭이질을 하는 것을 허락해 달라는 말을 듣게 되었다. 할머니는 바꾸는 걸 싫어하셨지만 당시 몸도 너무 좋지 않으셨을 뿐 아니라 그 친구는 할머니를 자기 맘대로 하는 친구였기 때문에 모든 권한을 다 주고 말았다.

이제 이 부인이 작품을 만들기 시작했다. 그녀는 20명쯤의 인부를 요구했고 창문에 서서 그들에게 여길 잘라라 저 나무를 베라고 명령하면서 찾아도 보일 리 없는 풍경을 찾았다. 왜냐하면 집의 2층 창문에서 바라보는 시골은 아름답게 보일지 몰라도 평지의 정원에서는 그 풍경을 감상할 수가 없었기 때문이다. 그러려면 정원의 땅을 50피트쯤 올려야 했고 거기서 보는 광경이라고 해 봐야 광활한 경작지뿐이었다. 사람들은 틈을 벌리고 어쩔 수 없이 오래된 좋은 나무들을 쓰러뜨려야 했다. 베랑제 부인은 종이에 선을 긋고는 창문을 통해 그것을 줄로 인부들에게 전하고 또다시 내려갔다가는 다시 오르락내리락하며 부산하게 우리가 가지고 있는 그늘들을 다 파괴해 버렸다. 다른 대안도 없으면서 말이다.

그러다 결국, 하나님 감사하게도 그녀는 포기하고 말았다. 계속했다가는 땅을 다 밀어 버릴 수도 있었으니 말이다. 데샤르트르 선생님은 할머니가 나와서 직접 눈으로 이것을 보실 수 있게 되면 분명 오래된 소사나무들을 아쉬워할 것을 알았다.

나는 그 부인이 인부들에게 하는 말투가 너무 놀라웠다. 그녀는 그들의 이름을 묻고 따로따로 이름대로 부르기에는 너무나 고상한 귀부인이었다. 하지만 그녀는 창문을 통해 한 사람 한 사람을 불러야만 했는데 그때 베리 사람들이 하듯 '므슈'나 '모나미' 혹은 '몽비외'[26]라고 부른다는 것은 상상할 수도 없는 일이었다. 이 지방 사람들은 나이와 상관없이 남자를 부를 때는 이렇게 불렀다. 하지만 그녀는 "2번 아저씨! 4번 아저씨!"라고 소리소리 질렀다. 이런 소리는 심술 맞은 농부들에게 너무 웃기게 들렸고 그들은 고개조차 돌리지 않았다. 그들은 서로 어깨를 으쓱하며 말했다

"젠장할! 우리가 다 남잔데, 저 여자는 누구를 보고 말하는 거야!"

벌린 틈을 메우고 그녀가 찾으려 했던 이른바 그 전망을 다시 막아 베랑제 부인이 저지른 잘못을 복구시키는 데는 30여 년이 걸렸다.

영국식 정원보다 더 나를 힘들게 한 그녀의 또 다른 집착이 있었다. 그녀는 너무나 꽉 조이는 코르셋을 입고 있어서 저녁이 되면 마치 순무처럼 얼굴이 벌겋고 얼굴에서 눈이 튀어나올 것만 같았다. 그런 그녀가 나를 보고는 무슨 곱사등이며 나무토막 같다며 내 몸매를 만들어줘야겠다고 했다. 결국, 그녀는 그런 고문 기구가 있는 것을 몰랐던 내게 당장에 코르셋을 입게 했고 그녀가 직접 어찌나 세게 조였던지 처음에 나는 거의 병이 날 뻔했다.

그래서 나는 그녀만 없으면 끈을 보이지 않게 잘라 고래 뼈 코르셋

---

26 〔역주〕 므슈(monsieur)는 남자에게 예의를 차려 부르는 호칭, 모나미(mon ami)는 나의 친구, 몽비외(mon vieux)는 나의 오랜 지기라는 뜻이다.

을 견뎌낼 수 있었다. 하지만 곧 그녀는 모든 걸 알아차리고 나를 더 세게 조였다. 그래서 나는 반항하고 지하로 도망가 버렸다. 나는 이제 끈을 자르는 것으로 만족하지 못하고 아예 코르셋을 오래된 포도주 통에 던져 버렸다. 사람들은 열심히 찾았지만 결국, 그것은 6개월 후 포도주 수확할 때 가서야 발견했는데 아무도 나를 의심하지 않았다.

마를리에르 부인이 주인의 이름을 따서 '베랑제의 로레트'라는 이름을 붙여준 못된 작은 강아지는 아주 성질이 나빠서 몸집이 큰 개들에게도 덤벼들어 성질을 돋웠다. 그러면 베랑제 부인은 소리소리 지르며 어쩔 줄 몰라 했다. 사랑하는 브리앙과 무스타쉬가 더는 살롱에 발을 들여놓지 못하게 됐을 때도 말이다. 매일 저녁 이폴리트는 로레트를 산책시켰는데 오빠의 성직자 같은 점잖은 모습이 베랑제 부인의 신임을 샀기 때문이다. 하지만 강아지 로레트는 15분 동안은 그의 손에서 아주 괴로운 시간을 보내야 했다. 주인이 듣는 문 앞에서는 "우리 가엾은 강아지 사랑스러운 녀석!"이라고 말했지만, 문이 닫히자마자 그는 로레트를 힘껏 뜰 가운데로 던져버리고 어디에 어떻게 떨어졌는지는 아랑곳하지도 않았다. 내가 보기에 로레트는 16구 귀족들처럼 바보스럽고 무례한 짐승이었다.

마침내 베랑제 부인과 강아지 로레트가 떠났지만 우리는 함께 있었던 하녀와 헤어지는 것만 아쉬워했다. 그녀는 아주 좋은 여자였다.


할머니가 편찮으셔서 우리는 늙은 백작 부인이 가 버린 것을 그리 좋아하고만 있을 수는 없었다. 밖에서 들려오는 소식들도 유쾌한 소식들은 아니었다. 그리고 어느 봄날 몸이 회복되어 가는 중에 할머니는 파르다이앙 부인으로부터 편지 한 통을 받았는데 편지에는 이렇게 쓰여 있었다.

"연합군이 파리로 들어왔어요. 나쁜 짓들은 하지 않아요. 아무도 약탈당하진 않았어요. 알렉산드르 황제가 우리를 위해 루이 16세의 형제를 보낸다고 해요. 영국에 있던 형제인데 이름은 기억 못 하겠네요."

할머니는 기억을 더듬으셨다. 그리고 "아마 '므슈'라고 불리던 사람일 거야. 좋은 사람은 아니지. 아르투아 백작으로 말하면 정말 끔찍하게 형편없는 인간이지. 자, 내 딸아 이제 우리 사촌들이 왕이 되겠구나. 하지만 떠벌리지는 말자꾸나."

이것이 할머니의 첫 번째 반응이셨다. 그리고 주변 사람들의 충동질로 할머니는 처음 얼마 동안 차르가 프랑스에 한 약속에 속아 다시 예전의 권력을 되찾는 것에 열광했다. 하지만 오래가지는 않았다. 예배가 일상이 되자 할머니는 위선자들에게 다시 혐오감을 느꼈다. 이것에 대해서는 나중에 다시 얘기하겠다.

나는 엄마 편지를 고대하고 있었고 결국, 엄마의 편지를 받았다. 엄마는 두려움에 병이 나 있었다. 이상한 우연으로 파리의 방돔 광장 기둥의 조각상을 향해 쏜 5~6개 포탄 중 하나가 엄마가 사는 바스뒤랑파르가의 집에 떨어진 것이다.

이 포탄은 지붕으로 해서 두 층을 뚫고 엄마가 살고 있던 집 천장으로 떨어졌다고 한다. 엄마는 곧 파리 도시 전체가 붕괴할 거라고 생각하고 카롤린과 도망쳤다. 하지만 얼마 뒤 얼빠지고 놀란 군중들 앞에서 예쁜 여자들이 외국 군인들을 껴안고 입을 맞추고 꽃을 꽂아주는 것을 보고는 다시 돌아와 편히 잠자리에 들 수 있었다.

# 6. 병상에 누운 할머니

엄마는 우리한테 와서 한 달을 지내다 기숙사에 있는 카롤린을 데리고 나오기 위해 돌아갔다. 나는 이제부터는 엄마를 노앙에서 자주 볼 수 없을 것을 알았다. 할머니가 겨울을 노앙에서 보낼 거라고 말씀하셨을 때 나는 그때까지 살면서 느꼈던 슬픔 중 제일 큰 슬픔을 느꼈다. 엄마는 내게 힘을 내게 하려고 애를 썼지만 더는 나를 속일 수 없었다. 나도 이제는 생각할 나이가 되어 서로의 위치와 필요에 대해 잘 이해하고 있었다. 카롤린이 노앙에 올 수 있다면 모든 것이 다 해결되겠지만 그 문제만은 할머니의 태도가 완강했다.

엄마는 노앙에서 절대 행복하지 않았다. 이곳에서 엄마는 괴로워했고 정신적으로 숨 막혀 했고 매 순간 모든 것이 불편했고 가슴 답답해했다. 내가 아주 노골적으로 할머니보다 엄마를 좋아하는 것 (나는 결코 가식적으로 숨길 수가 없었다. 모두가 그래 주길 바랐지만 말이다.) 때문에 할머니는 점점 더 엄마에게 까칠하게 되었다. 또 할머니는 병으로 성격까지 변한 것 같았다. 나는 할머니가 그렇게 며칠 동안 성질을 부리시는 걸 본 적이 없었다. 한번 화가 나면 참지 못하셨다. 한번은 내게 너무나도 냉정하게 말을 하셔서 내가 아연실색한 적도 있었다. 쥘리 양은 완전히 자기 세상이었다. 할머니의 모든 신임을 한 몸에 받으며 할머니를 너무나 측은해하면서 할머니의 기분을 더 악화시켰다. 물론 고의는 아니었겠지만, 그녀의 행동은 정말 지혜롭지도 공정하지도 않았다.

엄마는 다른 딸에 대한 걱정이 없었다면 이 모든 것을 나를 위해 견뎌주었을 것이다. 나는 다 이해할 수 있었고 카롤린이 나 때문에 희생되길 바라지도 않았다. 하지만 카롤린은 내게 질투하기 시작했고 그 가엾은 아이는 엄마의 부재에 대해 불평하기 시작했다. 그리고 자기보다 나를 더 좋아한다며 엄마에게 울면서 하소연했다.

이렇게 우리는 모두 불행했다. 이 모든 슬픈 가족사의 원인인 나는 다른 사람들보다 더 큰 비애감을 느낄 수밖에 없었다.

엄마가 짐을 싸는 걸 보았을 때 나는 두려움에 사로잡혔다. 그날따라 쥘리 양의 말에 너무 화가 난 엄마는 하녀 신분 주제에 집의 안주인인 자신보다 더 잘난 척하는 걸 더는 참을 수가 없다고 말했다. 나는 엄마가 이제 가면 다시 돌아오지 않을 거라고 생각했다. 아니면 적어도 아주 가끔만 올 거라고 생각했다. 그러자 나는 엄마 발밑에 몸을 던지고 뒹굴며 나를 데려가 달라고 애원했다. 그리고 만약 그렇게 하지 않으면 나는 이 집을 나가 노앙에서 파리까지 걸어서 엄마를 찾아갈 거라고 했다.

엄마는 나를 무릎에 앉히고 상황을 이해시키려고 애를 썼다.

"널 데려가면 너의 할머니는 1,500프랑밖에 주지 않을 거야."

"1,500프랑, 그렇게나 많이요! 그러면 우리 셋이 충분히 살아갈 수 있을 거예요."

"아니 그걸로는 카롤린과 내게 충분하지 않아. 왜냐하면, 네 언니 기숙사비와 생활비로 반이 들어가거든. 그러면 남은 돈으로 나는 먹고 입기가 힘들지. 이제 네가 돈이 뭔지 알게 되면 다 이해할 거야. 너를 데려가서 1년에 1,000프랑을 덜 받게 되면 우리는 너무 가난하게 살게 되지. 너무 가난해서 너는 견디지 못할 거야. 그러면 너는 다시 노앙에 보내 달라고 할 테고 15,000리브르의 연금도 달라고 하겠지!"

"아니에요! 아니에요! 우리는 가난해도 함께 있을 거잖아요. 절대로 헤어지지 않을 거예요. 모두 열심히 일하고 작은 지붕 밑 방에서 콩을 먹고 살아요. 쥘리 양이 늘 하는 말처럼 말이에요. 그게 뭐가 어때서요? 우리는 정말 행복할 것이고 누구도 방해하는 사람 없이 서로 맘껏 사랑할 수 있을 거예요!"

내가 너무 단호히 열에 들떠 절망적으로 소리쳤기 때문에 엄마도 흔들리기 시작했다. 엄마는 순진하고 착한 어린아이가 된 듯 이렇게 대답했다.

"그래 네 말이 맞을지도 몰라. 돈이 행복의 전부가 아니란 생각을 한 게 너무나 오래전이구나. 만약 너를 데리고 파리에 간다면 어쩌면 나는 가난해도 여기에서보다 훨씬 더 행복할지 몰라. 여기서는 부족한 것 없이 지낸다 해도 매 순간 참을 수 없는 굴욕감을 견뎌야 하지. 하지만 중요한 건 내가 아니고 너야. 언제고 네가 나를 원망하지는 않을까. 이 좋은 교육, 좋은 결혼, 이 많은 재산을 받지 못하게 한다면 말이다."

"좋은 교육이라고요, 그래서 나는 나무 인형처럼 되고 말 거예요! 좋은 결혼이라고요, 내 엄마를 부끄러워하고 엄마를 문밖으로 내칠 그런 남편과 말이지요! 재산이라고요, 그것 때문에 내 행복을 다 버려야 하고 나는 나쁜 딸이 되겠지요! 아니요, 나는 할머니를 사랑하고 할머니를 돌보러 올 것이고 외로우실 때는 할머니와 놀아드리겠어요. 하지만 할머니와 함께 살고 싶지는 않아요. 나는 할머니 성도 돈도 필요치 않아요. 나는 그런 건 필요 없어요. 그런 것들은 이폴리트나 위르쉴이나 쥘리에게 줘 버리라고 하세요. 쥘리 양을 그렇게도 좋아하시니 말이에요. 나는 엄마랑 가난하게 살고 싶어요. 엄마 없이 누가 행복할 수 있겠어요."

내가 또 무슨 말을 했는지 다 기억나지는 않지만 나름 아주 설득력이 있었던 것 같다. 엄마가 정말로 내 말에 영향을 받은 것 같았으니 말이다. 엄마는 말했다.

"내 말 좀 들어 봐라. 젊은 여자에게 가난이 뭔지 너는 모른다! 하지만 나는 알아. 그리고 카롤린이나 네가 14살 때 고아였던 나처럼 그런 삶을 살게 하고 싶지는 않다! 내가 죽으면 너희들은 그렇게 될 거야! 네 할머니는 너를 데려가겠지만 결코 네 언니는 데려가지 않을 거다. 그러면 네 언니는 어떻게 되겠니? 그런데 이 모든 걸 해결할 방법이 있어. 일하면 돈을 벌 수 있지. 그런데 할 수 있는 일이 있었던 내가 왜 아무것도 하지 않고 받는 돈으로 귀부인처럼 살고 있는지 모르겠다. 내 말 잘 들어봐. 가게를 하나 열겠어. 내가 모자가게를 열었던 것 너도 알고 있지. 나는 네 할머니의 가발 담당 미용사보다 모자와 머리를 더 잘 만질 줄 알아. 그들은 이상한 천으로 눈을 가리며 할머니를 더 못생기게 만드니 말이야. 가게는 파리에서 열지 않겠어. 돈이 너무 들 테니까. 몇 달 동안 돈을 좀 아끼고 이모나 피에레를 통해 돈을 좀 빌려서 오를레앙에 가게를 열겠다. 그곳에서 일한 적도 있으니까. 네 언니와 너는 재주도 많고 또 너는 데샤르트르가 가르치는 그리스어나 라틴어보다 이 일을 금방 배울 수 있을 거야. 우리 셋이면 충분할 거야. 오를레앙이라면 장사가 잘될 거고 생활비도 그리 많이

들지 않을 거야. 우리는 공주들이 아니니 적은 돈으로도 살 수 있지. 그랑주 바틀리에르에서 살 때처럼 말이야. 그다음 위르쉴도 데려오자. 우리는 검소하게 살 테고 몇 년 후에 8천에서 1만 프랑쯤을 너희둘 각자에게 줄 수 있다면 너희들은 공작이나 백작보다 더 너희들을 행복하게 해줄 정직한 노동자들과 결혼할 수 있겠지. 사실 너는 이 사교계에서는 설 자리가 없어. 사교계 사람들은 네가 내 딸이고 할아버지가 새 장수인 걸 결코 용서하지 못할 거다. 너는 매 순간 부끄러워해야 할 것이고 만약 불행하게도 너도 그들처럼 허세를 부리며 산다면 너는 네 천한 신분에 대해 너 자신을 원망하게 될 테지.

그러니 결단을 내리자. 절대 이 비밀을 말해서는 안 된다. 이제 곧 떠나 하루 이틀 후 오를레앙에 도착해서 빌릴 가게를 알아볼게. 그다음 파리에서 모든 것을 다 준비하고 위르쉴이나 카트린을 통해 몰래 네게 소식을 전하마. 그리고 모든 게 다 정리되면 너를 데리러 와 시어머니께 내 결심을 당당히 밝힐 거야. 나는 네 엄마고 아무도 너에 대한 나의 권리를 뺏을 수 없다고. 그럼 화를 내시고 내게 주는 연금을 거두겠지만 난 비웃어주겠어. 우린 여길 떠나 우리의 작은 가게 주인이 될 테고, 할머니는 오를레앙의 대로를 마차를 타고 가면서 '뒤팽 미망인의 양품점'이란 간판을 보게 될 테지."

이 멋진 계획은 나를 흥분시켜서 거의 신경 발작을 일으킬 정도였다. 나는 소리 지르고 웃음을 터뜨리며 방 안을 뛰어다녔다. 눈에는 눈물도 흘렀다. 마치 술에 취한 사람 같았다. 엄마는 정말 진심이었을 것이고 정말 그럴 결심이었을 것이다. 이것이 아니었다면 엄마는 결코 무사안일하고 모든 것에 대해 체념적인 내 젊은 날들을 헛된 꿈으로 물들이지 못했을 것이다. 이 꿈 같은 계획은 정말 나를 사로잡았고 오랫동안 내 나이에 맞지 않는 흥분과 고통을 가져다주었다.

엄마가 가지 못하게 난리를 쳤던 나는 이번에는 빨리 떠나도록 성화를 부렸다. 나는 엄마가 짐 싸는 것을 도와주면서 웃고 행복해했다. 일주일이면 엄마가 다시 올 거라고 생각했다. 저녁 먹을 때 나의 즐겁고 활달한 모습에 할머니는 놀라워하셨다. 늘 나는 울어서 눈이 빨개져 있었기 때문이다. 그런데 이렇게 달라진 모습을 어떻게 설명할 길이 없었다. 엄마는 내 귀에 살짝 의심받지 않도록 조심하라고 말해줬다. 나는 아주 조심스럽게 행동했고 아무도 나의 계획을 알아차리지 못했다. 이후 4년 동안 이 계획을 마음속에 품고 울고 웃고 했지만 말이다. 나는 아무에게도, 위르쉴에게도 말하지 않았다.

하지만 점점 밤이 깊어지면서 (엄마는 새벽에 떠날 참이었다) 나는 불안하고 두려웠다. 엄마의 태도가 뭔가 나를 안심시키는 모습이 아니었다. 엄마는 다시 슬프게 깊은 생각에 빠져 있었다. 금방 다시 올 텐데 왜 슬퍼하지? 곧 모두 행복하게 함께 일하게 될 텐데? 아이들은 스스로 걱정하면서 어떤 장애물들이 있는지 생각할 수 없지만, 그들이 믿는 사람들이 걱정하는 것을 보면 정신이 불안해져서 마치 불쌍한 새순처럼 두려워 떨게 된다.

나는 평소처럼 9시에 잠자리에 들었다. 엄마는 다시 내 방에 들어와 작별 인사를 하고 우리 계획에 대해 얘기하고 자겠다고 단단히 약속했다. 하지만 내가 잠들었다고 생각하고 혹시나 나를 깨우지 않을까 두려웠다. 그래서 나는 잠을 자지 않았다. 그러니까 로즈가 방을 나가자마자 자리에서 일어났다. 로즈는 나를 침대에 눕히고는 다시 내려가 쥘리 양 옆에서 할머니가 주무실 때까지 기다렸다. 할머니는 잠들기까지 오랜 시간이 걸렸다. 할머니는 아주 적은 양의 식사를 아주 느리게 드셨다. 그다음 머리와 어깨에 12개쯤 되는 작은 모자들과 실크와 모직과 솜으로 된 숄들을 두르는 동안 할머니는 쥘리가 집안일에 대해 하는 말들을 들으셨고 또 로즈가 살림살이에 대해 하는 말을 들으셨다. 이런 시간은 새벽 2시까지 계속됐고 이 일이 끝나야 로즈는 내 방에 붙은 작은 방에 와서 잘 수 있었다.

내 방은 긴 복도 쪽으로 나 있었고 건너편에는 엄마 방의 내실이 있었다. 엄마는 보통 방에 들어갈 때 이리로 들어갔기 때문에 로즈가 올라오기 전 엄마가 방에 들어가는 길에 엄마와 다시 대화를 나눌 수 있었다. 하지만 그날 밤 어쩌면 들킬 수도 있었기 때문에 나는 혹시라도 엄마와 이야기를 나누지 못할까 하는 두려움에 긴 편지를 쓰기로 했다. 나는 성냥을 켜지 않고 사그라들어 가는 벽난로 불을 가지고 다시 초를 켜기 위해 엄청난 인내를 하며 노력해야만 했다. 결국, 불을 붙인 후 나는 라틴어 공책에서 뜯어낸 종이에 편지를 썼다.

나는 아직도 그때 어린아이 글씨로 썼던 그 편지가 눈에 선하다. 그런데 내용은 무엇이었을까? 그건 기억이 나지 않는다. 단지 엄청나게 열에 들떠서 편지를 썼으며 감정이 복받쳤고 이 편지를 엄마가 무슨 보물처럼 오랫동안 간직했던 것은 기억한다. 하지만 엄마가 남긴 편지들 속에서는 다시 찾아볼 수 없었다. 내 생각에 그렇게 애정이 넘치고 순수한 편지는 찾아보기 힘들었을 것이다. 문자 그대로 눈물이 종이를 적셔서 눈물로 얼룩진 글씨를 매번 다시 고쳐 써야만 했다. 하지만 만약 엄마가 데샤르트르와 계단을 올라오면 이 편지를 어떻게 전할 것인가? 나는 아직도 엄마 방에 살짝 들어갈 시간이 있다는 생각이 들었다. 문제는 정확히 쥘리 양의 방 위쪽에 있는 문을 열었다 닫아야만 한다는 거였다. 거대한 계단 통로를 통해 아무리 작은 소리에도 집 전체가 울렸다.

어쨌든 나는 결국, 해냈고 내 편지를 문 뒤에 있는 할아버지 초상화 뒤에 놓아두었다. 이것은 연필로 그린 초상화인데 살롱에 있는 큰 파스텔화에서처럼 젊고, 날씬하고, 매력적인 모습은 아니었다. 살롱의 파스텔화에서 할아버지는 태피터 천으로 된 윗도리를 입고 나뭇잎 장식의 다이아몬드 단추에 빗으로 머리를 올리고 손에는 팔레트를 들고 분홍색과 터쿼스블루 색으로 대충 그려진 풍경 앞에 있는 모습이었다. 하지만 이 그림에서는 늙고 지친 모습에 각진 옷을 입고 지갑을 들고 비둘기 날개 수염에 뚱뚱하고 지친 모습으로 책상 앞에 구부정하게 앉아 있었다. 아마도 돌아가시기 직전의 모습인 것 같았다. 나는 편지 봉투에 이렇게 썼다.

"엄마 편지도 이 뒤팽 할아버지 초상화 뒤에 놔두세요. 엄마가 떠난 다음 찾아 읽을게요."

이제 문제는 이 초상화 뒤를 보라고 어떻게 말하는가였다. 나는 엄마의 잠자리 모자를 찾아 그 속에 "초상화를 흔들어 보세요"라는 쪽지를 넣어두었다.

모든 것을 다 마친 후 나는 아주 조용히 다시 내 방으로 왔다. 하지만 여전히 침대에 앉아 혹시 잠이 들지 않을까 불안해하고 있었다. 슬픔과 낮 동안의 불안스러운 느낌으로 눈물이 하염없이 흘렀다. 깜빡 잠이 들기도 했지만 쿵쾅대는 내 심장 소리에 다시 잠이 깼다. 그리고 복도에서 무슨 발소리를 들은 것 같았다. 드디어 내 방과 벽 하나를 둔 데샤르트르 방의 벽시계가 12시를 치자 제일 먼저 데샤르트르가 올라왔다. 나는 그의 무겁고 규칙적인 발소리를 들었다. 그리고 그의 문이 아주 느리게 닫혔다. 엄마는 15분쯤 뒤에 로즈와 함께 올라왔다. 로즈는 짐 싸는 걸 도우러 왔다. 로즈는 우릴 방해할 생각이 없었지만 이런 일로 자주 야단을 맞아서 믿을 수가 없었다. 또 나는 혼자서만 엄마를 보고 싶었다. 그래서 나는 여전히 옷을 입은 채로 다시 이불 속으로 들어가 가만히 있었다. 엄마가 지나가고 로즈가 30분쯤 머물다 자러 갔다. 나는 또 30분쯤 그녀가 잠들기를 기다리다 용기를 내서 조용히 문을 열고 엄마를 찾아갔다.

엄마는 내 편지를 울면서 읽고 있었다. 엄마는 나를 가슴에 끌어안았다. 하지만 엄마는 우리의 꿈같은 계획에서 다시 절망적인 현실로 돌아와 망설이고 있었다. 엄마는 내가 할머니와의 생활에 익숙해졌을 거라 생각하고 자신의 계획으로 내 마음을 부풀게 한 것을 자책하고 있었다. 엄마는 내게 잊으라고 했다. 그 말은 내 가엾은 마음에 죽음 같은 충격을 주었다. 나는 엄마를 원망했다. 내가 얼마나 격렬하게 저항했던지 엄마는 3개월 후 다시 오겠다고 약속했다. 만약 할머니가 겨울 동안 파리에 오지 않고 내 결심이 정히 그렇다면 말이다. 나는 엄마가 나의 간절한 애원에 대한 답을 편지로 써주길 원했다. 나는 그 편지를 초상화 뒤에 두라고 했다. 매일 몰래 읽으며 용기를 내서 다시 희망을 품게 말이다. 엄마가 그러겠다고 한 후에야 난 다시 자러 갔다.

그리고 나는 내 몸보다 더 차가워진 내 침대 속에서 얼어붙은 가엾은 몸을 녹이려고 애를 썼다. 나는 아픈 것 같았다. 나는 엄마 말대로 한순간이라도 슬픔을 잊기 위해 자 보려고 했지만 불가능했다. 내 마음속에는 의심이, 그러니까 절망만이 가득했다. 아이들에게는 그 모두가 다 하나였다. 애들은 꿈과 또 꿈에 대한 믿음으로만 사니까 말이다. 나는 너무 울어서 머리가 깨질 것만 같았다. 그래서 날이 슬프고 희미하게 새기 시작했을 때 처음으로 고통스러운 불면의 밤을 지샌 후 새벽을 맞이해 보았다. 이후 얼마나 많은 그런 밤을 새워야 했던지!

나는 다시 문이 열리는 소리를 들었고 짐을 내리는 소리를 들었다. 로즈가 일어났고 나는 밤을 새웠다는 것을 들키고 싶지가 않았다. 들켰다면 로즈는 나를 가엾게 생각했겠지만 말이다. 하지만 엄마를 향한 나의 사랑은 너무나 크게 타올라 나는 무슨 소설 속에서처럼 그것을 신비하게 감추고 싶었다. 하지만 마차가 들어오는 소리가 들리고 엄마의 발걸음 소리가 복도에 들리자 나는 더는 참지 못하고 맨발로 달려 나가 엄마 품으로 뛰어들었다. 그리고 정신을 잃고 나도 데려가 달라고 애원했다. 엄마는 엄마도 나를 떠나는 것이 힘든데 너까지 이렇게 힘들게 하느냐고 나무랐다. 나는 다시 얌전히 내 침대로 돌아왔다. 하지만 마차가 빠져나가는 소리를 듣자 나는 다시 절망적인 소리를 지르지 않을 수 없었다. 로즈도 냉정한 척했지만, 나의 그 불쌍한 모습을 보고 눈물을 감추지 못했다. 어린 나이에 그것은 너무나 격한 괴로움이었다. 만약 하나님이 고통으로 가득한 나의 삶에 특별한 건강을 허락하지 않았다면 아마도 나는 미쳤을지도 모른다.

어쨌든 이후 몇 시간 잠을 자기는 했지만 잠이 깨자마자 다시 나의 고통이 시작되었다. 엄마가 어쩌면 아주 떠났다는 생각에 가슴이 무너지는 것 같았다. 옷을 입자마자 나는 엄마 방으로 달려가 아직도 흐트러진 채로 있는 침대에 몸을 던졌다. 나는 아직도 엄마의 머리가 뉘었던 자욱이 남아 있는 베개에 천 번도 더 넘게 입을 맞추었다. 그리고 편지를 찾으러 초상화 쪽으로 갔다. 하지만 로즈가 들어와 나는 슬픔을 감추어야 했다. 착한 로즈가 내게 해코지를 할까 봐서가 아니라 슬픔을 숨기는데 어떤 감미로운 아픔 같은 것을 느끼고 있었기 때문이다. 그녀는 방을 치우기 시작했고 시트를 걷고 매트리스를 들어 올리고 덧창을 닫았다.

나는 구석에 앉아 그녀가 일하는 것을 멍하니 바라보고 있었다. 마치 엄마가 죽어서 이제 더는 엄마가 오지 않을 이 방을 조용히 어둠 속에 놔두려는 것처럼 보였다.

내가 그 방에 들어갈 수 있을 때는 낮 동안뿐이었다. 그래서 나는 그 초상화 쪽으로 갔다. 가슴은 희망으로 부풀었다. 하지만 프랑쾨이유 할아버지의 초상화를 아무리 흔들고 돌려보아도 편지는 없었다. 엄마는 이미 그런 계획을 한 것조차 후회하고 있는 참에 내게 어떤 답장을 남길 생각이 없었다. 이것은 내게 마지막 충격이었다.

나는 노는 시간 내내 이 춥고 음울하고 혼란스러운 방에서 멍하니 움직이지도 않고 있었다. 더는 울지도 않았다. 눈물도 마른 것 같았다. 나는 엄마의 부재보다 더 깊고 찢어질 듯한 아픔을 느끼기 시작했다. 엄마는 내가 엄마를 사랑하는 만큼 나를 사랑하지 않는다는 생각이 들었다. 분명 그 생각이 틀린 생각이었겠지만 매일 그 생각이 점점 더 진실처럼 확고해졌다. 엄마는 엄마가 좋아하는 모든 이들에게 그런 것처럼 나에게도 평범한 애정이 아닌 뜨거운 애정을 품고 있었다. 그런데 엄마의 마음속에는 엄마도 모르는 큰 함정이 있었는데 바로 뜨거운 사랑과 함께 깊은 망각과 거부의 심연이 있었다는 것이다. 그녀는 인생이 너무 힘들어서 때때로 더는 괴로워하지 말아야 할 필요가 있었다. 그런데 둘의 관계에서 여전히 큰 영향력이 있던 나는 엄마에게 고통을 주는 원인이었다.

같이 놀던 친구 중에 나보다 두 살쯤 어린 농부 소년이 하나 있었다. 엄마는 그 아이에게 읽는 것과 쓰는 것을 가르쳤다. 그 아이는 아주 착하고 똑똑했다. 나는 엄마처럼 그 아이를 계속 가르치고 싶었고 그것은 나의 신앙이기도 했다. 그래서 할머니에게 그 아이가 매일 아침 8시에 배우러 오는 것을 허락받았다. 그 아이는 벌써 부엌에서 글자들을 띄엄띄엄 읽고 있었다. 물론 뤼뱅 선생처럼 그 아이를 가르치지는 않았다. 그 아이는 벌써 아름다운 필체를 가지고 있었으니까. 나는 그 아이의 잘못된 철자를 고쳐주고 철자를 읽게 하고 읽은 단어의 뜻을 알려주었다. 왜냐하면, 나도 오랫동안 뜻도 모른 채 단어들을 읽었던 기억이 났기 때문에. 그러면 그 아이는 많은 질문을 하고 설명을 해 달라고 했다. 그러면 나는 역사나 지리 혹은 사물들을 생각하는 방식 같은 것들도 설명해줘야 했다. 그런 나의 설명은 매우 참신했고 그 아이도 아주 쉽게 받아들여주었다.


엄마가 떠나던 날 나는 리제(베리 지방에서 루이를 부르는 애칭)가 눈물범벅이 되어 있는 걸 발견했다. 그는 로즈 앞에서는 이유를 말하려고 하지 않았지만 둘만 있게 되자 마담 모리스27 때문에 운다고 고백했다. 나는 그와 함께 울었다. 그리고 그때부터 나는 그를 진정한 친구로 생각했다. 공부가 끝나면 그는 들에 갔다가 나의 쉬는 시간에 되돌아왔다. 그는 유쾌하지도 활달하지도 않았다. 그는 나와 이야기하기를 좋아하고 내가 슬플 때는 마치 비극에서 고백을 들어주는 내밀한 친구처럼 조용히 내 뒤를 따라왔다. 유쾌한 이폴리트는 엄마가 떠나는 것을 아쉬워하긴 했지만 그런 슬픔은 오래가지 않았고 나의 충성스러운 아샤트를28 불러왔다. 하지만 나는 리제에게 아무 말도 하지 않았다. 나는 비밀이 된 엄마의 계획이 얼마나 심각한 것인지 느끼고 있었다. 그리고 여전히 그것이 한낮 꿈일 뿐이라는 생각은 하고 싶지 않았다.

어쨌든 하루하루, 한 주 한 주 세월은 가고 있었고 엄마로부터는 그것에 대한 어떤 전갈도 없었다. 편지에서도 그 계획에 대해서는 어떤 암시도 하지 않았다. 할머니는 겨우내 노앙에 계셨다. 결국, 나는 체념했지만 가슴은 미어졌다. 그래서 나를 위로하기 위해 어떤 몽상에 깊이 빠져들었다. 너무 괴로워 견딜 수 없을 때 혼자 노앙을 떠나 걸어서 파리에 가겠다고 엄마를 위협할까 하는 상상이었다. 이 계획이 정말 실현 가능한 것 같은 때도 있었다. 나는 그것을 리제에게 말했고, 언제고 내가 길을 나서게 되면 그도 나를 따라올 것으로 생각했다.

하지만 문제는 파리까지의 먼 길도 추위도 위험도 아니었다. 문제

---

27 〔역주〕 상드의 엄마를 말한다.
28 〔역주〕 베르길리우스가 쓴 작품 〈아이네이스〉에서 주인공 아이네이스의 내밀한 이야기들을 들어준 친구이다. 아이네이스는 트로이 전쟁 이야기에 나오는 영웅 중 한 명의 이름이다.

는 구걸하며 가야 한다는 거였다. 돈이 필요했다. 그래서 나는 돈을 장만하기 위해 이런 상상을 했다. 먼저 아버지가 이탈리아에서 엄마에게 추억으로 간직하라고 사다 준 예쁜 노란 호박 목걸이가 있었는데 엄마는 그것을 내게 주며 그것이 2루이나 주고 비싸게 산 거라는 말을 했었다! 나는 그것이 매우 쓸모 있을 거라고 생각했다. 그것 말고도 나는 작은 산호 머리빗과 고리 달린 장식핀 등의 반짝이는 장식과 3프랑은 나가는 금테를 두른 자개 과자 상자와 엄마와 할머니가 인형을 장식하라고 준 값도 안 나가는 보석 쪼가리들을 가지고 있었다. 나는 며칠 동안 이런 보물들을 나 말고는 아무도 들어가지 않는 엄마 방의 구석에 있는 작은 상자에 몰래 모아 보았다. 나는 그것들을 '내 보물들'이라고 불렀다. 먼저 나는 그것들을 리제나 위르쉴에게 주어 라샤트르에 가서 팔라고 할까 생각해 보았다. 하지만 그것으로 돈을 만들려고 하면 사람들이 그것을 훔친 물건으로 의심할 것 같았다.

나는 더 좋은 방법을 고안해냈다. 바로 내 동화에서 '도망 다니는 공주님'들이 쓰는 방식이었다. 그것은 그 보물들을 주머니에 넣고 여행 다니면서 배고플 때마다 상인들에게 목걸이의 진주를 하나씩 주거나 금 조각을 하나씩 떼어 주는 것이었다. 그리고 여행을 계속하면서 금은 세공사를 만나게 되어서 내 과자 상자와 빗과 반지를 팔면 엄마를 만났을 때 나 때문에 엄마가 쓸 돈도 보상해줄 수 있을 거라는 생각을 했다.

이렇게 도망갈 수도 있다는 생각에 나는 좀 진정되었고 슬픔에 빠질 때마다 나는 그 어둡고 황량한 방구석에 있는 작은 상자 속 보물들, 내 자유의 담보들을 보고 위로받았다.

나는 공상만 하지 않고 실제 행동으로 옮기기로 작심했지만 너무나 불행하게도 할머니의 새로운 발병으로 그럴 수 없었다. 만약 그렇지만 않았다면 나는 정원 열쇠를 손에 쥐고 도망칠 수 있었을 것이다. 만약 한두 시간 안에 다시 잡혀 오지 않을 수 있었다면 말이다. (나는 빨리 도망가 길가의 덤불 속에 숨을 수 있을 거라고 믿고 있어서 그럴 일은 생각지도 않았지만 말이다.)

　어느 날 저녁 식사 중 할머니는 갑자기 쓰러져 눈을 감은 채로 창백하게 한 시간 동안 꼼짝도 못 하고 누워 계셨다. 그것은 기절이 아니라 일종의 마비 증상이었다. 할머니가 고집스럽게 영위해 왔던, 육체 활동이 전무했던 생활습관이 마비의 원인이었고 결국, 할머니를 데려간 원인이 되었다. 그때부터 할머니는 여러 번 같은 증상을 반복하셨다. 데샤르트르는 그 증상을 매우 심각하게 생각했다. 그리고 그의 그런 태도가 내 생각을 완전히 바꾸게 했다. 나는 할머니가 아픈 것을 보자 할머니에 대한 깊은 사랑을 느꼈다. 나는 할머니 곁에서 할머니를 돌봐드리고 싶었고 할머니를 힘들게 해서 고통을 줄까 두려웠다. 이런 종류의 마비는 이후 2년 동안 매년 5~6번 반복되었고 마지막으로 아프실 때 그런 증상이 또 여러 번 찾아왔었다.

　결국, 나는 나의 무모한 계획들을 자책했다. 엄마도 그 생각을 부추기지 않았다. 아니 반대로 엄마도 그 생각을 잊으며 나도 잊게 하고 싶은 것 같았다. 왜냐하면, 편지도 잘 쓰지 않았기 때문이다. 내가 두세 통을 보내면 답장을 보내왔다. 아마도 엄마는 곧 이성을 찾고 자신이 내 감정을 너무 뒤흔들어 놓았다는 것을 깨달았던 것 같다. 엄마는 "뛰어놀고, 걷고, 키도 크고, 뺨의 생기도 되찾으렴. 즐거운 일만 생각하고 건강하게 강인해져야 한다. 엄마를 편하게 해주고 싶으면 말이야. 그러면 멀리 떨어져 있어도 엄마는 기쁘겠구나."라고 썼다.

엄마는 나와 떨어져 있는 것이 견딜 만한 것 같았지만 그래도 나는 그녀를 사랑했다. 게다가 할머니는 너무 허약해서 조금만 괴로운 일이 생겨도 곧 돌아가실 것만 같았다. 그래서 나는 엄숙히 (나 혼자서만 이지만) 도망칠 계획을 접었다. 더는 생각하지 않기 위해, 나를 유혹하는 저주스러운 보물들도 방에서 꺼내왔다. 그 방은 나도 알 수 없는 느낌으로 나를 더 격한 감정의 파도에 휘말리게 했으니까. 나는 위르쉘에게 그녀의 부모에게 야단맞지 않을 정도의 것들을 보낸 후에 나머지 것들은 하녀에게 줘 버렸다. 위르쉘의 부모님들은 이런 종류의 일에 매우 민감했기 때문이다.

할머니의 병과 계속되는 증상들은 할머니의 교양과 원래 가지고 계셨던 평온한 성품마저 바꿔 놓았다는 말을 하지 않을 수 없을 것 같다. 할머니의 교양, 다시 말해 사교계에서 하는 대화 방식이나 글을 쓰는 태도 등은 그대로였다. 하지만 다른 사람들에 대한 판단과 생각은 매우 불안정했다. 할머니는 가정부들과 심지어 친구들에게까지 거리를 두었다. 할머니는 자기가 처음 가졌던 느낌을 의심하고 다른 사람들이 하는 말도 믿지 않았다. 겉으로는 똑같아 보여도 모든 것이 예전 같지 않았다.

하인들은 집안일에 너무 큰 목소리를 냈다. 그래서 이런 경험으로 내가 깊이 깨달은 것은 하인들은 아무리 좋고 괜찮은 사람이라고 해도 결코 속으로 생각하는 것과 느끼는 것을 전부 다 내보여서는 안 된다는 것이다. 이런 조심성이 내 생각에는 어떤 귀족적 편견이나 오만함이라고는 생각지 않는다. 이번 장에서는 개인적인 삶에 있어서 너무나 중요한 이 문제에 대해 얘기하고 싶다.

내 생각에 서로 간에 의가 좋고 규율이 잘 세워진 가정에서는 주인도 종도 없다. 내 생각에는 편견에 의해 만들어진 이런 비열한 단어들은 사라져 버렸으면 좋겠다. 당신이 마음에 들지 않으면 바로 떠나 버릴 수 있는 자유로운 인간에게 주인이란 있을 수 없다. 종은 스스로 원할 때만, 또 맡은 일에 불만을 갖고 있을 때만 그렇게 될 뿐이다. 불어에서 여기에 가장 적합한 단어는 domestique인데29 이것은 문자 그대로 '집안일을 하는 사람'이란 뜻이다. 사실 가사 도우미는 다른 게 아니라 기능을 수행하는 직업이다. 당신은 그쪽 편도 아니고 당신 편도 아닌 계약에 따라 일정기간 동안 그의 적성에 맞게 할 일을 준다. 만약 서로 잘 맞아서 어느 편에도 서로 손해가 없다 싶으면 서로 속이거나 배신할 이유가 거의 없다. 서로 정직하고 뜻이 맞는 경우 계속 함께 사는 경우도 많다. 하지만 서로 성격이 맞지 않으면 그런 사람과 한 지붕 아래 사는 천형天刑을 견디며 사는 사람은 거의 없다.

나는 사람들이 하인들이 너무 불쌍하고 안됐다고 해서 그들에게 너무 좋은 주인이 되려고 하지 않았으면 한다. 만약 그들이 일하는 것을 너무 불쌍하게 생각한다면 그것은 그들이 자신들이 하는 일에 대해 자부심을 갖고 일하지 않기 때문이다. 나는 그런 일들을 왜 굴욕적인

---

29 〔역주〕 가사 도우미란 뜻이다.

일로 생각하는지 모르겠다. 집안일을 한다는 것, 한 집안을 깨끗하고 위생적으로 관리하는 것, 먹을 음식을 장만하는 것, 정원과 마구간을 관리하는 것은 전문적인 직업이지 굴욕적인 일이 아니다. 마차의 뒤에 오르고 주인의 구두끈을 묶고 주인이 혼자 할 수 있는 자잘한 일들을 대신 해주는 것은 다른 문제이긴 하다. 하지만 이런 굴욕적인 일은 다행히 점점 줄어들고 있는 것 같다. 요즘은 젊은 남자 중에 하인이 옷을 입혀주는 사람은 드물다. 또 새로운 마차들은 하인들도 앉을 수 있게 앞뒤로 좌석을 만들고 또 마차를 낮게 만들어 혼자서도 충분히 발판을 내리고 올리고 할 수 있게 만들었다. 그래서 사람을 위한 아무런 장치도 없는 마차 뒤에서 겨울에는 감기에 시달리고 여름에는 햇볕에 통닭구이가 되는 커다란 마네킹을 하나 대동하고 다녀야 하는 거만하고 허풍스러운 모습을 피할 수 있게 되었다. 이렇게 관습들은 서서히 평등을 향해 점점 나아가고 있는 것 같다. 아주 보수적인 사람들 사이에서도 말이다.

이제 사람을 시중드는 일은 매일 줄어들고 있다. 그리고 종국에는 아프고 허약한 사람이나 시중들게 되는 날이 올 것이다. 그리고 그때는 시중이 아니라 보조補助라고 해야 할 것이다. 그럴 때 그가 하는 일은 의미가 달라진다. 그는 일종의 간호사와 같아서 만약 환자가 괴팍하고 고약한 사람이라 해도 참고 그를 더 악화시키지 않으려고 하는 것이 굴욕적인 것은 아닐 것이다. 그러니까 자신의 권리와 의무에 대해 정확한 인식을 가지고 있다면, 또 고용인이 권리를 남용하거나 남의 권리를 침해하도록 하지 않는다면, 또 계약에 있는 것 말고 다른 강요를 감내하지 않는다면 하인들 일 중 굴욕적인 것은 없다.

서로 간에 흥분되는 일이나 말다툼 혹은 정당하지 못한 자잘한 일들은 만약 진정으로 서로가 평등하다는 생각을 가지고 있다면 둘 사이에서 큰 문제가 되지 않을 것이다. 이런 식으로 말하면서 말이다.

　"전에 내가 너를 참아줬는데 너는 왜 내게 화를 내는 거지? 내가 나의 친구들이나 부모님들과도 이렇게 하지 않나? 만약 당신 잘못이 일부러 그런 것이 아니라면 내가 해명할 기회를 주지 않았나? 일부러 계속 잘못을 저지르면 나도 말하고 불평할 권리가 있지 않나? 내가 우리 계약에도 없는 일을 당신에게 강요할 때 당신도 내게 경고하고 불평할 수 있듯이 말이야. 그렇다고 해서 우리의 평등에 대한 조약이 깨지는 것은 아니지. 만약 내가 흥분해서 당신에게 손이 올라가면 당신도 똑같이 할 수 있지. 그렇다고 평등이 깨지는 것은 아니야. 왜냐하면, 친구나 형제 사이에서도 싸울 수 있거든. 그것은 흥분해서 나오는 행동인데 당신이 그걸 강제로 참지 않아도 된다면 내가 화내는 것으로 당신이 비천해졌다고 할 수는 없을 것 같아."

　하인과의 관계에서 최악의 경우를 생각해 보고 아주 모욕적이고 예외적인 경우를 생각해 봐도 종은 스스로 원할 경우에만 종이 되는 것 같다. 만약 주인이 후회하거나 지치기만을 바라며 그런 굴욕을 참는다면 그것은 경멸받을 일이다. 과거의 황당하고 말도 안 되는 관계 때문에 '종'이나 '하인'이라는 말만 들어도 얼굴이 창백해지는 사람들이 있다. 하지만 그들의 잘못은 근원적으로 주인들의 잘못이다. 그리고 만약 주인들이 평등이란 개념을 이해하고 실천한다면 그런 인간들은 사라질 것이다. 시골에서는 하인을 함부로 대하는 사람은 없다. 농부들이나 소작인들이나 경작자들도 하인이 있다. 하지만 그들은 가족처럼 지낸다. 그의 역할을 충분히 이해하고 있기 때문이다. 만약 농부가 돼지 치는 사람에게 채찍질한다면 그 농부는 자기 자식에게도 그렇게 한다. 게다가 주인과 하인들은 함께 식사한다. 과거에는 영주들 집에서 모두가 그랬다. 이런 관습이 사라지는 것은 (불편하고 돈도 많이 드는 데다가) 잘못된 것이다. 앞으로 세상이 발전해서 종들에게도 정의로운 세상이 되어 모두가 각자의 역할을 하고 때로는 모두가 친구가 되는 그런 평등한 사회가 열릴 때 예전의 이런 관습이 되살아난다면 좋겠다.

바로 이것이 가장 이상적인 것이다. 모든 것이 다 그렇듯 현실 속에서 개개인 사이에 잘못 형성된 관계들이 우리를 방해한다고 해도 우리가 늘 마음속에 깊이 새기고 나아가야 할 공평한 사회는 바로 이런 세상이다. 하지만 참 슬프고 고통스러운 현실도 있다. 당신이 비록 그런 생각을 하고 있다고 해도 하인 중에는 스스로 종이 되려고 하는 사람이 있기 때문이다. 그래서 아주 유능한 하인 중에는 불평등을 당연하게 받아들이는, 아니면 불평등을 없애는 것은 불가능하다는 편견을 가진 사람도 있다. 사람들은 이런 사람들을 "좋은 하인"이라고 부른다. 그들은 집안의 오래되고 충실한 친구이며 전통을 지키고 과거의 예절을 사수한다. 그들은 대부분 아주 까탈스럽고 폭군적이며, 인간이 평등하다거나 누가 주인이라고 해서 그 아래 사람이 종은 아니라는 것 같은 생각을 받아들이지 못한다. 이런 용맹한 사람들은 자기 일을 잘 완수하는 것에 대해 무조건적인 순종과 열정, 때로는 그런 자신에 대한 격렬한 애정과 헌신적인 태도를 가지고 있다. 때로는 존경심을 품을 만큼 자기 욕심이 없기도 하다. 하지만 이런 것은 그들

시대에는 아름다웠겠지만 우리 시대에는 가능하지도 않고 도움이 되는 것도 아니다.

사람은 쉽게 양보하지 않는다. 자신을 굽히고 희생시킬 수 있는 유일한 경우는 언젠가는 자신도 주인이 될 수 있다고 생각할 경우이다. 이런 일들은 늘 일어나는 일이다. 사람들은 이런 사람들의 삶을 이용한다. 그들을 착취하고 거덜낸다. 그들의 인내심과 헌신을 남용한다. 그러면 그는 자신을 필요한 존재로 만들기 위해 노력한다. 그리고 처음 계약 외에 다른 권리들도 만들어낸다. 그는 당신을 위해 젊음과 힘과 인간으로서의 자신의 권리마저 다 희생한다. 당신은 그에게 보상해주어야 한다. 하지만 어떤 것으로도 다 보상해줄 수는 없다. 어떤 희생도 당신이 받았던 그런 희생에 비교될 수 없으니까.

그래서 그는 보이지 않는 힘으로 당신 집안의 절대적 주인이 된다. 당신의 습관이나 필요를 통제하고 당신 마음속 고민을 들어주고 당신의 어떤 자식과는 한편이 되고 다른 자식들에게는 등을 돌린다. 마찬가지로 당신 친구들 중 어떤 사람의 편을 들어주고 다른 친구들과 적이 되기도 한다. 처음에는 이런 걸 보고 어이없어 웃겠지만 점점 그 상황에 압도되어서 주인과 하인이 점점 나이 들어 둘 다 늙게 되면 그들의 내밀한 관계는 종국에 가서는 둘 모두에게 형벌이 된다. 주인은 모든 걸 의지하게 되어 압제당하고 하인은 너무 오래 이용당하고 지배당해서 주인의 요구를 어디까지 만족시켜야 할지 알 수 없게 된다.

나는 이런 경우를 너무나 많이 보아 왔다. 나 자신도 그런 걸 생각하지 못하고 그런 헌신을 다 받아들인 대가로 많이 힘들어했다. 그리고 그런 일 이후 나는 매우 독립적인 삶을 살게 되었다. 그래서 나는 같은 일들을 겪을 수 있는 사람들에게 내 생각을 얘기하고 싶다. 이런 일들이 어떻게 그리고 왜 현재나 미래에 바뀌어야만 하는지를 말해주고 싶은 것이다.

미래에, 아니 아주 가까운 미래에 우리는 종이나 하인이 아니라 우리 집안일에 대한 전문 직업인들을 고용하게 될 것이다. 지금 우리는 과도기에 있어서 그런 전문 직업인들이 그들의 권리와 의무에 대해 인식하지 못해 행사하지 못하고 있을 뿐이다. 우리의 의무는 그들을 조금씩 그 길로 인도하는 것이다. 그것은 우리 사회 내부의 안전과 인권을 보장해줄 것이다. 그것을 위해 우리는 하인들과 새로운 관계를 확립해야 한다. 그리고 그것은 과거와는 완전히 다른 어떤 것이어야 한다. 피해야 할 가장 큰 두 개의 방해물은 상처를 주는 오만함과 비열하게 만드는 친숙함이다. 다시 말해 사람에게 하는 모든 불필요한 시중들기를 완전히 사라지게 해야 한다. 그런 시중들이 불필요해지면 인간이 또 다른 인간을 시중드는 일은 사라지고 단지 아랫사람이 주인에게 공경심을 보이면 될 것이다.

또 하인들이 쓰는 언어를 완전히 사라지게 해야 한다. 나는 하인이 나에게 3인칭으로 말하는 것이 싫다. 그가 나에게 "저녁 식사가 준비되었어요."라고 말하는 대신 "부인께 식사 준비가 되었습니다."라고 말하는 것이 싫다. 우리 베리 사람들은 화려한 사교계의 하인들이 쓰는 언어를 모른다. 그들도 나름 아주 예의 바른 언어를 사용하는데 이해하지 못하는 사람들에게는 웃기게 들리겠지만 내게는 아주 감동적으로 들린다. 만약 뭔가를 부탁하면 그들은 "저도 좋아요."라고 대답한다. 이런 대답에 베랑제 부인은 화가 나서 "저도 정말 그랬으면 좋겠네요!"라고 비웃듯 말했다. 이것은 단지 따뜻한 마음만을 보이려 했던 순박하고 선한 사람들에게 이유도 없이 차가운 태도를 보인 것이었다.

나는 하인들에게는 아주 조심스럽고 예의 바르게 대해야 한다고 생각한다. 그들에게 "이거 해!"라고 하는 대신 "이것 좀 해주겠어요?"라고 말해야 한다. 또 만약 뭘 갖다 주거나 조금이라도 뭔가를 해주면 "고맙다"고 말해야 한다. 그리고 혼자서도 할 수 있는 일을 시키기 위해 절대로 그들을 불러서는 안 된다. 예를 들면 창문을 열거나 벽난로에 장작을 넣는 일로 말이다. 이런 일들은 항상 나를 화나게 했다. 옷을 입거나 머리를 할 때 침모針母의 도움을 받는 것도 마찬가지다.

침모는 바느질을 하고 방을 정리하고 옷을 세탁 보관하는 일을 하는 전문인이다. 그는 당신 몸을 만지고 씻기는 일을 하는 종이 아니다. 이런 일에 도움을 받아야 하는 사람들은 장애인이거나 환자거나 기력이 다한 노인들뿐이다.

하지만 동시에 품위를 떨어뜨리는 일도 하지 말아야 한다. 친구처럼 친밀하게 지내거나 비밀을 나누거나, 마음속 감정을 토로하지 말고 필요 없는 대화나 쓸데없는 수다도 금해야 한다. 이것은 앞으로 올 미래를 위한 것이라기보다 지금 우리가 처한 과도기에 필요한 일이다. 이것은 매우 시급한 일이라고 생각한다. 내 생각에 우리가 준 그런 마음들을 손해를 감수하면서까지 이용하지 않는 하인은 없을 것이다. 그래서 그들이 우리와 동등하다는 것을 인식하고 실감할 수 있게 해야만 한다. 하지만 현재 우리가 그들에게 그들이 해야 할 전문적인 일

외에 다른 일을 요구하는 순간 그들은 우리의 노예거나 주인이 된다.

우리를 위로하게 하거나 즐겁게 만들어주길 요구하거나 내 감정을 토로하거나 비밀을 공유하거나 혹은 가족들 간의 싸움에 끼어들게 하거나 하는 일은 내가 알기로 금전적 보상 없이는 생겨날 수 없다. 이런 일은 한 사람이 다른 사람보다 열등하다고 느끼는 관계 속에서는 비참하게 변질되고 왜곡될 수 있다. 일이나 봉급은 서로 주고받는 것이다. 하지만 고백이나 그것을 들어주는 것은 주고받는 것이 아니다. 만약 당신도 하인의 고백을 들어주고 맞장구쳐주고 그의 고충을 들어주고 그의 가족사에 관여하지 않는다면 말이다. 만약 그렇다면 나는 할 말이 없다. 하지만 그렇다고 해도 조심해야 한다.

서로 완전히 모든 것을 공유하고 있는지, 그가 당신에게 하듯 당신도 그에게 하는지 묻고 싶다. 그가 근심하고 있으면 당신은 그가 당신을 즐겁게 하려고 하는 것처럼 똑같이 이런저런 일들을 얘기하며 기분을 풀어주려고 할까? 그가 당신에게 그렇게 하길 원하듯 당신도 그가 좋아하는 사람을 편들고 그가 싫어하는 사람을 욕할까? 그가 당신에게 그렇게 하길 원하듯 당신도 그의 친구들이나 적들 사이에서 그를 위해 혹은 그의 사랑을 위해 함께 계략을 꾸미고 음모를 꾸밀까? 당신이 일찍이 굳은 결심을 했다면 또 모르겠다. 하지만 내 생각에는 아니다. 그래서 당신이 조금이라도 이렇게 하지 못했다면 당신은 당신이 친구로 생각한 그 사람을 이용하고 있는 것이다. 당신은 파렴치한 이기주의자인 것이다. 당신의 하인은 곧 그것을 느끼게 될 것이고 어쩌면 이미 그렇게 느끼고 있을지도 모른다. 그러면 그는 그것을 반대로 이용해서 당신에 대한 역겨움으로 복수하거나 당신을 배신하게 될 것이다. 아직 그렇게 하지 않았다면 그것은 아마도 당신이 물질적이거나 금전적 보상을 해주었기 때문일 것이다.

아, 당신에게 자유를! 설사 보상한다고 해도 결코 그를 만족시킬 수 있다고 희망하지 말기를 바란다. 이제 주인으로서의 편안함 같은 것은 포기하고 뭐든 그의 요구를 다 들어주고 그의 종이 되고 그를 당신의 상속자가 되게 하거나 아니면 모든 재산을 다 뺏길 준비나 잘 하시길 바란다. 왜냐하면, 정신적이고 지적인 도움은 돈으로는 보상되지 않기 때문이다. 그래서 당신이 가진 모든 것으로도 보상하기에 부족하다는 것을 알아야 한다. 그래서 결국 당신으로부터 똑같은 정신적 헌신을 돌려받지 않는 이상 그가 요구하는 물질적 보상은 한계가 없을 것이고 당신은 계속 그의 부당함, 경솔함, 배은망덕함, 속임수를 불평하며 살아야 할 될 것이다.

그러니 미래에나 당신의 하인이 당신의 진정한 친구가 되기를 기다리기 바란다. 그전에는 결코 그 마음의 성소聖所에 그가 접근하게 하지 말기 바란다. 만약 그가 동등한 입장에서 그곳에 들어오지 않으면 그는 그곳을 속되게 만들거나 자신이 비굴하다고 느낄 테니까. 그러니 당신이나 그가 믿고 있는 이 불공평한 관계 속에서 그것을 없애기 위해 당신이 할 수 있고, 또 해야 할 일은 가능한 한 그의 전문 능력을 강화시키는 것이다. 오로지 그만이 할 수 있는 일을 말이다.

너무 이야기가 장황해졌지만 나는 이것이 모두에게 도움이 될 거라고 생각한다. 거의 모두가 이런 관계의 어려움을 겪고 있고 아무도 그 문제를 어떻게 해결해야 할지를 모른다는 나의 말이 결코 과장이 아니기 때문이다. 지금 설명하고 있는 나조차도 그런 병적인 문제들을 참고 인내하며 괴로워했으며, 할머니 때부터 있던 다정하지만 참을 수 없을 정도로 폭군 같은 오래된 하인들과 생각 없이 편하게 지냈다가 큰 어려움을 겪었기 때문이다. 그래서 나는 그 문제에 대해 이성적으로 잘 생각하지 못했던 것이 후회스러웠고 이렇게 내 잘못을 뉘우치며 다른 사람들에게 말할 권리가 있다고 생각하는 것이다.

그리고 만약 나의 장황한 주장이 다른 사람들에게 도움이 되지 않는다 해도 적어도 그것은 내 인생의 한 부분을 이야기하기 위해 꼭 필요한 이야기이기도 하다. 내가 너무나 지독하게 하인들의 지나친 영향 속에 버려지고 희생되었던 시절에 말이다.


병상에 누우신 할머니는 여전히 똑똑하셨지만 차분하고 신중한 성품은 변했다는 말은 앞에서도 했다. 정신은 육체적인 병과 함께 약해져 갔다. 할머니는 겨우 66세셨다. 그 나이는 정신적으로나 육체적으로 그렇게 큰 장애가 생길 나이는 아니었다. 엄마는 그 나이를 아무런 정신적 신체적 어려움 없이 지내셨다.

할머니는 아이들의 시끄러운 소리도 견디지 못하셨다. 나는 기꺼이, 하지만 아주 힘들게 할머니 곁에서 말이 없고 조용히 있기 위해 애를 썼다. 할머니는 그것이 내 건강에 좋지 않을 거라고 느끼시고 더는 곁에 오게 하지 않으셨다. 할머니는 자주 반半수면 상태에 빠지셨는데 아주 얇은 수면 상태여서 숨소리에도 괴로워하며 잠이 깨셨다. 할머니는 그것이 너무 힘드셔서 낮잠 시간을 조절하셨다. 그래서 할머니는 정오에 방에 들어가 큰 소파에서 3시까지 낮잠을 주무셨다. 그다음은 족욕足浴을 하고 마사지를 받는 등 수천 가지의 관리를 받으

셨다. 그동안 할머니는 쥘리 양과 둘만 방에 계셔서 나는 식사시간에
만 할머니를 볼 수 있었다. 아니면 저녁 때 맞추기 놀이를 하거나 하
루 점을 칠 때 할머니 카드를 들고 있거나 할머니 대신 게임을 하기도
했다. 나는 그게 정말 재미없었지만, 결코 힘들거나 지루하다는 내색
은 하지 않았다.

그래서 매일 내 시간이 더 많아졌다. 할머니의 수업도 짧게 2, 3일에
한 번씩 공책에 시험을 보는 것으로 대체되었다. 클라브생 수업도 30분
밖에는 할 수 없었다. 데샤르트르는 라틴어를 가르쳤지만 나는 점점 더
힘들어했다. 왜냐하면, 그 망할 놈의 죽은 언어에 나는 아무런 흥미를 느
낄 수 없었기 때문이다. 또 프랑스 작시법作詩法은 나를 구역질나게 했
고 내가 그리도 좋아하던 시들도 그 형식적인 부분이 나의 취향과는
달랐고 마치 산수를 하듯 자연스럽지 못했다. 산수라면 나는 선천적
인 불능자였다. 하지만 어쨌든 나는 산수와 작시법과 라틴어를 공부
했고 그리스어와 약간의 식물학도 공부했고 상업에 대한 것도 배웠
다. 하지만 그 모든 것에 나는 흥미가 없었다.

식물학을 이해하기 위해서는 (그것은 정말 여자들이 배우기에는 어려
운 분야였는데) 계열과 암수 기능의 신비에 대해 알아야 했다. 이런 것
이 식물 조직에서 아주 흥미롭고 재미있는 부분이었다. 모두가 짐작
하다시피 데샤르트르 선생님은 내가 그것에 뛰어들기를 바랐지만 나
는 그런 종류의 관찰을 하기에는 너무나 단순한 아이였다. 그래서 나
는 식물학 공부를 단지 종류를 구분하는 정도에서 그쳤다. 왜냐하면,
나는 그 안에 숨겨진 비밀스러운 법칙들도 알 수 없었고 너무나 외우
기 어려운 그리스어나 라틴어 작명법도 이해할 수 없었기 때문이다.

들판의 저 아름다운 식물들에 대해서 과학적 이름이 뭔지 아는 게 대체 무슨 소용이란 말인가? 농부들이나 목동들은 훨씬 시적이고 훨씬 의미 있는 이름을 붙이는데 말이다. 예를 들면 양치기 소녀의 백리향, 양치기 소년의 지갑, 인내, 고양이 발, 향내 나는 풀, 냅킨, 귀여운 풀, 냉이풀, 새싹, 늘 춤추는 풀, 데이지, 방울풀… 등 말이다. 알지도 못하는 이름을 붙이는 식물학이란 내 생각에 잘난 척하는 학자들의 공상 같아 보인다.

그리고 라틴어나 프랑스 작시법에서도 나는 무식해서인지 도대체 생각의 비상飛翔을 막고 그 전개를 마비시키는 그런 건조한 규칙들과 운율 맞추기가 대체 무슨 소용이 있다는 말인지 모르겠다. 나는 자주 엄마가 했던 말을 혼자 읊조리곤 했다.

"도대체 그런 것들이 다 무슨 소용이 있는 거지?"

엄마는 니콜처럼30 상식적인 사람이었다. 나는 이유는 알 수 없지만 매우 논리적인 것에 대해서는 동물적 거부감을 가지고 있었다. 아주 낭만적인 것이라 해도 계산적인 것은 딱 질색이었다. 이건 역설적으로 보일지 모르지만 나는 이런 이야기를 여러 번 다시 하게 될 것이다. 하지만 지금은 다른 이야기로 넘어가 보겠다.

---

30 〔역주〕 몰리에르 희극 〈서민 귀족〉에 나오는 하녀의 이름이다.

## 7. 영광의 장례, 나라의 장례

잠시 후에 나는 여러 가지 교육들이 내게 어떤 감정을 갖게 했는지 자세히 설명하려고 한다. 지금 내가 하고 싶은 말은 당시 내가 처한 정신적 상황이다. 그때 나는 온전히 내 생각에만 빠져서 곁에 아무도 나를 이끌어주거나 내 고백을 들어줄 사람도 없었다. 나는 현실 속에 존재해야 했지만, 혼자라는 것은 존재하는 것이 아니었다. 이폴리트는 점점 더 부산스러워졌다. 우리의 놀이란 그저 늘 소리를 지르며 돌아다니는 것뿐이었는데 오빠와 노는 일은 하다 보면 진력이 났다. 그래서 우리는 늘 내가 화를 내거나 오빠가 그만두는 것으로 놀이를 끝냈다. 하지만 우린 서로를 사랑하고 있었고 항상 사랑했었다. 우리는 성격이나 생각이 비슷했다. 물론 엄청나게 다른 두 사람이었지만 말이다. 내가 낭만적인 만큼 오빠는 계산적인 사람이었지만 그 안에 예술가적 기질이 있었다. 또 겉으로는 허허실실로 하지만, 사물에 대한 비판은 정곡正鵠을 찔렀는데 그것도 나와 아주 잘 맞는 기질이었다. 우리 집에 오는 사람 중에 오빠가 아주 신랄하게 판단하고 분석하고 비판하지 않는 사람은 없었다. 나는 그게 너무 좋아서 우리는 함께 모든 사람을 아주 끔찍하게 조롱했다. 내게는 정말 즐거움이 필요했고 오빠만큼 나를 즐겁게 하는 사람은 없었다.

하지만 당시 나는 그저 웃고만 있을 수는 없었고 내 심정을 심각하게 토로할 사람이 필요했다. 그래서 나의 쾌활함은 억지로 그런 척하는 것이며 억눌려 있는 나의 정신 상태를 보여주는 것이었다. 그래서 조금만 무슨 일이 있어도 나는 화를 내고 급기야는 눈물을 펑펑 쏟았다. 오빠는 내 성격이 이상하다고 했지만 그게 사실이 아니란 걸 오빠는 얼마 후 알게 된다. 단지 나는 오빠에게도 말할 수 없는 비밀스럽고 깊은 슬픔이 있었다. 하지만 아마도 오빠는 데샤르트르 선생님의 폭군적이고 야만적인 태도를 조롱했듯이 나의 슬픔도 비웃었을 것이 틀림없다.

나는 속으로 내가 배우는 모든 학문이 내게 아무 소용도 없을 거라고 생각했다. 왜냐하면, 엄마는 계속 침묵했지만 나는 늘 언젠가 엄마 곁으로 돌아가 엄마가 그렇게 하겠다고 결심하기만 하면 바로 노동자가 될 거라고 결심하고 있었기 때문이다. 이폴리트만큼은 아니었지만 공부하는 것은 곧 나를 진력나게 했다. 오빠는 아주 작심하고 공부하지 않기 위해 전력을 다했다. 나는 말을 잘 듣기 위해 공부했지만 즐겁지도 않았고 빠져들지도 않았다. 나는 의무처럼 지겹고 재미없고 지루한 몇 시간을 그저 흘려보냈다. 할머니는 그것을 눈치채시고 나의 태만함과 할머니에 대한 냉정함과 가끔 바보같이 딴생각에 골몰하는 것을 나무라셨다. 그런 것을 제일 놀려댄 것은 누구보다 이폴리트였다. 나는 그런 비난과 조롱에 상처받았고 사람들은 내가 자기애自己愛가 너무 강하다고 비난했다. 정말 내가 자기애가 강한 아이였는지는 모르지만 나는 그런 나의 태도가 어떤 자만심에서 나온 것이 아니라 보다 심각한 마음의 병과 아무도 알아주지 않는 마음의 고통에서 기인하는 것을 알고 있었다.

그때까지 로즈는 내게 아주 다정했고 또 자신의 혈기왕성한 성격도 드러나지 않게 조심했다. 엄마가 노앙에 자주 오니 함부로 하지 못했거나 아니면 스스로 본능적으로 변한 것인지도 모른다. 그녀는 속마음을 숨기질 못했는데 그것만큼은 나도 인정하지 않을 수 없다. 그녀는 마치 새끼를 품고 있는 어미새처럼 새끼가 자기 날개 아래 잘 자고 있으면 정성스레 보살피지만 새끼가 혼자 날아 도망가게 되면 부리로 막 쪼아댔다. 내가 점점 성장함에 따라 그녀는 더는 나를 애지중지하지 않게 되었고 사실 나도 그런 것은 필요하지 않게 되었다.

그녀는 내게 거칠게 대하기 시작했지만 나는 잘 견뎌낼 수 있었다. 할머니에게 잘 보이려는 생각에 그녀는 나의 신체를 단련시키라는 명령에 충실했는데 그녀가 내게 시킨 것은 거의 고행에 가까웠다. 만약 내가 감기에 걸리지 않기 위해 하라는 대로 모든 채비를 다 하지 않고 나갔다가는 우선 나는 야단을 맞는 정도가 아니라 귀가 거의 먹을 정도로 욕을 먹었다. 그녀가 사용하는 단어들은 그녀의 폭풍 같은 목소리에 딱 어울렸고 다양한 욕지거리들에 나의 뇌신경이 흔들렸다. 만약 내가 드레스를 찢거나 구두를 망가뜨리거나 덤불에서 넘어져 상처라도 나서 할머니에게 아이를 주의 깊게 잘 돌보지 않았다고 야단이라도 맞게 되는 경우에는 나는 맞기도 했다.

처음에는 부드럽게, 하지만 점점 더 친해질수록 더 심각하게 나를 억누르려는 생각으로, 그러다가 마침내는 자기 권위를 세우기 위해, 아니면 때리는 게 습관이 돼서 때렸다. 내가 울면 더 많이 맞았다. 만약 소리라도 질렀다면 그녀는 나를 죽였을지도 모른다. 왜냐하면, 그녀는 화가 나면 눈에 보이는 것이 없었기 때문이다. 날이 갈수록 벌 받을 일이 없어도 그녀는 못되고 잔인하게 굴었다. 이상한 일이지만 그녀는 내가 착한 걸 이용했다. (할머니는 그녀가 내게 손을 올렸다는 말만 해도 그녀를 용서하지 않으실 테지만) 내가 그녀를 쫓아내지 않은 것은 단지 내가 그녀의 그 끔찍한 성질에도 불구하고 그녀를 좋아했기 때문이었다. 나는 그랬다. 아주 오래 잘 참았다. 참을 수 없는 것을 아주 오래 참을 줄 알았다. 하지만 인내심이 바닥나면 나는 단번에 영원히 모든 걸 다 끊어 버렸다.

나를 그렇게 학대하고 내게 그렇게 상처를 주는 그 여자를 내가 왜 좋아했을까? 그것은 아주 간단하다. 그녀가 엄마를 좋아했기 때문이다. 이 집에서 그래도 가끔 엄마에 대해 얘기해주는 유일한 사람이었기 때문이다. 또 늘 애정과 존경의 마음을 담아 엄마에 대해 얘기했다. 내 안에 어떤 슬픔이 있는지 알아차릴 만큼 영민하지 못했고 나의 모든 부주의함과 태만함과 분노가 다른 이유 때문이란 걸 알아차릴 만큼 똑똑하지 못했지만 내가 아플 때는 온갖 정성으로 나를 보살폈다. 또 내가 심심할까 봐 어디서도 들어보지 못한 수천 가지 이야기들을 해주곤 했다. 내가 위험하게만 하지 않는다면 그녀는 아주 지혜롭게 나를 열정적으로 격려했을 것이다. 그런 것은 엄마와도 닮아 있었다. 그녀는 나를 구하기 위해서라면 불 속이나 바닷속이라도 뛰어들 것이다.

그러니까 내가 무엇보다 무서워하는 것, 즉 할머니에게 야단맞는 것에서 그녀는 나를 항상 보호해주었다. 그녀는 내가 할머니께 야단맞지 않게 하려면 아마도 거짓말도 했을 거였다. 뭔가를 잘못해서 그녀에게 맞느냐 할머니에게 야단맞느냐 둘 중 하나를 고르라면 나는 당연히 그녀에게 맞는 쪽을 택했을 것이다.

하지만 어쨌든 그녀가 때리는 건 내게 깊은 상처를 주었다. 엄마가 때렸을 때는 나 때문에 화가 난 엄마를 보는 게 괴로웠지만 다른 고통은 없었다. 게다가 그런 식으로 야단맞은 것도 아주 오래전 일이다. 엄마는 아주 어릴 때나 그런 식의 교육을 했으니까. 로즈는 반대로 나를 모욕 주고 내게 굴욕감을 줄 수 있는 나이에 이런 방법을 시작한 것이다. 이때 내가 비겁하게 되지 않은 것은 하나님이 인간의 존엄성에 대해 아주 올바른 생각을 하게 했기 때문이다. 이런 점에서 나는 내가 견뎌냈던 모든 것에 대해 하나님께 정말 감사드린다. 나는 일찍부터 정당하게 내가 받지 않아도 될 모욕과 굴욕에 대해 상관하지 않는 법을 배웠다.

나는 로즈 앞에서 내가 아무 잘못이 없으며 온전히 그녀가 잘못하고 있다는 것을 깊이 알고 있었다. 왜냐하면, 내겐 전혀 악의가 없었으며 그녀를 분노하고 화나게 할 의도가 전혀 없었으니까. 나의 모든 잘못은 고의로 한 것이 아니었다. 또 너무나 작은 잘못들이어서 나는 지금도 그녀가 빨간 머리여서 그랬다고 밖에는 생각할 수 없다. 그녀는 너무 혈기왕성해서 한겨울에도 얇은 인디언 드레스를 입고 창문을 열고 잤다.

그래서 나는 그런 굴욕적 노예상태를 그럭저럭 잘 넘길 수 있었고 또 그것은 지나치게 흥분 잘하는 사람과 함께 살 때 내게 필요한 인내심을 키워주는 자양분이 되었다. 나는 스스로 불행에 대해 강해지는 법을 배웠고 그런 점에서는 오빠가 큰 힘을 주기도 했다. 오빠는 놀다가 웃으며 "오늘 저녁 우린 맞을 거야."라고 말하곤 했다. 데샤르트르에게 지독하게 맞은 그는 맞는 것에 대해 증오심과 체념이 반반 섞인 감정을 가지고 있었다. 그리고 그는 상대를 비꼬는 것으로 복수했다.

나는 나의 하녀를 용서하는 어떤 영웅주의로 복수했다. 나는 폭력에 대한 정신적 승리로 나 자신이 으쓱하기도 했다. 그래서 머리를 주먹으로 맞아 정신이 혼미하고 눈에 눈물이 흐를 때도 나는 숨어서 눈물을 훔쳤고 누가 볼까 부끄러워했다.

하지만 차라리 소리를 지르거나 통곡하는 편이 더 나았을 것이다. 로즈는 착해서 아마도 자기가 나를 고통스럽게 했다는 것을 알게 되면 후회했을 것이다. 하지만 아마도 그녀는 자신이 어떤 행동을 하는지도 잘 몰랐던 것 같다. 너무나 성품이 격렬하고 뒷생각이 없는 사람이었으니 말이다. 하루는 뜨개질로 팔을 다는 법을 가르쳐주고 있었는데 나는 2코를 잡으라는데 3코를 잡은 적이 있었다. 그러자 그녀는 내 뺨을 세게 후려쳤다. 나는 아주 차갑게 "얼굴을 때리려면 골무를 벗고 때려야 해. 그러다간 내 이를 부러뜨릴지도 모르니까!"라고 말해줬다. 그러자 그녀는 매우 놀라 나를 바라보다가는 자기 골무를 쳐다보고 또 자기가 내 뺨에 생기게 한 자국을 바라봤다. 아마도 그녀는 방금 전에 자기가 내 얼굴에 그런 자국을 만들었다는 것을 믿을 수 없었을 것이다. 때때로 그녀는 나를 때려 놓고도 바로 나를 때린다고 겁주는 경우도 있었으니 아마도 때리면서도 의식을 못 하는 것 같았다.

이제 이런 재미없는 이야기는 그만하기로 하자. 단지 마지막으로 하고 싶은 말은 이후 3~4년 동안 나는 이렇게 갑작스럽게 아무 이유도 없이 매일 맞으며 살았다는 것이다. 그것은 그리 대수로운 것은 아니었지만 매번 그때마다 나는 정신적으로 황폐해지고 나 자신의 부드러운 천성은 차갑게 굳어져 갔다. 하지만 어쨌든 사랑받고 있었던 것은 사실이니까 뭐가 불행한 것인지는 모르겠다. 또 내가 마음만 먹으면 그런 상황은 끝낼 수도 있지만 내가 원해서 끝내지 않은 것이니까. 내 인생에 대해 불행하다 여길 근거가 있건 없건 간에 당시 나는 불행했다고 느꼈고 실제로 불행했던 게 사실이다. 나는 나의 슬픈 운명에 마음속으로 저항하는 것에, 속으로 내 앞에 없는 다른 존재, 어쩌면 나를 이 비참한 현실 가운데 내버린 건지도 모를 그 존재만을 죽어라 사랑하는 것에, 할머니에게 정을 주지 않고 내 속 생각들을 감추는 것에, 내가 받는 교육 자체에 대해서도 비판적이었지만 할머니에게 그런 실망감을 의도적으로 숨기는 것에 어떤 쓰디쓴 쾌감을 느꼈다. 그리고 결국, 나 자신을 운명적으로 남들과 다른 부당함과 무력감과 영원한 슬픔의 굴레를 타고난 가엾은 존재로 여기는 것을 즐겼다.

그러니 더는 이유를 묻지 말기를. 나는 귀족 태생을 뽐내고 부를 즐기며 살 수도 있었지만, 이런 표현이 맞는다면 항상 억압받는 사람에게 더 마음이 가고 더 친근함을 느끼고 더 그들을 응원했다. 이것은 지식과 진리와 양심에 따라 의무적으로 그런 성향을 갖게 되기 훨씬 전부터 외적이고 물리적 환경에 의해 자연스레 형성된 것이다. 그러니 이런 내 생각을 훌륭하다고 여기지 말기 바란다. 나와 같은 생각이 있는 사람도 나를 칭찬할 일이 없고 반대로 생각하는 사람도 나를 비난하지 말기 바란다.

나의 어린 시절 이야기를 읽은 사람들은 나의 생각들이 사람들이 내게 말하듯 그저 변덕스러운 것도 아니고 예술가적인 공상도 아니었다는 것을 분명히 알게 되었을 것이다. 그것들은 모두 내 인생에서 처음 맛본 고통으로부터, 그보다 더욱 거룩했던 나의 감정으로부터, 살아가며 내가 처한 상황들로부터 나온 필연적 결과일 뿐이다.

할머니는 잠시 자신의 계급을 거부하긴 했지만 결국, 왕당파라기보다는 사람들이 말하는 "앙시앵 레짐의 동지"가 되었다. 할머니는 천재적인 영웅이 행복하게 황제가 된 것까지는 받아들였지만 그 주변에서 갑자기 신분 상승한 자들이 자격도 없으면서 오만불손한 것에는 격하게 분노하셨다. 새로운 무뢰한들이 계속 등장했지만, 할머니는 그들의 오만함에 그리 충격받지 않았다. 왜냐하면, 이미 한 번 경험한 바이고 이제는 아들이 그곳에서 공화주의자로서의 신념을 가지고 멍청한 바보짓을 하고 있는 것도 아니었기 때문이다.

황제의 절대적이고 위대했던 통치 후에 즉시로 왕정복고 뒤를 따라온 무정부적인 혼란스러움은 흡사 시골에서의 자유 같은 새로운 분위기를 조성했다. 자유주의자들은 많은 말들을 했고 사람들은 그동안 프랑스에서 보지 못했던 정치적으로 도덕적인 국가를 꿈꾸고 있었다. 그것에 대해서는 딱히 뭐라고 이름 붙일 수는 없지만, 그냥 말로 설명하자면 그것은 절대 권력이 없는 왕정이며, 겉으로는 그럴듯해도 안정적이지 못한 제도에 대해서는 여론을 반영할 수 있는 그런 정치제도라고 할 수 있었다. 할머니가 자신이 몸담았던 오랜 귀족들의 살롱 대신 기꺼이 선택한 부르주아 사회에서는 이런 식의 관용이 자리 잡고 있었다. 하지만 '그 부인들'은(아버지는 그들을 이렇게 불렀다) 할머니의 논리를 인정하지 않았다. 흥분한 그들은 관대하지 못했다. 그들은 또다시 코르시카인을[31] 아쉬워하는 사람들을 지독하고 끈질

---

31 〔역주〕 나폴레옹을 말한다.

기게 증오했다. 예전에 그들도 그 행렬에 동참해서 즐거이 그의 길을 터주었음에도 말이다. 그들은 참으로 보기 힘들 정도로 옹졸하게 별의별 트집을 다 잡아 그를 흉보고 고발하며 자신들의 적개심을 드러냈다.

다행히도 우리는 그런 집단들에게서 멀리 떨어져 있었다. 할머니가 받는 편지들은 한 다리 건너 전해져 오는 소식들뿐이었다. 데샤르트르 선생님도 폭군에 반대하는 이상한 논리 편에 섰다. 나폴레옹에 대해 그는 보통 지능 수준도 아니라고 생각했다. 나로서는 잘 이해할 수도 없는 말들뿐이었다. 알렉산드르는 우리 시대의 위대한 입법자이며 철학자였으며 새로운 프레데릭 대왕이었으며 대단히 똑똑한 천재였다. 누군가 그의 초상을 할머니에게 보내서 할머니는 그것을 액자에 끼워 내게 주셨다. 사람들은 그에 비하면 보나파르트는 어린아이에 불과하다고 했지만, 자세히 살펴본 그의 얼굴은 전혀 마음에 들지 않았다. 그는 답답한 얼굴에 표정도 흐리멍텅하고 눈빛도 진솔해 보이지 않고 미소도 멍청해 보였다. 나는 그를 초상화로만 봤지만 프랑스에 흔히 나돌아 다니는 초상화들과 흡사한 모습이었다. 어쨌든 어느 것도 마음에 들지 않았고 나는 나도 모르게 나의 황제님의 그 맑고 아름다운 두 눈을 떠올렸다. 언젠가 내 눈과 마주쳤던 그 눈을 말이다. 사람들은 그때 그것이 내게 큰 행복을 가져다줄 거라고 했었다.

그런데 갑자기 3월 초에 나폴레옹이 배에서 내려 파리를 활보하고 있다는 소식이 전해 왔다. 그것이 파리에서 온 소식인지 미디에서[32]

---

32 〔역주〕 프랑스 남부지방을 말한다.

온 소식인지는 모르겠다. 하지만 할머니는 '그 부인들'의 말을 귀담아 듣지 않았다. 그들은 "우리 함께 즐기기로 해요. 이번에는 그를 목매 답시다. 아니면 철창에 가둬 버리던가요."라고 편지했다. 하지만 할머니의 생각은 정반대였고 할머니는 우리에게 이렇게 말했다.

"이 부르봉 사람들은 못 말리겠구나, 이제 보나파르트가 이들을 모두 영원히 내쫓아 버릴 거야. 그들은 매번 속는 게 팔자인 사람들이지. 주인을 배신했던 그 장교들이 이번에는 그들을 배신하고 주인에게 돌아갈 걸 그들이 어떻게 생각이나 할 수 있겠어? 제발 끔찍한 보복이 없기만을 하나님께 간구하자. 제발 보나파르트가 그들을 앙기앵 공작을 다루었듯 그렇게 다루지 않기를 빌 뿐이지!"

백일치하 동안 노앙에서 어떤 일이 있었는지는 잘 기억나지 않지만 나는 어렴풋한 공상 속에 오래 빠져 있었다. 정치 이야기에는 진력이 나 있었고 너무 갑작스레 바뀌는 상황들은 내 어린 생각에 도저히 이해할 수 없는 일이었다. 나는 모든 사람이 하루아침에 변하는 것을 보았다. 시골의 농부들은 이유가 뭔지는 모르지만 모두가 왕당파였다. 부르봉을 그렇게 큰 소리로 지지하는 것이 대체 그들에게 무슨 도움이 되는지?

매일 나폴레옹이 모든 도시에 개선장군처럼 입성한다는 소식이 들렸다. 그래서 이제 "폭군을 끌어내자!"고 외치며 삼색기를 진창에 처박았던 많은 사람이 다시 보나파르트 지지자가 되었다. 나는 모든 걸 잘 이해할 수 없었기 때문에 분개하지도 않았지만 나도 모르게 이런 세상에 있다는 것에 자체에 대해 어떤 구역질을 느끼고 있었다. 세상이 전부 미친 것 같았다. 그래서 나는 다시 러시아와 프랑스 전쟁터를 날아다니는 공상에 빠져들었다. 나는 다시 날개를 달고 황제 앞으로 날아가 그에 대한 모든 좋고 나쁜 말들에 대해 물었다.

한번은 그를 튈르리성의 돔 위로 데려오는 상상을 한 적이 있었다. 거기서 나는 그와 오랜 대화를 나누었다. 나는 그에게 수천 가지 질문을 퍼부으며 이렇게 말했다.

"만약 당신이 사람들이 말하는 것처럼 괴물이고 야망에 눈이 먼 자이며 피에 굶주린 자라면 나는 당신을 아래로 떨어뜨려 궁전 입구에서 당신 몸이 산산조각이 나게 하겠어요. 하지만 만약 당신이 내가 믿듯 좋은 사람이고 위대하고 공평한 황제이며 프랑스의 아버지라면 나는 당신을 왕좌로 데려가서 나의 불의 검으로 당신을 적으로부터 보호해주겠어요."

그러면 그는 마음을 열고 말하기를 "나는 너무나 지나친 명예욕으로 많은 실수를 범했지만 맹세코 프랑스를 사랑했으며 오직 민중의 행복만을 생각했다."고 했다. 그러면 나는 그 말에 내 불의 칼로 그를 불멸의 전사로 만들어주었다.

정말 이상하게 나는 이런 공상을 깨어 있는 상태에서 했다. 어느 때는 나도 모르게 수업 시간에 외워야 했던 코르네유나 라신의 대사들을 외울 때도 있었다. 이것은 일종의 최면상태였다. 이후 나는 어린 소녀들이 성장 과정 중 문제가 있을 때 이런 이상한 환상이나 공상에 빠진다는 것을 알게 되었다. 만약 나도 계속 몇 년 동안 같은 공상만 계속하지 않았다면 그것을 기억하지 못했을 것이다. 만약 그것이 황제와 그의 군대에만 집중되지 않았다면 말이다. 왜 그랬는지는 나도 설명을 못 하겠다.

분명히 내 안에는 보다 개인적이고 보다 강한 고정관념이 있었다. 나는 상상 속에서 엄마가 언젠가 설명했던 그 천국 같은 에덴에서 엄마의 환영幻影을 마주하는 공상만 해야 했다. 그런데 전혀 그렇지 않았다. 나는 항상 엄마를 생각하는데 공상 속에서는 엄마를 본 적이 없었다. 대신에 단 한 번밖에 본 적이 없는 황제의 희미한 형상이 내 앞에 나타나 살아 움직이며 내게 말을 하는 그런 공상만 했다.

더는 다시 돌아가지 않기 위해 나는 벨레로폰호가 그를 세인트헬레나섬으로 데려갈 때 나의 불의 검으로 밀어 그 배를 전복시켰고 거기 있는 모든 영국군들을 물에 빠뜨렸다. 그리고 나는 다시 한 번 황제를 튈르리로 데려왔다. 다시는 자신의 쾌락을 위해 전쟁을 하지 않겠다고 맹세시킨 후에 말이다. 이 공상에서 특이했던 것은 공중을 떠다니는 환상 속 자아가 공부를 하거나 정원에 물을 주는 11살 작은 소녀가 아니라 전지전능한 천재 아니면 하나님의 천사, 운명의 여신, 프랑스의 요정 같은 존재였다는 것이다.

나는 이것이 다분히 생리적인 거라고 생각한다. 이것은 정신적인 흥분 상태 때문도 정치적 심취 상태 때문도 아니었다. 왜냐하면, 이런 공상은 내가 가장 슬프고 외롭고 괴로울 때 또 때로는 무심코 아무 생각 없이 정치에 대한 이야기를 들을 때면 시작됐기 때문이다. 나는 이 공상을 무슨 암시처럼 믿지도 않았고 그것에 심각한 의미도 두지 않았고 누구에게 말해 본 적도 없다. 그것은 너무 피곤한 일이라 군이 의도적으로 하려고 한 적도 없다. 그것은 정말 갑자기 어떤 뇌의 작용으로 나의 의지와는 상관없이 나를 사로잡곤 했다.

파리에 주둔한 적들의 존재는 왕에 대한 광적 충성심으로 애국심과 조국애를 여전히 가슴에 품고 있는 사람들에게는 끔찍하고 견딜 수 없는 일이었다.

엄마는 카롤린을 이모에게 맡기고 여름 동안 노앙에 와서 지냈다. 못 본 지 7~8개월 만이었으니 내가 얼마나 흥분했을지는 상상에 맡기겠다. 엄마가 오자 나의 삶도 변화되었다. 로즈는 나에 대한 위력을 잃고 화도 내지 못했다. 한번은 엄마가 오기만 하면 이 여자가 내게 한 못된 짓들을 다 일러바치겠다고 생각해 본 적도 있었다. 그러나 그녀가 정말로 자신이 내게 한 잘못들을 전혀 인식조차 하지 못하고 엄마가 오는 걸 두려워하기는커녕 정말로 기쁘게 '마담 모리스'를 온 마음으로 기다리면서 엄마의 방을 지극정성으로 준비하고, 마치 나처럼 엄마가 올 날만을 기다렸다는 듯이 그렇게 엄마를 사랑하는 모습을 보자 나는 그녀의 모든 것을 다 용서했다. 그래서 나는 그녀의 그 비밀스러운 폭행들을 고자질하지 않았을 뿐만 아니라 혹시 엄마가 그것에 대해 의심스러운 말을 해도 아주 용기 있게 부정하기까지 했다. 한번은 엄마가 너무 심하게 의심한 적이 있었는데 내가 그것을 해소시켜 준 것은 아주 잘한 일이었다.

오빠는 새를 잡기 위해 끈끈이 풀을 만들 생각을 한 적이 있었다. 어느 사전에 나와 있었는지 아니면 무슨 주술 책에서 본 것인지는 모르겠지만 방법은 참나무 잔가지를 찧는 거였다. 하지만 우리는 그것으로 결코 풀을 만들어내지 못했고 얼굴과 손과 옷에 괴상한 푸른 반죽들만 잔뜩 묻히고 있었다. 엄마는 우리 근처 정원에서 아무 생각 없이 습관대로 일하면서 우리의 반죽이 튀지 않을까 하는 생각은 하지도 않고 있었다. 그런데 갑자기 길 저쪽에서 로즈가 나타나자 나는 냅다 도망치기 시작했다. 그러자 엄마는 문득 정신을 차리고 내가 도망가는 것을 보며 "쟤가 왜 저러지?" 하고 이폴리트에게 물었다. 절대로 남에게 미움 살 일을 하지 않는 이폴리트는 "모르겠는데요."라고 대답했다. 하지만 엄마는 의심하는 눈초리로 나를 부르고는 내 앞에서 로즈에게 주의를 주었다.

"이 애가 너를 무서워하는 걸 본 것이 이번이 처음이 아니구나. 분명 네가 이 아이를 무섭게 다루는 게 분명해."

그러자 화가 난 빨간 머리는 더러운 얼룩으로 뒤범벅이 된 나를 보며 "저 아이를 좀 보세요! 저 옷들을 다 빨고 깁고 하느라 또 하세월을 다 보낼 텐데 제가 화가 나지 않을 수 있겠어요?"라고 했다.

그러자 엄마는 엄한 목소리로 꾸짖었다.

"아! 그러니까 내가 너를 빨래하고 옷을 깁고 하는 것 말고 다른 일을 하라고 이 집에 둔 거라 생각하니? 쥘리 양처럼 너도 볼테르나 읽으며 연금을 받으라고 하는 건지 알아? 그런 생각일랑 말고 빨래하고 바느질하고 내 아이가 맘껏 뛰어놀며 크게 하는 게 내가 바라는 바야. 다른 것은 아무것도 없어."

엄마는 나와 단둘이만 있게 되자 질문을 해대기 시작했다.

"너는 저 여자가 눈만 크게 떠도 벌벌 떨면서 창백해지는데 많이 야단맞았니?"

"네, 너무 심하게 야단쳤어요."

"하지만 손가락 하나라도 몸에 손을 대지는 않았겠지? 그랬다면 당장 오늘 밤 쫓아낼 테야!"

비록 그녀가 나를 때렸다 해도 나를 너무나 사랑하는 저 가엾은 여자를 오늘 밤 쫓아낸다는 말에 나는 솔직히 다 말하려던 생각을 접게 되었다. 나는 입을 다물고 아무 말도 하지 않았다. 엄마는 계속 나를 다그쳤다. 나는 거짓말을 해야 한다고 생각했다. 내 인생에서 처음으로 말이다. 그리고 나는 엄마에게 거짓말을 했다! 마음이 내 생각을 침묵하게 했다. 나는 거짓말을 했고 엄마는 계속 의심하면서 내가 무서워 말을 못 한다고 생각하고 몇 번이나 내가 거짓말을 하는 게 아닌지 확인하고 또 확인했다. 하지만 고백컨대 나는 결코 후회하지 않았다. 그 거짓말로 손해를 보는 것은 오직 나 혼자뿐이었으니까.

결국, 엄마는 내 말을 믿어주었다. 하지만 로즈는 내가 자기를 위해 해준 것이 뭔지도 몰랐다. 엄마가 있을 때는 엄마에 대한 존경심으로 내게 막 대하지 못했다. 하지만 다시 우리 둘만 되었을 때 나는 나의 순진한 바보 같은 짓에 대한 대가를 처절히 치러야 했다. 하지만 나는 말을 하지 않은 것에 대해 자부심을 느꼈고, 늘 그런 것처럼 나는 조용히 모든 억압과 모욕들을 다 참아냈다.


온 마음을 뒤흔들었던 아주 굉장한 광경 때문에 1815년 여름, 엄마와 함께 보냈던 시간에 대한 기억들이 좀 옅어진 것은 사실이다. 그것은 바로 루아르 부대의 해산광경이었다.

귀족 부대들을 속이기 위해 완전한 사면을 보장하며 다부 장군을[33]

---

33 〔역주〕나폴레옹과 혁혁한 공을 세운 장군, 나폴레옹으로부터 에크뮐 공작 작위를 받는다. 이후 왕정복고 때 루아르 지휘관 자리를 잃었다.

이용한 다음, 왕은 7월 24일 전쟁장관 네Ney와 라베두아이예르와 프랑스 군대를 지휘하는 19명의 대단한 장군들에게 칙령을 보내게 된다. 다른 38명은 추방당했다. 루아르 지휘관 자리에 앉아 있을 수 없는 에크뮐 공작은 스스로 물러났고, 복고왕정은 그를 대신해서 막도날을 보냈다. 막도날은 조용히 부대를 해산시켜야 하는 임무를 맡고 있었다. 우선 그는 부대 본부를 부르주로 보냈다. 8월 1일과 2일 두 번의 명령은 부대에 두 가지 변화가 있었음을 알려준다. 막도날은 이 두 번의 명령문에서 아직 '해산'이라는 단어를 사용하지 않고 있었다. 단지 부대 주둔으로 인한 주민들의 부담을 덜기 위해 부대 위치를 확장한다고 말할 뿐이다. 하지만 이것은 부대해산의 신호탄이었다. 이제 중대, 대대들을 분리시켰다. 같은 연대의 부대들이 서로 멀리 떨어지게 되었다. 심지어 전투부대와 기갑부대까지 분산시켜 버렸다. 모든 연결이 끊기자 부대를 재편성한다는 공문을 그때서야 공표했다 (8월 12일). 그리고 중대, 대대별로 해산을 시작했는데 그것은 항거나 저항이나 중상모략을 피하기 위해서였다(아쉴 드볼라벨, 《두 번의 왕정복고의 역사》).

이렇게 해서 우리는 그 현장에 있게 되었고, 그로서 나는 프랑스에서 무슨 일이 벌어지고 있는지 자세히 알게 되었다. 그때까지 솔직히 나는 진정한 애국심과 권력욕을 구별하지 못하고 있었다. 단지 그동안 내가 존경하고 경외심을 가지고 있던 모든 것들을 저주하고 조롱하고 비난하는 것에 대해 본능적으로 두려워하며 보나파르트 편에 서 있었을 뿐이다. 엄마도 나만큼 잘 알지 못해서 예전 앙시앵 레짐을 경멸하고 싫어하는 마음에 '늙은 백작 부인'들이 다시 돌아오는 것을 반기지 않았었다. 하지만 엄마는 이제 어느 편도 들 수가 없었다. 그래서 할머니가 나폴레옹 그 인간 백정의 야망과 정복욕을 비난하며 차라리 자유의회주의에 의해 지배하는 온건한 군주제, 평화가 지속될 수 있는 정치제도, 그래서 안락한 삶을 되찾고 개인과 산업과 예술과 언론의 자유가 존재하는 것이 무력으로 지배하는 프랑스보다 더 낫겠다는 말을 했을 때 아무런 대답도 할 수 없었다.

"가엾은 모리스가 살아 있을 때 우리가 같이 얼마나 전쟁을 저주했었니? 이제 그 황제의 영광인가 뭔가를 위해 우린 그 대가를 처절하게 치르고 있지. 하지만 지금 우리를 향한 유럽의 분노가 지나가면 우리는 그 부르봉의 지배 아래 평안하고 행복하고 안전한 시대를 맞이하게 되겠지. 나도 그 이름을 너만큼 싫어한다만 그것만이 최선의 미래를 보장해줄 것 같구나. 그들이 없었다면 아마 우리나라도 없었을 거야. 보나파르트는 영토 확장에 대한 욕심으로 우리나라를 얼마나 위태롭게 만들었니. 왕당파가 서둘러 그를 내쫓지 않았다면 우리 군대들이 패한 뒤 우리가 어떻게 됐을지 생각해 보렴! 아마도 프랑스는 산산조각이 나서 프로이센이나 영국이나 독일로 찢어졌을 거다."

이렇게 할머니는 지금껏 내가 열심히 믿고 있던 생각들을 부정하면서 이런 식으로 말씀하셨다. 그러니까 만약 왕당파들이 나라를 배반하고 팔아먹기 위해 뭉치지 않았다면 우리나라에 대항하는 연합군들을 프랑스는 이기지 못했을 거란 거였다. 할머니가 자기보다 생각이 깊다고 늘 생각하던 엄마는 할머니 생각을 그저 받아들이고 있었다. 그리고 그런 엄마 생각에 나도 동조할 수밖에 없었다. 그러니 결론적으로 나는 제국에 대한 환상을 깨고 복고왕정 편에 서게 됐다. 여름의 뜨거운 태양이 누아르 계곡을 지나는 워털루의 영광스러운 부대를 비출 때 말이다.

처음으로 우리 지방에 주둔했던 것은 그 끔찍한 전쟁으로 10분의 1이 된 창기병槍騎兵부대였다. 콜베르 장군은 노앙에 본부를 두었다. 쉬베르비 장군은 반 킬로미터쯤 떨어진 아르스성을 접수했다. 매일 이 장군들과 부관들과 12명쯤 되는 장교들은 우리 집에서 저녁을 먹거나 점심을 먹었다. 쉬베르비 장군은 아주 바람기 많은 젊고 잘생긴 청년이었다. 아이들과도 아주 잘 놀고 짓궂기까지 했다. 그의 성격 탓으로 나도 그와 아주 스스럼없는 사이가 되었는데 한번은 놀다가 내 귀를 너무 세게 잡아당긴 적이 있었다. 그래서 어느 날 나는 짓궂은 장난을 쳤는데 그것이 어떤 결과를 가져올지는 생각지 못했다. 나는 하얀 종이로 된 휘장을 만들어 그가 눈치채지 못하게 그의 모자 위 3색 휘장 위에 달아 놓았다. 당시 군인들은 모두 제국의 3색 휘장을 달고 있었고 그것을 떼라는 명령은 얼마 후에 하달될 참이었다. 그래서 그가 그걸 달고 라샤트르로 갔을 때 장교들이나 군인들이나 그를 보는 사람들마다 모두 자기를 이상한 눈으로 쳐다보는 걸 보고 깜짝 놀랐다. 마침내 그 이름은 잊어버렸지만 어떤 장교 하나가 그에게 왜 하얀 휘장을 달고 있는지 물었고 그는 무슨 말인지 이해를 못하다가 모자를 벗어보고는 하얀 휘장을 집어 던져 버렸다. 그리고 나까지 얼마나 욕했는지 모른다.

나는 이 쉬베르비 장군을 이후 1848년에 다시 본 적이 있다. 혁명이 며칠 지난 후 시청에서였는데 그때 그는 전쟁증서를 받으러 왔었다. 그는 노앙에서 있었던 일을 하나도 잊지 않고 있었고 나의 하얀 휘장에 대해 또 욕을 했고 나는 그에게 내 귀를 세게 잡아당긴 것을 욕했다.

1815년에 아마 며칠이 지난 뒤였다면 분명 나는 그런 나쁜 장난을 하지 않았을 것이다. 왜냐하면, 그때는 이미 내 마음속에서 왕당파에 대한 생각이 사라져 버렸기 때문이다. 그 이유는 다음과 같다.

여러분들은 할머니가 하는 말들과 또 거만한 태도 그리고 낡은 습관들만 봐도 할머니가 왕당파일 거라고들 생각한다. 그것도 아주 골수 왕당파라고들 짐작한다. 하지만 할머니 마음속에 그런 생각은 없었다. 그렇지만 할머니는 삭스 원수의 딸이었으며 국가에 봉사한 용감한 아들의 엄마여서 루아르 연대에 대한 호의와 애정으로 가득했다. 그들에 대한 할머니의 생각은 그들이 모두 용감하고 훌륭한 남자들이라는 것 그리고 아들의 전우들이라는 것뿐이었다(그들 중 어떤 사람들은 실제로 아버지를 알았다. 또 내 생각에 콜베르 장군도 그중 하나였을 것이다).

게다가 할머니는 마음이 선량한 모든 사람에게 존경심을 일으키는 따뜻한 카리스마를 가진 사람이었다. 그래서 집에 오는 장교들은 혹시 할머니에게 상처가 되는 말을 하지 않기 위해 무진 애를 쓰고 있었다. 또 할머니는 할머니대로 그들의 그 불행했지만 존경스러운 전쟁에 대해 상처 줄 말을 하지 않기 위해 노력하고 있었다. 그리고 나도 내 생각에 어떤 변화도 생기지 않은 채 그들과 며칠을 보냈다.

그런데 어느 날 다른 날과 달리 몇 명만 모여 저녁 식사를 하는 중에 말을 참지 못하는 데샤르트르가 콜베르 장군을 약간 건드리는 일이 벌어졌다. 콜베르는 40살쯤 된 약간 살찌고 다혈질인 사람이었다.

그는 피아노를 치며 시골 민요를 불렀고 할머니에게 너무나 극진해서 할머니는 그에게 반해 있었다. 하지만 엄마는 작은 소리로 "군인치고 너무 부드러운 사람"이라고 말했다.

그런데 그날이 마침 부르주에 군대 해산 명령이 떨어진 날이었기 때문인지 아니면 데샤르트르의 주변머리 없는 말 때문이었는지 장군은 크게 흥분했다. 그의 크고 검은 두 눈은 이글거리고 두 뺨도 벌겋게 상기되어 그는 한참 동안을 분노와 고통 속에 씩씩거리다 소리치기 시작했다.

"아니요! 우리는 진 게 아니라 배신당한 거지요. 지금도 마찬가지고요. 만약 그렇지만 않았다면, 만약 장교들을 다 믿을 수 있었다면 우리 용감한 병사들은 프로이센 놈들과 코사크 놈들에게 우리나라가 그렇게 호락호락 당할 먹이가 아니란 걸 보여줬을 거예요!"

그는 프랑스의 불명예와 수치스럽게 외국의 강요에 의해 왕을 받아들여야 하는 것에 울분을 토했다. 그가 어찌나 감동적으로 말했던지 나도 내 안에 수치심이 불타오르는 것을 느꼈다. 그것은 1814년 어느 날 13살인가 14살쯤 되는 소년이 나라를 구하기 위해 칼을 들겠다고 소리치는 것을 보았을 때와 비슷했다.

할머니는 장군이 점점 더 흥분하는 것을 보고 그를 진정시키기 위해 이제 군인들도 지쳤고 민중들도 이제는 오직 휴식만을 원할 뿐이라고 하셨다. 그러자 그는 소리쳤다.

"민중들이라고요! 부인은 그들을 몰라요. 민중들! 그들의 소원과 그들이 진짜 어떤 생각을 하는지 당신들의 성안에서는 알 수 없지요. 그들은 다시 돌아올 그들의 옛 주인들에 대해 주저하고 있어요. 그들을 믿지 못하면서 말이죠. 하지만 우리 군인들은 그들의 심정과 그들의 회한을 누구보다 잘 알지요. 그리고 보세요. 나라가 그동안 잘 되어 오지 않았나요! 지금 우리를 해체하려고 하는 건 우리가 마지막 힘이기 때문이지요. 나라의 마지막 희망이기 때문이에요. 그러니 우리는 이 배은망덕하고 모욕적인 명령을 거부해야 해요. 정말로! 이 나라는 빨치산 전투에 아주 적합하지요. 그래서 왜 방데 지역에 나라를 구할 본부를 만들지 않는지 모르겠어요."

그리고 그는 몸을 일으키고 나이프를 휘두르며 말했다.

"아! 민중들, 아! 농부들! 이제 그들은 우리와 함께할 거예요! 당신들은 그들이 괭이와 낫과 오래된 녹슨 총을 들고 우리에게 오는 것을 보게 될 거예요! 우리는 길을 끊고 큰 울타리를 치고 6개월은 버틸 수 있을 거예요. 그동안 프랑스는 다시 전국적으로 봉기해서 만약 우리가 버려지지 않는다면 적들에게 목을 내미니 차라리 싸우다 명예롭게 죽는 게 더 좋을 거예요. 우리는 아직 수적으로 우세해서 말 한 마디면 다시 국기를 들고 일어설 수 있어요. 나부터 시작할 수도 있어요!"

데샤르트르는 더는 아무 말도 하지 않았다. 할머니는 장군의 팔을 잡고 손에 있는 나이프를 빼앗고 그를 억지로 다시 앉혔다. 그런데 너무나 엄마처럼 다정한 태도로 했기 때문에 그도 그 모습에 마음이 누그러졌다. 그는 할머니의 두 손을 잡고 입을 맞추며 자신의 거친 행동에 대해 사과했다. 분노가 사라지고 슬픔에 휩싸이자 그는 눈물을 펑펑 쏟기 시작했다. 아마도 워털루전쟁 이후 처음으로 깊은 상처로 고통받던 마음을 위로하기 위해 흘린 눈물이었을 것이다.

우리는 모두 함께 울었다. 데샤르트르는 울지 않았지만 더는 자신의 생각을 말하지 않았고, 너무 슬퍼하는 모습 앞에 입을 다물었다. 할머니는 장군을 살롱까지 데려갔다. 그리고 그에게 말했다.

"친애하는 장군님, 눈물을 흘리고 마음을 위로하세요. 하지만 결코 방금 한 그런 말을 다시는 누구에게든 해서는 안 됩니다. 우리 가족들이나 손님들이나 하인들 앞에서는 그래도 괜찮아요. 하지만 지금 같은 때에 당신의 동료들이 사형당하지 않기 위해 도망 다니는 시국에 그렇게 절망적인 생각에 함몰되는 건 자신의 목숨을 거는 거예요."

"부인 지금 제게 신중하라고 말씀하시는 건가요. 신중해라가 아니라 경솔하게 행동하지 말라고 충고하셔야지요. 그러니까 제가 지금 하는 말이 심각하지 않고 제가 적들이 요구하는 그 수치스러운 해산 명령을 받아들이고 싶어 한다고 생각하시는 건가요! 그건 제2의 워털루 전쟁이에요. 명예도 없는! 조금만 대담하게 밀고 나가면 우린 나라를 구할 수 있어요!"

그러자 할머니는 소리쳤다.

"내전을 하겠다는 건가요! 프랑스 땅에서 내전에 불을 붙이겠다는 건가요! 나폴레옹도 자신의 이름으로 그것을 하길 원치 않았고 또 그런 위험 앞에서 기꺼이 자신의 자존심을 내려놓았는데 그런 그를 숭배하는 당신들이 그렇단 말인가요! 나는 그를 좋아한 적이 없지만 내 평생 한 번 그를 인정한 적이 있었지요. 그것은 프랑스를 서로 싸우게 하느니 차라리 자기가 황제 자리를 내려놓았던 날이었어요. 그래도 오늘 당신의 말을 부정했을 거예요. 그러니 그가 남긴 그 고귀한 정신을 받들어 그를 오늘날 기리기 바라요."

이 말이 장군의 생각에 인상적으로 들렸는지 아니면 자기 생각도 할머니 생각과 같았는지 모르지만, 그는 더는 아무 말도 하지 않았고 얼마 후 부르봉 치하에서 봉사하게 되었다. 하지만 루아르 후방에서 그처럼 충성심과 괴로움을 함께 느끼던 사람들에게 그들의 군대 경력을 계속해 나간다는 것은 그렇게 굴욕적인 경우가 아니라면 너무나 당연한 것이었다.

볼라벨의 역사서에서 내가 인용한 부분을 통해 해산 명령이 여러 가지 분열정책으로 위장했다는 것은 모두가 아는 바이다. 어느 날 저녁 노앙의 작은 광장과 그곳으로 오는 길들은 콜베르 장군에게 명령을 받기 위해 모인, 여전히 멋진 기병대 군복을 입은 기병들로 꽉 차 있었다. 일들은 아주 빨리 끝이 났다. 아무 말도 없이 그들은 우울하게 흩어져 서로 다른 길로 멀어져 갔다.

장군과 그의 부관들은 포기한 듯한 모습이었다. 애국적인 빨치산 조직에 대한 생각은 콜베르 장군 혼자만 머릿속으로 생각하는 것은 아니었다. 그 생각은 루아르의 부대들을 동요시키기도 했었다. 하지만 이제 사람들은 거기에 오를레앙 쪽의 계략이 있다는 것을 알아차렸고 군대들은 그쪽 사람들을 별로 달가워하지 않았다.

어느 날 아침 우리가 몇몇 창기병들과 점심을 먹을 때 사람들은 워털루전쟁에서 부상당한 어떤 대령에 대해 이야기하고 있었다.

"수르 대령은 정말 용감했지! 그를 잃는다는 것은 그의 친구들과 그가 지휘했던 부대원들에게 너무나 큰 상실감을 주었어! 그는 진정한 전쟁 영웅이고 정말 내면적으로도 훌륭한 사람이야."

"그가 어떻게 되었는지 알고 있나요?" 할머니가 물으셨다.

"그는 크게 부상당하고 총알이 팔을 관통했는데 우린 그를 앰뷸런스로 데려갔지요. 그는 죽지 않고 살아 있어서 살리려고 애를 썼지요. 하지만 이후 오랫동안 소식은 알 수 없었어요. 그런데 다들 그가 죽었다고 생각해서 다른 사람이 부대 지휘를 맡게 되었지요. 가엾은 수르! 저는 평생 그를 그리워하고 있어요!"

그가 그 말을 할 때 문이 열리며 한쪽 팔이 잘려 빈 소매가 펄럭이는 한 사람이 들어왔다. 태피터 천으로 된 영국제 넓은 붕대로 얼굴을 휘감아 끔찍한 상처를 감춘 그는 동료들에게 달려갔다. 모든 사람이 일어났고 크게 소리를 질러댔다. 모두 그에게 서둘러 달려가 그를 얼싸안고 끌어안고 질문하고 울었다. 수르 대령은 우리와 점심을 먹었다. 그에 대한 슬픈 찬사로 시작된 점심은 이렇게 끝이 났다.

그가 없는 동안 지휘를 맡았던 페루사 중령은 그의 지휘권을 돌려주었고, 수르는 자기 부대의 수장으로 가길 원했는데 그곳에서 부대원들은 이루 말할 수 없이 흥분하며 그를 맞이했다.


여기서 페티에 씨에 대한 추억을 하나 얘기하고 싶다. 그는 콜베르 장군의 부관이었는데 내게 정말 아버지처럼 잘해준 사람이다. 계급도 높고 봉사도 오래 한 군인이었지만 항상 자신도 어린아이인 것처럼 늘 나와 놀아주었다. 그는 그때 겨우 30살쯤이었다. 하지만 그는 황후의 시종侍從이었다고 했다. 그는 아주 일찍 부대에 들어왔는데 아주 유쾌하고 시종의 장난기를 가지고 있었다. 오빠와 나는 그를 너무 좋아했고 한시도 가만히 내버려 두지 않았다. 그는 현재 장군이다. 34
보름쯤 후에 콜베르 장군과 페티에 씨와 쉬베르비 장군과 다른 장교들은 생타망인가 하는 다른 곳으로 가게 되었다. 콜베르 장군을 너무나 좋아했던 할머니는 너무 슬퍼하셨다. 사실 그는 우리에게는 너무 좋은 사람이었고 그 이후로 우리 마을에 머문 고급 장교들이 떠날 때도 모두 아쉬워했다. 하지만 군대가 점점 해산됨에 따라 나의 관심은 점점 더 줄어들게 되었다. 특히 자기 자리를 새로 임명받아 과거보다는 미래를 향해 나가는 장교들에 대해서는 관심이 없었다. 몇몇 사람들은 벌써 복고왕정과 관련을 맺기 시작했고 주머니에 새로운 임명장을 가지고 있었다. 할머니는 그것을 축하했고 파티를 열어주기도 했다. 하지만 이런 최근의 왕정복고의 조짐들에 대해 엄마는 혐오감을 느끼고 있었고 나도 덩달아 그렇게 되었는데 나는 늘 엄마가 보는 대로 보고 엄마가 말하는 대로 말했기 때문이다.

엄마는 여전히 매력적이었기 때문에 구애하는 사람이 여럿 있어서 내 생각에 당시 엄마는 아주 명예롭게 재혼할 수도 있었을 거라고 생각한다. 하지만 엄마는 그 말을 꺼내는 것도 싫어하셨고 구혼자들로 둘러싸여 있어도 나는 한 번도 엄마가 처신을 가볍게 하는 것을 본 적이 없었고 늘 신중했던 모습만을 볼 수 있었다.

여전히 멋진 차림의 부대가 우리 누아르 계곡 지방을 계속 지나가는 모습은 대단한 광경이었다. 날씨도 너무나 맑고 따뜻했다. 모든 길은 품위 있는 군인들로 채워져 있었다. 그들은 아주 조용히 대열에

---

34 페티에 남작은 자신과 관련된 기억이 잘못되었다고 내게 알려왔는데 나는 그를 오늘날 입법부 의원인 그의 형과 혼동하고 있었다. 1815년 콜베르 장군의 부관이었으며 그의 제부이기도 했던 사람은 그때 22살이었다. 그는 황제의 첫 번 시종이었으며 여러 전투에서 받은 상처가 6군데나 있고 1830년에 전역했다 (1855년의 기록).

맞춰 행군했다. 너무나도 멋지게 차려입은, 그동안 사람들이 누누이 말했듯이, 승리로 점철된 그 군복들과 누렇게 탄 멋진 얼굴들, 전쟁 중에는 무서운 얼굴을 하지만 평화 시에는 부드럽고 인간적이고 예의 바른 군인들의 그 자긍심에 가득 찬 얼굴을 보는 것도 이때가 마지막 이었다. 농작물을 훔친다든가 자기들을 홍보하는 사람들과 싸운다든가 하는 일도 전혀 없었다. 나는 그들 중에 술 취한 사람도 전혀 본 적이 없다. 농부들이 그들에게 아낌없이 싸게 술을 파는데도 말이다.

엄마와 나는 평소처럼 아무 때고 산책을 다닐 수 있었고 어떤 모욕 적인 일도 없었다. 어떤 나쁜 일도 없었고 추방당하는 사람도 없었고 배은망덕함이나 중상모략도 없었다. 모두가 묵묵히 품위 있게 기다 리고 있을 뿐이었지만 사람들은 그들을 여전히 '루아르의 강도들'이라 부르고 있었다.

데샤르트르도 《천일야화》 책이 없어졌을 때, 아니면 원예원에서 자라는 것을 지켜보던 복숭아 4개가 사라졌을 때 그렇게 소리 지른 적 이 있다. 그것은 분명히 이폴리트가 한 짓이었는데 말이다. 어쨌든 데샤르트르는 그 강도들 짓이라 소리쳤는데 할머니가 아주 진지하게 "데샤르트르, 나중에 지금 이야기를 쓰게 되거든 그 심각한 사건을 잊지 말고 이렇게 쓰세요. '부대 하나가 노앙을 통과했는데 그들은 그 전에 온실에서 키우던 복숭아 4개를 훔쳐갔다'고."라고 말하자 이내 수그러들기도 했다.

우리는 병사들, 기병총 부대, 용기병, 기갑부대, 포병대 그리고 멋진 말을 타고 마드리드에서 본 연극 의상 같은 옷을 입은 기마친위 대 등 군대의 모든 부대가 지나가는 것을 보았다. 아버지의 부대도 지나갔고 아버지를 아는 몇몇 장교들은 우리 집 마당으로 들어와 할머니와 엄마에게 인사했는데 할머니와 엄마는 그들을 맞이하며 눈물을 터뜨렸고 거의 기절할 뻔했다. 어떤 이름을 잊어버린 장교 한 분은 나를 보며 "아! 그분의 딸이군. 너무 닮아서 몰라볼 수가 없겠네."라고 소리치고는 나를 안고 입 맞추며 말했다.

"스페인에서 아주 어릴 때 보았었지. 네 아버지는 정말 용감하고 천사처럼 좋은 분이셨단다."

얼마 후에 20살이 넘었을 때도 파리에서 어떤 초급 장교가 길에서 내게 다가와 혹시 내가 가엾은 뒤팽의 딸이 아니냐고 물어본 적이 있었고, 어떤 식당에서도 다른 테이블에서 식사하던 장교들이 나와 함께 식사하는 사람들에게 같은 질문을 한 적이 있었다. 하지만 이름을 잘 기억할 수 없어 혹시 실수할까 봐 이름을 말하지는 않겠다. 어쨌든 만나는 사람마다 아버지에 대해서는 칭찬과 애정을 아끼지 않았다.

오빠가 대단한 관찰자이며 나이에 비해 판단력도 정확했다는 것은 이미 말했다. 나도 그런 오빠와 의견을 같이했는데 우리는 현실적으로 새로운 권력과의 화해는 항상 높은 계급부터 시작될 거라고 말하곤 했다. 그리고 정말로 행군이 끝날 무렵 고급 장교들은 앙굴렘의 백작 부인이 백합 장식을 수놓은 깃발을 자랑스레 흔들고 백작 부인은 그들에게 호의를 보내고 있었다. 계급이 낮은 장교들은 아직 망설이거나 거부하고 있었다. 사병들과 군인들은 모두 대놓고 용감하게 보나파르티스트인 것을 숨기지 않았다. 그리고 미리 예견했던 것처럼 깃발과 모표를 바꾸라는 명령에 군인들은 독수리를 태우며 눈물로 그 재를 적셨다. 어떤 이들은 모자에 새 모표를 달기 전 침을 뱉기도 했다. 연줄이 있는 장교들은 이런 충성스러운 사병들과 빨리 연을 끊으려 했고 새로 편성된 부대의 다른 사람들 사이에서 자리를 잡으려고 했다. 내 생각에 많은 것이 그들의 기대에 미치지 못했고 그들을 시끄럽지 않게 해산시키기 위해 했던 하얀 거짓말들은 형편없는 자리를 주었을 뿐이었다.

우리 마을 길에서 마지막 군복이 떠나간 후에 우리 모두는 큰 슬픔과 피로감을 느꼈다. 행진하는 것을 보면 우리 자신이 행군하는 것처럼 느꼈다. 우리는 영광의 장례에, 나라의 장례에 참석했던 거였다. 할머니는 아주 깊은 고통의 감정을 느끼고 계셨고 지난 추억들을 떠올리셨다. 엄마는 젊고 멋진 장교들을 보면서 그 어느 때보다 더는 아무도 사랑할 수 없으며, 아직 젊은 엄마의 삶은 외로운 한탄 속에 이어질 거라고 생각했다. 데샤르트르는 매일 100개의 잠자리를 만들어 내느라 머리를 썩이고 하인들은 두 달 동안 매일 밤낮으로 40명분의 사람과 말을 돌보느라 녹초가 됐다. 돈이 별로 없었던 할머니도 힘들었지만 집을 제공하는 것을 영광스럽게 생각했고 불평 없이 1년 치 수입을 다 쓰셨다.

군인들과 함께 뛰면서 오빠는 미치도록 군인이 되고 싶어 했다. 그래서 더는 공부하란 말은 할 필요가 없었다. 나로 말할 것 같으면 매일 빈둥대다 보니 괴롭기만 했다. 왜냐하면, 나는 어릴 때부터 아무것도 하지 않는 것을 견딜 수 없이 힘들어했기 때문이다.

어쨌든 공부를 다시 시작하는 것은 쉽지 않았다. 우리 머리는 조금씩 계속적으로 훈련해야 했다. 정치는 너무나 혐오스러웠다. 노앙도 더는 예전처럼 평화롭고 따뜻한 곳이 아니었다. 이웃 마을의 공무원들은 많은 사람들이 열성적인 왕당파들로 바뀌었고 그들은 할머니를 방문하러 왔다. 그들은 왕좌와 제단 이야기만 하고 자코뱅파가 새로 일어날지 모른다는 것과 네와 라베두아이에르와 다른 나쁜 놈들을 단두대로 보낸 이 좋은 정부의 아버지 같은 엄격함에 대해 이야기했다. 사람들은 할머니가 여전히 영향력 있는 사교계와 연관이 있는 줄 알고 할머니에게 열심이었다. 하지만 사실 할머니는 그렇지도 않았고 그러길 원치도 않았다. 할머니는 반평생 은둔생활을 했기 때문에 도움을 줄 수 있는 처지가 못 되었고, 또 앙시앵 레짐들도 사람들이 상상하듯 그렇게 할머니를 좋아하지 않았다.

나도 왕당파에는 별로 흥미가 없었다. 나는 그들과 가족으로 얽이는 것이 수치스러웠다. 엄마는 그런 것에 너무나 무관심했다. 나는 이폴리트와 한쪽 구석에서 군인들이 몰래 조롱하라고 가르쳤던 저 꼭두각시 왕을 열심히 욕했다. 하지만 겉으로는 드러나지 않게 조심해야 했다. 데샤르트르는 이런 문제에는 사리분별을 하지 못했고 쥘리는 자기가 들은 말을 참고 있지 못했다.

사촌 르네 드빌뇌브가 가을에 우리를 보러 왔다. 그는 정말 사랑스럽고 유쾌하고 시골생활을 여유롭게 즐길 줄 알았다. 그리고 겉으로 그렇게 보여도 전혀 왕당파가 아니었다. 할머니는 그에게 오빠의 미래를 의논했다. 오빠는 이제 곧 16살이 돼서 더는 품에 데리고 있을 수 없었다. 또 오빠는 데샤르트르를 떠나 무슨 일을 하든 자기 삶을 살고 싶어 했다. 사람들은 오빠를 해군에 넣으려고 수학을 가르쳤는데 딸을 라로슈에몽 백작과 결혼시킨 빌뇌브 씨는 새로 맺은 사돈을

통해 좋은 자리들을 얻을 수 있다면서 할머니에게 오빠를 기병대에
넣어주겠다고 약속했다. 그리고 자기가 오빠의 후견인이 되어 진급
도 돕겠다고 했다. 그는 곧 그렇게 하겠다고 약속했고 오빠는 매일 부
츠를 신고 말을 탈 수 있다는 생각에 어쩔 줄을 몰랐다. 빌뇌브 씨가
간 다음에는 마를리에르 부인이 왔다. 그녀는 갑자기 신실해져서 주
일 밤낮으로 미사에 참여했는데 내게는 너무나 놀라운 일이었다. 그
리고 마침내 사람 좋은 파르다이앙 부인이 왔고 모두가 떠난 뒤에는
엄마도 떠나 버렸다. 그리고 얼마 후에는 이폴리트도 짐을 싸 생토메
르의 기병대로 가 버렸다.

그래서 1816년 초 노앙에는 할머니, 데샤르트르, 쥘리 양과 로즈
외에는 나 혼자뿐이었다. 그리고 이후 내 생애에서 가장 길고, 가장
외로운 공상에 빠져 있던 두 해를 보내게 된다.

## 8. 혼자만의 상상 그리고 코랑베

나는 내 이야기를 소설처럼 잘 연결해서 말할 수가 없다. 왜냐하면, 기억들을 정확한 순서대로 떠올릴 수 없기 때문이다. 1814~1817년을 파리에 가지 않고 노앙에서 할머니와 보냈던 것은 기억한다. 그래서 나는 이 4년 동안 내 정신이 어떻게 성장했는지 간략하게 정리해 보려고 한다.

내가 정말 좋아했던 과목은 역사와 또 거기에 필요한 지리 그리고 음악과 문학이었다. 내 적성에 맞는 걸 더 줄인다면 오로지 문학과 음악뿐이다. 왜냐하면, 역사에서 내가 좋아했던 것은 일련의 역사적 사실들을 통해 우리에게 새로운 진보적 철학 개념들을 가르치는 것이었는데 당시 역사 교육은 그런 것이 아니었기 때문이다. 당시에는 아직 그런 개념들이 분명하고 자세하게 대중들에게 알려지기 전이었다. 그 이론들은 대단한 발견은 아니라 하더라도 적어도 새로운 시대에 대한 철학적 확신이었다. 그런 이론들은 르루나 장 레이노 혹은 1830~1840 학파들에 의해[35] 새 백과사전에 아주 잘 명시되어 있다.

내가 역사를 배울 때는 역사적 사실들을 평가하는 데 있어 어떤 순서도 통찰도 없었다. 오늘날 역사 공부는 진보에 대한[36] 이론적 학습

---

**35** 〔역주〕당시 새로운 사상이었던 사회주의 사상을 주장한 철학자들인데, 당시 '진보'라는 말은 이와 같은 새로운 사상들을 다 함축하는 단어였다.

**36** 〔역주〕계속 나오는 이 '진보'라는 단어는 과거의 앙시앵 레짐과 반대되는 사회주의 혹은 코뮈니즘 사회를 향해 나아가는 움직임을 말한다.

이라고 할 수 있을 것이다. 역사는 그동안 흩어지고 부서졌던 모든 것들을 다시 붙여 큰 흐름을 만든다. 역사는 우리에게 인류의 유아기와 성장과정, 인류의 실험과 노력들 그리고 성공적인 승리 혹은 일탈까지 가르치면서 결국에는 미래를 향한 길 위로 다시 돌아오게 한다. 그래서 인류를 계속 전진하게 하는 역사의 법칙을 더 강화시킨다.

진보의 이론 속에서 하나님은 오직 하나이고 인류도 오직 하나이다. 오직 하나의 종교가 있으며 인간에게는 오직 하나의 물려받은 진실이 있으며 그것은 오직 하나님과 함께하는 진리이다. 그리고 그것에 대한 사람들의 여러 가지 다양한 선언들은 역사의 여러 상황 속에서 여러 가지 모양으로 표현되며 계속 진보를 향해 왔다.

이보다 더 간단한 것이 없고 이보다 더 위대한 것이 없고 이보다 더 명확한 이론은 없다. 한 손에는 "영원히 진보하는 인류"라는 기치를 들고 다른 손에는 "영원히 높임 받을 계시자 하나님"이란 기치를 들고 역사 공부에서 이제는 더는 이리저리 떠다니지도 방황할 것도 없다. 왜냐하면, 역사 공부는 하나님과 우리의 관계에 대한 하나님의 역사이기 때문이다.

우리 시대에는 이런저런 역사적 사건들을 동시에 배웠다. 사건들 사이에는 어떤 연관성도 없었다. 예를 들면 성스러운 이야기들과 현재 세상에서 일어나는 사건들을 각각 배웠다. 각각의 시선을 가지고 그들 사이에 어떤 연관도 생각지 않으며 말이다. 뭐가 진실이고 뭐가 지어낸 것이었을까? 둘 다 모두 기적 같은 이야기들과 이성적으로 받아들일 수 없는 이야기들로 가득했다. 하지만 어째서 유태인들의 하나님만이 유일한 하나님이란 말인가? 사람들은 그것을 설명하지 못했고, 특히 나는 모세와 예수의 신을 내 맘대로 버렸고, 호메로스와 베르길리우스의 신도 마찬가지로 던져 버렸다. 사람들은 "읽고, 필기하고, 요약하고 잘 새겨 두어요. 모두 다 잘 알아 두어야 하고 몰라서는 안 되는 것들이니까." 하고 말했다. 37

알기 위해 알아야 하는 것, 그것이 내 교육의 이유였다. 나를 좀 더 나은 사람으로 만들거나 더 행복하게 혹은 더 지혜롭게 하는 것은 문제가 아니었다. 사람들은 지적인 사람과 대화를 나눌 수 있기 위해, 자기 책장의 책들을 읽을 수 있기 위해, 혹은 시골 같은 데서 시간을 때우기 위해 배웠다. 그리고 나 같은 사람은 똑똑한 사람에게 잘 대답하는 것이 뭐가 좋은 것인지 이해할 수가 없었다. 차라리 나는 그들의 말을 조용히 듣거나 아예 그들의 말을 듣지 않는 걸 더 좋아했으니까. 또 보통 아이들은 심심하지 않다. 왜냐하면, 공부 말고도 놀 거리는 무궁무진하니까. 그래서 사람들은 다른 이유로 부모님들을 기쁘게 하기 위해 공부하라고 한다. 그들에게 순종의 미덕과 어떤 자식으로서의 의무감을 일깨우면서 말이다. 이것은 그래도 꽤 괜찮은 생각이기는 했다. 특히 나

---

37 나는 할머니가 여전히 정신적으로 온전히 지적 능력을 지니고 계셨다면 나를 좀 더 이성적으로 더 발전시켜주셨을 것이라고 확신한다. 할머니는 아버지의 정신교육에 있어서 아주 효율적인 교육을 시키셨음이 분명하다. 하지만 어린 시절 기억속에서 철학적 교육에 대해 아무리 찾아봐도 나는 할머니에게 받은 철학적 교육을 찾을 수가 없다. 아마도 내 생각에 대혁명 이전 할머니는 볼테르보다는 루소를 더 좋아하셨던 것 같다. 하지만 나이가 들어 가면서 점점 더 볼테르주의자가 되셨다. 분명 왕정복고 시대의 편협한 정신이 이전 시대의 철학에 물든 머릿속에 그런 극단적인 생각을 불어넣어준 것 같다. 볼테르의 역사철학관이란 것이 얼마나 근본도 없고 도덕성도 없는지 우린 모두 잘 알고 있다.

같은 아이에게는 말이다. 나는 천성적으로 생각은 고집스러웠지만 겉으로는 유순했으니까.

나는 한 번도 좋아하는 사람에게 반항한 적이 없었다. 그들이 나를 지배하는 것을 자연스럽게 받아들여야만 했다. 왜냐하면 나는 관계를 끝내고 싶지 않은 사람이라면 비록 그 사람이 틀렸다 해도 어떻게 양보하지 않을 수 있는지, 또 어떻게 그들을 위해 자신을 희생시키지 않을 수 있는지 이해할 수 없었기 때문이다. 할머니나 엄마나 수녀원의 수녀들이 보기에 내가 말도 안 되는 상황 속에서도 말도 안 되게 온순했던 이유가 여기에 있었다. 지금 나는 '온순'이라고 표현했는데, 나의 어릴 적 성격을 그들이 그 말로 설명할 때 그것은 정말 내게 충격적이었다. 아마 그 말은 제대로 된 표현이 아니었을 것이다. 나는 결코 온순하지 않았다. 마음속으로는 전혀 양보하지 않았으니까. 그리고 양보하지 않기 위해서는 증오해야만 했지만 나는 정반대로 사랑했다. 이것은 내가 이성보다는 애정을 더 소중하게 생각했다는 걸 말해준다. 나는 행동에 있어 머리보다는 가슴을 더 따랐다.

그래서 내가 최선을 다해 너무나도 지루한 공부를 한 것은 순전히 할머니에 대한 애정 때문이었다. 그것 때문에 나는 아름다운지도 모르겠는 수천 개의 시구를 외웠고 무미건조한 라틴어를 공부했고 나의 자연스러운 시상을 억압하는 것 같은 운율공부를 했다. 산수야말로 내 적성과 너무 반대여서 더하기를 하려면 문자 그대로 머리가 어지럽고 정신이 혼미했다. 또 할머니를 기쁘게 하려고 역사 공부도 열심히 했는데 그렇게 억지로 하는 동안 결국 나는 역사를 엄청 좋아하게 되었다.

하지만 내가 이미 말한 이유로, 또 역사 공부가 어떤 정신적 이론을 정립하고 있지 않아서, 역사는 그때 내 안에 깨어나기 시작한 어떤 논리에38 대한 생각을 만족시켜주지 못했다. 하지만 역사는 다른 쪽에서 나를 매료시켰다. 나는 그것을 순수하게 문학적이고 소설적인 측면에서 음미했다. 위대한 성품들, 멋진 행동들은 한마디로 나를 사로잡았고 나는 그것들을 내 방식대로 이야기하며 이루 말할 수 없는 즐거움을 느꼈다.

내가 내 나이에 비해 요약문들도 재미있게 잘 쓰는 것을 보고 할머니가 원문과 비교하며 내가 제대로 썼는지 확인하는 일도 점점 줄어들게 되었다. 그것은 사람들이 상상할 수 없을 정도로 내게 큰 도움을 주었다. 나는 수업 때 내가 요약한 글이 있는 책을 아예 가지고 가지 않았다. 더는 원본에 대해 묻지도 않으니 나는 개인적인 습작에 더욱더 몰두했다. 세속적인 역사가들에 비하면 내가 더 철학가였고 종교사학자들보다 내가 더 광적이었다. 그저 내 감정대로 따라가면서 저자의 생각과 같아야 한다는 생각에서 벗어나니 나는 내 이야기에 나만의 색을 입힐 수 있었다.

그래서 어떤 글의 경우 너무 건조하면 내가 수식을 덧붙이곤 했다. 나는 근본적인 뜻은 하나도 고치지 않았지만 별로 중요하지 않고 별 설명도 없는 등장인물의 경우 일단 내 손에 들어오면 예술의 이름으로 그 인물의 역할과 행동에 잘 맞는 특별한 성격을 부여했다. 작가의 생각에 맹목적으로 동의할 수 없어서 나는 작가가 단죄한 인물들을

---

38  〔역주〕 아마도 진보적 사상에 대한 논리였을 것이다.

복권시키기도 했다. 나는 적어도 그에 대해 설명하고 그를 변명해주었다. 그리고 만약 인물이 내 열정의 대상이 되기에 너무 차가우면 나는 그저 내 안에 타오르는 정염의 불길들을 공책에 쏟아놓았는데 할머니는 때때로 너무나 유치하고 과장된 표현을 보고 웃기도 하셨다.

중간에 작은 묘사라도 내 이야기를 구겨 넣을 기회가 생기면 나는 결코 놓치지 않았다. 책의 어떤 한 문장, 단순한 표현 하나면 족했다. 그것으로 나의 상상력은 타오르고 그 위에 수를 놓기 시작했다. 나는 태양과 폭풍과 꽃들과 폐허와 유적들, 코러스, 성스러운 플루트 소리 혹은 이오니아의 리라소리, 혹은 무기들 부딪히는 소리나 파발꾼이 타고 가는 말 울음소리 등 되지도 않는 소리들을 끼워놓았다. 나는 고전주의의 신봉자였지만 설혹 어떤 새로운 형태를 만들어낼 기술은 없었다 해도 살아 있다는 느낌 그 자체로 즐거웠고 상상의 눈으로 내 앞에 과거가 살아나는 것을 보았다.

사실 매일 나 편할 대로 이럴 수는 없었기 때문에 내가 뜻을 파악해야 하는 문장들을 똑같이 베낄 때도 있었다. 하지만 그런 날은 말할 수 없이 우울하고 무료한 날이었다. 그러면 다시 상상력이 불타오르며 내게 보상해주는 기쁨을 맛보았다.

음악에 대해서도 마찬가지였다. 나는 할머니를 위해 의무적으로 재미없는 음악 공부를 억지로 했다. 하지만 대충 그럭저럭 할 만하게 됐을 때 누가 듣지 않으면 나는 곡을 내 멋대로 바꿔 즉흥적으로 노래하고 연주하며 곡과 가사를 고쳤다. 내가 얼마나 엉터리로 음악을 바꿔 버렸는지는 오직 하나님만 아실 것이다! 나는 거기서 굉장한 희열을 느꼈다.

음악 공부는 곧 나를 진력나게 했다. 그것은 할머니가 가르쳐주시는 방식과 달랐다. 할머니는 직접 나를 가르칠 수 없다고 생각하셨는지 아니면 자신의 건강 상태로는 그럴 수 없다고 생각하셨는지 모르지만 더는 나를 가르치지 않으셨고 그저 음악 선생님이 가져온 재미없는 것들을 내게 시키시기만 했다.

음악 선생님은 라샤트르의 오르가니스트였는데 그는 분명 음악을 잘 알고 있기는 했지만 음악을 전혀 느낄 줄 몰랐고 그것을 내게 나타낼 생각도 전혀 하지 않았다. 그의 이름은 가이야르였는데 그의 얼굴과 옷차림새는 너무나 코믹했다. 그는 항상 묶은 머리와 비둘기 날개 수염을 하고 나이가 50정도밖에 되지 않았는데도 앙시앵 레짐 시대의 각진 큰 옷을 입었다. 왕정복고 때는 얼마 동안 이런 머리 모양과 옷이 잠시 나타나기도 했는데 그것은 자신들이 아주 좋은 사회에 속해 있음을 과시하기 위한 거였다. 다른 것과 마찬가지로 가이야르 씨가 여전히 분을 바르고 짧은 바지를 입은 것도 아마 무게를 잡기 위한 것이었을 것이다.

하지만 라샤트르의 신부님이나 할머니의 눈 밖으로만 벗어나면 너무 초라해지는 사람이었다. 그는 일요일 점심때 와서 아주 푸짐한 점심을 먹고 2시간 동안 내게 피아노와 클라브생을 가르치고 저녁까지 하녀들과 수다를 떨다가 갔다. 그는 말도 없이 거의 4인분 식사를 하고 할머니 앞에서 내게 가르쳤다기보다는 계속 죽어라 반복시킨 곡을 연주해 보게 하고는 주머니 가득 하녀들한테 가져오게 한 간식을 잔뜩 가지고 갔다.

그 선생님과 함께하며 실력이 느 것은 사실이다. 하지만 실제로 배운 것은 전혀 없다. 나는 음악에 대한 존경과 사랑을 잃어버렸다. 그는 너무나 쉽고 재미없고 그저 자기 혼자 생각에 멋지다고 생각하는 곡들을 가져왔다. 다행히 가끔은 자기도 모르게 슈타이벨트의 소나티네나 글루크나 모차르트의 곡 혹은 플라이엘이나 클레멘티의 아름다운 연주곡을 가져온 적도 있었다. 내게 음악적 감수성이 제법 있었다는 증거는 어떤 것이 연습할 가치가 있는 곡인가를 나 스스로 구별할 수 있었기 때문이다. 나는 음악에 대해 때 묻지 않은 감각이 있었는데 할머니는 그것을 좋아하셨다.

하지만 그런 것에 대해 가이야르 씨는 전혀 개의치 않았다. 그는 그저 정확하고 세게만 연주했을 뿐이고 연주에 어떤 감정도 색깔도 마음도 없었다. 그의 연주는 정확하고 시끄럽기만 해서 매력도 없었고 감정을 고양시키지도 않았다. 그래서 나는 그의 연주 방식을 너무 싫어했다. 게다가 그는 너무나 크고 못생기고 털도 많은 데다 더럽고 기름진 손을 가지고 있어서 더 혐오감을 줬다. 더러운 땀 냄새와 섞인 분 냄새는 더 참을 수 없었다.

할머니는 정말 그가 음악 선생으로서 자질도 영혼도 없는 사람인 것을 알아야만 했다. 하지만 할머니는 점점 손이 마비되어 가니 그를 통해 내게 손가락 연습을 시키고 싶으셨던 것 같다. 그러니까 손가락 기술을 배우라고 그를 붙이신 것이다. 사실 가이야르 씨는 손가락 움직이는 법과 악보 보는 법을 가르쳐주긴 했다. 하지만 그 외에 가르쳐준 것은 정말이지 아무것도 없다. 그는 곡을 연주할 때 그 곡의 분위기라든가 흐름이라든가 또 그 곡 안의 감정이나 생각을 설명해준 적이 없다. 그런 것들은 다 나 혼자 짐작해야 했다. 왜냐하면, 할머니가 너무나 잘 가르쳐주셨던 법칙들도 모두 다 잊어 버렸기 때문이다. 나는 그것을 계속 연습했어야만 했는데 말이다.

내가 무슨 실수를 하면 가이야르 선생님은 되지도 않은 말장난으로 나를 훈계했다. 예를 들면 "나 때는 이렇게 공부했지."라든가 "내가 마지막으로 쫓겨날 때는 말이야…"하는 식이었다. 또 라틴어를 섞어 말할 때도 있었다.

수업 시간 외에 그는 항상 난롯가에서 졸거나 자두나 호두를 먹으며 방을 어슬렁거렸다. 그는 먹는 것 말고 다른 건 생각할 줄도 몰랐다. 노래에 대해서는 더 말하고 싶지 않다. 그래도 노래는 내 적성에 맞았다. 나는 즉흥적으로 노래 가사를 흥얼거릴 때 말할 수 없는 편안함을 느꼈다. 내 생각에 노래는 나의 감정과 느낌을 표현할 수 있는 가장 진솔한 방법인 것 같았다. 정원에 혼자 있을 때 나는 움직일 때마다 노래를 불렀다. "수레야 굴러라 굴러라! 잔디야 물을 먹고 얼른 자라렴. 예쁜 나비야 날아와 내 꽃 위에 앉아라! …" 등. 그리고 내가 슬플 때 내 곁에 없는 엄마를 생각할 때 노래는 끝없는 애가哀歌로 이어졌고 그것은 나의 고독감을 달래주고 흐르는 눈물은 나를 위로해주었다.

"엄마, 들리나요? 지금 나는 한숨지으며 울고 있어요…."

12살 무렵부터 나는 글을 쓰기 시작했다. 하지만 얼마 지나지 않아 그만두었다. 나는 몇 개의 습작을 썼는데 그중 누아르 계곡에 대해 쓴 것은 내가 자주 가던 장소에서 바라본 풍경을 쓴 거였다. 또 다른 것은 어느 여름밤 달빛 아래 쓴 거였다. 기억나는 건 이런 것들뿐인데39 너무 마음 좋은 할머니는 그 글들이 아주 걸작이라고 듣기 좋게 말씀

해주셨다. 내가 기억하기로 그것들은 정말 창고에나 처박아둘 그런 글들이었는데 말이다. 하지만 다행히 할머니의 섣부른 칭찬에도 나는 첫 번째 성공에 대해 그리 우쭐하지 않았다. 하지만 그때부터 항상 마음속에 새기고 있던 생각은 어떤 예술도 자연의 아름다움이 주는 감동을 다 표현할 수 없다는 거였다. 또 어떤 문장도 우리 내면이 느끼는 힘차고 용솟음치는 감정을 그대로 표현하지 못한다는 거였다. 영혼 속에는 형태를 지을 수 없는 뭔가가 더 있기 때문이다.

영혼 속의 열정이나, 몽상, 정열, 고통 등은 예술로 충분히 표현할 수 없다. 어떤 예술이건 어떤 예술가이건 말이다. 사랑하고 존경하는 대가들에게는 정말 미안한 말이지만 그들의 작품도 자연이 주는 그런 감동을 준 적은 없다. 또 나 자신도 그 감동을 전하는 것은 불가능하다는 것을 수천 번도 더 느꼈다. 예술도 인간이 하는 다른 모든 선언처럼 영원히 불완전하고 무력한 갈망 같다. 우리의 불행에 대해 우리가 가지고 있는 감정은 한계가 없는데 우리의 표현들이란 너무나 한정되어 있기 때문이다. 그 감정이란 자체도 너무 막연해서 딱 들어맞는 표현을 찾는 일은 고통스러운 일이다.

새로운 예술은 그것을 잘 느끼고 있다. 그래서 현대 예술은 문학, 음악, 미술 분야에서 이 무력감을 극복하기 위해 애쓰고 있다. 예술은 낭만주의라는 새로운 형태에서 새로운 지평을 열었다고 믿었다. 그래서 얻은 것도 있을 것이다. 하지만 영혼의 고양이란 상대적일 뿐

---

39 그중에는 은색 바구니에 앉아 구름 사이를 가르는 달에 대한 은유 같은 것도 있었다.

이다. 완전함에 대한 갈망, 무한에 대한 열망은 여전히 채워지지 않은 채 영원히 남아 있다. 이것은 내게 있어 하나님이 존재한다는 부인할 수 없는 증거이기도 하다. 우리는 아름다운 이상에 대한 꺼지지 않는 열망을 가지고 있다. 그래서 욕망에는 그 끝이 있다. 그리고 그 끝은 우리의 한계를 벗어나는 것이다. 그것은 무한한 것이고 그것은 바로 하나님이다.

그러니까 예술은 완전히 표현될 수 없는 감정, 모든 표현을 초월하는 그런 감정을 표현하기 위한 행복한 노력이다. 여러 형태로 나타나는 낭만주의도 이런 인간의 한계를 극복하지는 못했다. 형용사의 남발, 수많은 해석, 불타오르는 색들은 기본적이고 때 묻지 않은 하나의 형식을 표현하고 있을 뿐이다. 하지만 아무리 노력해도 태양 빛이나 산들바람의 속삭임에서 느끼는 그런 것은 불행하게도 찾아볼 수 없다.

하지만 예술이란 숭고한 표현이고 그것 없이는 살 수 없기 때문에 끝없이 탐닉하게 된다. 예술이 위대하면 할수록 나는 더 흥분해서 더 좋은 것, 아무도 줄 수 없었던 더 나은 것을 찾게 된다. 그것은 나 자신도 줄 수 없는 것인데, 그와 같이 더 좋고 더 나은 것을 표현하자면 아직까지 인간이 발견하지 못한 하나의 암호가 필요하기 때문이다.

다시 분명하고 확실히 말하지만 내가 그동안 쓴 글 중 12살 때 쓴 첫 번째 수필뿐 아니라 늙어서 쓴 작품까지 나를 만족시키는 것은 결단코 하나도 없다. 그리고 이것은 겸손해서 하는 말이 아니다. 예술적인 소재를 보거나 느낄 때 매번 나는 그것을 느낀 그대로 표현할 수 있을 것처럼 생각한다. 그래서 열심히 뛰어들어, 때로는 정말 엄청난 즐거움을 느끼며 작업한다. 그리고 마지막 페이지에서 "오! 이번에는 성공적이야!"라고 자신에게 말한다. 하지만, 세상에나! 교정본을 읽을 때면 꼭 "이게 아닌데, 내가 느끼고 생각한 건 다른 거였는데 …. 너무 건조하고 딴소리를 하고 있네. 너무 말이 많았네 …. 좀 더 써야 했는데 …." 하고 말하게 된다. 그래서 작품을 편집자에게 넘기지 않았다면 나는 그것을 한쪽에 두고 잊어버렸다가 다시 작업하고 싶다.

그래서 나는 처음 글쓰기를 시도해 본 때부터 글이란 내가 생각한 것을 다 표현할 수 없고 오히려 단어와 문장은 그 감정들을 모두 망친다는 것을 알았다. 또 내가 얼마나 글을 잘 배웠고 잘 쓰는지 보이기 위해 누군가 엄마에게 내 글 중 하나를 보냈는데 엄마는 "너의 멋진 문장들이 날 웃기는구나. 말할 때는 그렇게 말하지 않기를 바란다." 라는 답장을 보냈다. 내가 힘들게 쓴 글에 대한 엄마의 그런 반응에 나는 결코 모욕감을 느끼지 않았다. 오히려 나는 이렇게 대답했다.

"안심하세요. 사랑하는 엄마, 고상한 척하는 사람이 되지는 않을 테니까요. 엄마에게 사랑하고 보고 싶다고 말하고 싶을 때는 지금처럼 이렇게 말할게요."

그래서 나는 글쓰기를 그만두었다. 하지만 글을 쓰고 이야기를 꾸미고 싶은 마음은 계속 나를 성가시게 했다. 내게는 어떤 가상의 세계가 필요했기 때문에 나는 항상 나와 함께 어디든 갈 수 있는 가상의 세계를 끊임없이 창조했다. 산책할 때나 멍청하게 있을 때나 정원에서나 들판에서나 아니면 침대에서 잠들기 전이나 일어나기 전 잠자리에서 말이다. 평생 내 머릿속에서는 소설 이야기가 끊이지 않았고 혼자 있을 때는 한 장 한 장 이야기를 연결해 나갔다. 또 이야기를 위한 소재들을 끊임없이 모으기도 했다. 이런 방식을 뭐라고 설명할 수 있을지는 모르겠다. 지금은 그것을 잃어버렸고 또 아쉬워하고 있으니까. 그것은 나의 머릿속 공상들을 실현하는 유일한 방식이었다.

만약 그것이 나 개인만의 이상한 취미였다면 나는 머릿속으로 하는 공상에 대한 이야기를 더는 하지 않을 것이다. 왜냐하면, 독자들께 미리 말하지만 나는 나 자신에 대한 이야기보다 우리 모두의 이야기를 하고 싶으니까. 하지만 나는 내 내면의 이야기가 내가 속한 우리 세대의 이야기라고 믿고 있다. 우리 중 젊을 때부터 소설이나 시를 쓰지 않은 사람은 없었으니까.

25살쯤 되었을 때 한번은 오빠가 자꾸 뭔가를 쓰는 것을 보고 뭘 쓰느냐고 물은 적이 있었다. 오빠는 "겉으로는 웃기지만 도덕적인 소설을 쓰고 있어. 그런데 어떻게 써야 할지 모르겠네. 내가 대충 쓰면 네가 좀 제대로 써주면 좋겠다."라고 대답했다. 그리고 줄거리를 말해줬는데 너무 회의적이고 들을수록 더 반감이 가는 내용이었다. 나는 오빠에게 언제부터 이렇게 소설을 쓰기 시작했는지 물어보았다. 그러자 오빠는 이렇게 말했다.

"항상 쓰고 있었지. 공상하면 너무 재미있고, 흥분돼. 혼자 웃기도 하고. 그런데 막상 쓰려고 하면 어떻게 시작하고 어디서 끝내야 할지 모르겠어. 펜을 들면 다 엉키거든. 마음은 다급한데 어떻게 표현해야 할지도 모르겠고, 또 읽어 보면 형편없어 쓴 걸 다 태워 버리게 되지. 그리고 며칠 지나면 마치 열병처럼 또 머릿속 이야기가 시작돼서 밤낮 그 생각만 하게 돼. 그래서 또 끄적거리다 태우기를 반복하지."

"공상에다가 어떤 짜인 형식이나 틀을 주려고 하는 건 잘못된 거야!

꼭 그 생각과 전쟁을 하는 것 같지 않아? 포기하고 던져 버려도 계속 안에서 웃으며 살아 움직이지. 점점 더 풍성해져서 말이야? 나는 이런 공상을 괜히 표현하려고 애쓰며 사라지게 하지 않는데, 오빠도 그렇게 해 보는 게 어때?"

"아, 그렇구나, 그러니까 그게 우리 핏속에 흐르는 병이란 말이야? 너도 그렇게 허공에 삽질하고 있단 말이야? 나처럼 공상에 빠져서? 전에 그런 말 한 번도 한 적이 없잖아."

늘 나를 배신해 화나게 만드는 오빠였지만, 이미 말을 뱉었으니 화났던 것을 생각하기엔 이미 너무 늦은 후였다. 이폴리트는 자기 고민을 말하다 내 비밀을 가져갔고 나는 그에게 지금부터 하는 이야기를 해주었다.

어릴 때부터 나는 나 혼자서만 몰래 꿈꾸는 세상이 있었다. 그곳은 환상적이고 시적인 세계였다. 그리고 그 세계는 점점 더 종교적이고 철학적인 세계로 나아갔다. 11살쯤 됐을 때 나는 《일리아드》와 《해방된 예루살렘》을[41] 읽었다. 아! 그 책들은 얼마나 짧던지, 마지막 페이지를 읽을 때 얼마나 아쉽던지! 너무나 빨리 끝나 버렸을 때 나는 너무 슬퍼서 거의 병이 날 지경이었다. 나는 어떻게 해야 할지도 모르고 더는 다른 것을 읽을 수도 없었고 둘 중 어느 것이 더 좋은지도 구별할 수 없었다.

---

**40** 〔역주〕 호메로스가 쓴 트로이 전쟁 이야기, 그리스 신화의 신들과 전쟁 영웅들이 등장한다.
**41** 〔역주〕 타소가 십자군 전쟁을 주제로 쓴 기독교 시다.

나는 호메로스가 더 아름답고 위대하고 심플하게 생각됐지만 타소도 그만큼 흥미로웠다. 그는 좀 더 낭만적이었고 우리 시대와 특히 여자들에게 잘 맞았다. 정말 눈을 뗄 수 없는 장면들이 있었는데 예를 들어 목동들 집에서의 에르미니아의 장면이나 나무꾼 올린도나 소프로니아 집에서 도망치는 클로린다가 나오는 장면이다. 얼마나 멋진 장면들이 펼쳐졌는지! 나는 그런 장면들에 완전히 사로잡히곤 했다. 다른 말로 하자면 나는 완전히 그 이야기 속으로 빠져들었다.

등장인물들은 이제 다 내 것처럼 되어서 나는 그들을 움직이고 말하게 하면서 내 맘대로 그들의 모험 이야기를 끌고 나갔다. 내가 시인보다 더 잘해서가 아니라 그 등장인물들에 대한 나의 애정이 나를 그렇게 만들었다. 나는 그들이 내 느낌대로 하길 원했다. 그러니까 순수하게 종교적 열정을 가지고 전쟁과 정의에 불타는 인물이길 바랐다. 나는 소심한 에르미니아보다 용감한 클로린다를 더 좋아했다. 그의 죽음과 세례는 내 눈에 그녀를 신으로 보이게 했다. 나는 아르미다를 증오하고 리날도를 경멸했다. 여전사나 마녀에 관련해서 나는 어렴풋이 몽테뉴가 아리오스토의 시에 나오는 브라다만테와 안젤리카에 대해 말한 것을 떠올리곤 했다.

"하나는 순진하고 역동적이고 관대하고 남자 같지는 않았지만 용감했고, 다른 하나는 섬세하고 부드럽고 다정한 조금은 위선적인 아름다움을 가지고 있었다. 하나는 소년처럼 변장하고 빛나는 투구를 썼고, 다른 하나는 소녀 옷을 입고 진주가 달린 머리 장식을 하고 있었다."

하지만 이 소설에서 기독교도인 올렝프는 마치 《일리아드》에 나오는 그리스 신처럼 타소의 등장인물들 위에 버티고 있었다. 그래서 결정적인 신앙은 아니라고 해도 어떤 종교적 감정이 작품 속 인물들을 통해 나를 강하게 사로잡기 시작했다. 왜냐하면, 아무도 내게 종교에 대해 가르치지 않았기 때문이다. 나는 스스로 종교를 가지고 싶어서 나 스스로 하나를 만들어냈다.

나는 아주 비밀스럽게 내 안에 그것이 둥지를 틀게 했다. 내 영혼 속에서는 종교와 소설이 함께 자라갔다. 전에도 말했듯 나는 가장 낭만적인 정신이 가장 합리적인 정신이라고 생각해서 좀 모순적인 것이 있어도 밀고 나갔다. 낭만적 성향은 이상적인 아름다움에 대한 갈망이다. 세속적인 현실에서 이상을 억압하는 모든 것을 거부하고 의미 없게 생각한다. 최초의 크리스천들과 기독교에서 파생된 모든 종파는 이런 낭만적 정신의 소유자들이었고 그들의 이런 원칙은 엄격하고 절대적이었을 것이다. 내기를 걸어도 좋다.

그래서 나는 공상 속에서 순진하고 외롭게, 오로지 나 혼자만의 이상을 찾아 헤매었는데 이상적 세계, 이상적 인간은 이상적인 신 없이는 꿈꿀 수 없었다. 그런데 위대한 창조자 여호와나 위대한 운명의 신 주피터는 내게 와닿지 않았다. 나는 그런 신성한 힘을 자연 속에서 발견했지만 인간적 존재에게서는 느낄 수 없었다. 그래서 나는 인류가 나 이전에 했던 대로 우리 불행한 세대의 중재자, 매개자, 반신인, 신성한 친구를 찾았다.

유년 시절에 읽은 호메로스와 타소는 기독교적이고 이교도적인 시를 통해 위대하고 두려운 신성을 보여주었지만 나는 둘 중 어느 것을 선택할 수 없었다. 이렇게 머릿속이 혼란스러운 가운데 첫 영성체를 준비할 때 나는 교리가 뭔지 전혀 이해할 수가 없었다. 복음과 예수의 삶과 죽음 같은 성스러운 이야기들에 대해 아무도 모르게 눈물을 펑펑 쏟기도 했지만 절대 들키지 않았다. 할머니가 나를 비웃을까 봐 그랬다. 하지만 지금 생각하면 할머니는 절대로 비웃지 않았을 것이다. 그러나 할머니의 교육 방침에 따라 내 신앙에 간섭하는 사람이 아무도 없으니 나는 의심하기 시작했다. 아니 어쩌면 내 마음 가장 깊은 곳의 신비로움에 대한 끝없는 갈망이 내게 정신적 편견을 주고 방황하게[42] 한 건지도 모른다. 할머니는 내가 별 생각 없이 교리를 읽고 배우는 것을 보고 다시 할머니식으로 가르치기만 하면 내 머릿속을 하얗게 비울 수 있을 거라고 생각하셨을 것이다. 하지만 그것은 틀린 생각이었다. 아이들의 머리는 절대로 깨끗이 비울 수가 없다. 아이들은 계속 생각하고 질문하고 의심하고 찾는다. 그리고 아무도 집을 지어주지 않으면 자기가 모을 수 있는 지푸라기를 가지고 둥지를 짓는다.

내게 일어난 현상도 그런 거였다. 할머니는 오직 내가 미신적이지 않기만을 바라셨기 때문에 나는 기적을 믿을 수 없었고 더욱이 예수

---

**42** 이런 신비스러운 것에 끌리는 것은 내게만 일어나는 현상은 아니다. 모든 엄마들이 자신들의 어린 시절과 또 딸들을 키울 때를 생각해 보길. 스스로 뭔가를 찾아가는 이런 정신 상태는 모든 어린이들이 다 갖고 있다. 특히 여자들의 어린 시절에. 그러니 이것을 너무 세게 그만두게 하거나 또 너무 내버려 둬서도 안 된다. 때로 엄마들이 이런 딸들의 순진한 공상을 부도덕한 것으로 야단치는 것을 볼 때가 있다. 그래서 오로지 하늘만 비추는 이 순수한 호수에 돌과 오물을 던지는 것을 볼 때가 있다. 또 주변의 모든 더러운 것들이 아무 생각 없이 그곳에 떨어지는 걸 내버려 두는 사람도 있다. 이 잠자는 호수의 바닥을 보는 것은 어렵고 불가능한 일이다. 그러니 아무도 알 수가 없다.

의 신성을 믿을 수는 없었다. 하지만 나는 그와 그의 신성을 사랑했다. 나는 혼자 "모든 종교가 소설이라니 종교가 될 소설이나 소설이 될 종교를 하나 만들자. 나는 내 소설들을 믿지는 않지만 믿을 때는 정말 행복하니까. 게다가 가끔 믿는다고 해도 아무도 그걸 모를 테니 누가 나보고 꿈을 깨라는 말도 하지 않겠지."라고 생각했다.

그리고 어느 날 꿈을 꾸다가 어떤 형상과 이름이 떠올랐다. 이름은 아무 뜻도 없었고 꿈속에서 단지 몇몇 음절들을 모은 것이었다. 내 공상 속 환영의 이름은 '코랑베'였다. 그는 내 소설의 제목이자 내 종교의 신이 되었다.

코랑베에 대해 이야기하면서 나는 이 존재가 비밀스러운 몽상 속에서 오랫동안 채워주었던 나의 시적이고 정신적인 삶에 대해 이야기하려고 한다. 그것은 나의 첫 번째 실존이라고 할 수 있다. 코랑베는 사실 소설의 등장인물일 뿐이었지만 이것은 내 종교적 이상이 오랫동안 가지고 있던 하나의 형상이었다.

그저 역사 공부처럼 접한 모든 종교는 어떤 것도 완전히 나를 만족시키는 것은 없었다. 그저 조금씩 부분 부분이 마음에 들 뿐이었다. 예수 그리스도는 다른 모든 신보다 우월한 완벽함을 지닌 존재였다. 하지만 예수의 이름으로 다른 철학자들, 다른 신들, 다른 고대 성인들을 좋아하지 못하게 하는 종교는 나를 숨 막히게 하고 답답하게 했다. 내 가상의 세계에서는 일리아드와 예루살렘이 존재해야 했다. 코랑베는 내 머릿속에서 창조된 존재였다. 그는 예수처럼 순수하고 자애롭고 가브리엘처럼 빛나고 아름다웠다. 또 그에게는 님프의 우아함과 오르페우스의 시적 아름다움이 있었다. 그러니 그는 기독교의 신보다는 덜 엄숙하고 호머의 신들보다는 더 영적인 존재였다. 또 때로는 여자로 만들어야 할 때도 있었다. 사실 그때까지 내가 더 사랑하고 더 잘 이해할 수 있는 건 여자였고 엄마였다. 그래서 그는 내게 종종 여자처럼 나타나기도 했다. 그러니까 그는 뚜렷한 성이 없었고 아주 다른 여러 성향들을 모두 가지고 있었다.

내가 좋아하는 그리스 여신들이 있었다. 지혜로운 팔라스, 정숙한 다이아나, 아이리스, 헤베, 플로라, 뮤즈들, 님프들. 그들은 내게 너무나 매력적이어서 나는 기독교에만 빠져 있을 수 없었다. 코랑베는 모든 정신적이고 육체적인 아름다움을 다 갖고 있어야 했다. 웅변술과 모든 예술적 능력, 특히 음악적 마력을 가지고 있어야 했다. 나는 그를 친구나 자매처럼 사랑하고 싶었다. 물론 신처럼 숭배하면서 말이다. 나는 그가 두려운 존재가 되게 하고 싶지 않았기 때문에 우리가 가지고 있는 단점과 약점도 갖길 바랐다.

그래서 완벽한 그에게 어떤 결점이 있을 수 있을까를 고민하다가 너무 착하고 마음이 너그럽다는 단점을 찾아냈다. 나는 그게 특히 마음에 들었고 내 상상 속에서 전개되어 나가는 그의 존재는 (나는 그것이 내 의지로 되는 거라고는 감히 말할 수 없을 것 같다. 그것은 그 자체로 스스로 만들어 나가는 것 같으니까.) 내게 일종의 시련과 고난과 박해와 순교를 상상하게 했다.

나는 그의 인간적 면모에 따라 여러 개의 다른 글과 노래를 지었다. 왜냐하면, 그는 땅에 내려오는 순간 남자가 되기도 하고 여자가 되기도 했기 때문이다. 월등하게 지혜롭고 전지전능한 신은, 하늘의 장관인 그를, 그러니까 이 땅에 사는 우리의 정신세계를 지배하는 그를 더 자주 내려보낸다. 그가 우리를 너무 사랑하고 긍휼하게 여기기 때문이다. 이 노래들(내가 쓰려고 애를 쓰지 않았어도 1천 개가 넘는) 속에서는 새로운 인물의 세계가 코랑베 주위에 모여들었다. 그들은 모두가 다 착했다. 결코 본 적 없는 악당도 있었는데(나타나게 하고 싶지는 않았지만) 그 악함과 광기는 무서운 그림이나 이미지에서 본 것들이었다. 코랑베는 계속 우리를 위로하며 다시 나타났다. 나는 그가 멋진 풍경 속에서 그를 둘러싸고 있는 고독하고 따뜻한 존재들의 슬픈 이야기들을 들으며 자신의 말과 노래로 그들을 매혹시키는 것을 보았다. 그리고 그들을 다시 행복과 미덕의 세계로 데려가는 것을.

처음에 나는 이런 공상이 놀이인 것을 잘 알고 있었다. 하지만 얼마 뒤, 그러니까 아이들에게는 하루가 여삼추 같으니 단 며칠 만에, 나는 내가 작중인물의 주인이 아니라 그들에게 끌려가는 것 같았다. 공상은 부드러운 최면 같았는데 너무나 자주 완벽하게 빠져들다 보니 나는 현실을 잊고 거기에 깊이 빠져들었다.

그래서 현실까지 곧 공상 속으로 꾸겨 넣고는 내 마음대로 처리해 버렸다. 들판에서 놀 때 오빠와 리제와 나는 여자 친구들이나 남자 친구들이 많았다. 우리는 함께 놀고 달리고 밭 서리를 하고 나무를 타기도 했다. 나는 자주 소작농 집안인 마리와 솔랑주를 만나러 갔다. 그들은 나보다 어리고 성격도 나보다 더 어린애 같았다. 매일 정오부터 2시까지 노는 시간에 나는 소작지로 가서 그 아이들을 만났는데 그들은 계절에 따라 양을 치거나, 암탉이 덤불 여기저기에 낳은 달걀을 찾으러 다니거나, 과수원의 과일을 따거나, 암양들을 돌보거나 혹은 겨울 준비를 위해 꿀을 만들었다. 그들은 항상 뭔가를 하고 있었고 나는 그들과 함께 있는 게 좋아 열심히 그들을 도왔다. 마리는 아주 지혜롭고 소박한 아이였다. 제일 어린 솔랑주가 제일 앞장섰는데 우리는 그녀가 시키는 대로 했다.

할머니는 그들과 뛰어노는 걸 뭐라 하지 않으셨지만 그렇게 글쓰기를 좋아하고 우아한 걸 좋아하는 내가 진흙투성이인 소작농 아이들과 칠면조나 염소를 치며 신나게 노는 걸 이해하지 못하셨다.

그런데 사실 나는 혼자만 가지고 있는 비밀이 있었다. 내가 온종일 시간을 보내는 과수원은 아주 멋진 곳인데 (이곳은 여전히 있다) 내 소설은 모두 거기서 비롯된 것이다. 과수원은 그 자체로도 아름답기도 했지만 나는 있는 그대로만 보지 않았다. 나의 상상력은 3피트밖에 안 되는 작은 구릉을 가지고도 산을 만들어내고, 몇 개의 나무로도 숲을 만들어내고, 집에서 들판으로 가는 오솔길이 세계 끝까지 가는 길이 되고, 오래된 버드나무가 둘러 처진 물웅덩이가 내 맘대로 동굴이나 호수가 되기도 했다. 나는 내가 만들어낸 인물들이 이 공상 속 낙원에서 움직이며 함께 뛰거나, 꿈꾸며 혼자 걷거나, 그늘에서 잠을 자거나, 노래하고 춤추는 것을 보았다. 마리와 솔랑주의 재잘거리는 소리도 날 방해하지 않았다. 아무 생각 없이 들일을 하는 아이들도 내 공상을 깨뜨리지 못했다. 나는 그들이 농부의 딸로 변장한 님프들로 보였고 코랑베를 맞이할 준비를 하는 것처럼 상상했다. 이제 곧 그가 오면 그는 그 아이들을 진짜 모습으로 변하게 해 줄 것이다.

그렇지만 그들이 내게 놀러 와서 내 공상이 깨져 버려도 나는 화나지 않았다. 다른 한편으로 그들과 즐기는 방식이 있었기 때문이다. 내가 아이들과 함께 있을 때 그들 부모님은 일하지 않는 시간에 대해 별로 나무라지 않으셨다. 그래서 때때로 우리는 물레도 양도 바구니도 다 내팽개치고 머리가 다 헝클어지도록 놀거나 나무를 기어오르거나 헛간에 산처럼 쌓인 밀단들을 위에서부터 아래까지 미끄러져 내려오기도 했다. 그것은 정말 신나는 놀이였다. 솔직히 다시 할 수만 있다면 다시 해 보고 싶다.

이렇게 미친 듯이 즐겁게 뛰어노는 것은 공상에 빠지는 것보다 더 즐겁게 느껴졌다. 육체적인 흥분상태에서 내 머리는 더 풍부한 이미지들과 환상으로 가득했다. 나는 그것을 분명하게 느낄 수 있었고 그 느낌은 너무나 확실했다.

이들만큼 자주 보지는 않았지만 오빠 때문에 알게 된 플레지르라는 돼지 치는 아이가 있었다. 나는 항상 돼지를 무서워하고 두려워했기 때문에 플레지르가 이 못되고 멍청한 돼지들을 아주 능수능란하게 다루는 것을 경외심을 가지고 바라보았다. 사람들은 돼지 떼들을 위험하다고 생각했다. 이 동물들은 그들 사이에 이상한 연대감을 가지고 있어서 만약 그중 떨어져 있는 한 놈을 건드리면 그놈은 아주 이상한 소리를 내며 다른 돼지들을 불러 모은다. 그러면 그들은 떼로 몰려와 서로 밀착해서 적을 밀어내 결국, 적이 나무 위로 기어오르게 만든다. 적은 도망갈 수도 없었는데, 마른 돼지는 멧돼지처럼 세상 어떤 동물보다 제일 빠르며, 지칠 줄 모르는 뒷다리를 소유하고 있기 때문이다. 그러니 내가 들판에서 그 동물들 사이에 있는 것은 공포가 아닐 수 없었다. 그리고 한 번 든 습관은 바꿀 수가 없었다. 하지만 플레지르는 자기가 돌보는 돼지들을 전혀 무서워하지 않고 돼지들 코 밑에 누에콩이나 달콤한 고구마를 갖다 대면서 자유자재로 그들을 다루어서 나는 그와 함께 있으며 점점 두려움을 극복하게 되었다. 그의 돼지 중 제일 끔찍한 놈은 대장 돼지였는데 이름이 '카디'였다. 놈은 종족 번식을 위해 남겨두어서 어마어마하게 거대하고 힘이 넘쳤다. 플레지르는 놈을 너무나 능수능란하게 잘 다루어서 그놈을 타고 다니기도 했는데 그 모습은 너무 코믹했다.

월터 스콧은 자신의 가장 아름다운 소설중 하나인 《아이반호》에 돼지치기도 등장시켰는데, 그것은 마치 플레지르의 모습을 묘사한 것 같았다. 그 아이는 아주 원시적인 자연인으로 야생의 능력을 가지고 있었다. 그는 돌 하나를 가지고 기막히게 새를 잡을 줄 알았다. 특히 겨울에 돼지 떼들 가까이 오는 까치와 까마귀를 잘 잡았다. 그들은 돼지 주변에 몰려들어 그들이 코로 뒤집는 땅에서 나오는 벌레나 씨앗들을 찾으며 서로 엄청나게 싸웠다. 먹이를 잡은 새는 편하게 먹으려고 돼지 등 위로 올라갔다. 그러면 다른 새들이 그 새를 괴롭히기 위해 따라왔고 새들 먹이에는 아무 관심도 없던 돼지의 등과 머리는 엄청난 전쟁터가 되었다. 어느 때는 이 새들이 돼지 위에 아예 자리를 잡고 있을 때도 있었는데 거기가 따뜻하기도 하고 벌레도 더 잘 볼 수 있어서였다. 나는 늙은 까마귀가 돼지의 등 위에서 아주 깊은 상념에 빠져 쓸쓸히 앉아 있는 걸 자주 보았다. 돼지가 땅을 열심히 파느라 흔들어대는 것이 귀찮으면 까마귀는 참지 못하고 부리로 돼지를 쪼기도 했다.

플레지르는 이런 거친 놈들과 일생을 보냈다. 사계절 내내 윗도리 하나와 삼베 바지 하나로 견디며 손이나 발이나 옷이 다 흙투성이로 까맣고 거칠었다. 그는 돼지들처럼 땅속에서 나는 것들을 먹었고 삼 지창 같은 걸 들고 있었다. 그것은 돼지치기들의 왕홀과 같은 거였 다. 그들은 그것을 이용해 밭고랑을 파거나, 구덩이 속에 숨거나, 뱀 이나 족제비를 쫓기 위해 덤불 아래를 기어다니곤 했다. 겨울에 돼지 들이 쉴 새 없이 땅을 팔 때 그 광활한 대지 위에 일어나는 희뿌연 서 리들을 희미한 겨울 햇살이 비칠 때면 그는 꼭 땅의 요정 같았다. 그 러니까 인간과 늑대소년 중간쯤 되는, 동물과 식물 중간쯤 되는 악마 같았다. **43**

모든 계절에 플레지르를 볼 수 있었는데 그가 있는 아이비 들판의 구덩이들은 아름다운 풀들로 가득 덮여 있었다. 느릅나무의 늘어진 나뭇가지와 얽혀 있는 가시덤불 아래로 우리는 친구들과 걸어 다닐 수 있었는데 거기에는 모래가 깔린 마른 구덩이가 있었고 그 안은 이

---

**43** 그는 돼지치기의 노래를 부를 때 더 환상적이었다. 그것은 우리 지방 목동들의 노 래처럼 아주 예전으로 거슬러 올라가는 민요였다. 그것은 음악적으로 받아 적을 수도 없었는데 노래 가운데 짐승들의 외침과 울음소리들이 섞여 들어 있기 때문이 다. 그리고 그 소리에 따라 이어지는 리듬과 곡조도 이상하게 변조되었다. 이것은 골족의 신들의 주술처럼 슬프기도 하고 유치하기도 하고 무섭기도 했다. 모두가 구전으로 전해졌기 때문에 여기에는 수많은 버전이 있고 목동들마다 다르게 불렀 다. 하지만 그 원초적인 분위기는 같았다. 제일 많이 바뀌는 것은 가사였다. 하지 만 이 세 마디는 언제나 빠지지 않았다.
'돼지들은 도토리가/ 주인들은 돈이/ 돼지치기 소년에겐 흰 빵이 있다네 … .' 아 니면 '저놈의 돼지들 / 악마가 지옥으로 데려가라지!/ 작은 놈이나 큰 놈이나/ 어 미나 자식이나.' 나는 목동들의 노래에 대해서도 다시 얘기하려고 하는데 그것도 정말 오래되고 대단한 노래들이다.

끼와 마른 풀이 깔려 있었다. 우린 거기서 비도 피하고 추위도 피하곤
했다. 나는 여기가 특별히 좋았다. 특히 혼자 그곳에 움직이지 않고
가만히 있을 때면 울새들과 굴뚝새들이 내 곁에 와서 나를 바라보았
다. 나는 아무도 모르게 생울타리가 만들어준 자연의 요람 아래로 미
끄러져 들어가는 걸 좋아했다. 그럴 때 나는 땅의 정령의 왕국 속으로
들어가는 것 같았다. 그리고 거기서 소설에 대한 영감을 많이 얻었
다. 이때 코랑베는 마치 아폴론이 아드메토스에게 온 것처럼 돼지치
기의 모습으로 내게 왔다. 그의 모습은 플레지르처럼 불쌍하고 먼지
투성이였지만 얼굴에서는 빛이 났는데 그것은 그가 추방당한 신, 어
둠 속으로 힘들게 일하도록 저주받은 고독한 신이란 걸 알게 해주었
다. 카디는 발로 여기저기를 파고 다니는 못된 녀석이었지만 어쩔 수
없이 착하고 인내심 많은 심성을 가지고 있었다. 덤불의 작은 새들은
그에게 와서 아름다운 목소리로 그를 불쌍히 여기고 위로하는 요정들
이었다. 그러면 누더기를 입은 가엾은 고해자는 웃고만 있었다. 그는
자신이 다른 사람들의 죄를 속죄하고 있다고 말했고 나의 인물 중 허
영과 나태의 죄를 지은 사람들의 영혼을 구원하는 소명이 자기에게
있다고 했다.

이 구덩이에서 나는 또 어릴 적부터 깊은 인상을 받았던 또 다른 인
물을 만나기도 했다. 그는 바로 옛날이야기에 나오는 땅의 정령 데모
고르곤이었다. 이 더럽고 이끼로 덮인 창백하고 괴상한 작은 늙은이
는 땅속 깊은 곳에 살고 있었다. 내가 본 오래된 신화 책에서는 데모
고르곤이 너무 외롭고 슬픈 시간을 지루해하고 있다고 했다. 그래서
구멍을 뚫어 그를 해방시킬 생각이 들었지만 코랑베를 생각하면 그런

이단적 이야기를 믿을 수는 없었다. 그래서 데모고르곤은 단지 내 소설 속에서 신비한 인물로만 등장했다. 나는 그를 깨워 코랑베와 얘기를 시키기도 했다. 그러면 코랑베는 그에게 인간들의 불행을 이야기하며 그가 그렇게 잊힌 전설 속 인물로 살아가는 걸 위로했다.

내 이야기는 점점 더 분명해져서 결국, 나는 하나의 신앙을 만들어낼 필요가 있었다. 그래서 한 달도 더 넘게 쉬는 시간 동안 나는 주의를 기울여 아주 철저하게 내 모습을 감추었기 때문에 아무도 그 시간에 내가 뭘 하는지 몰랐다. 한시도 나를 가만히 두지 않는 로즈나 강아지처럼 나를 어디나 따라 다니는 리제조차도 말이다.

이것들이 내가 상상하는 것들이었다. 나는 코랑베에게 제단을 세우고 싶었다. 처음에 나는 좀 허물어지고 버려지긴 했지만, 그때도 여전히 있었던 자갈 동굴을 생각했다. 하지만 그곳은 다들 너무 잘 알고 들락거리는 곳이었다. 정원의 작은 숲에는 더는 지나갈 수 없는 곳이 있었다. 아직 어린 나무들은 산사나무들과 들판의 풀들처럼 바짝 붙어서 나무 밑동을 타고 올라가는 쥐똥나무들을 숨 막히게 하지 않았다. 소사나무 옆에 붙어 있는 이 작은 숲에서 나는 아무도 들어갈 수 없고 또 잎이 무성할 때는 아무도 볼 수도 없는 곳을 몇 군데 찾아냈다. 그리고 나는 제일 후미진 곳을 찾아 그곳에 길을 내고 적당한 장소를 찾아냈다. 그곳은 마치 나를 기다리고 있었던 것 같았다. 가운데에는 아름다운 단풍나무가 있었고 그늘에 있는 소관목들은 마치 초록색의 작은 방처럼 그곳을 둘러싸고 있었다. 땅에는 멋진 이끼들이 깔려 있었고 그 어느 곳을 보려고 해도 빽빽한 덤불들은 아무것도 보이지 않게 했다. 나는 그곳에서 마치 원시의 숲속에서처럼 혼자 숨을 수 있었다. 30~40피트 밖에는 구불구불한 길이 있어 아무에게도 의심받지 않고 왔다 갔다 할 수 있었다.

이제는 내가 발견해낸 이 신전神殿을 내 취향대로 꾸미는 일이 남아 있었다. 나는 엄마가 가르쳐준 대로 했다. 먼저 예쁜 자갈들과 여러 가지 조개껍질들과 신선한 이끼들을 찾았다. 나는 제일 가운데 나무 아래 제단祭壇을 세웠다. 그리고 그 위에 화관을 걸었다. 장밋빛과 흰색의 조개껍질 묵주가 단풍나무 줄기 위에 반짝이며 매달려 있었다. 나는 작고 둥근 공간을 만들기 위해 몇 개의 덤불을 잘라냈다. 그리고 그곳에 송악과 이끼로 엮은 둥근 풀 기둥 같은 것을 세웠다. 거기에는 다른 작은 화관들, 새들의 둥지들, 램프 모양의 큰 조개껍데기 등을 매달았다. 마침내 나는 밤마다 꿈꾸던, 너무 예뻐서 정신을 잃을 정도의 신전을 만들어냈다.

이 모든 것들은 아주 조심스럽게 완성되었다. 사람들은 내가 숲속을 들락날락하며 새 둥지나 조개껍질을 찾는 걸 보았지만 그저 심심해서 그런 걸 모으는 줄 알았다. 그래서 앞치마 가득 모으고 나면 혼자가 될 때를 기다려 숲속으로 들어갔다. 그것도 쉬운 일은 아니었다. 나는 내가 다니는 길이 드러나길 원하지 않았다. 그래서 매번 나는 다른 길로 들어갔다. 여러 번 다녀서 길이나 덤불에 흔적을 남기지 않기 위해서였다.

모든 것이 다 준비됐을 때 나는 나만의 왕국을 행복하게 소유하게 되었다. 나는 이끼 위에 앉아 내가 만든 신에게 바칠 제물을 생각하기 시작했다. 신을 만족시키기 위해 동물이나 아니면 곤충을 죽이는 것은 너무 야만적이고 또 온유한 신께 맞지 않는 일 같았다. 그래서 나는 완전히 거꾸로 했다. 그러니까 내가 잡을 수 있는 모든 동물을 그의 제단 위에서 풀어주었다. 그래서 나는 나비와 도마뱀과 작은 청개구리와 새들을 찾아다녔다. 새들은 문제없었다. 항상 어디서든 잡을 수 있었으니까. 리제도 들판에서 잡으면 내게 가져다주곤 했다. 그래서 나의 이 이상스러운 예배가 계속되는 동안 나는 매일 코랑베의 이름으로 참새는 물론이고 제비와 울새과 방울새까지 바칠 수 있었다. 나비나 풍뎅이 같은 것은 제외하고 말이다. 나는 그것들을 상자에 넣어 가져가 좋은 신께 그들의 자유와 보호를 기도한 후 제단 위에서 풀어줬다. 나는 마치 사랑을 구하는 불쌍한 광신도狂信徒가 되어 가는 것 같았다. 나는 나무들에게, 풀들에게, 태양에게, 동물들에게 또 단지 내 꿈속에 있는 존재들에게 사랑을 구했다.

나는 어린아이처럼 상상 속 존재들이 나타날 거라고는 생각하지 않았다. 하지만 나의 작품이 점점 실현되면서 상상력도 이상스럽게 점점 더 불타오르는 것을 느꼈다. 나는 광신도이며 우상 숭배자였다. 나의 상상은 이교도적이기보다는 기독교적이었다.

그래서 어느 날 아침 신전을 찾아갔을 때 나는 나도 모르게 사소한 일에도 미신적인 생각을 하게 되었다. 방울새가 제단을 긁었거나 티티새가 내 나무를 갉아 먹었거나 조개껍데기가 화환에서 떨어져 나갔거나 화관의 꽃이 떨어져 있으면 나는 밤에 달을 보고 요정들이나 천사들이 와서 나의 신을 위해 춤을 추거나 그를 기쁘게 해주길 기도했다. 매일 나는 모든 꽃을 새로 장식했고 시든 화환들은 제단 위에 흩뿌렸다. 제단 위에 풀어놓은 꾀꼬리나 방울새가 질겁하며 덤불 숲속으로 도망치는 대신 나무 위에 우연히 잠시 머물면 나는 너무 기뻤다. 다른 제물보다 그것을 더 좋아하는 것 같아서. 나는 거기서 달콤한 공상 속에 빠져들었다. 내게는 너무나 매력적으로 보이는 온갖 신비한 것들을 찾으며 나는 어렴풋하게 내 마음으로 하나의 종교를 만들어낸 것 같은 생각에 감동했다.

그런데 불행히도 (어쩌면 그 문제를 제대로 풀 수 없는 작은 머리를 가진 내게는 다행스럽게도) 나의 은둔처는 발각되었다. 리제가 나를 찾다가 거기까지 와 버렸다. 내 신전의 모습을 보고 깜짝 놀란 그는 "아! 아가씨, 하나님의 예쁜 안식처네요!"라고 소리쳤다.

그는 나의 신전을 그저 놀이터로만 생각했다. 그리고 자기도 이곳을 더 예쁘게 꾸미려고 애를 썼다. 하지만 내게 이제 이곳의 매력은 사라졌고 나 말고 다른 사람의 발자국이 이 성소에 닿았을 때 코랑베는 더는 이곳에 존재하지 않았다. 요정들과 천사들도 이곳을 떠났다. 나의 모든 예배와 제사들도 다 유치한 짓이 되어서 나조차도 진지하게 생각하지 않았다. 나는 신전을 세울 때만큼이나 조심스럽게 파괴했다. 나는 나무 아래를 파고 그곳에 꽃 화환과 조개껍질들과 모든 장식을 부순 제단 아래 묻었다.

## *9.* 놀이, 연극에 대한 열정

오빠는 아주 신이 나서 떠났다. 그래서 나도 그를 떠나보내며 많이 슬퍼할 수 없었다. 하지만 집은 더 크게 느껴지고 정원도 더 슬프고, 혼자라고 생각하니 삶이 우울하게 느껴졌다. 오빠가 웃으며 떠났기 때문에 나도 우는 게 창피스러웠다. 하지만 다음 날 아침 잠에서 깨면서 더는 그를 볼 수 없다고 생각하고 울었다. 노는 시간에 내 눈이 빨개진 것을 보고 리제는 자기도 울어야 한다고 생각한 것 같았다. 이폴리트에게 더 괴로움을 당한 건 그였지만 말이다. 그 아이는 아주 예민한 아이였는데 부모들이 행복하게 해주지 않아 내게 모든 애정을 쏟았다. 그는 언젠가는 내 마부가 돼서 멋지게 장식된 모자를 쓰겠다는 달콤한 꿈을 꾸고 있었다. 나는 그럴 생각이 없었다. 그래서 나는 그에게 평생토록 내 하인들에게 치장을 시키지는 않을 거라고 맹세했다. 그리고 나는 그 약속을 지켰다. 나는 그런 종류의 허례허식을 견딜 수가 없다. 하지만 그것은 리제의 동화며 리제의 시였기에 나는 그에게 그런 것이 다 가식적이란 걸 이해시킬 수 없었다. 그리고 나도 곧 그를 떠나 더는 보지 못했는데, 이 가엾은 아이는 내가 수녀원에 있을 때 죽었다.

끝없는 공상과 우울함 속에서 나는 비정상적으로 성장해 나갔다. 12, 13살에 늘 크고 강해야 한다고 말하고 다녔던 나는 키가 3인치나 자라고 내 나이 여자들에게서는 보기 드물게 힘이 셌다. 하지만 거기서 그만이었다. 다른 사람들이 자라기 시작할 나이에 내 성장은 멈췄다. 그래서 나는 엄마 키보다 작았다. 하지만 나는 항상 힘이 세고 어떤 남자들보다 잘 걷고 힘들어하지도 않았다.

운동과 산책만 하면 결코 아픈 적이 없다는 걸 아신 할머니는 내가 뛰어노는 걸 적극 권장하셨고 옷과 모습이 엉망이 되어서 돌아오는 걸 싫어했던 로즈도 이제는 조금씩 내가 자유롭게 뛰어다니지 못하게 하는 것을 포기할 수밖에 없었다. 절대적 필요 때문에 나는 자연 속에 떠밀렸고 그 안에서 치유되었다. 그래서 제일 많이 공상에 빠지고 제일 많이 울었던 그 2년 동안 나는 제일 많이 뛰고 움직였다. 내 몸과 마음은 서로서로 불안하면 움직이게 하고 열에 들뜨면 묵상하게 했다. 나는 손에 잡히는 대로 닥치는 대로 읽었다. 그러다가는 문보다 창이 더 가까우면 갑자기 1층 창문을 통해 뛰쳐나가 정원이나 들판을 도망친 닭처럼 뒹굴었다.

나는 혼자 외롭게 정열을 불태우는 걸 좋아했고 다른 아이들과 노는 것도 좋아했다. 나는 모든 곳에 친구들이 있었다. 어느 밭, 어느 들판, 어느 길에 가면 팡숑과 피에로와 리린과 로제트와 실뱅을 만날 수 있는지 다 알았다. 우리는 구덩이나 나무 위나 강물 속에 아지트를 만들었다. 우리는 가축 떼를 멀리했는데 이 말은 전혀 돌보지 않았다는 말이다. 그래서 염소나 양들이 어린 풀을 뜯고 있을 때 우리는 미친 듯이 춤을 추거나 가져온 빵, 치즈, 케이크로 풀밭 위에서 만찬을 벌였다. 우리는 암소나 암말들이 너무 사납지 않으면 그들의 젖을 짤 뿐 아니라 염소나 암양들의 젖을 짜기도 했다. 또 재 속에서 새들이나 감자를 굽기도 했다. 배, 돼지감자, 자두, 산딸기, 나무뿌리도 훌륭한 먹을거리였다. 하지만 로즈에게는 절대로 들키면 안 됐다. 절대로 집에서 먹는 식사 외에 아무것도 먹지 말라고 했으니까. 그래서 그녀가 파란 회초리를 들고 오면 나와 내 친구들은 사정없이 맞았다.

계절마다 즐거움이 가득했다. 건초를 만드는 때는 짐수레 위를 뒹구는 게 얼마나 즐거웠던지! 내 시골 친구들은 모두 우리 들판의 농부들 뒤에서 이삭을 주우러 왔다. 그러면 나는 재빨리 그들을 도와 우리 수확물을 갈퀴로 긁어 그 애들이 가져갈 수 있는 만큼 한 움큼씩 주었다. 그러면 소작농들은 인상을 썼는데 나는 왜 그들도 나처럼 이 일을 즐거워하지 않는지 이해하지 못했다. 데샤르트르는 화를 냈다. 그는 내가 아이들을 도둑으로 만든다며 언젠가는 그렇게 쉽게 퍼주고 가져가게 하는 걸 후회하게 될 거라고 했다.

이런 일은 추수 때도 마찬가지였다. 이때 아이들이 가져가는 것은 곡식 이삭이 아니라 짚단들이었다. 라샤트르의 가난한 사람들이 40~50명씩 떼를 지어 왔는데 모두 내게 자기에게 오라고 했다. 다시 말해 자기 고랑에서 추수하라는 말이었다. 왜냐하면, 그들은 아주 엄격하게 구역을 정하고 자기 구역을 벗어나서는 안 되었는데 만약 내가 한 사람과 5분씩만 있어도 두 손 가득 짚단을 가져가니 그들은 쉽게 하루 일당을 벌 수 있었기 때문이다. 데샤르트르는 그런 날 야단쳤다. 그러면 나는 롯과 보아스 이야기를[44] 상기시켰다.

아마도 이때쯤이었던 것 같다. 데샤르트르가 내게 지주의 좋은 점

---

**44** 〔역주〕 성경에 나오는 인물로 롯은 가난한 이방 여인으로 보아스의 밭에서 이삭을 줍다가 보아스의 아내가 되는데 이들의 후손 중에 예수가 태어나 이들은 예수의 족보에 오르게 된다.

과 즐거움에 대해 너무나 지겨운 교육을 시작한 것이. 그런데 분명한
건, 바로 그 교육 때문에 내가 맹목적이고 절대적인 반항심을 가지고
코뮤니즘에 빠져들게 되었다는 것이다. 그 이유가 그의 논리를 반대
하기 위해서였는지 아니면 선생님이 잘 가르치지 못해서인지는 모르
겠다. 물론 내가 생각하는 이상향에 그 명칭을 쓰지 않는 것을 사람들
은 잘 알고 있다. 하지만 그때는 아직 그런 명칭조차 생겨나지 않았을
때였다. 그러나 나 스스로 재산과 계급에 있어서 평등은 하나님의 법
이며 한 사람에게 주어진 재산의 혜택은 다른 사람에게서 빼앗은 거
라고 생각했다. 지금 우리 사회에는 미안한 말이지만 12살 때 나는
그런 생각을 했다. 그리고 나중에 그 생각에서 벗어난 것은 그 일을
성취하기 위해서 도덕적으로 꼭 해야 할 의무가 있다는 생각을 했을
때였다. 그때 나의 이상향은 천국에서와 같은 형제애에 대한 꿈이었
는데 나중에 가톨릭 신자가 된 후 이 꿈은 성경적 논리를 바탕으로 하
게 되었다. 이것에 대해서는 나중에 다시 얘기하겠다.

나는 순진하게도 이런 나의 이상을 데샤르트르에게 다 얘기했다.
가엾은 양반! 만약 그가 지금도 살아 있다면 이런저런 사태들을 보고
본능적으로 생겨난 반발심으로 내 말에 얼마나 격분하며 매일 새로운
논리들로 반박했을지! 하지만 1816년 그런 유토피아는 그에게 그리
위협적으로 보이지 않았기 때문에 그는 논리적으로 아주 힘들게 나를
설득하려고 했다.

"생각이 바뀔 거야. 너 자신을 다 희생하기에 인간은 그렇게 믿을
만한 존재가 아니란 걸 알게 될 거야. 하지만 지금은 네 아빠가 그랬
던 것 같은 그런 헤픈 마음을 좀 다잡을 필요가 있어. 너는 지금 돈이

뭔지 전혀 모른단다. 지금 너는 땅이 있고 수확이 전부 네 것이고 가축들이 있어서 거기서 돈이 좀 나오니 네가 부자라고 생각할지 모르지만 그런 것으로는 부자는 아니야. 할머니는 이 집과 품위를 유지하는 데 큰 어려움이 있으시단다."

나는 대답했다.

"대체 누가 할머니에게 그런 돈을 쓰게 하는 거지요? 좋은 포도주와 맛있는 음식들은 모두 친구들을 위한 게 아닌가요? 왜냐하면, 할머니는 정말 새 모이만큼만 드시고 뮈스카데 한 병을 가지고 두 달은 드시니까요. 사람들은 먹고 마시고 즐기려고 할머니를 보러 오는 거 아닌가요?"

데샤르트르는 말했다.

"그래도 해야 할 일이 있는 거란다."

나는 모든 것을 부정했지만 할머니를 기쁘게 하는 것이면 다 필요한 것이고 대신 데샤르트르와 나는 검은 죽만 먹고 살 수도 있다고 말했다. 그 말에 그는 전혀 웃지 않았다. 그는 나의 순진한 금욕주의를 비웃었다. 그리고 그는 내게 우리 소유의 들판과 밭을 보여줬다. 내가 나의 재산에 대해 잘 알고 있어야 하고 또 내 지출과 수익에 대해 알 때도 되었다고 하면서 말이다. 그는 내게 말했다.

"이게 네 땅이다. 값나가는 비싼 땅이고 네게 많은 것을 가져다줄 거야!"

나는 그저 건성으로 들었다. 그리고 얼마 후 그가 또 지주에 대한 교육을 시작하려고 할 때 그는 내가 더 이상 듣지 않는 것을 알았다. 그가 말하는 숫자들은 내게 아무 의미도 없었다. 나는 어떤 밭에서 가장 예쁜 선홍초와 야생 연리초가 나는지 알고 있었다. 어떤 산울타리에서 채소와 범의귀 풀들을 찾을 수 있는지 알았다. 어느 들판에 가면 느티버섯과 삿갓버섯이 있는지 알았다. 물가의 어떤 꽃에서 초록 아가씨 꽃이 피고 작은 푸른 풍뎅이가 있는지 알고 있었다.

하지만 어느 땅이 내 땅이고 어느 땅이 이웃 땅인지 그에게 말하는 것은 불가능했다. 어디까지가 경계이고 얼마만큼의 아르를, 얼마만큼의 헥타르를, 얼마만큼의 상티아르를 가야 우리 땅인지도 알 수 없었다. 또 그 땅이 1등급인지 3등급인지도 알지 못해서 나는 그를 절망케 하고 계속 하품만 해댔다. 결국, 내가 말도 안 되는 소리를 하니 그는 쓴웃음을 짓다가 한숨을 쉬며 나를 야단쳤다.

"아! 불쌍한 머리, 불쌍한 뇌라니. 너희 아빠랑 어쩜 그렇게 똑같니. 필요 없는 것에는 아주 영특한데 실생활에 필요한 것에는 아무 생각이 없으니! 계산하는 머리는 눈곱만큼도 없구나!"

오늘 그는 뭐라고 할까? 그의 설명들 덕분으로 내가 땅을 소유하는 것에 대해 혐오감을 갖게 되었으며 그 생각은 12살부터 40년이 지나도록 변치 않았다는 것을 안다면 말이다! 부끄럽지만 고백하건대 나는 내 땅과 이웃 땅을 구별하지 못한다. 집 밖으로 세 걸음만 나가면 나는 내가 누구 땅에 있는지 알 수가 없다.

그래도 선생님은 막무가내로 있는 힘을 다해 내가 그 농사라 불리는 것을 싫어하도록 했다. 나는 이미 들판의 시적 아름다움에 도취해 있었다. 하지만 그는 내가 거기서 보는 모든 것을 있는 그대로 보지 못하게 했다. 만약 내가 열심히 풀을 뜯는 큰 소들이 너무 멋지다고 하면 그는 소값을 흥정하는 우시장 이야기를 하며 소값이 비싸다는 둥 또 자기가 잘 아는 전문가 마르슈아의 말에 따르면 30프랑을 더 깎을 수 있는 비법이 있다는 둥 그런 소리만 늘어놨다. 그리고 저 소는 병이 있으니 아무래도 진찰해 봐야겠다는 소리나 했다. 다리도 부실하고 뿔은 닳았고 피부병이 있다나 어쨌다나 하면서 말이다…. 어쨌든 들판의 왕이었던 나의 소 '아피'의 그 이상적이고 고요한 자태가 보여주었던 시적 아름다움 같은 건 다 사라져 버렸다.

내 주머니 속에 있는 걸 먹으려고 내게 덤벼들던 착한 양들도 뇌가 감염되어 천두 수술하는 걸 보았는데 정말 끔찍했다. 그는 나의 친한 친구들인 목동들을 심하게 꾸짖었다. 그들은 그 앞에서 벌벌 떨다가 울면서 가 버렸다. 그동안 나는 마치 심판처럼 아니면 무슨 구경꾼처럼 그들 곁에 서 있었는데 나는 그런 주인 역할이 너무나 싫어서 곧 그것을 혐오하게 되었다. 그러니까 나의 인정머리 없음이 혐오스러웠고 나의 무관심이 가증스러웠다. 하지만 어쨌든 그것은 피할 수 없는 상황이었고 나는 늘 그런 상황에 부닥쳤다. 우리 지방 농부들은 나의 그런 태만함을 경멸했다. 그래서 나는 그들 사이에서 아주 오랫동안 바보처럼 지내왔다.

내가 이쪽으로 가려고 하면 데샤르트르는 저쪽으로 데려갔다. 우리는 강 쪽으로 가기도 했는데 강은 버드나무와 작은 협곡의 수문을 따라 쭉 흐르면서 멋진 풍경들과 신선한 그늘들 그리고 그림 같은 시골집들을 보여주었다. 하지만 길을 가면서 데샤르트르는 돋보기를 눈에 대고 밀밭의 거위들을 살펴보았다. 어느 때는 뜨거운 여름날 황무지 쪽으로 가서 거위들에게 소리를 지르든가 아니면 어린 느릅나무 껍질을 벗기고 있는 염소에게 소리를 질렀다. 나무는 이미 껍질이 다

벗겨져 있어서 염소가 무슨 나쁜 짓을 한 건지 알 수 없었다. 그다음은 울창한 숲에서 한 아이가 이파리들을 가져가는 걸 잡고 또 이웃의 노새가 울타리를 넘어 들어와 우리 건초더미를 먹어대는 걸 잡기도 했다. 끝없이 그런 일들이 계속되어서 계속 욕을 하고 쫓아 내고 협박을 해대니 산책하는 매 순간이 싸움의 연속이었다. 그리고 때로는 나의 친한 친구들에게 그랬는데, 그런 일들은 내 가슴을 아프게 했다. 그래서 내가 할머니에게 그 말을 하자 할머니는 내게 돈을 주시며 데샤르트르 모르게 그 작은 범죄자들에게 값을 다시 물어주거나 아니면 할머니가 은혜를 베푼다고 전하라고 했다.

하지만 이런 역할도 나는 싫었다. 그런 행동도 형제애적 평등에 대한 나의 이상을 만족시키지 못했다. 마을 사람들에게 은혜를 베푼다는 것 그 자체도 그들을 아래로 보는 거였으니까. 그들의 고마움의 표시에도 상처 입은 나는 그들에게 내 행동은 당연히 해야 할 행동일 뿐이라고 말했지만 그들은 나를 이해하지 못했다. 그들은 그저 자신들의 잘못이라고, 아이들이 가축 떼를 잘 돌보지 못해서 그런 거라고 말할 뿐이었다. 심지어는 내 앞에서 아이들을 때려서 나를 만족시키려고 하기도 했다. 그것은 정말 끔찍했다. 그래서 나날이 시적 감상에 젖어 사랑으로 가득한 예술가적 본능을 키워 가던 나는 어쩔 수 없이 귀족 영주의 신분으로 태어난 자신을 저주스럽게 생각하게 되었다.

나는 목동이 되고 싶었다. 내게 있어 더 달콤한 꿈은 아침마다 오두막집에서 눈을 뜨고 나니쉬나 피에로라는 이름으로 불리며 내 가축들을 길가로 데려가는 거였다. 로몽 씨가 쓴 문법책 같은 것도 신경 쓰지 않고, 부자들과 손을 잡지도 않고, 사람들이 내게 설명하려고 애쓰는 그런 복잡한 미래, 내 성격에 도저히 부합하지 않는 그런 미래에 대한 염려도 없이 말이다. 나는 내가 가진 작은 재산이란 것이 오직 계산하고 또 계산하기 위한 것인 것 같았다. 그런 계산은 정말 아무리 노력해도 나와는 맞지 않았는데 이 생각은 결코 틀린 생각이 아니었다.

이런 방랑자적 기질에도 불구하고 어떤 운명적인 것이 항상 나를 지적인 세계로 몰아간 것도 사실이다. 모든 학문이란 것이 다 부질없고 연기와 같다고 믿으면서도 말이다. 들판에서 신나게 놀다가도 나는 항상 혼자 곰곰이 생각하거나 아니면 미친 듯이 책을 읽거나 해야 했다. 그래서 완전히 미친 듯이 뛰어놀다가도 며칠 동안 책에 빠져 있기도 했는데 그럴 때는 아무도 나를 내 방이나 할머니의 서재에서 끌어낼 수 없었다. 그래서 사람들은 어느 때는 미친 아이처럼 정신없다가 또 때로는 깊은 슬픔에 빠져 진중하고 우울한 나의 성격을 이해하지 못했다.

데샤르트르는 늘 그를 화나게 하던 오빠가 떠난 후 훨씬 부드러워졌다. 그는 내가 공부를 잘 따라 하면 아주 만족스러워했다. 하지만 나의 변덕스러움에 그의 화가 폭발하기도 했다. 그는 정말 내가 열이 난 것뿐인데도 내가 나쁘다고 욕을 했다. 어느 때는 나를 때리겠다고 위협하기도 했는데 이미 그런 일을 당한 적이 있었기 때문에 나는 조심스럽게 행동했다. 로즈로부터 겨우 벗어난 괴로움에 다시 빠지지 않기 위해서 말이다. 평소에는 내게 잘했고 또 정신이 말짱할 때는 그가 가르치는 것을 내가 아주 빨리 배우는 것에 대해 끊임없이 감사를 표하기도 했지만, 한번은 내가 너무 산만하게 굴어서 그가 내게 두꺼운 라틴어 사전을 던진 적이 있었다. 만약 내가 가까스로 머리를 숙여 그 포탄을 피하지 않았다면 나는 아마도 죽었을 것이다. 나는 아무 말도 하지 않고 내 공책과 책을 챙겨 서랍에 넣고 산책하러 갔다.

다음 날 내게 숙제했느냐고 그가 물었을 때 나는 "이제 라틴어는 충분히 다 알아서 더는 배울 필요 없어요!"라고 소리쳤다. 그는 더는 아무 말도 하지 않았고 라틴어는 그것으로 그만이었다. 할머니한테는 뭐라고 말했는지 모르겠지만 할머니도 아무 말씀 안 하셨다. 아마도 자기 행동이 부끄러웠던 데샤르트르는 내가 비밀을 지켜준 것을 고맙게 생각했고 또 나의 결심을 돌이킬 수 없다는 것을 알았던 것 같다. 하지만 이런 일에도 나는 그를 좋아했다. 그렇지만 그는 어쨌든 우리 엄마와는 서로 적이었고 또 이폴리트에게 했던 못된 행동들도 묵인할 수는 없었다. 어느 날 그가 이폴리트를 너무 심하게 때렸을 때 나는 그에게 "할머니에게 이르겠어요."라고 미리 말하고 정말 그렇게 해 버렸다. 그리고 내 예상대로 정말 엄청나게 야단을 맞았지만 나를 원망하지는 않았다. 우리는 서로 솔직했기 때문에 관계가 틀어지지는 않았다.

그는 로즈와 비슷한 성격이었다. 그래서 참지를 못했다. 어느 날 그녀가 내 방을 청소하고 있을 때 복도를 지나던 그의 반짝이는 구두 위에 먼지를 날려 버렸다. 그러자 그는 그녀를 저질이라고 욕했고 그녀는 그를 못된 인간이라고 욕하면서 싸움이 시작됐다. 로즈는 그 점잖은 학자님께서 계단을 내려오는데 그의 다리에 빗자루를 던져 하마터면 그의 목이 부러질 뻔했다. 그때부터 둘은 서로 원수지간이 되었다. 매일 이런 싸움의 연속이었고 급기야는 주먹다짐을 벌이기도 했다. 그리고 얼마 후에는 그것보다 좀 덜하기는 하지만 쥘리와 로즈도 험한 관계가 되었다. 요리사도 역시 로즈와 다투다 서로 접시를 머리에 던지는 일도 있었다. 전에 말했던 그 요리사인데 그녀는 자기 남편인 생장과도 싸워야 했다. 하녀들은 10번도 더 넘게 바뀌었는데 로즈와 데샤르트르와 잘 지내지 못했기 때문이었다.

집안은 정말 더 할 수 없게 늘 불평불만과 싸움질로 가득했다. 이런 것은 할머니의 나약한 성품 탓이었다. 할머니는 그들과 헤어지는 것도 싫어했고 또 어느 편을 들고 싶어 하지도 않았다. 데샤르트르는 집안의 평화를 위해서라며 점점 더 성질을 부렸다. 이 모든 것이 나는 정말 지겨웠고 이런 것들 때문에 나는 들판과 목동들과 지내는 것을 더 좋아했다. 그들은 너무나 온화하고 서로들 너무나 잘 지내고 있었으니까.

데샤르트르와 나갈 때는 멀리까지 갈 수 있어서 자유로웠다. 이때는 로즈도 참견하지 않았고 나는 남자아이처럼 편하게 다닐 수 있었다. 한 번은 풀베기가 늦은 밤이 다 돼서 끝난 적이 있었다. 사람들은 목초지의 마지막 짐수레를 가져왔다. 달이 밝았는데 곧 밤에 폭풍이 칠 것 같아 빨리 일을 끝내고 싶어 했다. 열심히 일했지만 하늘에 구름이 모여들더니 우리가 길에 들어서자 우르릉대기 시작했다. 우리는 집에서 2킬로미터쯤 떨어진 강가에 있었다. 급히 풀을 실은 수레는 균형이 잘 맞지 않아 가다가 두세 번이나 뒤집혀서 다시 세워야 했다. 어린 소들은 겁 많은 말들처럼 두려움에 떨며 무서워해서 막대기로 때려야만 걸어갔다. 이삭 줍는 남녀들은 짐 싣는 것을 도와주기 위해 와서 그들의 갈퀴로 고랑마다 위태롭게 흔들리는 짚더미들을 받쳐 주었다. 데샤르트르는 잘 쓰지도 못하는 막대기를 들고 땀을 뻘뻘 흘리며 소리를 지르고 욕을 하며 다녔다. 소작농들과 그들의 일꾼들은 마치 무슨 러시아 회군回軍이라도 하는 듯 한탄스러운 소리를 내뱉었다. 베리 농부들은 흥분하면 다들 그랬다.

번개가 무섭게 번쩍이고 바람이 미친 듯이 불었다. 겨우 어스름한 빛으로는 어디로 갈지도 알 수 없었다. 길도 너무 나빴다. 아이들은 무서워 울기 시작했다. 내 친구 중 한 여자아이도 너무 혼비백산해서 자기가 추수한 것을 가져가지 않으려고 했는데 만약 내가 들어주지 않으면 길에 다 버리고 가려고 했다. 게다가 그 아이의 손까지 내가 잡고 가야 했다. 왜냐하면, 그 아이는 번개를 보지 않으려고 치마를 뒤집어쓰고 있었기 때문이다. 그리고 구멍만 있으면 어디든 달려가 숨었다.

결국, 큰비가 내려 우린 아주 늦게 도착했다. 집에서는 우리를 무척 걱정하고 있었고 농가에서는 가축들과 꼴들을 걱정했다. 나는 그런 시골 모습이 너무 좋았다. 그래서 다음 날 그것을 묘사하려고 했지만 내 생각대로 되지는 않았다. 나는 그것을 할머니에게 보이지 않고 찢어 버렸다. 내 감정을 표현하기 위해 매번 새로 글을 쓰려고 해봤지만 다 마음에 들지 않았다.

가을과 겨울은 우리가 제일 잘 놀 수 있는 계절이었다. 시골 아이들은 더 자유롭고 할 일이 없었다. 밀은 3월에나 자라기 때문에 더 넓은 땅에서 가축들을 마음껏 뛰어놀게 할 수 있었다. 하지만 목동들이 세찬 바람 속에 불가에 모여 한담을 나누며 춤추거나 옛날이야기를 할 때는 좀 조심을 하기도 했다. 아무것도 모르면서 자연 한가운데 살고 있는 그 아이들의 머릿속에 있는 경이로운 생각들은 아무도 상상할 수 없을 것이다. 하지만 그들은 상상하는 것을 볼 수 있는 신기한 능력을 지녔다. 나는 그들 중 몇 명이 뭔가를 봤다고 얘기하는 것을 여러 번 들었다. 그들은 아주 진실하고 또 얘기를 지어내기에는 너무나 순박한 아이들이었기 때문에 나는 그들이 봤다고 상상하는 게 아니라 시골사람들에게만 보이는 독특한 현상에 의해 그들이 두려워하는 것을 실제로 봤다고 믿게 되었다. 그들보다 덜 순박한, 의심 많은 그들의 부모들도 그들이 본 것을 믿었다.

그래서 나는 항상 이 현상을 좀 더 냉철한 이성을 가지고 분석해 봐야 하지 않을까 하는 생각을 했다. 그것은 아마도 역사 공부에 매우 유용할 것이고 또 인간 지성에 대한 좋은 공부가 될 것 같다. 내 생각에 학자들은 인간의 생각을 너무 일반화하고 있으니 말이다. 인간에게는 어린 시절 어떤 능력, 다시 말해 아무것도 모르는 상태에서 본능적으로 가지고 있는 어떤 기형적인 능력이 있다. 그래서 미신이나 두려움으로 그런 환상을 만들어냈다는 것은 아주 정확한 진리는 아니다. 나는 잘 믿지도 않고 두려움 같은 것도 없는 농부들을 아는데 그들도 전혀 생각지도 않았던 순간에 시골 사람들 특유의 특별한 최면에 사로잡히는 것을 보았다. 알다시피 그런 환각은 거의 항상 신비로운 동물의 형태로 나타난다. 나는 《계시 L'illustration》라는 글을 통해 우리 누아르계곡 마을의 여러 이야기를 모아 본 적이 있는데 거기서 거대한 괴물의 출현에 대한 이야기를 했다.

나는 그 얘기는 다시 하지 않겠다. 하지만 오랫동안 그런 괴물이 있다고 믿었었다는 말은 해야겠다. 좀 유치한 설명이기는 하지만, 나는 완전히 멸종된 종 중에서 마지막으로 몇 마리가 남은 것이 다른 어디보다 안전한 우리 마을의 방목장에[45] 자리를 잡았다고 생각했다. 왜냐하면, 그 괴물은 특히 그곳에서만 밤에 1시에서 2시 사이 사람들이 소들을 찾아 줄로 묶으러 다닐 때 나타났기 때문이다. 내 생각에 그들은 야행성 양서류로 낮 동안은 물속에 숨어 학자들은 그런 것이 존재한다는 의심조차 못 하고 농부들은 무서워 제대로 들여다보지도 못하는 것 같았다. 나는 곧 사라질 고대 생물이 아직도 이 땅에 남아 불행하게 살고 있는데 이들은 아마도 햇빛을 견디지 못해 너무나 비참한 상황 속에서 사람들을 따라다니며 자신을 보살펴주길 바라는 거라고 생각해 버렸다. 하지만 인간은 그들을 길들이고 가축으로 삼길

---

45 방목장은 유목시대의 마지막 유물이며 프랑스의 중부지역에만 존재하고 있다. 이 지역은 자연의 변덕스러움으로 아주 오래전에 버려진 광야이다. 보통 그곳은 아주 좋은 땅이라 개간이나 경작할 만한 곳이다. 하지만 농부들과 소작인들은 이 말에 동의하지 않는다. 그들은 이런 방목장 없이는 소들이 잘 자랄 수 없다고 생각한다. 비록 이 땅이 동물들이 이동하기에는 너무 좁고 불편하지만 말이다. 이 곳은 빽빽한 산울타리로 둘러싸인 넓은 땅으로, 덤불들과 웅덩이들로 가득한 곳이다. 아마도 최초의 땅에 대한 연구도 할 수 있을 것이다. 왜냐하면, 이곳은 한 번도 개간된 적이 없기 때문이다. 그 땅은 한 번도 경작되어 본 적도 없고 식물들도 풍부하지만 모두가 예전 그대로이다. 관목들은 여전히 키가 작고 가시덤불과 혹가시 나무도 숲을 가득 메우고 있다. 풀들은 아름답지도 좋지도 않다. 그래서 동물들은 그곳에서 그늘도 샘도 찾아볼 수 없다. 정말로 이곳은 인간의 손이 닿은 것 하나 없이 여름 동안 밤낮으로 소들을 풀어놓을 수 있는 곳이다. 자연의 들판에서 여름 동안 풀을 베지 않고 새로 풀이 나기를 바란다면 늦은 여름 동안은 방목을 해서는 안 된다. 그런데 왜 농부들은 개간된 풀밭보다 방목장을 더 좋아할까? 그것은 아버지대로부터 내려오는 관습을 그냥 따르고 있는 것뿐이다.

거부하고 그들이 무서워 죽이려고 하는 것이다. 그런데 알다시피 그 괴물들은 총알도 탄환도 다 되받아칠 수 있었다. 데샤르트르는 이렇게 말하곤 했다.

"그러니까 놈들은 태고의 갑각류들이라 피부와 비늘이 지금 우리가 아는 것들과는 다르지. 아마 놈들은 몇 세기 동안을 살아왔는데 지금 현재 하나만 남은 건지도 몰라. 그래서 관찰하고 비교할 다른 유해조차 찾을 수 없는 거지!"

그래서 나는 이 괴물에 대한 나의 동물학적 공상소설을 쓸 수밖에 없었는데 그것은 현학자이신 데샤르트르 선생님을 엄청 웃게 만들었다. 선생님은 계속 말했다.

"더 간단하고 분명한 설명이 있지. 그건 그런 괴물이 없다는 거야. 아무도 본 사람이 없으니까. 하지만 모두가 어리석게도 그것을 믿고 있지. 그들은 조상부터 내려오는 거짓말을 믿으며 그것을 또 후손들에게 전하는 거지. 자기 아버지로부터 괴물을 봤다는 말을 들은 어느 농부는 자기 아들에게 자기가 봤다고 하고 그러면서 점점 그 이야기가 전해 내려오는 거지."

데샤르트르 선생님의 설명은 내 설명보다 더 나은 것 같지는 않았다. 그래서 그런 괴물이 없다고 믿는 것은 힘들었다. 그러나 지금은 그런 것은 존재하지 않는다고 믿는다. 하지만 농부들은 아버지로부터 아들까지 단지 자기들이 전해 들은 무서운 이야기를 전하는 즐거움을 위해 잘못된 이야기를, 그러니까 거짓말을 계속한 것은 아니다.

내가 상상하는 원초적 동물은 바로 농부들이다. 이들은 좀 더 문명화되고, 좀 더 이성적이고, 덜 시적이고 덜 신중한 동물과는 다른 구

조를 가지고 있다. 그들은 다른 교육과 다른 환경들로 인해 변형된 동물들이다. 농부들이 아는 거라곤 전통적으로 내려오는 것뿐이다. 그들의 뇌구조는 도시 사람들과는 다르다. 이들은 자신들이 믿고 상상하고 생각하는 물체를 인식할 수 있는 능력을 가지고 있다. 그래서 잔다르크도 하늘의 소리를 들을 수 있었다. 그들을 거짓말쟁이라고 비난하는 것은 인류에 대한 모독이다. 그들은 무엇에 홀린 것 같지만 미친 것은 아니다. 자신들이 본 것을 내게 말해 주었던, 오랫동안 알고지내던 모든 농부는 미치지도 않았고 비겁자들도 아니었다. 그들 중몇 명은 아주 명철하고 용감한 사람이었다. 또 모든 일에 있어서 의심이 많은 사람도 있었다. 그중 황제와 전쟁을 치른 늙은 병사들이 있었는데 그들은 봉사를 위해 읽고 쓰고 셈할 줄도 알았다. 하지만 그런데도 그들 모두는 그 괴물을 봤다고 하고 지금도 본다고 말하고 있다.

나도 그런 환각현상을 본 증인 중 하나다. 생샤르티에서 돌아올 때였다. 신부님은 바구니에 든 한 쌍의 비둘기를 성가대원 중 한 아이에게 맡기고 나를 따라가라고 하셨다. 그 아이는 14~15살쯤 되는 신중하고 똑똑한 아이였는데 키가 크고 건장하고 튼튼했다. 신부님은 그를 가르쳤고 그 아이가 성당학교에서 가르치기도 했다. 그래서 불어는 잘 몰라도 라틴어는 분명 나보다 더 잘 알았을 것이다. 그러니까 그 아이는 아주 지적이고 똑똑한 농부였다.
우리는 저녁 예배가 끝난 후 3시쯤 출발했다. 한여름이었는데 1년중 가장 아름다운 계절이었다. 우리는 들판과 밭의 지름길을 조곤조곤 얘기를 나누며 갔다. 나는 그가 배우는 것에 대해 물었는데 그는 아주 자유롭고 생기발랄한 아이였다. 그런데 가면서 그는 부서진 나막신에 버드나무 가지를 붙이기 위해 덤불에 멈춰 섰다. 그러면서 그는 "계속 가세요. 곧 따라갈게요."라고 말했다. 그래서 나는 계속 걸어갔다. 하지만 30걸음도 못가서 나는 그가 얼굴이 창백해져서 머리가 곤두선 채로 달려오는 것을 보았다. 그는 나막신이고 바구니고 비둘기고 모두 내버려 둔 채 달려왔다. 그는 구덩이로 내려가려고 했는데 어떤 무서운 남자가 자기를 막대기로 위협하는 걸 봤다는 것이다.

처음에 나는 그의 말을 믿었다. 그래서 이 남자가 우릴 쫓아오는지 아니면 우리 비둘기를 가지고 갔는지 보기 위해 되돌아갔다. 하지만 바구니와 나막신은 분명히 거기 있었다. 그리고 오솔길에도 들에도 어디에도 사람이라곤 없었다.

그때 나는 17~18살쯤 이었는데 겁이 없었다. 그래서 "어느 배고픈 부랑자가 우리 비둘기를 보고 그랬나 보네. 덤불 속에 숨었을 테니 가서 보자구."라고 내가 말하자, 그는 "싫어요. 내 몸을 다 조각낼 거예요."라고 했다.

나는 "뭐라구? 너처럼 크고 힘센 아이가 남자 하나를 무서워한다고? 자, 나뭇가지를 하나 부러뜨려서 가자. 가서 비둘기를 찾아보자고. 거기 그냥 둘 수는 없으니까."라고 했다.

그러자 그는 "아니요. 아가씨, 안 갈래요. 또 보게 될 테니까요. 하지만 또 보기는 싫어요. 막대기도 용기도 다 소용없어요. 그건 인간이 아니니까요. 그것은 괴물이에요."라고 소리쳤다.

그제야 모든 걸 이해할 수 있었다. 그래서 더욱더 그를 데리고 바구니와 나막신이 있는 곳으로 가려고 했다. 하지만 그는 결단코 가려고 하지 않았다. 그래서 나는 혼자 가면서 다 상상일 뿐이니 나를 잘 지켜보라고 했다. 그는 내게 그러겠다고 약속했지만, 나중에 나막신과 비둘기를 가지고 돌아왔을 때는 그는 이미 도망가 버려 마을의 첫 번째 집이 나올 때까지 가야 했다. 그는 나보다 먼저 거기 와 있었다. 나는 그를 놀려주려고 했지만 다 허사였다. 오히려 내가 믿지 못하는 것을 비웃은 것은 그였다. 그리고 2마리 비둘기 때문에 늑대소년과 맞선 것은 미친 짓이라고 했다.

이때 내가 보여줬던 그 멋진 용기는 3년 전이라면 꿈도 꾸지 못했을 것이다. 그때는 내가 목동들과 거의 모든 시간을 함께할 때였으니까 그들의 두려움이 나의 두려움이었다. 또 누아르 계곡의 악마를 정확히 어떤 미친 사람이나 귀신이나 괴물이라고 믿지 않았다고 해도 그런 환영들은 내게 깊은 인상을 남겨 많은 상상을 하게 했다. 하지만 나는 시골 사람이 아니어서 어떤 환각 증상은 없었다. 나는 몽상 속에서 많은 사물들과 물체들을 본다. 하지만 그것들을 보고 두려워하지는 않는다. 또 그런 경우라고 해도 절대로 나는 속지 않았다. 내 안에는 파리에서 의심 많은 아이로 자란 영악한 아이와 뭐든 다 믿는 어린 아이 둘이 갈등하고 있었다.

내 머리를 혼란스럽게 한 것은 삼 농사꾼들이 와서 밤새도록 하는 이야기들이었다. 그들이 내는 시끄러운 소리와 먼지를 피하기 위해, 또 반쯤은 그들 얘기를 듣고 싶어서 마을 사람들은 그들을 광장으로 향한 묘지 옆 뜰의 작은 문 쪽에 기거하게 했다. 거기서는 낮은 담벼락 위로 달빛 아래 십자가들이 보였다. 나이 많은 여자들은 돌아가며 이야기를 했다.

나는 이런 시골 정경을 내 소설 속에 썼다. 하지만 나는 그 모든 이상하고 괴기스러운 이야기들을 다 쓸 수는 없었다. 우리는 그 이야기들 속에 푹 빠져들었고 그 이야기들은 모든 지방과 모든 직업의 특징들을 보여주었다. 성당 관리인의 이야기에는 묘지와 종과 올빼미와 종탑과 종탑의 쥐들이 등장해서 기이함을 더했다. 이 신비한 요술 쥐들에 대한 이야기만으로도 책 한 권은 됐다. 그는 그 이야기들을 모두 알고 있었다. 그는 그 쥐들에게 지난 40여 년간 마을에서 죽은 사람들의 이름을 붙였다. 그는 사람이 죽으면 새로운 쥐가 태어나 자신을 따라 다니며 괴롭히는 것을 보았다. 이 죽은 혼을 위로하기 위해 그는 종탑에 곡식들을 좀 가져가곤 했는데 다음 날 가 보면 그 쥐들이 그것을 가지고 이상한 모양을 만들어 놓은 것을 보았다. 어느 날은 하얀 콩 가운데 붉은 콩으로 십자가가 그려져 있었고 다음 날은 반대로 되어 있었다. 또 하루는 마치 사람이 한 것처럼 흰색과 붉은색이 돌아가며 원을 그리고 있었다. 농부들 환상 속에서 말하는 것들은 다 평범한 동물도 아니고 생명이 없는 무생물도 아니었다. 그리고 그들이 여전히 믿고 있는 중세적 기독교관은 고대 종교보다 더 신비하게 의인화되어 있었다.

그런 이야기들에 나는 넋을 잃었다. 나는 그런 이야기들을 들으며 밤을 새울 수도 있었다. 그 이야기들은 나를 흥분시켜 잠을 잘 수도 없게 만들었다. 나보다 5살이 더 많은 오빠는 그런 이야기에 나보다 더 빠져 있었는데 그것은 시골 태생들에게 어떤 특별한 공상 능력이 있다는 내 믿음을 공고히 해주었다. 그의 엄마 쪽이 시골 출신이어서 그도 뭔가를 꿰뚫어보는 능력을 가지고 있었다. 반면에 공포에 떨며 자면서 무서운 꿈을 꾸기는 했지만 나는 그런 공상 능력을 가지고 있지 않았다. 20년쯤 후에 오빠는 내게 마구간에서 미친 사람이 휘두르던 회초리를 부러뜨리는 소리를 분명히 들었다고 했고 밤에 샘가에서 빨래 방망이 소리를 들었다고도 했다. 《시골에서의 밤의 환영들》이란 책에서 내가 말한 것은 바로 오빠에게 들은 이야기들이다. 그 이야기들은 정말 사실 같았다. 실제 현실에서 위험한 순간 그는 더 용감하고 무모했다. 어릴 때나 커서나 그는 항상 목숨을 우습게 여겼다. 무슨 일에건 작은 일에 목숨을 걸었다. 하지만 뭐라고 설명해야 할지 모르겠지만 그도 고향 사람들처럼 공상 속 미신 이야기들을 믿었다.

가을과 겨울이 제일 즐거운 계절이었다는 말은 이미 했다. 나는 정말 열정적으로 시골의 겨울을 좋아했다. 그래서 나는 부자들이 왜 1년 중 무도회나 몸치장이나 온갖 것을 벌이기에는 최악의 계절인 겨울에 파리에 모여 파티를 벌이는지 그 취향을 이해할 수 없다. 가정생활에서 겨울이 우릴 부르는 곳은 바로 난롯가이다. 또 겨울 동안, 며칠 되지는 않지만 날씨가 좋을 때, 계절의 아름다움을 만끽하고 느낄 수 있는 곳은 바로 들판이다. 대도시에서 악취 나고 얼어붙은 진흙탕들은 마른 적이 없다. 하지만 들에서는 햇볕만 한 번 비추고 바람만 좀 불면 땅과 대기는 다시 깨끗해진다. 도시의 가난한 프롤레타리아들은 그것을 잘 알고 있다. 그들이 그런 시궁창에 사는 것은 그들의 뜻이 아니다. 우리 돈 많은 사람의 가식적이고 어이없는 삶은 자연과 싸우고 있다. 영국 부자들은 그것을 잘 알고 있는 것 같다. 그들은 겨울을 그들의 성에서 보낸다. 파리 사람들은 6개월 동안은 자연이 죽은 줄로 안다. 하지만 밀은 가을부터 자라기 시작한다. 그리고 다들 겨울의 그 '파리한' 햇볕이라고 사람들은 말하지만 겨울에 태양은 가장 빛나고 가장 눈부시다. 얼어붙은 저녁, 안개를 몰아낸 태양이 붉게 빛나며 질 때 그 빛은 정말 감당하기 힘들 정도다. 탕페레라고46 잘못 이름 붙은 우리 지방의 가장 추운 곳에서도 모든 것은 생기를 잃은 적이 없다. 넓은 귀리 밭에는 짧고 신선한 귀리가 카펫처럼 덮여 있고 그 위로 낮은 지평선 위의 태양이 거대한 에메랄드빛 불꽃을 쏟는다. 들판은 기막히게 호사스러운 이끼들로 덮여 있다. 쓸모없는 아이비 덩굴도 화려하게 빛나는 금빛으로 장식하고 있다. 이런 풍성함은 정원에도 예외는 아니다. 앵초와 제비꽃과 벵골장미가 눈 속에서 웃고 있고 다른 꽃들도 토양이 좀 잘못돼서인지 추위에도 살아남아 가끔 우리와 반가운 대화를 나눈다.

밤꾀꼬리는 없지만 얼마나 많은 멋진 철새들이 와서 나무 꼭대기나 물가에 앉아 시끄럽게 지저귀는지! 그리고 태양이 마치 다이아몬드 식탁보처럼 눈들을 비출 때, 아니면 나무들에 고드름이 맺혀 환상적인 아케이드를 만들며, 이루 다 말로 표현할 수 없이 아름다운 서리와 수정 같은 얼음이 화려하게 매달려 있을 때 그보다 더 아름다운 광경이 있을까? 그리고 가족들이 불가에 모여 시골의 긴 밤을 함께 가까이 보내는 것은 얼마나 즐거운지, 그럴 때는 계절도 우리 편인 것 같고 우리의 지적인 삶도 내면적으로 훨씬 풍요로워지는 것 같았다.

겨울이 되면 할머니는 나의 개구쟁이 친구들이 식당에서 놀 수 있

---

46 〔역주〕 tempérées. 불어로 '온화한'이라는 뜻이다.

게 하셨다. 그곳에는 오래된 난로가 방을 제일 따뜻하게 해주었다. 나의 개구쟁이 친구들이란 마을의 20명쯤 되는 아이들인데 그들은 모두 '솔네'를47 가지고 왔다. 솔네는 아주 긴 줄에 당기면 조이는 매듭마다 말총 같은 것을 잔뜩 붙인 것으로 눈이 올 때 종달새나 작은 새들을 잡기 위한 거였다. 좋은 솔네는 밭을 한 바퀴 돌 정도로 길었다. 우리는 그것을 얼레 같은 곳에 감아서 해가 뜨기 전에 적당한 장소를 찾아 풀어놓는다. 그다음 밭고랑을 따라 눈을 치우고 그곳에 곡식 알갱이를 뿌려 놓으면 2시간쯤 후에는 거의 100마리쯤 되는 종달새를 발견할 수 있다. 우리는 그것을 큰 자루에 담아 노새에 가득 싣고 돌아온다. 그런데 나눌 때 항상 다툼이 있어서 나는 모두가 좋아할 만한 규칙을 하나 만들었다.

솔네는 2~3일마다 말총을 새로 손봐야 했다(왜냐하면, 밭고랑 같은 데서 잘 망가지기 때문이다). 또 새로 매듭짓기를 해야 했는데 풀어진 말총마다 새 매듭을 붙이는 거였다. 그래서 우리는 이 길고 손이 많이 가는 작업과 그다음 솔네를 설치하는 작업을 함께하기로 했다. 그 작업도 역시 빠르고 힘든 빗질을 해야만 했다. 우리는 일을 나눠서 하기로 했고 서로 줄이나 말총의 수를 따지지 않기로 했다. 물론 훔치는 일을 할 때도 마찬가지였다. 그 일은 바로 마구간에 가서 말을 흥분시키지 않고 말꼬리나 갈기 털을 훔쳐 오는 일이었다. 우리는 이 일을 얼마나 잘했던지 심지어는 들판을 뛰어다니는 망아지의 털도 솎아낼 수 있었다. 아주 환상적으로 뒷발질을 피하면서 말이다. 우리는 얼마

---

**47** 〔역주〕새를 잡는 긴 줄을 말한다.

나 일들을 전광석화처럼 해냈던지 하루 저녁이면 400~600미터의 줄을 다시 손볼 수 있었다.

사냥 후에는 선별작업이었다. 한쪽에는 종달새를, 다른 쪽에는 다른 새들을 구별해 놓았다. 그리고 주일날 먹을 것을 골라낸 다음 나머지는 아이들 중 하나가 시장에 내다 팔았다. 그다음 나는 모두에게 돈을 나눠주었다. 그러면 다들 흡족해했고 싸우거나 흉보는 사람은 아무도 없었다. 매일 우리 무리의 수는 늘어났고 그들은 서로 싸우고 다투는 것보다 우리 방식을 더 좋아했다. 다른 사람의 논두렁을 뒤지기 위해 더 일찍 일어날 필요도 없었고 무엇보다 주일날은 완전히 축제였다. 우리는 우리 스스로 새 요리를 했다. 그래서 로즈도 이날은 무척 즐거워했는데 화가 나지 않았을 때는 그녀는 유쾌하고 좋은 여자였다. 요리사도 우릴 도와주었지만 생장 아저씨만 얼굴을 찌푸리며 자기 흰 말의 꼬리털이 점점 줄어든다고 불평했다. 우린 그 이유를 너무나 잘 알고 있었다.

이 모든 놀이 중에 코랑베 소설은 머릿속에서 계속 이어지고 있었다. 그것은 서로 연결되지도 않고 연관도 없이 마치 계속 이어지는 꿈처럼 끊이지 않고 계속됐다. 하나의 감정에 사로잡혀 나는 계속 그 꿈을 꾸고 있었다.

그 감정은 사랑은 아니었다. 소설 속에서 나는 우리 삶 속에 연애란 것이 존재한다는 것을 배웠고 그것은 모든 소설과 시의 바탕이었다. 하지만 왜 한 사람이 다른 사람을 그렇게 죽도록 원하는지는 나 스스로 느끼지 못해서 그런 감정들은 마치 상형문자처럼 생소했다. 그래서 나는 그런 쪽으로 소설이 전개되는 것을 조심스럽게 경계하며 내 상상력이 얼어붙지 않도록 했다. 만약 내 소설 속에 정부情婦나 애인을 끌어들인다면 그것은 내게 평범하고 지루한 글이 될 것 같았다. 내가 함께했던 매력적인 인물들이 모두 책에서 본 뻔한 인물들처럼 되거나 아니면 하나도 재미없어 보이는 수수께끼 같은 이방인처럼 될 것 같았다. 그의 감정에 나는 전혀 공감할 수 없을 테니까.

하지만 반대로 나의 공상 속에는 우정이나, 형제애 그리고 연민 같은 순수한 감정들이 풍부했다. 내 가슴과 나의 공상은 모두 이런 황홀한 환상 속에 빠져 있었다. 그래서 현실에서 뭔가가 만족스럽지 않을 때면 나는 나를 확실하게 위로해줄 수 있는 유일한 진실처럼 코랑베를 찾고 있었다.

이런 상태로 지내고 있을 때 나는 3달 후 나의 첫 번 영성체를 하게 된다는 말을 들었다. 이것은 내게도 그렇지만 할머니에게도 여간 당황스러운 일이 아니었다. 할머니는 내게 노골적으로 철학적인 교육만 하고 싶어 하신 것은 아니지만 중심에서 너무 벗어난 것들은 아주 혐오하셨다. 왕정복고 초기만 해도 그런 관습을 따르지 않는다는 것은 분명 스캔들을 일으켰기 때문에 할머니는 그런 관습도 무시할 수 없었지만, 한편으로 나의 열정적인 기질이 어떤 미신에 빠질까 두려워하셨다. 그래서 할머니는 내가 조용히 영성체를 받게 하려고 결심했고, 내가 "나의 창조주의 몸을 먹는다"는 것을 믿으며 영적이고 이성적인 지혜를 모욕하지 않도록 주의시켰다.

여기에는 나의 유연한 기질도 한몫했다. 나는 교리를 이해할 생각도 없이 또 그렇다고 그런 신비주의를 경멸할 마음도 없이 그저 앵무

새처럼 따라 했다. 하지만 속으로는 우리 집에서 다들 그렇게 말하는 것처럼 '일만 해치우고 나면' 그런 건 믿지도 않고 한 마디도 기억하지 않겠다고 마음먹고 있었다. 고해는 정말 혐오스러운 과정이었다. 생샤르티에의 신부님이 말하고 생각하는 것이 너무 세다고 생각한 할머니는 라샤트르의 나이든 신부님께 나를 맡겼다. 그는 더 많이 배운 분이고 무엇보다 내 나이 또래의 무지함을 존중하셔서 내게 고의적이건 아니건 아이의 순수함에 먹칠할 그런 질문은 하지 않으셨다. 아무도 내게 설문지를 주지 않았고 양심 테스트도 없었고 단지 내가 죄지은 것을 고해하라고만 했다.

나는 너무 당황스러웠다. 나는 몇 가지를 말했지만 신부님을 만족시킨 것 같지는 않았다. 먼저 나는 로즈를 위해 엄마에게 거짓말을 했고 또 여러 번 이폴리트를 구하기 위해 데샤르트르 선생님께 거짓말을 했지만 나는 거짓말쟁이도 아니었고 그럴 이유도 없었다. 묻기 전에 먼저 때리기부터 했던 로즈조차 내게 거짓말을 하게 하지는 않았다. 나는 좀 많이 먹기는 했지만 그것도 너무 오래전 일이었다. 나는 너무나 정숙한 사람들과 살고 있어서 정숙하지 않은 것이 뭔지조차 몰랐다. 나는 쉽게 흥분하고 화도 잘 냈지만 철이 든 다음부터는 그런 것도 하지 않았다. 가끔 공부보다 놀기를 더 좋아했다는 것, 아니면 옷을 좀 찢었다는 것, 아니면 손수건을 잃어버렸다는 것, 또 하녀에게 짓궂은 아이였다는 것 말고 도대체 내가 죄를 회개할 게 뭐란 말인가?

사실 나는 12살짜리 아이가 뭘 회개해야 하는지 알 수 없었다. 어떤 흉측한 일들의 영향으로 이미 인생이 더럽혀진 불행한 자가 아니라면 말이다. 그런 거라면 다른 사람들의 고해를 들어야만 했다.

내가 고해할 게 별로 없자 신부님은 깊이 생각하지도 않고 내게 고해실을 나가 도미니크의 암송문을 외우라고 하셨다. 나는 너무 흡족했다. 왜냐하면, 그 기도문은 너무 아름답고 숭고하고 또 간단했으니까. 나는 하나님께 온 마음으로 기도문을 올렸다. 하지만 사제 앞에서 잠깐이라도 무릎을 꿇고 있었다는 것이 너무 굴욕스러웠다.

나머지 것들은 모두 그렇게 빨리 해치워질 수 없을 정도로 빨리 끝나버렸다. 나는 일주일에 한 번씩 라샤트르에 갔다. 신부님은 5분 동안 학습을 시키셨고 나는 첫 번째 주부터 교리를 다 통달했다. 영성체 전날 밤 어떤 착하고 매력적인 부인 집에서 파티를 해주었다. 그녀는 나보다 어린 두 아이의 엄마였다. 그녀의 딸 로르는 예쁘고 모든 점에서 대단한 여자애였는데, 이후 우리 아버지의 친구였던 플뢰리의 아들이며 나의 친구였던 플뢰리와 결혼했다. 집에는 다른 아이들도 있었다. 나는 좋은 부모님들 앞에서 아이들과 정말 신나게 온갖 놀이를 하고 놀았다. 부모님들은 우리가 철없이 뛰어노는 걸 뭐라 하지 않으셨다. 어찌나 웃고 뛰었던지 나는 너무 피곤해 잠자리에 들었고 다음 날 행사 같은 건 기억도 나지 않는다.

나를 교회 예식에 데려간 데세르 부인은 정말 매력적이고 훌륭한 부인이었는데 이 일 후 성당에서 돌아와 자기 집에서 얼마나 내가 미친 듯이 시끄럽게 놀았는지 자주 얘기하곤 했다. 그의 엄마도 아주 좋은 분이긴 했지만 그녀에게 "얘는 참 얌전하지 못하구나. 나 어릴 때는 예배 전에 이렇지 않았는데 …." 하고 말했다. 그러면 데세르 부인은 "다 그런 거지요. 얘는 아주 활달한 성격인 것 같아요. 아이들의 웃음소리는 하나님께 음악이지요."라고 대답했다.

다음 날 아침 할머니가 오셨다. 나의 첫 번째 영성체에 참여하기로 하신 것인데 쉽게 내린 결정은 아니었다. 왜냐하면, 아버지 결혼식 이후로 교회에 발을 디디신 적이 없었으니까. 데세르 부인은 내게 할머니에게 축복 기도를 부탁하라고 했다. 그리고 내가 혹시 기분을 상하게 하더라도 용서해 달라고 말하라고 했다. 나는 신부님께 하는 것보다 더 잘, 아주 기꺼운 마음으로 그렇게 했다. 할머니는 나를 안고 성당으로 들어가셨다.

교회에 들어가자마자 나는 스스로에게 지금 내가 하려는 것에 대해 자문했다. 나는 아직 그것을 생각해 본 적이 없었다. 나는 할머니가 성당 안에 있는 것이 너무 놀라웠다! 신부님은 내게 믿어야 한다고 했고 아니면 신성모독죄를 범하는 거라고 했다. 나는 신성모독죄를 범할 생각도 없었고 반항할 생각은 눈곱만큼도 없었다. 하지만 나는 믿지 않았다. 할머니는 내가 교회를 믿지 못하게 했다. 그러면서도 영성체를 시키신 것이다. 나는 할머니와 내가 위선적인 행동을 하는 것은 아닌가 자문해 보았다. 비록 전날 밤까지 태평스럽게 있으면서 부산스럽게 놀기만 하다가 그제야 겨우 조용하고 신중한 태도를 하고 있었지만 나는 속으로는 아주 불편했다. 나는 벌떡 일어나 할머니에게 "이만하면 충분하니 이제 우리 가요."라고 두세 번이나 말할 뻔했다.

그런데 갑자기 성경의 어떤 한 말씀이 떠올라 내 마음을 차분하게 했다. 나는 예수님이 최후의 만찬에서 "이것은 내 몸이요. 나의 피다."라고 하신 말씀을 떠올렸다. 그 말은 더는 어떤 은유로 들리지 않았다. 예수님은 제자들을 속이기에는 너무 성스럽고 위대한 분이었다. 그는 아주 우정 어린 식사를 하고 있었고 제자들에게 자기를 기억하기 위해 빵을 나누라고 했었다. 나는 이 성찬 의식이 더는 우습게 생각되지 않았다. 그리고 나보다 먼저 경건하게 성체를 받기 위해 기다리는 한 가난한 여자 옆에 있는 난간에 서서 나는 이 성찬식이 가지는 평등사상에 대해 생각했다. 내 생각에 성당은 그런 것에 대해 모르거나 아니면 잘못된 의미를 부여하고 있다는 생각이 들었다.

그래서 나는 성찬 테이블에서 아주 조용히 돌아왔다. 그리고 나의 작은 고민에 어떤 답을 발견한 이후 나의 모습도 좀 새롭게 변했다고 사람들은 말했다. 할머니는 좀 감동하신 듯도 하고 두려워하는 듯도 했다. 아마도 그것은 내가 광신도가 될까 하는 두려움 아니면 내가 나 자신에게 거짓말을 하게 만든다는 두려움이었을 것이다. 그래서 할머니는 내가 다시 돌아왔을 때 나를 꼭 안아주셨다. 그리고 눈물을 쏟으셨다.

이 모든 것이 내게 수수께끼였다. 나는 할머니가 저녁때 내게 그런 의식을 하게 한 것과 할머니가 보인 감정에 대해 진지하게 설명해주실 거라고 생각하고 기다렸다. 하지만 아무런 설명도 없었다. 일주일 후에 두 번째 영성체가 있었다. 이번에는 더는 종교적인 말도 하지 않았고 아무 일도 없었던 듯 지냈다.

축일이면 라샤트르에 가서 행진을 보고 예배를 드렸다. 그때는 또 내가 즐기는 기회이기도 했다. 며칠 동안 데세르 가족과 보냈기 때문이다. 나는 거기서 다른 아이들과 뛰어놀면서 얼마나 내 멋대로 놀았던지, 모든 것을 뒤죽박죽으로 만들고 가구니 인형이니 뭐든 다 망가뜨리고 심지어는 몇몇 아이들까지 다치게 했다. 그들은 농촌 아이들과 놀던 나보다 너무나 연약한 아이들이었다.

그리고 그렇게 신나게 뛰어놀다 집에 돌아오면 곧 우울함에 빠졌다. 나는 다시 독서에 빠져들었고 할머니는 나를 다시 일상으로 돌아가게 하려고 애를 쓰셨다. 아이들은 천부적으로 누구와도 비교할 수 없는 예술가들이다. 아이들은 하고 싶은 것은 전심으로 하지만, 하기 싫은 것에도 한없이 게으르다. 그들은 뭔가에 미쳐 열을 내며 만들어 내지만 싫은 것에 대해서는 심한 혐오감을 드러낸다. 할머니는 재능은 많은 분이셨지만 그런 예술가적 기질이 없었다. 할머니에게도 어린 시절이 있었는지 궁금하다. 할머니는 천성적으로 너무나 차분하고 반듯하고 모든 것이 일관되신 분이라 나의 이런 열정과 좌절을 이해하지 못하셨다. 할머니는 강요하는 경우가 거의 없었기 때문에(사실은 그게 문제이기는 했다) 내가 어떤 일은 엄청 힘들어하다가, 어느 때는 4배나 되는 일을 아주 즐겁게 해치우는 것을 이해하지 못하셨다. 할머니는 나의 변덕스러움과 반항기를 나무라셨다. 하지만 할머니 생각은 틀렸다. 나도 나 자신을 제어할 수 없었고 그게 다였다. 할머니는 항상 애정을 가지고 부드럽게 야단치시면서도 한편으로는 어떤 애통함을 가지고 계셨는데 그건 잘못하시는 거였다. 또 할머니는 내가 나를 쳐서 적응하게 하고 규율에 순응하게 하길 원하셨는데 그 점은 할머니가 옳았다.

어쨌든 할머니는 나를 버릇없이 키우셨다. 영성체 후 맞이한 여름 내내 할머니는 내가 정신없이 어떤 것에 빠져들게 내버려 두셨다. 라샤트르에 순회 공연단이 온 것이다. 그들은 그래도 꽤 괜찮은 공연단으로 연극과 풍자극과 코믹 오페라를 공연했다. 목소리도 좋고 화음도 잘 맞추는 한 명의 남자 가수와 두 명의 여자 가수도 있었다. 이 극단은 정말 시골을 도는 극단들과는 아주 달랐다. 장소는 아버지가 우리와 친한 뒤베르네 사람들과 함께 연극을 공연했던 곳으로, 오래된 수도원이었다. 그곳에는 여전히 첨두아치 그림이 있었는데, 벽 위에 새로 칠한 회반죽이 듬성듬성 보였다. 그것은 나중에 놓인 다듬지 않은 들보들 위로 솟아올라 있었다. 그리고 관람석에는 형편없는 벤치들이 놓여 있었다. 어쨌든 마을 부인들은 잔뜩 치장하고 앉아 있었고 꽃과 리본들로 장식하니 더러운 방의 적나라한 모습도 보이지 않았다. 마을에서는 자발적으로 오케스트라를 만들었는데 뒤베르네 씨가 이끄는 악단은 꽤 만족할 만했다. 당시 시골에는 여전히 예술을 하는 사람들이 있었다. 하지만 너무 숫자가 작아서 4중주단을 만들 수 없을 때는 매주 한 연주가가 다른 사람 집에 모여 이른바 이탈리아어로 *musica di camera*(실내악)란 걸 했다. 이런 소박하고 기품 있는 취미는 옛날 예술가들과 함께 사라져 버렸다. 그들은 우리 시골의 성스러움을 지키는 마지막 연주자들이었던 것 같다.

나는 항상 음악에 심취했다. 비록 할머니가 이 방면에 좀 무심하셨고 가야르 선생님의 음악 교육이 정말 혐오스럽긴 했지만 말이다. 아주 가끔이지만 할머니는 오래된 클라브생에 희고 마비된 손가락을 올려놓고 예전 스승들의 멋진 곡들을 흥얼거리실 때가 있었다. 할머니는 어느 누구보다도 잘 부르셨다. 나는 내가 천성적으로 음악에 소질이 있다는 걸, 또 다른 사람들이 표현한 작품들을 이해하고 느낄 수 있다는 걸 잊고 살고 있었다. 처음 라샤트르에 연극을 보러 갔을 때 순회공연 가수는 "골콩드의 여왕 알린"을 불렀다. 그 오페라의 노래,

대사, 반주, 서창부까지 모두 다 외우고 있던 나는 완전히 감동해서 돌아왔다. 또 다른 때는 "몽타노와 스테파니"를 들었고, 그다음에는 "4명의 악마들", "아돌프와 클라라", "귀리스탕", "오로르 아줌마", "자노와 콜랭" 등 당시 유행하던 아름답고 우아하고 예쁜 곡들이었다. 나는 다시 음악에 열정을 갖게 되었고 어느 날은 진짜로 낮에도 노래를 부르고 밤에는 꿈속에서 노래를 불렀다.

뒤베르네 부인이 매주 나를 데려가야 했던 그 공연들을 통해 음악은 내게 하나의 시가 되었다. 파리에서 봤던 최고의 배우들과 공연장에 대한 기억은 까마득했다. 너무 오래되어서 둘을 비교하며 괴로워할 필요도 없었다. 나는 무대장치가 유치하고 의상이 엉터리인 것도 알아차리지 못했다. 나의 상상력과 음악에 대한 열정이 모든 부족한 것들을 감춰주었다. 그래서 내게는 그 공연들이 세상에서 가장 아름답고 가장 호화롭고 가장 완벽한 공연이었다. 그리고 헛간에서 노래하고 대사를 읊는 시골 배우들도 내게는 세상에서 가장 품위 있게 보였고 무대 위에선 유럽 최고의 배우들처럼 보였다.

뒤베르네 부인에게는 브리지트라는 조카가 하나 있었다. 그녀는 사랑스럽고 착하고 똑똑한 아이였다. 나는 그녀와 곧 아주 친해졌다. 또 그 집의 막내인 샤를(지금 나의 친한 친구다)과 두세 명 다른 비슷한 친구들(내 생각에 제일 나이 많은 아이도 15살이 안 됐던 것 같다)과 공연에 가기 전 몇 시간 동안 신나게 놀았다. 우리에겐 아침에 하는 종교 축제까지 모든 게 다 공연이었으니 우리는 행진을 했다가 또 연극 공연을 하기도 하면서 미사와 연극을 번갈아 가며 놀았다. 우리는 엄마의 헌 옷을 훔쳐다가 이상한 차림을 했다. 우리는 꽃과 거울과 레이스와 리본으로 극장을 장식하기도 하고 예배당을 만들기도 했다. 그리고 함께 오페라 코믹의 코러스를 노래하기도 하고 미사나 저녁 미사곡을 노래하기도 했다. 이 모든 노래는 거의 집의 지붕 위에서 울리는 종소리와 아래층에서 저녁 공연을 위해 연습 중인 연주가들의 서곡과 반주에 맞춰 노래했다. 또 근처에 흥분한 개들의 짖는 소리도 함께했다. 정말로 가장 괴상망측한 광경이었지만 정말 즐거운 놀이였다.

마침내 저녁 시간이 되었을 때 우리는 얼른 분장한 옷을 벗었다. 샤를은 얼른 법복으로 입었던 엄마의 수놓은 치마를 벗었다. 또 브리지트의 검은 긴 머리를 다시 빗겨줘야 했다. 나는 작은 정원으로 가 저녁 식탁을 위한 꽃다발을 만들었다. 우리는 아주 배가 고파서 식탁에 앉았지만 브리지트와 나는 먹을 수 없었다. 공연을 보러 간다는 것에 너무 흥분하고 기뻐서 위가 조여 왔기 때문이다.

아무것도 아닌 것을 가지고 정말 미치도록 열정적으로 빠져 놀았던 정말 즐거운 시절이었다. 이제는 정녕 다시 올 수 없는 시절인가? 이제는 모두가 나이가 들어 버린 것인가? 이제 나는 늙었지만 나는 하나님으로부터 여전히 어린아이로 남아 있는 축복을 받았다. 연극은 여전히 나를 12살 소녀처럼 즐겁게 한다. 그리고 나를 가장 즐겁게 하는 것은 가장 순수한, 무언無言 악극이나 요정극이다.

파리에서 떨어져 1년을 보낸 다음, 나는 가끔 아이들과 친구들과 공연 전 저녁을 먹을 때 연극 막이 오르는 것을 생각하면 가슴이 너무 뛰면서 정신없이 사람들을 보채고 서둘러 다른 사람들이 식사를 제대로 못 하게 할 때가 있었다. 또 공연장으로 가는 마차에서도 마차가 너무 느리다고 안절부절못했다. 나는 하나도 놓치고 싶지 않다. 나는 아무리 멍청이 같은 공연이라도 처음부터 끝까지 연극 전체를 보고 싶다. 나는 공연을 보고 들을 때 누가 말을 거는 것도 싫다. 누가 나를 놀려도 나는 모른다. 내 앞에 있는 연극의 세계가 내 안에 있던 순수하고 열정적인 환상을 발견하게 한 것이다. 공연장 안에는 내가 그랬던 것처럼 불행했던 많은 사람이 있을 것이다. 모두가 삶에 지치고 인간으로 살기에 힘든 고통이 있을 것이다. 하지만 그런 것은 잠시 잊은 채 완전히 그 안에 즐겁게 함몰되어 나처럼 어린아이같이 빠져들고 있는 것이다. 우리는 불행한 세대들이다. 그래서 우리는 이 불행한 현실을 예술이란 거짓으로 위로받아야만 한다. 예술이 더 거짓일수록 그것은 우릴 즐겁게 한다.

## *10*. 앙글레즈 수녀원 유폐 생활

그렇게 즐겁고 정신없게 놀면서도 마음속 깊은 곳에서는 항상 곁에 없는 엄마에 대한 슬픔을 간직하고 있었다. 우리의 그 소설 같은 계획에 대해 엄마는 완전히 잊어버린 것이 분명했다. 하지만 나는 언제나 그 생각을 하고 있었다. 나는 항상 속으로 할머니가 내게 분명하게 약속하신 나의 운명에 저항하고 있었다. 공부와 예술과 재산들을 나는 다 경멸했다. 나는 엄마를 다시 만나 엄마와 우리의 계획에 대해 다시 이야기하고 싶었다. 내가 기꺼이 엄마와 운명을 함께해서 무식한 노동자가 되어 가난하게 살겠다고 말하고 싶었다. 솔직히 이런 생각에 사로잡힌 날은 공부에도 완전히 소홀했던 게 사실이다. 그래서 야단이라도 맞게 되면 내 결심은 점점 더 확고해졌다. 어느 날 할머니께 평소보다 더 혼나고 할머니 방을 나오던 날 주변에 아무도 없다고 생각한 나는 책과 공책을 바닥에 던지고 두 손으로 머리를 감싸며 소리쳤다.

"그래 맞아. 나는 공부하기 싫으니까 공부하지 않는 거라구. 나도 내 생각이 있고 두고 보면 다 알게 될 거야."

그런데 내 뒤에 쥘리 양이 있었다. 그녀는 말했다.

"너는 너무 못된 아이구나. 지금 너의 그 생각이 네 행동보다 더 나쁘구나. 네가 정신없이 놀거나 게으른 것은 용서할 수 있지만, 네가 이렇게 고집스럽게 고의적으로 할머니 맘을 아프게 하면 할머니가 너를 너희 엄마에게 보내 버리실 거야."

나는 소리쳤다.

"우리 엄마라고요! 나를 엄마에게 돌려보낸다고요! 그게 바로 내가 원하는 거예요. 내가 바라는 게 바로 그거라구요!"

그러자 쥘리는 다시 말했다.

"아니 지금 너는 그냥 화가 나서 정신없이 그렇게 말하는 거야. 네가 방금 한 그 말 절대로 다른 사람에게는 하지 않을게. 왜냐하면, 조금 후면 네가 분명 그런 말 한 걸 후회하게 될 테니까 말이야."

나는 아주 고집스럽게 말했다.

"쥘리, 나는 당신이 무슨 말을 하는지 잘 알아요. 당신이 말을 안 하겠다고 하는 건 속으로 말하기로 했다는 뜻이지요. 내게 부드럽고 다정하게 물어보는 건 내 생각을 알아내서 할머니께 일러바치기 위한 거란 것도 잘 알아요. 지금 나를 일부러 흥분하게 만들고 있다는 것도, 나를 흥분하게 해서 내가 더 나쁜 말을 하게 하려는 것도 알고 있어요. 그렇게 애쓸 거 없어요. 내가 무슨 생각하는지 알잖아요. 어서 가서 다 말하세요. 나는 더는 이곳에 있기 싫어요. 나는 엄마에게 돌아가고 싶어요. 나는 더는 엄마와 떨어져 살기 싫어요. 누가 뭐래도 내가 지금 사랑하고 언제나 사랑하는 건 엄마예요. 나는 엄마에게만 순종하고 싶어요. 자 서둘러요. 가서 하고 싶은 대로 하세요. 나는 모든 걸 다 감수할 준비가 됐으니."

그 불쌍한 여자가 정말 그런 못된 역할을 했던 걸까? 겉으로는 그래도 속으로는 그렇지 않았을 것이다. 그녀는 단지 내가 잘되길 바랐을 뿐이다. 그녀는 내가 혼나는 걸 즐기는 그런 사람은 아니었다. 그녀와 할머니가 함께 괴로워한 것은 그들이 말하는 이른바 나의 배은망덕함이었다. 하지만 그녀가 어떻게 이해할 수 있었을까? 내가 배반한 것은 그들의 애정이 아니라 바로 내 운명이었다는 것을? 할머니도 잘못 알고 계셨으니 쥘리도 모르는 게 당연했다. 하지만 그 여자는 그 눈빛과 목소리 또 모든 행동에서 뭔가를 꾸미고 속이는 듯한 조심스러움을 항상 내비쳤는데 나는 특히나 그게 너무 싫었다.

어쨌든 그녀를 끝까지 몰아붙여서 그녀의 자존심에 상처를 준 것은 이때가 처음이었다. 자존심에 큰 상처를 입은 그녀는 즉시 내게 복수하기 위해 내가 한 말을 아주 왜곡해서 고자질하러 갔다. 그것은 아주 못된 행동이었다. 왜냐하면, 그녀는 더는 엄마로서 겪어야 할 마음의 고통을 견딜 수 없는 할머니 가슴에 대못을 박았기 때문이다. 아주 작은 고통도 아들에 대한 추억, 돌이킬 수 없는 후회, 사랑하는 아들을 사이에 두고 싸워야 했던 여자에 대한 미칠 듯한 질투를 떠오르게 했기 때문이다. 그런데 나를 가운데 두고 두 사람이 싸우고 있는 것이다. 분명 할머니는 죽을 듯이 괴로우실 거였다. 만약 할머니가 내 앞에서 그런 슬픔을 내보이셨다면 나는 그 발 앞에 쓰러져 내가 했던 말들을 다 취소했을 것이다. 왜냐하면, 나는 나 때문에 괴로워하는 사람들 앞에서는 지나치게 약해졌고 일단 돌아서면 화를 내고 멀어졌던 것보다 더 가까워졌다. 그런데 사람들은 내게 아주 조심스럽게 할머니의 감정을 감추었다. 내게 화가 난 쥘리도 내게 와서 "할머니가 슬퍼하시니 가서 위로해드려요."라고 말하지 않았다.

대신에 아주 나쁜 방식으로 대처했다. 나를 아주 엄하게 다루기로 한 듯했고 내 말을 곧이곧대로 받아들이면 내가 두려워할 거라고 생각하는 것 같았다. 쥘리 양은 내게 방에 들어가 나오지 말라고 하면서 "이제 더는 할머니는 보지 못할 거예요. 왜냐하면, 할머니를 싫어하니까요. 할머니는 이제 아가씨를 포기했어요. 이제 3일 후에 파리로 가게 될 거예요."라고 말했다.

"거짓말 말아요. 아주 못된 거짓말이지요. 나는 할머니를 싫어하지 않아요. 할머니를 사랑하지만 엄마를 더 사랑하는 것뿐이에요. 엄마에게 돌려보낸다면 정말 하나님과 할머니 그리고 당신께도 고마워할 일이지요."라고 대답했다.

그 말을 한 후 나는 등을 돌리고 쌀쌀맞게 내 방으로 올라갔다. 거기에는 로즈가 있었다. 그녀는 무슨 일이 있었는지 몰랐고 내게 아무 말도 하지 않았다. 그날 나는 내 옷들을 더럽히지도 찢어지게 하지도 않았기 때문에 그녀는 그 외에는 아무것도 상관하지 않았다. 이후 사흘 동안 나는 할머니를 보지 않았다. 할머니가 식사를 마치면 내게 식사하러 내려오라고 했다. 할머니가 방에 들어가시면 내게 정원을 산책하라고 했다. 할머니는 정말 방에 칩거하셨는데 방에 가둔다는 표현이 더 맞을 것이다. 왜냐하면, 내가 그 방문 앞을 지날 때면 쇠막대로 문을 잠그는 소리가 들렸는데 그것은 마치 내게 이제는 후회해도 소용없다고 말하는 듯했다.

하인들은 다들 놀란 것 같았다. 하지만 나는 고개를 꼿꼿이 들고 있었다. 그래서 어느 누구도 내게 말을 걸지 못했다. 로즈조차도 그랬는데 그녀는 아마도 사람들이 내게 뭔가 잘못해서 엄마에 대한 나의 사랑을 식게 하기는커녕 더 불을 질렀다는 것을 알고 있었을 것이다. 데샤르트르는 정한 대로 행동한 것인지 아니면 로즈와 같은 생각에서 그랬는지 모르지만 역시 내게 아무 말도 하지 않았다. 이 속죄贖罪의 시간 동안에는 공부고 뭐고 아무것도 문제가 되지 않았다.

사람들은 내가 너무 심심해하길 원했던 것일까? 그러려면 내게 책을 금해야 했을 것이다. 하지만 사람들은 내게서 아무것도 빼앗지 않았다. 평소처럼 서재를 마음대로 들어갈 수 있으니 그렇게 책을 읽고 싶은 생각도 들지 않았다. 사람들은 가질 수 없는 것만을 욕망할 뿐이다.

나는 그 사흘을 코랑베와 붙어 보냈다. 나는 그에게 나의 고통을 이야기하고 그는 나를 위로해주었다. 나는 엄마에 대한 사랑 때문에, 가난과 궁핍에 대한 사랑 때문에 이런 고통을 받는 거였다. 그래서 나는 대단한 역할을 완수한 것 같았고 성스러운 소명을 완수한 것 같았다. 그리고 몽상적인 어린아이처럼 아주 고집스럽게 평온한 척했다. 평소에는 늘 나를 보고 웃던 집안사람들도 마치 나를 나병 환자처럼 왕따시키면서 내게 모욕감을 주려고 했다. 하지만 나는 더욱더 고개를 높이 쳐들었다. 나는 어제까지 내 발아래 무릎을 꿇었지만 지금은 더는 내게 말도 붙이지 않는 하인들의 노예근성에 대해서도 철학적으로 깊이 생각해 보았다. 나는 총애를 잃어버린 내 모습을 내가 읽은 역사 속 인물들과 비교해 보았다. 그리고 나를 배은망덕한 혁명 정부가 추방한 위대한 시민들과 비교했다.

하지만 자존심이란 어리석은 거였다. 나는 하루 만에 지쳐 버렸다. 나는 혼자 이렇게 생각했다.

'이건 다 멍청한 짓이야, 다른 사람들과 나 자신을 제대로 보고 결단을 내리자고. 아무도 내가 떠날 준비를 하고 있지 않다는 것은 나를 엄마에게 보내고 싶지 않다는 거지. 지금 나를 시험하면서 내가 여기 있게 해 달라고 빌기를 바라는 거야. 내가 얼마나 엄마와 살고 싶은지

다들 모르는 모양인데 알게 해줘야겠어. 그냥 아무렇지도 않은 듯 지내자고. 이렇게 지내는 게 일주일이든 보름이든 한 달이든 그게 무슨 상관이야. 만약 사람들이 내가 생각을 바꾸지 않을 걸 알면 나를 보내주겠지. 그러면 할머니께 모든 걸 설명 드려야지. 할머니를 사랑한다고 말하면 할머니도 나를 용서하시고 다시 화해할 수 있겠지.

　내가 나를 낳아준 사람을, 하나님도 누구보다 사랑하라고 한 엄마를 더 좋아한다고 어떻게 할머니가 나를 욕할 수 있는 거지? 내가 할머니가 가르치는 대로 할머니처럼 살지 않는다고 어떻게 나를 배은망덕하다고 할 수 있어? 내가 여기 있어서 할머니에게 좋을 게 뭐지? 나는 점점 더 할머니를 보지 않고 할머니도 대부분의 시간을 다른 여자들과 보내시는 것을 보면 나보다 다른 여자들과 보내는 것이 더 즐겁고 필요한 것 같아 보이는데 말이야. 나를 데리고 계시는 것은 분명 할머니를 위해서가 아니라 나를 위해서야. 그런데 내 인생과 미래는 내가 자유롭게 선택할 수 있는 거 아니야? 그러니 이번 일이 그렇게 비극적인 것도 아니야. 할머니는 정말 좋은 마음으로 나를 교육하고 부자로 만드시려고 한 거지. 그건 너무 고마운 일이지만 엄마 없이 지낼 순 없어. 나는 엄마를 위해 그 헛된 재산들도 정말 기쁘게 다 희생할 수 있어. 엄마는 내게 감사할 것이고 하나님도 잘했다 하시겠지. 내게 화를 낼 사람은 아무도 없어. 할머니도 내가 가서 나에 대한 중상모략을 잘 설명 드리면 이해하실 거야.'

　그런 후 나는 할머니 방에 들어가려고 했다. 하지만 문은 여전히 쇠막대로 닫혀 있어 나는 정원으로 갔다. 그곳에는 우리가 죽은 가지를 주워 가라고 허락한 가난한 할머니가 있었다. 나는 그녀에게 "가지 마세요. 할머니, 왜 자식들은 돕지 않는 거지요?" 하고 물었다. 그녀는 "다들 들에 나갔지요. 그리고 나는 땅에 떨어져 있는 것을 주울 수가 없네요. 허리가 말을 듣지 않아요."라고 대답했다. 그래서 나는 그녀를 위해 일하기 시작했고 할머니가 발아래 떨어진 가지들을 주울 수 없었기 때문에 나는 마른 관목들을 베기 위해 낫을 가지러 갔다. 그리고 손이 닿는 곳의 가지들을 떨어지게 했다. 나는 농부처럼 튼튼해서 금방 가지 한 무더기를 만들었다. 머리가 복잡할 때 노동만큼 좋은 것도 없다. 밤이 와도 나는 여전히 자르고 묶고 하면서 일을 계속했다. 그래서 할머니에게 하루치가 아니라 일주일 치 땔감을 마련해 주었다. 나는 먹는 것도 잊고 있었고 또 아무도 내게 먹으라는 말도 하지 않았기 때문에 일을 그만둘 생각도 하지 않았다. 그러다 마침내 배가 고파졌는데 할머니는 이미 떠난 지 오래였다. 나는 나보다 더 무거운 짐을 어깨에 메고 마을 끝에 있는 할머니 오두막집에 갖다 주었다. 나는 땀에 흠뻑 젖었고 피도 흘렸다. 낫에 몇 번 베였고 또 가시덤불이 얼굴에 크게 상처를 냈기 때문이다.

하지만 가을밤은 너무나 아름다웠고 티티새도 덤불숲에서 노래하고 있었다. 나는 특별히 티티새 노랫소리를 좋아했다. 그 소리는 그렇게 화려하지도 그렇게 특별나지도 않았지만 꾀꼬리 소리보다 더 다양했다. 그 소리는 인간의 음악과도 닮아 있었다. 그 소리는 아주 시골스러워서 인간의 규율 같은 것과는 거리가 아주 멀었다. 그날 저녁 그 소리는 내게 코랑베의 목소리처럼 들렸다. 그 소리는 나를 위로하고 지지했다. 나는 나의 짐 더미 아래 무릎을 꿇었다. 그러자 우리의 상상이 우리의 능력을 좌지우지하는 것처럼 갑자기 나의 힘이 10배나 늘어나면서 신선한 바람이 상처받은 팔다리 위로 부는 것 같았다. 나는 블랭 할머니 집 오두막에 도착했다. 가장 먼저 뜬 별들이 아직 불그스름한 하늘 위에서 빛나고 있었다. 할머니는 "아! 우리 귀여운 아가씨, 완전히 지치셨네요! 병이 나겠어요!" 나는 대답했다.

"아니에요, 할머니를 위해서 제가 일을 많이 했으니 제게 빵 한 조각은 주실 수 있겠지요. 지금 너무 배가 고프니까요."

할머니는 검고 곰팡내 나는 빵 한 조각을 잘라서 내게 주었고 나는 문 옆 바위 위에서 그것을 먹었다. 그러는 동안 할머니는 손주들을 재우며 저녁 기도를 했다. 할머니의 삐쩍 마른 개는(농부들은 아무리 가난해도 개를 하나씩 키우고 있다. 아니 개의 형상을 하고 있는 거라고 하는 편이 더 나을 것 같은데 그 개는 음식도 훔쳐 먹으면서 자기가 거처할 곳도 없는 가난한 오두막집을 지킨다고 말할 수 있다) 처음에는 내게 엄청나게 짖더니 내 빵을 보고는 금방 꼬리를 내리고 얼마 되지도 않는 것을 나눠 먹으러 왔다.

어떤 식사도 그보다 더 좋을 순 없었고 어떤 시간도 그렇게 행복할 수가 없었고 자연도 그렇게 평화로울 수가 없었다. 내 마음도 아주 자유롭고 가벼웠다. 몸은 마치 일을 열심히 한 후의 느낌이었다. 나는 가난한 사람들의 일을 하고 가난한 사람들의 빵을 먹고 있었다. 그래서 나는 다음과 같은 생각을 했다.

'이것은 성에 사는 오만한 사람들이 말하듯 '선행'이 아니라 내가 처음으로 직접 경험해 본 가난한 사람들의 삶이다. 마침내 나는 자유를 찾은 것이다. 이제는 더는 지겨운 공부도 없고 역겨운 잼을 먹으면서도 배은망덕하지 않기 위해 맛있다고 할 필요도 없고, 먹을 때 예의를 차릴 필요도 없고 실컷 자고 놀 수 있다. 내 일이 끝나면 그때가 하루의 끝이고 배고플 때가 식사시간인 거지. 더는 내게 접시를 갖다 줬다가 자기 마음대로 다시 가져가는 하인도 없을 것이고 이제 새로운 별들이 내게 다가오고 있는 거야. 그것은 선하고 신선한 별이지. 피로하면 그냥 쉬면 되는 거야. 어느 누구도 내게 "숄을 걸치세요, 아니면 들어가세요. 감기에 걸리겠어요."라고 말하지 않고 지금 내 생각을 하는 사람은 아무도 없지. 내가 어디 있는지 아는 사람도 없고 말이야. 만약 내가 이 바위 위에서 자고 싶으면 그냥 자면 그만이지. 그것은 정말 최고의 행복이야. 이것이 왜 벌 받을 짓인지 모르겠네.'

그리고 곧 나는 생각했다. 이제 곧 엄마와 함께 살게 될 것이니 나는 이 들판과 티티새와 덤불숲과 별들과 큰 나무들에게 작별을 고해야 한다고. 나는 시골을 좋아하기는 했지만 그렇다고 다른 곳에서 결코 살 수 없을 줄은 몰랐고 엄마와 함께라면 그 어디라도 천국이 될 거라 생각했다. 나는 내가 힘이 세서 엄마의 많은 일을 도울 수 있을 거라고 생각하고 너무 기뻤다. 나는 속으로 말했다. '나무는 내가 할 거야. 불도 내가 피우고 침대도 정리해야지. 우린 절대로 하인을 두지 않고 폭군처럼 구는 일꾼들도 두지 않을 거야. 우린 서로만 의지하고 살며 마침내 가난한 자의 자유를 누리는 거지.'

이렇게 행복한 생각에 잠겨 있었는데 로즈는 내가 생각하는 것만큼 그렇게 나를 완전히 잊고 있지 않았다. 그녀는 나를 찾아 헤맸고 내가 집에 들어갔을 때는 걱정하고 있었다. 하지만 얼굴에 있는 큰 상처들을 보고, 또 내가 블랭 할머니를 위해 일한 것을 알고는 그녀는 나를 동정하며 야단치지 않았다. 게다가 내가 벌을 받는 내내 내게 아주 다정하고 심지어는 슬퍼하기도 했다.

다음 날 그녀는 나를 일찍 깨워 말했다.

"계속 이렇게 할 수는 없지요. 할머니가 얼마나 속상하시겠어요. 가서 할머니를 안고 용서를 구하세요."

"그런 말은 3일 전에 이미 했어야지요. 그런데 쥘리가 나를 들여보내줄까요?"

"그럼요, 내가 책임질게요!"

그리고 그녀는 작은 복도들을 통해 나를 할머니 방으로 데리고 갔다. 나는 잘못을 빌고 싶은 마음은 없었지만 그래도 좋은 마음으로 들어갔다. 왜냐하면, 내가 죄를 지었다고는 생각하지 않았기 때문이다. 그리고 할머니에게 다정하게 한다고 해서 이미 정해진 일을 포기하려는 생각도 없었다. 하지만 가엾은 할머니의 품에서 나를 기다리고 있었던 것은 가장 잔인하고 가장 아픈 그리고 가장 부당한 처벌이었다.

지금껏 어느 누구도, 특히나 할머니는 더더욱 엄마에 대해 나쁜 욕을 한 적이 없었다. 데샤르트르가 엄마를 싫어하는 것과 할머니가 엄마를 싫어하게 하려고 쥘리가 엄마를 중상모략하는 것은 너무나 분명했다. 하지만 그것은 이유 없이 그냥 흉을 보며 경멸하는 듯한 분위기, 그뿐이었다. 그리고 순진했던 나의 편견으로는 아버지의 결혼이 이 가정에 그다지도 큰 절망을 가져온 것이 그저 재산이 없고 태생이 귀족이 아니라서, 라고 생각했다. 할머니는 아마도 내가 엄마에 대한 존경심을 잃지 않게 하려고 했던 것 같다.

3일 동안 너무나 괴로워했던 할머니는 나를 가장 빨리 그리고 가장 확실하게 할머니 편으로, 또 내가 눈곱만큼도 염두에 두지 않았던 할머니의 재산 쪽으로 나를 끌어올 방법을 생각해냈다. 그것은 다른 사람에 대한 신뢰와 사랑을 나의 어린 가슴에서 산산조각 내버리는 것이었다. 그녀는 깊이 생각하고 숙고한 끝에 가장 잔인한 것을 떠올린 것이다.

내가 할머니 침대에 무릎을 꿇고 할머니 손에 입을 맞추자 할머니는 내가 전혀 들어본 적이 없는 카랑카랑하게 떨리는 목소리로 말씀하셨다.

"무릎을 꿇고 이제부터 내가 하는 말을 잘 들어야 한다. 지금 하는 말은 네가 들어본 적도 없고 이후로 다시는 내 입으로 하지 않을 것이다. 일생에 한 번 하는 얘기지. 왜냐하면, 결코 잊을 수 없는 이야기니까. 하지만 몰랐다가 불행하게도 그 이야기가 여전히 계속되면 인생도 자기 자신도 다 잃을 수가 있지."

나를 떨리게 한 이런 서론이 끝난 후에 할머니는 할머니 자신의 삶과 아버지의 삶에 대해 이야기하기 시작하셨다. 그것은 내가 말했던 그대로였다. 그리고 그다음 엄마의 삶에 대해 이야기했다. 그것은 할머니가 안다고 생각하는, 적어도 할머니가 그렇다고 믿는 이야기였다. 할머니는 그 얘기를 어떤 동정심도 없이 감히 말하자면 지각없는 사람처럼 막 이야기하셨다. 왜냐하면, 가난한 사람들의 삶 속에는 그럴 수밖에 없었던 불행하고 운명적인 원인이 있기 마련인데 부자들은 그런 것은 아랑곳하지 않고 그들을 색깔도 구별 못 하는 색맹色盲처럼 취급했기 때문이다.

할머니가 말씀하신 것은 모두가 틀린 말은 아니었다. 하지만 내가 엄마에 대한 사랑과 존경을 잃지 않도록 하면서 이 진실을 말해줄 수도 있었을 것이다. 그러면 이야기는 훨씬 더 진실에 가까웠을 것이다. 그러니까 그 모든 불행의 원인들, 14살에 겪어야 했던 고독과 가난, 가난을 틈타 순진한 여자아이를 타락시키는 부패한 부자들, 또 결코 뉘우치거나 만회할 기회를 주지 않는 모진 사람들에 대한 이야기를 했어야만 했다. 48 또 내게 엄마가 이후 과거를 씻어내기 위해 어떤 삶을 살았으며 아빠를 얼마나 정숙하게 사랑했는가를 말해야 했다. 또 아버지가 돌아가신 후 엄마가 얼마나 가난하고 슬픈 은둔생활을 했는지도 말해주어야 했다. 이 마지막 부분에 대해서는 내가 누구보다 잘 알고 있다. 아니 적어도 잘 알고 있다고 생각한다.

하지만 내게 말해준 것은 마치 과거를 말해주면 현재는 말할 필요도 없다는 식이었다. 지금 현재 엄마의 삶 속에도 무슨 비밀이 있어서 내게 말해줄 수는 없지만 만약 내가 알게 되면 아마도 끔찍하게 생각할 것이고 계속 엄마와 같이 살려고 한다면 그것은 내 미래를 불안하

---

48 어떤 사람들은 내가 우리 부모들에 대해 말하는 것, 특히 엄마에 대해 말하는 것의 진정성을 의심할 것이다. 늘 자신이 읽는 글을 이해하지 못하는 독자들이 있기 마련이니까. 바로 인간사에 있어 진정한 양심이 무엇인지 이해하지 못하거나 아니면 이해하고 싶지 않은 부류의 사람들이다. 나는 그런 사람들을 위해 이 글을 쓰는 것이 아니니 그들에게 대답하고 싶지는 않다. 그들의 생각은 나와는 반대니까. 하지만 내 글을 무조건적으로 거부하지 않는 사람들은 이 페이지를 다시 읽고 깊이 생각해 보길 바란다. 만약 그들 중에 나와 같은 경우로 같은 고통을 겪고 있는 사람이 있다면 나는 그들 내면의 고통을 내가 좀 진정시켜줄 거라고 생각한다. 그래서 거짓된 도덕관념을 가진 사람들보다 더 고양된 생각으로 그들의 상처를 감싸줄 수 있을 거라고 생각한다.

게 할 거라는 듯이 말해준 것이다. 결국, 가엾은 할머니는 그 긴 이야기에 지쳐서 기가 다 빠지고 목까지 막히고 눈까지 벌게지셔서는 결국, 결정적인 말을 해 버리셨는데 정말 그것은 끔찍한 단어였다. 엄마는 타락한 여자고 그런 나락에 같이 떨어지려는 나는 눈이 먼 아이라는 것이다.

그것은 내게 악몽과도 같은 말이었다. 나는 숨이 막히고 한 마디한 마디가 나의 목을 조르고 이마에는 식은땀이 흘렀다. 나는 말을 막고 일어나 달아나고 싶었다. 이 끔찍한 말들을 완강히 거부하고 싶었다. 하지만 그럴 수 없었다. 나는 꼼짝하지 않은 채 무릎을 꿇고 할머니의 말소리로 머릿속은 완전히 산산조각이 나서 폭풍이 몰아치고 있었다. 나의 차가운 손들은 더는 할머니의 뜨거운 손을 잡고 있지 않았는데 아마도 나는 기계적으로 내 입술에서 그 손들을 소스라치며 뿌리쳤을 것이다.

마침내 나는 아무 말도 하지 않고 일어났다. 어떤 다정한 인사도 어떤 용서도 구하지 않은 채로 말이다. 나는 내 방으로 올라갔다. 계단에서 로즈를 만났는데 그녀는 "다 끝났어요?" 하고 물었다. 나는 "네, 다 끝났어요. 완전히요."라고 대답했다. 그리고 이 여자는 늘 엄마에 대해 좋은 이야기만 했었고 또 방금 내가 들은 이야기들을 그녀도 알고 있을 것이며 또 그녀가 첫 번째 주인 편일 거라는 생각이 들었다. 그러자 그녀가 아무리 못생겼어도 아름답게만 보였고 그녀가 아무리 내게 폭군이나 사형집행인처럼 굴어도 나의 가장 친한 친구처럼 보였다. 나는 그녀를 격하게 안았다. 그리고 달려가 몸을 숨기고는 바닥에 몸을 던지고 절망으로 몸부림쳤다.

쏟아지는 눈물도 나를 위로하지 못했다. 눈물이 고통을 사라지게 한다는 말을 들었지만 나는 항상 그 반대였다. 나는 잘 우는 방법을 몰랐다. 눈물이 나기 시작하면 숨소리는 비명이나 신음 소리가 되고 괴로워하는 소리를 끔찍하게 싫어한 나는 소리 지르지 않으려고 애를 쓰다가 결국, 죽은 것처럼 쓰러졌다. 만약 내가 혼자라면 나는 그렇게 며칠 만에 죽을 것이다. 하지만 그런 건 아무래도 좋다. 모두가 뭔가로 죽게 되는 것이고 각자는 모두 죽음에 이르게 되는 어떤 원인을 가지고 있기 마련이니까. 아마도 가장 슬픈 최악의 죽음, 정말 거부하고 싶은 죽음은 겁쟁이들이 선택하는 늙어 죽는 것일 것이다. 사랑했던 모든 것 다음에, 이 땅에서 믿었던 모든 것 다음에 말이다.

당시 나는 울음을 삼킬 정도로 자제력이 없었던 때였다. 그리고 로즈는 내가 훌쩍거리는 것을 보고 내게 달려왔다. 그리고 나는 좀 진정한 후에 약골처럼 보이지 않기 위해 점심 식사 종이 울리자마자 내려가 억지로 꾸역꾸역 먹었다. 또 공책을 주기에 공부하는 척도 했다. 하지만 나는 울지 않으려고 눈에 힘을 주고 있어서 눈물 서린 눈은 시리고 뜨거웠다. 또 엄청난 두통에 시달렸는데 더는 아무것도 생각하지 않으려고 했고 더는 살아 있지도 않았다. 나는 모든 것에 무감각했다. 나는 누굴 사랑하는지 증오하는지도 알 수 없었다. 나는 사람에 대한 사랑도 증오도 느낄 수가 없었다. 가슴속에서 애간장이 타들어 갔다. 나는 이 세계 전체를 경멸하는 마음뿐이었고 삶을 조롱하는 마음뿐이었다. 나 자신에 대해서도 더는 사랑할 수 없었다. 만약 나의 엄마가 경멸과 증오의 대상이라면 그녀의 열매인 나도 마찬가지다. 그렇다면 어떻게 이 순간부터 내가 인간에 대한 혐오감으로 뒤틀리지 않을 수 있었는지 모르겠다. 나는 정말 회복될 수 없는 치명적인 상처를 입은 것이다. 정말 나의 양심과 신념과 사랑과 희망은 근원을 모두 상실해 버릴 뻔했다.

그런데 다행히도 하나님께서는 내게 사랑하고 잊어버리는 은사恩賜를 주셨다. 사람들은 종종 내게 남의 잘못을 잘 잊어버린다고 야단친다. 나는 너무나 많은 것을 감내해야 했기에 그것은 정말 하나님의 은혜였다.

그렇게 괴롭고 힘든 며칠이 지나고 나는 놀랍게도 내가 여전히 엄마를 사랑하고 있고 할머니도 전처럼 사랑한다는 사실을 깨닫게 되었다. 모두 내 모습이 너무 슬프다고 했고 로즈도 내가 괴로워한다고 해서 사람들은 내가 뉘우치는 거라고 믿었다. 할머니는 할머니가 내게 너무나 큰 상처를 주었다는 것을 알고 계셨다. 하지만 할머니는 그 아픔이 나를 위해 어쩔 수 없는 것이고 이미 나의 결심이 섰다고 생각하셨다. 더 이상 설명은 구차한 것이고 더는 내게 묻지도 않았다. 모든 것이 다 소용없었다. 언제나처럼 나는 입을 굳게 다물고 있었다. 삶은 다시 조용한 강물처럼 흘러갔다. 하지만 내게 있어 그것은 격랑激浪이었고 나는 그것을 더는 쳐다보지도 않았다.


사실 나는 아무 계획도 없었고 어떤 달콤한 꿈을 꾸지도 않았다. 소설도 없었고 명상도 없었다. 코랑베도 입을 다물고 있었고 나는 기계처럼 살고 있었다. 상처는 생각보다 깊었다. 사랑이 많은 나는 여전히 사람들을 사랑하고 있었다. 아이처럼 나는 아직도 삶을 즐기긴 했지만 말한 것처럼 더는 나를 사랑하지도 걱정하지도 않았다. 나는 자동적으로 교육에 저항했고 내 안의 정신이 승리하길 바라며 나의 지적인 부분을 치장하고 고양시키는 것을 경멸했다. 나의 이상은 가려졌고 내가 그렇게도 오랫동안 나의 환상에 따라 창조하고 정돈했던 나의 미래도 알 수 없었다. 하지만 나는 미래에 내가 그동안 고민해본 적도 없는 다른 사람들의 생각에 대항하고 투쟁하는 내 모습이 보였고, 또 사람들이 내게 말하길 원치 않는 고통스러운 수수께끼가 대체 뭔지도 알 수 없었다.

사람들은 내게 끔찍한 위험을 경고하고 내가 그것을 잘 알아들었다고 생각했지만, 단순하고 조용한 나는 아무것도 알아듣지 못했다. 게다가 나는 나의 천성에 맞는 일에는 무척 적극적이지만 그만큼 나의 천성에 맞지 않는 것에 대해서는 한없이 게을렀다. 그리고 나는 스핑크스의 답을 찾지 않았다. 하지만 내가 계속 할머니의 날개 품을 떠난다고 고집한다면 어떤 끔찍스러운 일이 내 앞에 남아 있는 것은 분명했다. 나는 그것을 두려워하지는 않았지만 내가 빠져 있던 공상의 세계에 대한 완전한 신뢰는 그 매력을 잃어버렸다.

사람들은 이렇게 말했다.

"그것은 가난보다 더 끔찍한 일이지. 그것은 정말 수치야!"

나는 대답했다.

"뭐가 수치라는 거지요? 내가 엄마의 딸이란 걸 부끄러워해야 할까요? 오, 그게 아니라면 모두 내가 그런 수치스러운 비겁자가 아닌 걸 잘 알겠지요."

나는 아무도 욕하지 않았지만 내게 불의하고 불법적인 지배를 느끼게 하는 어떤 존재와 엄마 사이에 모종의 합의가 있다는 느낌도 들었다. 그리고 나는 자진해서 그것을 더는 생각하지 않았다. 나는 마음 속으로 말했다.

'이제 곧 알게 될 거야. 사람들은 내가 찾길 바라겠지만 나는 찾지 않을 거야.'

살기 위해서는 항상 어떤 사람이나 사물에 대한 용기 있는 결단이 필요했다. 그것이 사람이건 사상이건 말이다. 이런 필요는 어릴 때부터 내게 있었다. 어쩔 수 없는 상황 때문에, 또 서로 부딪히는 애정 때문에 그랬다. 결과가 아무리 모호하고 불분명해도 여전히 그것은 내게 남아 있었다. 사람들은 내게 보여준 다른 목표에 내가 집착하길 바랐고 나는 아주 고집스럽게 그것으로부터 돌아섰다. 나는 사람들이 바라는 대로 할 수 있었을지 자문해 보았지만 아닌 것 같았다. 재산과 교육과 좋은 태도와 교양, 이른바 사교계라는 것이 뭔지 알 것 같았다. 난 속으로 이런 모습을 떠올렸다.

'아주 맵시 있고 지나치게 꾸미고 아는 것도 꽤 많은 아름다운 아가씨가 듣지도 않고 칭찬만 늘어놓는 사람들 앞에서 피아노를 두드리고 다른 사람들은 신경도 쓰지 않고 자기만 뽐내며 부자와 결혼하기만 열망하며 자신의 자유와 인격 모든 것을 마차와 가문과 옷가지들과 몇 푼의 돈과 맞바꾸는 그런 여자들. 하지만 그때나 지금이나 그런 것은 나와는 전혀 맞지 않아. 만약 내가 어쩔 수 없이 이 저택과 데샤르트르가 계속 계산에 계산을 더하는 이 밭들과 아무 재미도 느끼지 못하는 이 서재와 별로 관심도 없는 포도주 지하 창고를 물려받게 된다면 그것만으로 정말 행운이며 큰 부자가 아닐까? 아주 멀리 여행을 떠나는 꿈같은 일이 벌어진다면 좋겠다.

만약 내가 엄마랑 살 계획을 꿈꾸지 않았다면 나는 여행을 많이 했을 거야. 그러니까! 만약 엄마가 나를 원하지 않는다면 며칠 뒤 나는 떠나야지. 나는 세상 끝까지 갈 거야. 나는 에트나와 지벨산을 보고 아메리카도 가고 인도에도 가야지. 사람들은 그곳이 멀고 힘들다 하지만 그렇다면 더 잘된 일이지! 사람들은 가다가 죽을지도 모른다고 하는데 그게 무슨 상관인가? 죽음을 기다리며 그저 하루하루를 우연에 맡기고 살아가면 되지. 왜냐하면, 내가 안다고 하는 모든 것들이 안심할 수 없으니 차라리 모르는 것들에 부딪혀 보자.'

이런 생각을 한 후에 나는 아무것도 생각하지 않고 아무것도 두려워하지 않고 아무것도 바라지 않고 살려고 애썼다. 처음에 그것은 쉽지 않은 일이었다. 나는 늘 꿈을 꾸고 나도 모르게 미래를 열망하는 버릇이 있었으니 말이다. 하지만 슬픔이 너무 깊어지고 또 내가 겪은 그 슬픈 장면이 나를 너무나 숨 막히게 했기 때문에 나는 이런 나를 피해야만 할 필요가 있었다. 그래서 들판으로 달려가 아이들과 정신없이 뛰어놀고 나를 좋아해 준 아이들은 나를 그 고독에서 벗어나게 해주었다.

이렇게 몇 달이 지났고 아무 일도 없었고 어지러운 기억뿐이었다. 나는 건강도 좋지 않았다. 공부도 그저 야단맞지 않을 정도로만 했다. 그리고 되도록 빨리 배운 것을 잊어버리려고 애썼다. 예전에는 공부가 주었던 논리적이고 시적인 매력 때문에 더 파고들었지만 그런 생각들을 더는 하지 않았다. 길과 덤불숲과 방목장을 또래 애들과 더 뛰어다녔다. 온통 정신없는 장난으로 집안을 뒤집어 놓았고 마음속 상처가 더 아프게 느껴지기 시작하면 지나칠 정도로 더 정신없이 유쾌한 척했다. 그러니까 결국, 나의 하녀가 늘 말하던 대로 개구쟁이 아이로 되돌아간 것이다. 그녀는 이제 좀 정신을 차렸는지 더는 나를 때리지도 않았다. 어쩌면 내가 이제 커서 대항할 수 있을 거라고 생각했는지 아니면 때려도 내가 별로 힘들어 보이지 않아서 그랬는지도 모른다.

이런 나를 보고 할머니는 말씀하셨다.

"애야, 너는 이성을 잃었구나. 전에는 똑똑했는데 이제 아주 괴물처럼 보이려고 최선을 다하는 것 같구나. 넌 얼마든지 잘 할 수 있는 아이인데 일부러 못난 아이처럼 굴며 좋아하는구나. 피부도 시커멓고 손도 거칠고 발도 나막신 때문에 뒤틀리겠구나. 그러면 너의 머리도 네 신체처럼 그렇게 왜곡되고 아둔해진단다. 어느 때는 대답하지 않으면서 모든 걸 경멸하는 위대한 학자처럼 굴고 어느 때는 아무 말이나 막 하면서 꼭 쉴 새 없이 재잘대는 까치 같구나. 너는 정말 매력적인 아이였는데 그렇게 형편없는 젊은이가 되어서는 안 되는데, 너는 정말 품위도 우아함도 어떤 고상함도 없구나. 네 마음은 너무나 착한데 네 머릿속은 불쌍하기만 하다. 다 변해야만 한다. 더욱이 네게는 사교계 예법을 잘 가르쳐줄 선생님이 필요한데 이곳에서는 그런 선생을 찾을 수가 없구나. 그래서 너를 수녀원에 넣기로 했다. 그래서 우린 파리로 가게 될 거야."

"그럼 엄마도 볼 수 있어요?" 나는 소리쳤다.

"물론이지, 엄마를 보게 될 거야." 할머니는 차갑게 대답하셨다.

"그다음에는 나도 엄마도 떠나 공부를 마칠 때까지 헤어져 있어야 한다."

나는 생각했다. '그러지 뭐, 수녀원이 어떤 곳인지 모르지만 지금 여기서 행복하지 않으니 새로운 변화도 좋겠지.'

모든 일이 그대로 진행되었다. 나는 늘 그랬던 것처럼 격한 감정으로 엄마를 만났고 마지막 희망을 품었다. 그것은 엄마가 그 수녀원을 쓸데없고 우스꽝스러운 곳으로 생각해서 여전히 고집스럽게 엄마에게 가려는 나를 데려가는 것이었다. 하지만 엄마는 그 반대로 부와 재능이 얼마나 많은 것을 가져다주는지를 내게 열심히 설명하셨다. 얼마나 열심히 설명했던지 나는 너무 놀라고 깊은 상처를 받았다. 평소처럼 엄마의 솔직함과 용기를 볼 수 없었기 때문이다.

엄마는 수녀원을 우습게 생각했고 또 평소 수녀를 싫어하고 경멸하던 할머니가 나를 수녀원에 들여보낸다는 것을 비난했기 때문이다. 하지만 할머니를 욕하면서도 엄마의 태도는 할머니와 같았다. 엄마는 수녀원이 내 인생에 도움이 될 테니 들어가야 한다고 말했다. 하지만 나로서는 한 번도 그런 생각을 해 본 적이 없었고 수녀원에 들어가는 것은 내게 너무나 혐오스럽고, 두렵고, 암담한 일이었다. 그다음에는 어떻게 진행됐는지 모르겠다. 수녀원의 현관을 들어서는 순간부터 나는 진정한 세상으로 들어가 내가 벗어나려고 한 계급과 관계를 맺고 그들의 습관과 생각 속에 처박히게 되는지 아닌지도 알 수 없었다. 하지만 그 반대로 나는 이곳에서 이쪽도 저쪽도 아닌 중간지대를 발견할 수 있었다. 그리고 이곳에 있는 동안 나는 내가 겪어내야 했던 전투에서 잠시 벗어난 것 같았다.

파리에서 나는 폴린과 퐁카레 부인과 그의 엄마를 다시 만났다. 폴린은 전보다 더 예쁘고 성격도 더 쾌활하고 솔직하고 사랑스러웠지만 차가운 마음도 여전했다. 그녀는 여전히 냉정했지만 그래도 나는 그녀를 좋아했다. 예전에 그녀의 그 아름다운 무관심을 무척 사랑했던 것처럼 말이다.

할머니는 퐁카레 부인에게 앙글레즈 수녀원에 대해 물어보셨다. 그곳은 할머니가 혁명 기간 동안 갇혀 있던 곳이기도 했다. 퐁카레 부인의 조카 하나가 그곳에서 자랐고 얼마 전에 그곳을 나왔기 때문이다. 그 수도원과 그곳에서 알게 된 몇몇 수녀들에 대한 추억을 가지고 있던 할머니는 드보르스 양이 그곳에서 아주 잘 보살핌을 받았으며 각별한 대우를 받았고 또 그곳의 교육이 아주 훌륭하고 또 선생님들도 유명하다는 말을 듣고 아주 좋아하셨다. 한마디로 이곳은 사크레쾨르와 오부아 수녀원과 경쟁하는, 사교계에서 유행하는 곳이었다. 사실 퐁카레 부인도 내년쯤 딸을 그곳에 들여보낼 생각이었다. 그래서 할머니도 그곳으로 결정하셨다.

그리고 어느 겨울 날, 나는 맨드라미 빛의 서지 천으로 된 유니폼을 입고 짐들을 큰 트렁크 가방에 넣고 삯마차를 타고 포세 생빅토르가로 갔다. 면회실에서 잠깐 기다리자 문이 열렸다 닫히고부터 나는 수녀원에 칩거하게 되었다.


이 수녀원은 크롬웰 때에 파리에 세워진 서너 개 영국 단체 중 하나였다. 영국 가톨릭은 잔인하게 박해당한 후 유배지에서 신께 무엇보다 프로테스탄트들의 개종을 빌기 위해 모였었다. 이후 가톨릭 왕들은 통치권을 영국으로 다시 가져가 기독교적이지 않은 방식으로 복수했지만 종교 단체들은 여전히 프랑스에 남아 있었다.

영국 어거스틴 단체는 파리에 남아 있는 유일한 단체였고 혁명 중에도 큰 피해 없이 살아남았다. 수도원 전통에 따라 우리의 앙리 4세의 딸이며, 불행했던 찰스 1세의 부인이던 영국 왕비 앙리에트 드프랑스는 자주 자기 아들인 자크 2세와 이곳을 찾아 그들을 따라온 가난한 자들의 연주창連珠瘡이 낫도록 기도하곤 했다. 나지막한 담 하나가 이곳과 스코틀랜드 학교 사이를 나누고 있었다. 아일랜드 신학교도 가까이 있었다. 이곳의 수녀들은 모두 영국 아니면 스코틀랜드 아니면 아일랜드 사람이었다. 그리고 이곳의 기숙생의 3분의 2, 또 사무를 보러 온 사제들도 모두 이 나라 사람들이었다. 하루 중 몇 시간동안 불어를 절대 써서는 안 되는 시간들이 있었다. 이것은 영어를 빨리 배울 수 있는 가장 좋은 방법이었다. 수녀들은 마찬가지 이유로 우리에게 절대로 다른 언어를 사용하지 않았다. 그들은 그들의 습관을 따라 하루 세 번씩 차를 마시고 우리 중 그들과 함께하고자 하는 아이들과도 함께했다.

수녀원과 성당에는 긴 장례 포석이 깔려 있었다. 그 아래는 옛 영국 가톨릭의 존경하는 유해들이 뉘어 있었다. 그들은 유배 중 죽어 이곳에 묻힌 사람들이었다. 모든 무덤과 벽 위에는 비문이나 종교적 문구가 영어로 쓰여 있었다. 수녀원장의 방이나 접견실에는 왕자들이나 영국 고관들의 오래된 초상화들이 있었다. 아름다운 바람둥이였던 메리 스튜어트는49 수녀들 사이에서는 성인으로 불렸는데 마치 별처럼

---

49 〔역주〕메리 스튜어트(1542~1587). 스코틀랜드의 여왕으로, 뛰어난 미모에 문예에도 조예가 깊었으나 애인과 남편을 죽였다는 의심을 받는 등 정치적 암투의 희생자가 되었다. 결국 조국에서 도망쳐 잉글랜드의 엘리자베스 1세 여왕에게 피신했으나 몇 년 뒤 엘리자베스에 의해 처형되고 그 아들 제임스 6세가 잉글랜드의 왕위를 이어받았다.

상드가 1818년부터 1829년까지 머물렀던 앙글레즈 수녀원.
이곳은 혁명 기간 동안 할머니가 갇혀 있던 곳이기도 하다.
앙글레즈 수녀원에서 상드는 기독교적 신앙에 깊이 빠져들었다.

빛나고 있었다. 그러니까 이곳에는 과거, 현재까지 모든 것이 영국 것이었다. 그래서 수녀원 철문을 통과하면 마치 영국 해협을 건너는 것과 같았다.

이 모든 것이 베리라는 시골에서 온 내게 일주일 내내 하나의 놀라움이며 경이로움이었다. 우리는 먼저 원장인 캐닝 부인을 만났다. 그녀는 아주 뚱뚱한 50~60세 정도의 여자였다. 뚱뚱한 체격에 비해 얼굴은 예뻤고 둔한 몸과 대조적으로 성격은 매우 예민했다. 그녀는 세속에 나와 있는 걸 매우 속상해했다. 그녀의 태도는 매우 훌륭했고 불어 악센트가 강하긴 했지만 대화는 문제없이 잘 할 수 있었다. 눈에는 어떤 성스러움이나 깊은 사색 같은 것보다는 냉소나 고집스러움이 있었다. 그녀는 항상 좋은 사람으로 여겨졌고 그녀의 세속적 경영 방침은 수녀원을 번창하게 했고 또 그녀는 그때까지 여전히 수녀원장에게 남아 있던 이른바 은총의 권리를 가지고 용서하는 데도 능숙했다. 그것은 모든 사람을 화해시키는 데 아주 유용하고 편리한 또 하나의 장점이었다. 그래서 그녀는 수녀들과 학생들로부터 사랑과 존경을 받았다.

하지만 그때부터 나는 그녀의 눈빛이 싫었다. 그때부터 나는 그녀가 아주 고집 세고 교활한 사람임을 알아보았다. 그녀는 아주 성스러운 사람으로 죽었지만, 그녀가 존경받은 것은 순전히 그녀의 옷과 과장된 태도 때문일 거라는 내 생각은 틀린 말이 아니다.

할머니는 나를 소개하면서 조금은 거만하게 내가 나이에 비해 배운 것이 많으니 어린아이들과 같은 반에 넣어서 시간을 낭비하지 말라고 했다. 반은 중등부 고등부 두 반이 있었다. 나이로 보면 나는 중등부에 들어가야 했다. 그곳에는 6~13살 아이들이 30명 정도 있었다. 사람들은 나에게 글을 읽어 보게 하고 몇 가지 물어본 다음 다른 두세 명의 학생들과 세 번째 반을 만들어 넣으려고 했다. 그런데 나는 제대로 된 교육은 받아 보지 않았고 또 영어는 한 마디도 몰라서 역사나 철학은 잘 알았지만 시대나 사건의 순서는 잘 몰랐다. 그래서 선생님들과 모든 것에 대해 이야기할 수 있었고 어쩌면 우리를 가르치는 선생님보다 더 잘, 더 많이 알고 있었을지도 모르지만, 처음에 잘난 척하는 선생이 왔을 때 나는 너무 당황해서 테스트를 제대로 통과할 수 없었다.

그래서 내 예감대로 수석 수녀가 와서 내가 아직 검증되지 않았으니 중등부로 가야만 한다고 말했을 때 차라리 마음이 편했다. 쉬는 시간에 수녀님은 중등부에서 제일 똑똑한 아이를 불러 나를 정원으로 데려가줄 것을 부탁했다. 나는 즉시 이리저리 왔다 갔다 하면서 이것저것 구경하며 다녔다. 그리고 마치 둥지 틀 곳을 찾는 새처럼 정원

구석구석을 살피고 다녔다. 아이들이 나를 쳐다보고 있었지만 나는
전혀 기죽지 않았다. 나는 아이들의 태도가 나보다 다 우아한 것을 보
았다. 나는 상급생들이 왔다 갔다 하는 것도 보았는데 그들은 함께 놀
지 않았고 팔짱끼고 떠들고 있었다. 나를 데려왔던 선생님은 몇 번이
나 내 이름을 불렀다. 그 이름은 아주 귀족적인 명문가 이름이었지만
사람들이 생각하듯 내게는 별 감흥도 없었다.

나는 통로들과 예배당과 정원을 장식하고 있는 것들의 이름을 익혔
다. 그리고 정원의 한 귀퉁이를 몰래 경작해도 된다는 것을 알고 너무
나 기뻤다. 이런 즐거움은 별거 아니지만 나는 땅과 그곳을 가꾸는 일
을 그리워하지 않아도 될 것 같았다. 아이들은 막대 놀이를 하고 있었
는데 나도 끼워주었다. 나는 게임의 규칙은 잘 몰랐지만 뛰는 것은 잘
했다. 할머니가 오셔서 원장 수녀님과 경리담당과 함께 산책했는데
내가 벌써 자기 집처럼 편하게 있는 것을 보고 매우 흡족해하셨다. 그
다음 갈 준비를 하시면서 내게 작별인사를 하기 위해 수녀원 경내로
데려갔다.

그 순간 할머니는 아주 심각하셨고 그렇게도 고상하던 할머니는 눈
물을 쏟으며 나를 끌어안으셨다. 나는 좀 뭉클하기는 했다. 하지만
나는 돈 많은 귀족에게 저항하는 것이 나의 의무라는 생각이 들어 울
지 않았다. 그러자 할머니는 내 얼굴을 물끄러미 보시더니 이렇게 소
리치시며 나를 밀어내셨다.

"아! 무정한 아이 같으니, 나와 헤어지는 것이 슬프지도 않은 모양
이구나!"

그리고 할머니는 손에 얼굴을 묻고 나가 버리셨다.

나는 얼이 빠져서 그대로 있었다. 약한 모습을 보이지 않은 건 잘한 일 같았다. 또 내 처지를 생각했을 때도 나의 용기와 의지가 분명 할머니를 안심시켰을 것 같았다. 나는 다시 돌아가 내 옆에 있는 회계 담당 선생님인 알리프 수녀님을 보았다. 그녀는 정말 마음씨 좋은 분이셨다. 그녀는 내게 영국식 발음으로 말했다.

"무슨 일이니? 할머니를 화나게 하는 말이라도 한 거야?"

"나는 아무 말도 안 했어요."

아무 말도 해서는 안 된다고 생각한 나는 이렇게 대답했다. 그러자 그녀는 내 손을 잡으며 말했다.

"여기 있는 게 슬퍼요?"

그런데 그렇게 말하는 투가 너무나 가식이 없어 보여서 나는 망설이지 않고 말했다.

"네, 모르는 사람들 사이에 있다는 것이 저도 모르게 자꾸 슬프고 외로워요. 아무도 나를 사랑해주는 사람이 없을 것 같고 또 나를 사랑하는 부모님들과 더는 같이 있을 수 없으니⋯. 그래서 할머니 앞에서도 울지 않은 거예요. 할머니는 내가 여기 있는 걸 원하시니까요. 내가 잘못한 건가요?"

알리프 수녀님은 대답했다.

"아니에요. 할머니는 아마도 그 마음을 모르셨을 거예요. 가서 재미있게 놀고 착하게 지내면 부모님들만큼 여기서도 사랑해줄 거예요. 단지 나중에 할머니를 다시 보게 되면 할머니께 헤어질 때 슬퍼하는 모습을 보이지 않은 것은 할머니가 더 슬퍼하실까 봐 그랬다고 잊지 말고 얘기하세요."

나는 다시 놀러 갔지만, 마음은 무거웠다. 그때나 지금이나 할머니의 행동은 너무나 부당하게 생각됐다. 이 수녀원에 들어오는 것을 벌로 생각하게 한 것은 할머니 탓이었다. 왜냐하면, 할머니는 나를 야단치면서 내가 이곳에 오게 되면 노앙과 아버지 집의 따뜻함이 그리울 거라고 늘 얘기했으니까 말이다. 그래서 할머니는 내가 아무 저항도 두려움도 없이 이 벌을 감수하는 것에 상처받는 것 같았다.

"만약 여기 있는 것이 나의 행복을 위한 거라면 여기서 내가 슬퍼하는 것은 배은망덕한 일이겠지. 하지만 이게 벌이고 지금 벌을 받는 거라면 더는 뭘 원하는 거지? 여기 있는 걸 슬퍼해야 하나? 그건 마치처음 맞고 안 아파하니 더 세게 때리는 꼴이잖아."

할머니는 그날 보몽 할아버지 집에 가서 저녁을 드셨다. 그리고 할머니는 울면서 내가 울지 않았다는 말을 하셨다.

"오히려 잘됐네요." 하고 할아버지는 쾌활하게 대답했다. "수녀원에 있는 것은 슬픈 일이지요. 그런데 누님은 그 애가 그걸 알았으면 좋겠어요? 자기를 놓고 무슨 계약을 한 것도 모자라 이제는 어디 가두면서 눈물까지 흘리라고 하면 그 아인 얼마나 힘들겠어요. 누님, 이미 말씀드렸다시피 모성애는 가끔 너무 이기적일 때가 있지요. 만약우리 어머니가 지금 누님이 자식들을 사랑하듯 그렇게 우릴 사랑했다면 우린 정말 불행했을 거예요."

할머니는 이 말에 화를 내시며 일찍 자리를 뜨셨다. 그리고 일주일이나 지나서 나를 보러 오셨다. 들어간 다음 날 오시겠다고 말씀하셔놓고는 말이다. 엄마는 그보다 좀 더 일찍 와서는 그동안의 일들을 말해주고 늘 그렇듯 엄마 생각을 말해줬다. 그리고 내 마음속 분노는 더 커졌고 나는 이런 생각을 했다.

'할머니는 잘못했어. 하지만 그걸 내게 말해주는 엄마도 잘못이야. 비록 내 생각이 맞다 해도. 나는 슬픔을 내비치고 싶지 않았던 것뿐인데 그걸 오만하다고 생각한 거야. 할머니도 그래서 날 야단치신 거고. 엄마는 그래서 날 칭찬하고. 둘 다 날 이해하는 사람은 없어. 두 사람이 서로에게 가지고 있는 혐오감 때문에 나도 점점 빗나가고 어느 한쪽에도 마음을 줄 수 없으니 너무 불행한 거야.'

그래서 나는 수녀원에 있는 걸 즐기기로 했다. 갈가리 찢긴 마음을 좀 쉬어야 할 필요도 있었다. 나는 내가 사랑하는 두 사람 사이에서 마치 불화不和의 사과같이50 되어 버린 신세가 지겨웠다.

이렇게 해서 나는 수녀원 생활을 받아들이게 됐다. 너무나 잘 적응해서 나는 그곳에서 지금껏 내 인생 중 가장 행복한 시간을 보냈다. 아마도 나는 내가 아는 사람 중 그 생활에 만족한 유일한 사람이었을 것이다. 모두 집을 그리워했는데 부모님 사랑뿐 아니라 자유와 부富도 누리고 싶어 했다. 내가 제일 부자가 아니어서 호화로운 삶도 몰랐고 또 수녀원 생활도 그럭저럭 견딜 만했지만, 분명히 노앙의 삶과 수녀원의 삶은 크게 달랐다. 게다가 수녀원에 유폐된 생활, 파리의 공기 그리고 지속적인 신체 발달과 성장하는 몸에는 치명적으로 생각되

---

50 〔역주〕그리스 신화에서 결혼식에 초대받지 못한 불화의 여신이 여신들 사이에 던져 싸움을 일으키게 한 사과를 말한다. 그 위에 "제일 예쁜 여신에게"라는 한 구절이 적혀 있었다.

는 절대적인 금욕생활은 나를 아프게 하고 고통스럽게 했다. 이 모든 것에도 불구하고 나는 그곳에서 과거도 후회하지 않고 미래도 꿈꾸지 않으면서 단지 현재의 행복만 생각하며 3년을 보냈다.

고통을 당한 많은 사람들은 이해할 수 있을 것이다. 모두 너무 큰 고통이 없는 것만으로도 무척 다행이라고 생각하니까. 하지만 이런 것은 부잣집 애들은 이해할 수 없었고, 내가 수녀원을 나가기 싫다는 말을 했을 때 친구들은 전혀 이해하지 못했다.

우리는 정말 말 그대로 감금되었다. 한 달에 두 번만 외출할 수 있었고 외박은 1월 1일에만 가능했다. 방학이 있었지만 나는 방학도 없었다. 할머니가 내 공부를 방해하지 말고 되도록 수녀원에서 빨리 나오기를 원하셨기 때문이다. 할머니는 헤어지고 몇 주 후에 파리를 떠나셨다가 연말에야 오셨다. 그리고 다시 가서는 1년 뒤에야 오셨다. 엄마에게도 나를 나오게 하지 말라고 부탁하셨다. 빌뇌브 사촌은 그래도 나를 자기 집에 초대하고 싶다고 할머니께 외출 허가를 부탁했지만 나는 할머니께 그걸 허락하지 말라고 편지했다. 그리고 나는 용기를 내서 엄마하고 아니면 나는 아무하고도 나가고 싶지도 않고 그래서도 안 된다고 말했다. 나는 할머니가 내 말을 들어주지 않을까 봐 겁이 났다. 물론 나도 나가고 싶은 마음이야 있었지만 만약 사촌들이 허가 편지를 가지고 찾아오면 병이 났다고 핑계를 댈 작정이었다. 하지만 이번에는 내 말을 들어주셨고 나를 야단치기보다는 오히려 그런 내 마음을 아주 영웅적으로 칭찬하셨는데 그것은 내게 좀 과장되게 느껴졌다. 나는 단지 나의 의무만을 행했을 뿐인데 말이다.

이렇게 해서 나는 철창 안에서 꼬박 2년을 보냈다. 예배도 우리의 예배당에서 봤고 손님도 응접실에서 만났다. 또 우리는 그곳에서 개인 교습을 받았는데 선생님은 이쪽에 우리는 반대쪽에 서 있었다. 길로 향해 있는 수녀원의 모든 십자창은 철창이 처져 있을 뿐 아니라 천으로 막혀 있었다. 정말 말 그대로 감옥이었다. 단지 넓은 정원과 많은 학생이 있을 뿐이었다. 솔직히 나는 한순간도 엄중한 감시가 필요하다고 생각한 적은 없었다. 그래서 열쇠로 아주 세심하게 출입을 통제하거나 절대로 밖을 보지 못하게 하는 것은 정말 우습게 보였다. 우리에게 자유를 꿈꾸게 하는 것은 오로지 그런 조심성뿐이었다. 왜냐하면, 포세 생빅토르가와 클로펭가는 산책하고 싶은 길도 아니고 구경할 만한 길도 아니었기 때문이다. 우리 중에 누구도 아파트의 문을 넘어설 생각을 하는 학생은 하나도 없었다.

그래도 모두가 문틈으로 수녀원을 감시하고 십자창의 천 사이로 감시의 눈빛을 보였다. 40~50명의 정신 나간 우스운 여학생들이 감시를 피해 뜰을 두세 개쯤 내려서서 지나가는 마차를 보려고 했지만 그들은 다음 날이면 파리 전체를 부모님들과 아주 재미없이 다닐 게 뻔했다. 수녀원 담 밖에서는 보도를 밟고 지나가는 행인을 보는 것이 더는 금단禁斷의 열매가 아니었기 때문이다.

이 3년 동안 내 생각은 생각지도 않게 변화되었다. 할머니는 그것을 아주 힘들게 바라보셨는데 할머니가 나를 여기에 집어넣을 때는 그런 변화를 바란 것은 아니셨기 때문이다. 첫 1년 동안 나는 예전처럼 아주 짓궂은 아이였다. 왜냐하면, 어떤 절망감이나 적어도 어떤 감정적인 좌절감으로 나는 더 난리를 치며 짓궂은 장난질에 몰두했다. 두 번째 해에는 갑자기 뜨겁게 불타는 신앙의 길로 들어섰다가 세 번째 해에는 좀 평온하고 진중하고 기쁜 성도가 되었다. 첫해에 할머니는 편지로 많이 야단치셨다. 두 번째 해에는 장난기를 걱정하신 것보다 더 크게 나의 광신적 태도에 대해 염려하셨다. 세 번째 해에는 조금 만족하셨지만 그래도 아주 걱정이 사라진 것은 아니었다.

이게 내 수녀원 생활을 요약한 것이다. 하지만 좀 더 자세한 설명을 통해 나 같은 여학생들에게 수녀원이 주는, 때로는 좋고 또 때로는 나쁜 종교 교육의 특징을 보여주려고 한다. 나는 그것을 숨김없이 정말 솔직하고 정직한 마음으로 쓸 것이다.

— 5권에서 계속

# 조르주 상드 연보

## 1804년

7월 1일 조르주 상드, 본명 아망틴 오로르 뤼실 뒤팽(Amantine Aurore Lucile Dupin)은 파리 15구 멜레가 15번지에서 모리스 뒤팽 드프랑쾨이유와 소피 빅투아르 들라보르드 사이에서 태어났다. 아버지는 폴란드 왕족의 피를 이어받은 귀족 출신이었고 엄마는 가난한 새 장수의 딸이었다. 양쪽 집안의 이 엄청난 계급 차이는 상드 인생 전반에 큰 영향을 미쳤으며 상드가 평생을 사회주의 운동에 헌신하게 되는 계기가 된다.

## 1808년

할머니 집이 있는 노앙에서 상드의 가족은 9월 16일, 아버지 모리스 뒤팽의 갑작스러운 죽음을 맞이한다. 집으로 돌아오는 도중 말에서 떨어져 목뼈가 부러지는 사고를 당한 것이다. 시어머니와 사이가 좋지 않았던 상드의 엄마는 딸의 미래를 위해 딸을 노앙에 남겨 놓은 채 파리로 돌아가고 이때부터 상드는 할머니의 엄격한 교육 아래 엄마를 사무치게 그리워하며 살게 된다.

## 1818년

1818년 1월 12일부터 1820년 4월 12일까지 상드는 수녀원 기숙사에서 생활했다. 할머니의 훌륭한 교육으로 루소, 볼테르 등이 집필한 많은 철학 서적과 문학 서적을 읽고 음악, 미술 방면에서도 상당한 일가견을 갖게 된 오로르는 어느 날 저녁, 늘 그리워하던 엄마의 천한 출신성분에 대한 할머니의 모욕적인 말을 듣고 점점 더 반항적으로 행동한다. 이에 할머니는 상드를 파리의 앙글레즈 수녀원 기숙사에 집어넣었다. 이곳에서 상드는 하나님을 만나는 신비한 체험을 하게 되고 신앙적 열망이 갈수록 뜨거워져 수녀가되고 싶어 하자 할머니는 그녀를 결혼시키기 위해 노앙으로 데려온다.

## 1821년

12월 26일 상드의 할머니가 지병으로 세상을 떠났다. 할머니가 생전에 아버지 쪽 집안인 빌뇌브 가족에게 미성년인 상드의 교육을 맡겼지만 상드의 어머니는 오로르를 파리로 데려간다. 이 일로 오로르 엄마와의 접촉을 꺼리던 아버지 쪽 친척들과는 완전히 결별하게 된다.

## 1822년

18살 되던 해 9월 17일, 알고 지내던 집안의 소개로 카지미르 뒤드방(Casimir Dudevant)과 결혼해서 몇 년 후 아들 모리스(Maurice)와 딸 솔랑주(Solange)를 낳는다. 하지만 독서를 좋아하고 철학적 몽상에 빠지기 좋아하는 상드와 사냥만 좋아하고 책 같은 것은 쳐다보지도 않는 남편과의 결혼생활은 매우 불행했다.

## 1831년

상드가 살았던 베리 지역 출신으로 파리에서 활동하던 쥘 상도라는 작가를 알게 되고 남편과 합의하에 석 달은 노앙, 석 달은 파리에서 지내기로 하면서 파리 생미셸가 31번지에 집을 얻는다. 노앙의 집을 포함해 할머니로부터 유산으로 물려받은 모든 것은 결혼 후에 남편의 소유가 되어 상드는 파리 체류 시 남편이 주는 적은 돈으로 아이들과 궁핍하게 생활하게 된다.

## 1832년

5월 19일 상드는 쥘 상도의 이름을 딴 조르주 상드라는 필명으로 첫 작품 《앵디아나》(*Indiana*)를 출판하고 석 달 뒤에는 《발랑틴》(*Valentine*)을 발표하는데 이 두 작품으로 상드는 하루아침에 유명해진다. 재정상태가 좋아진 상드는 말라케강 변으로 이사한다. 이즈음 당시 유명한 배우 마리 도르발과 알게 된다.

## 1833년

6월 17일 〈양세계 평론〉 잡지사 편집장인 뷜로즈가 초대한 식사 자리에서 뮈세를 만나 연인이 된다. 둘은 함께 이탈리아 여행을 가는데 뮈세는 가는 동안 병에 걸린 상드를 내버려 두고 거리의 여자를 찾는 등 무책임한 행동을 한 데다 파리로 돌아온 뒤 질투로 폭력적이 되어 상드는 거의 도망치다시피 노앙으로 떠나며 이 연애사건을 끝낸다. 하지만 이 둘이 주고받은 편지는 한 권의 서간집으로 출판되어 젊은 연인들의 심금을 울린다. 헤어진 후 뮈세는 두 사람의 이야기가 담긴 《세기아의 고백》을 발표해서 상드에게 묵언의 용서를 구한다. 이 해에 상드는 《마테아》, 《한 여행자의 편지》를 출판한다.

중편 《라비니아》가 출간되고 얼마 후인 8월 10일, 《렐리아》 출판으로 엄청난 스캔들의 주인공이 된다. 이 작품에서 상드는 여자의 성적 욕망에 대한 의문을 스스럼없이 표출하고 있는데 이깃은 당시로서는 상상도 할 수 없는 물음이었다.

## 1834년

뮈세를 통해 알게 된 천재 피아니스트 리스트로부터 라므네를 소개받아 그의 기독교적 사회주의 사상에 매료되었다. 상드는 사회주의에 입문하게 되고, 그에게 받은 영감으로 소설 《스피리디옹》을 쓰기 시작하고 《개인 비서》, 《레오네 레오니》를 발표한다.

## 1835년

문학적 조언자이며 친구였던 평론가 생트뵈브를 통해 또 한 명의 사회주의 사상가 피에르 르루를 만나 그의 기독교적 사회주의 이론에 크게 감명받는다. 상드는 자신의 사회주의 사상의 근본은 신앙심이라고 자서전에서 밝히고 있다.

## 1836년

2월 16일 남편이 관리하는 노앙의 재정상태가 점점 더 악화되자, 상드는 재판을 통해 남편과 별거한 후 어린 시절 추억이 가득한 노앙 집을 되찾고 아이들의 양육권을 갖는다. 그리고 이 재판에서 변호를 맡은 공화주의자 미셸 드부르주의 영향으로 사회주의 운동에 더 깊이 빠져든다.
리스트와 그의 연인 마리 다구를 통해 쇼팽을 처음 만나고 《시몽》을 발표한다.

## 1837년

말년에는 상드와 많은 갈등을 겪었던 상드의 엄마가 병으로 숨을 거두게 된다. 《모프라》와 《마지막 알디니》를 발표한다.

## 1838년

쇼팽과 연인관계가 된다. 상드는 쇼팽과 아이들을 데리고 스페인 마요르카 섬의 발데모사 수도원에 머무는데 백 년 만에 온 한파와 폭우 등으로 쇼팽의 건강이 악화되어 여행은 악몽이 된다. 또 기술 장인이 주인공인 《모자이크 마스터》를 발표한다. 신앙적 고뇌를 담은 《스피리디옹》(Spiridion)이 발표된다.

## 1840년

《프랑스 일주 노동연맹원》(Le Compagnon du tour de France, 이 책은 우리말로 《프랑스 일주의 동반자》로 번역되는 경우가 있는데, 책 내용을 보면 제목의 'Compagnon'은 단순한 동반자라는 뜻이 아니라 당시 프랑스 전역을 다녔던 노동연맹의 일원을 말한다)을 발표한다.

## 1841년

파리의 한 대학생이 주인공인 소설 《오라스》를 통해, 사회주의 혁명을 바라보며 상드 자신이 가지고 있던 고뇌와 갈등을 이야기한다. 같은 해에 《마요르카에서 보낸 겨울》이 발표된다.

## 1842년

버려진 고아 소녀가 그 어떤 귀부인보다 아름답게 성장하는 소설 《콩수엘로》(Consuelo)를 발표해서 귀족 집안이 아닌 누구라도 고귀한 품성을 지닐 수 있다는 사회주의 사상을 사람들 뇌리에 각인시킨다.

## 1844년

사회주의 운동에 깊게 참여하고 있던 상드는 9월 14일, 〈앵드르의 빛〉이란 잡지를 창간해서 그녀 자신도 많은 정치적인 글들을 싣는다.

## 1845년

《앙지보의 방앗간 주인》을 발표한다. 시골 방앗간 주인의 순박함을 통해
계급 타파에 대한 사람들의 생각을 깨운다. 또 《테베리노》와 《앙투안 씨
의 과오》를 발표한다.

## 1846년

쇼팽과 함께 파리와 노앙을 오가며 그를 어머니와 같은 모성애로 돌보던 상
드는 《루크레치아 플로리아니》(*Lucrezia Floriani*) 를 출판했는데 여기에서
사람들은 이미 둘 사이에 사랑이 식었음을 알게 된다. 또 상드의 대표작 중
하나인 《악마의 늪》(*La Mare au Diable*) 을 발표했는데 이때부터 발표되기
시작하는 상드의 전원소설은 너무나 풍요롭고 다채로운 어휘력과 아름다
운 문장으로 훗날 초등학교 교과서에도 실리게 된다.

## 1847년

약혼 중이었던 딸 솔랑주가 갑자기 파혼을 선언하고 성격파탄자인 조각가
오귀스트 클레젱제(Auguste Clésinger) 와 결혼하게 되는데, 막무가내로
돈을 요구하는 사위와 몸싸움까지 벌인 상드는 결국 딸 부부와 의절하게 되
고 이때 솔랑주 편을 드는 쇼팽과도 사이가 틀어져 몇 년 후 결별하게 된다.

## 1848년

2월 혁명이 성공하고 제 2공화국이 세워지자 사회주의 사상가였던 상드는
파리에서 활발한 활동을 펼치며 여러 잡지에 관여하고 많은 정치적 글을 발
표한다. 하지만 이해 3월 상드가 너무나 사랑하던 손녀, 솔랑주의 딸 잔이
6살 나이로 죽는데, 상드는 이 사건을 일생 중 가장 슬픈 사건 중 하나로 꼽
는다. 전원소설 《사생아 프랑수아》를 발표해 아무 계급도 없는 시골 사람
들의 아름답고 순수하고 희생적인 영혼을 그리고 있다. 이런 소설을 통해

상드는 계급타파뿐 아니라 기독교적 신앙도 설파한다.

## 1849년

5월 20일 마리 도르발이 죽고 10월 17일에는 쇼팽도 세상을 떠난다. 이때 상드는 "내 마음은 묘지가 되었다"라고 자서전에서 고백한다. 이때 아들 모리스가 조각가이며 극작가인 알렉상드르 망소를 소개한다. 당시 그의 나이는 32살이고 상드는 45살이었는데 망소는 상드의 마지막 연인이 되고 죽을 때까지 매우 충실한 비서 역할을 하게 된다.

## 1851년

나폴레옹 2세가 쿠데타로 황제의 자리에 오르며 제 2공화국이 무너지자 상드는 고향 노앙으로 칩거해 버린다. 전원소설 《사랑의 요정》이 발표된다.

## 1853년

18세기, 상드가 살았던 베리 지역에 있었던 백파이프 장인들의 삶을 그린 역사 소설 《백파이프의 장인들》을 발표한다.

## 1855년

상드의 자서전 《내 생애 이야기》가 발표된다.

## 1857년

4월 30일 당대의 주요 작가들이 모이던 그 유명한 '마니가의 모임'에 여자로서 유일하게 초대된 상드는 이곳에서 플로베르를 알게 되어 이후 죽을 때까지 편시로 긴 우정을 나눈다. 이 둘 사이의 편지는 한 권의 서간집으로 나와 있다.

**1859년**

상드는 뮈세가 죽은 후 그와의 관계를 그린 《그녀와 그》를 발표하는데 그 내용을 보고 격분한 뮈세의 형 폴은 자기 동생을 옹호하고 상드를 비난하는 《그와 그녀》라는 소설로 응수한다.

**1865년**

8월 21일, 상드의 연인이었으며 충실한 비서로 그녀의 마지막 행적들을 자세히 기록해 5권의 비망록을 남긴 망소는 결핵으로 상드보다 일찍 숨을 거둔다.

**1873년**

레지옹 도뇌르 훈장을 거절하며 장관에게 이런 편지를 쓴다. "그러지 마세요. 친구여, 제발 그러지 마세요! 저를 우습게 만들지 마세요. 정말로 내가 식당 아줌마처럼 가슴에 붉은 리본을 달고 있는 모습을 봐야겠어요?" 손녀딸들을 위해 《어느 할머니의 옛날 이야기》1편을 발표한다.

**1876년**

《어느 할머니의 옛날 이야기》2편을 발표한다. 6월 8일 오전 10시경 장폐색으로 몇 달간 고통받던 상드는 숨을 거두고 노앙의 자기 집 뒷마당에 묻힌다.

# 찾아보기

# 지은이 · 옮긴이 소개

## 지은이_조르주 상드 (George Sand, 1804~1876)

본명은 아망틴 오로르 뤼실 뒤팽 드프랑쾨이유이며 결혼 후 뒤드방 남작 부인이 된다. 1804년 파리에서 태어나 1876년 노앙에서 삶을 마쳤다. 19세기 프랑스 낭만주의 소설 가이자 문학 비평가, 언론인이었으며 70여 편의 소설과 50여 편의 중단편과 희곡 그리고 많은 정치적 기사들을 남겼다. 귀족인 아버지와 평민인 어머니 사이에 태어나 계급적 갈등을 겪으며 사회주의 운동에도 깊이 관여했다. 여성의 권리를 위해 많은 글을 써서 페미니즘의 어머니로도 알려져 있다. 뮈세, 쇼팽과의 사랑으로 많은 스캔들의 주인공이기도 하다. 이혼제도가 확립되지 않은 시절 재판을 통해 이혼하고 파리와 노앙을 오가며 독립적인 생활을 했다. 리스트, 쇼팽, 들라크루아, 발자크, 플로베르, 라므네, 르루, 부르주, 루이 블랑 등 정치 문학 예술계의 영향력 있는 사람들과 교류하고 자신도 큰 영향력을 미쳤으며 공화주의자로 잡지를 창간하는 등 적극적인 정치활동을 펼치기도 했다. 말년에는 노앙에 칩거하며 아름다운 문장으로 유명한 전원소설을 쓰고 손주들을 위한 동화책을 쓰기도 했다. 러시아 혁명에 가장 큰 영향력을 끼친 사람으로 평가되며 유럽인들을 싫어했던 도스토예프스키는 상드만을 유일하게 존경할 만한 유럽인으로 꼽는다. 그녀는 말년에 문단의 여자 후배에게 후세 사람들에게 자신을 "여자로서의 삶이 아닌 예술가로서의 삶을 살았던 사람"으로 얘기해 달라고 고백한다.

## 옮긴이_박혜숙

연세대 불어불문학과를 졸업하고 동 대학원에서 〈조르주 상드의 몽상세계〉로 석사 학위를 받았다. 이후 미국의 오하이오대에서 두 번째 석사 학위를 받고 2001년에는 파리 소르본에서 〈조르주 상드 소설에 나타난 여주인공 유형〉으로 박사 학위를 받았다. 이후 모교인 연세대에서 학생들을 가르쳤고 현재 연세대 인문학 연구원 전임 연구원이며 프랑스의 상드협회(Les Amis de George Sand) 회원이기도 하다. 저서로는 《프랑스 문학 입문》(연세대학교 출판부), 《소설의 등장인물》(연세대학교 출판부), 《프랑스 문화와 예술》(연세대학교 출판부), 《프랑스 문학에서 만난 여성들》(중앙대학교 출판부), 《그녀들은 자유로운 영혼을 사랑했다》(한길사), 《프랑스 작가 그리고 그들의 편지》(한울) 등이 있으며 역서로는 《지난 파티에서 만난 사람》(빌리에 드릴아당 지음, 바다출판사) 외 다수가 있다. 현재 '영화로 보는 유럽문화'라는 유튜브 채널을 운영하며 주기적으로 영상 강의를 올리고 있으며 인문학 강사로도 활동하고 있다.